NF文庫
ノンフィクション

新装解説版

「死の島」ニューギニア

極限のなかの人間

尾川正二

潮書房光人新社

本書は、玉砕の島ニューギニアでの三年間に体験した苛酷な戦闘の状況を詳細に綴っています。

米軍の物量に圧倒されながら転進をかさね、食糧や弾薬の補給も皆無で、マラリアがはびこる瘴癘の地を彷徨し、つぎつぎに戦友が斃れてゆきました。

満身創痍となりながらも、部隊員二六一一人のうちただ一人、奇跡の生還を果たした感動の記録となっています。

ニューギニアの密林内を行軍する陸軍部隊。日本の二倍の面積を有し猖獗をきわめた熱帯の島に、大本営はのべ約十八万の将兵を投入した。

ニューギニア島ブナ付近の椰子林に設けられた日本軍陣地。制空権を失い補給の乏しい日本軍は道路開設から築城にいたるまで人力に頼り、食糧の尽きた中で激戦をくり返し、兵力を消耗していった。

△ニューギニア山岳部の日本軍拠点を爆撃する米爆撃機。米軍機の攻撃は執拗で、十八年三月四日、ダンピール海峡で日本の輸送船団は全滅させられた。
◁沿岸部の基地からジャングルの河をさかのぼり偵察に向かう米魚雷艇。米軍は魚雷艇を有効に用い、補給をおこなう日本の潜水艦などに攻撃をかけた。

二十師団が整備したマダン飛行場。周囲に椰子林があり飛行機の隠蔽に好都合であった。18年初頭、十八軍司令部がこの付近におかれた。

19年4月21日、ホルランジャに上陸した米軍。ウエワクなど要衝をとび越えて島の西部に米軍が上陸したため、多くの日本軍は孤立した。

顔面を負傷し、現地人の助けで後方にたどりついた連合軍兵士。豪州が長い間支配下においたニューギニアでは、数多くの現地人が荷役作業などで連合軍側に協力した。

南方の日本占領地で食料用として栽培したタロ芋の収穫。ニューギニアをはじめ日本本土から遠く離れた島嶼には輸送力の脆弱な日本軍は兵器・糧食の補給が続かず、現地の将兵は自活を余儀なくされた。

（写真提供／雑誌「丸」編集部）

序に代えて

忘れるさびしさにもまさって、忘れうる幸いを喜ぶべきものは、戦争の現実である。にもかかわらず、二十数年間も篋底に秘めていて、ようやく世に出すことを決意した尾川兄の、祈りにも似た悲願に、深い感動を覚える。人間の耐えうるぎりぎりの極限を体験した彼の精神と肉体とが、忘れうる幸いを拒否して、あえてこの決意に達したかどうかは、知るよしもない。だが、二十数年間の沈黙を守り通した気持も、私には痛いほどわかる。すべて「人間」を否定したところに、戦争はあるからである。

原子爆弾によって荒廃した広島の一角、宇品の山寨然とした仮設の校舎で、尾川兄との最初の出会いはつくられた。死の島ニューギニアから、第六部の記述にあるように「二百六十一分の一」のその一名という、まさに奇跡的な生還をされ、一年有余の病床生活のうちに、稀有の体験をつづり、やや体力を養いえて、教壇に立たれたころであった。ニューギニアでの熾烈な体験を、ことば少なく語ってくれたこともあったが、それは、私も中支と比島で戦塵を浴びた一人であったため、いわゆる戦友の語らいともいうべきものであった。おたがいに、ことば数は少なかった。それは、ことばを超えた世界の体験であり、暗黙のうちに、それぞれの「戦争」を理解しえていたからである。

一般に、攻めるは易く、守るは難いといわれ、なかんずく転進作戦または退却は、至難とされている。尾川兄は、ニューギニアで、そのもっとも悲惨な敗退を体験されたのである。飢餓と暑熱と悪疫と弾煙とに責めさいなまれて、人間の耐えうる限界を遙かに超えた環境において、潔癖で内省的な彼が、よくも生き通せたものだと驚くほかはない。生きえたということは、おそらく彼が学生時代に、心身を鍛えたことにもよるものであろうが、私は、もっと大きな理由がなければならないと考える。

彼に奇跡的な生還をさせたものは、何であったのか。それは、彼が多くの戦友に愛されていたからではないのか。そして、彼もまた、深く戦友を愛していたからではあるまいか。そう確信しうるものを、私は、この手記のなかに感ずるのである。それは、時間空間を超えて、われわれの「生きる」問題にかかわるものではなかろうか。したがって、彼のテーマは「あとがき」にあるように、「戦争とは何であるのか」ということと、「人間そのもの」にある。ところどころに、中国戦線の回想が挿入されているのも、そのためであろう。彼の視点は、人間にのみ注がれているといってよい。そこに、単なるルポルタージュをこえた、人間凝視の深さがあり、ある意味で人間学たりえているのではないだろうか。

昭和四十三年十二月八日

西治辰雄

「死の島」ニューギニア——目次

序に代えて　西治辰雄

「死の島」ニューギニア

極限のなかの人間

彼は望み得ないのに、
なおも望みつつ信じた。
――ローマ人への手紙　四・一八――

第一部　序幕

1　座礁

紺青の海は、次第に深さを失って、平板な粘体に見えてくる。釜山港出航以来、五日を過ぎた——。

パラオ。珊瑚礁（さんごしょう）でできたこの島々は、潮に浸蝕されて、大小の独楽（こま）のように浮かんでいる。一望のうちにおさめた風景は、さながら仙境である。ジャンクがゆったりと往き来して、わずかに人間の介入を許している。

抜錨（ばつびょう）。依然として南へ南へと進路を消化している。遠く近く、魚の群れが、きらきらと海をもち上げている。飛魚が、きちきちと羽を鳴らして戯れる。

ガダルカナルか、ニューギニアか。茫々とした大洋をひた走る。駆逐艦が小さな船体をつんのめらせながら寄り添う。人影が、波をかぶっているのが見える。対潜監視は頭上遥か、マストの天辺(てっぺん)に眼を光らせる。

何事もない、静かな航海である。だが、一人一人の胸は、そこはかとない不安にゆらめいている。日一日と、厳冬の装いを剥(は)ぎとられ、熱帯の空気の重さに圧倒されてくる。折り重なるようにつめこまれた船艙(せんそう)は、奴隷船を連想させる。入口の標識は"Baggage Room"なのだ。人間の寝起きするところでは、そもそもないのだ。臭気と熱気のなかの、それは一種もの悲しい荷物だった。急遽(きゅうきょ)とりつけられた大きな吹き流しのような通風口のまわりに、群がる金魚のようにあっぷあっぷしている。冬服を脱ぎすて、支給された薄物に衣更える。その防暑服に、「サイトウ・アキコ」という名が縫いとられており、あえかな故国への糸を感じさせた。

快晴。

曇天。

スコール。

海霧――。

天象の変化に応じて、われわれの感情も彩られていったが、「戦争」の重石(おもし)を断ち切ることはなかった。自由な海も、われわれを自由にはしなかった。

快晴。空の青、海の青、「肺青きまで」蒼茫とした「船の旅」である。軽いエンジンの音も、宇宙の鼓動を思わせる。船首は未来を切り、船尾は過去を引きずる。航跡の白い泡沫は縞模様の帯となって、記憶をつなぎとめる。青さをなめつくした眼には、海は滑らかな一枚の絨毯となって盛り上がってくる。オトタチバナヒメノミコトが降り立った「菅畳八重・皮畳八重・絁畳八重」は、そのまま海の形容ではなかったかと思われる。引きこまれるような誘惑さえ感じられる。極大の視界も、無限

に向かって突きぬけてゆくことはない。のしかかってくる重さが、放心をさまたげるのだ。

海霧。乳色の帳(とばり)だ。いびつにゆがんだ船体は、紡錘形の平面となって、落ちつきのない運動を始める。しゅうしゅうと波を引き裂く音、エンジンの音も重い。極小の視野のなかの安らぎと不安との怪しい混淆——。

いろいろな想定のもとに、絶えず訓練はつづけられてゆく。敵前上陸・縄梯子による岩壁登攀(とうはん)・甲板上の駆け足……。魚雷をくらったら、あわてず水筒一本持って甲板に上がれ、空ならば浮き袋の代わりになり、水がはいっておれば飲料となるのだ、という。合理的ではあるが、知恵の限界もそこまでである。魚雷に対処すべき手だてが、水筒一つなのだ。水筒をもって、海に浮かんでいる図は想像できる。だが、それから、どうなるのか。魚雷など、決してくらわないという前提を信ずるほかはない。

ごろごろと、倦怠とから陽気のうちに日は過ぎていった。たわいもないさざめきは、大きな不安から強いて眼をそらそうとする擬態でしかなかった。絶えずさざ波を立てながら、おたがいの連帯感を確かめあっていたといっていいだろう。

いまにして思えば、それはニューギニアの三年間を象徴するような事件だった。ゆるやかな動揺に身をまかせていたのが、一ぺんに三、四メートルもすっとんでしまったのである。ガガガガという不気味な音響とともに。瞬間、顔を見合わせた。「やられた！」という声、声にならない声が乱れとんだ。ぐっと船は傾いた。停止した。つぎにくるものは？　とにかく、金科玉条とするところを実践した。ところが、説明のつかないおかしさが、不安のなかを突きぬけてきた。おれというものが、どこかに行ってしまって、水筒を大事そうに身につけようとしている男を眺めているのだ。やっぱり、拾いやがったな、そんな気がした。妙に客観的になってしまって、鈍重に自分と向かいあっていた。人の動きも眼に入らず、何かを期待しながら、異様な静寂を感じていた。

やがて、「座礁した。心配しないで、もとの位置につけ」という伝令がとんだ。数分間の深刻な危機感から解放され、陽気な饒舌が堰切ってあふれた。おれ自身、その間にどんな変化があったかを思いめぐらせてみた。ひとりぼっちで、死の深淵に向かって突き進んでいるのかも知れないと思いながらも、生死を超越するなどは到底かなわぬことであり、あるがままに身を処するほかはないように思われた。同時に、生の秩序のなかにあって、生きていると意識しえたとき、はじめて死ねるのではないかという気がした。

罠に捕えられた巨獣が、必死ともがくように、船——靖国丸は全身をふるわせた。あわただしい船員の声に励まされながら、空しい身震いを繰り返した。僚船、護国丸も危急をききつけて、ゆっくりと輪を描いて引き返してきた。

協議の果てにフルにエンジンをかけて、千余の兵を甲板上でいっせいに跳び上がらせる、という妙案を考えついた。八文字髭の連隊長〝髭黒〟の大佐が、しわがれ声を張り上げて、「おれが音頭をとる。全員その場で跳び上がれ」と叫んだ。命令一下、「おいち、に」「おいち、に」と、跳躍を繰り返した。一万トンに対する千余の人間が、乱舞の限りを尽くしてみたのである。だが、執拗な岩はくらいついて、放そうとはしない。

それではというので、人間をすべて空中に抛り上げておいて、ややウエートにまさる護国丸を全力疾走させて、そのあおりをくらわせて脱出しようということになった。気づかうように寄り添っていた護国丸は始動し、助走路を選んで立ち去った。リレーの走者が足踏みするように、その時を待った。だんだん近づいてくる。「それ、跳び上がれ」「おいち、に」「おいち、に」、護国丸は、ぎりぎりに近接しながら、頭を下げ、波を押しわけ、ざざざざと大波をくらわせて去った。靖国丸も、必死ともがいた。われわれの期待に応えて、大きく激しく揺れたが、くらいついた岩はあくまで執拗だった。こうして、護国丸は未練らしく二度三度と突進を試みたが、ついに無為に終わった。

単調な生活の諧調を破る一つの変化として、無邪気におもしろがっていたのが、だんだん不安に変わってきた。われわれの眼には、明らかに脱出不能を宣告された事のなりゆきである。しかも、敵の潜水艦はこのあたりにうようよしているという。早くも五時間は経過している。固定した目標に向かって、いともやすやすとぶっ放すだろう。太陽は沈みかけ、残照が一直線にこちらを指さしている。黒紫色の雲が低く垂れ下がって不気味なものを感じさせる。精根尽きて、処置なし、われわれの上にも見えない雲がひろがってくる。茫然とつっ立って無為の時をもてあましながら、波の底で噛み合っている鉄と珊瑚礁とを思い浮かべる。「全員もとの位置にかえれ」と指令がとぶ。

ひとり甲板に残って、入日と向かい合う。もはや燃える力を失って、静かに水平線に沈もうとしている。残照も、ここまで届かなくなった。黄昏（たそがれ）が迫る。ふと、海に眼をおとすと、むくむくと重油を吐き出している。真水も吐いている。飲料・食器洗いにも節し、四日に一度の入浴日にも、一人湯桶に二杯の配給と切りつめてきたその水が、排水口から勢いよく放出されている。やがて、薄明かりの海が、重油によって彩られていった。

浮上した。軽いエンジンの音は、ゆるやかな動揺に乗った。方向を見定めて、速力を加えていった。舳先は鋭利な刃物となって、漆黒に変わった海を真二つに引き裂いた。数時間の挫折をふり払おうとする目的意識をもった、生きものに変わっていた。図南の志をくじかれたものの怒りさえ感じられ、夜の航行を一層壮絶なものとした。

物と人間との闘いを、まざまざと見せつけられた。あわただしく跳ねまわる人間に対し、物はいかにも静かであり、しかも偉力を発揮する。これは一幕の喜劇であったのか、それとも悲劇であったのか。無限の物量の前に沈黙したニューギニア三年間の人間の運命を、象徴しているように思われてならないのである。

2　遺書

「死」の舞台の幕あきを告げる第一の柝が、ぴしっと打たれた思いがしたのは、屯営出発直前に遺書を書かされたときである。そのころ、出動を間近にひかえて熱地作戦に明け暮れ、猛烈な訓練がつづけられていた。南海派遣軍——ガダルカナル島作戦——そんな声がひそかに交わされていた。そんなときだった、遺書を書くべく命令されたのは。中国出動のときとは、なにもかも趣がちがっていた。一個師団という大がかりな決死隊を結成しつつあるかに見受けられた。

寒い夜だった。黄色い光を放っている裸電球の下、鋭い監視の眼の注がれている中で、十数名が一つの机をかこんで、ぎこちなく美濃紙をひろげた。日に日に人間であることをはぎとられ、獲物をめがけて襲いかかる動物に仕立てられているとき、遺書ということばの白々しさをどうすることもできなかった。おそらくは生身の苦痛が、一切の静かな思惟を奪ってもいたのである。激しい流れに浮き沈みしていたものが、一瞬の静止に身をゆだねた。そして、毛筆で「遺書」と書いた。その文字の重さに圧倒されてしまった。何も書けないのだ。見られている意識、乾いた空気、そして次元のちがう重さ。それと感じとった上司は、遺書例文を読み上げた。「たとえ遺骨還らざることあるも」「死して護国の鬼とならん」「死はすなわち栄光にして」「男子の本懐これに過ぐるなし」……何も書けんやつは、この通りに書け、ということだ。覚悟の曖昧(あいまい)さとともに、書き残さなくてはならぬことが、ほんとうにおれにあるのか、という気がした。

もやもやとしたもののなかから、いくつかのことばを選んで組み合わせようと努力した。ほんとうのことばは、どこにもなかった。何がほんとうのことばであるかさえも、わからなかった。頭髪と爪を添えたとき、瞬間、無残な思いとともに感傷が走り、忘れていた自分の内側をのぞいたような気がした。そのとき、死を既定の前提としていたにもかかわらず、何としても「死」の舞台に登場すべき覚悟に欠けていたことを、自覚せざるをえなかった。凡愚の迂闊（うかつ）さである。

入隊前夜にも、父母に言い残すべきものは、何もなかった。衝動的に墨をすって、書斎の襖（ふすま）に、思いきり大きなお多福の面を描いて、唇と頬に朱を入れた。それは、村井知至先生から送られた揮毫、

笑へかし笑ひ笑ひて笑へかし
　笑ひ笑ひて笑ひ笑はむ

の下に描かれていたお多福の絵を模写したものである。不思議にさわやかな気分が流れ、父母と三人、明るく笑った。いまさら、ことごとしく言い出す気持になれなかったのである。土井晩翠先生から贈られたペン書きの美しい観音像も、その美しさゆえに模写してみたが、これは見せる気にはなれなかった。覚悟のほどを具象化したものと、受け取られたくなかったからである。手書きの観音像に、「念彼観音力　衆怨

悉退散」と添え書きしてあった。老詩人の胸に去来する「衆怨」とは、何であったのか。わめくことも、力むこともない、そんな気持の別れだった。

出動は極秘のなかに準備され、深夜こっそり屯営をぬけ出した。営庭に整列、声を押し殺して、号令がとぶ。完全軍装の重みは、足を地面にめりこませた。雪がちらつく黒い空を、心に刻みこむ。声もなく、粛々と龍山駅（京城の南郊）に向かって歩を運ぶ。一歩一歩が、永遠にとりかえしのきかぬ貴重なものに思える。家々は深い眠りにつき、物の音は絶えていた。道路に張りつめた氷に足を滑らせて、転倒するものが続出した。とても一人では起き上がれなかった。待ち合わせている貨車につめこまれ、重い扉が閉ざされた。ランプが一つぶら下がっており、仮面のような顔がぼんやりと浮かぶ。敷きつめられた藁の上に横たわる。

何の合図もなく、ひとりでに走り出す。南に向かっているのは確かだが、時折の停車駅は見当もつかなかった。零下二十度の隙間風は、手足の感覚を奪った。死地へのスタートでありながら、現実の感覚的苦痛がすべてだった。今を超えたところで、観念の世界に遊ぶ余裕なかった。

終着駅は釜山だった。十時間の苦行が全身をこわばらせた。道の両側には憲兵が間隔をおいて立っており、土地の人を完全に遮断していた。それから大きな鉄の器につしこまれ、大海に押し流されたのである。五隻の輸送船に分乗、海上に浮かんだわが二十師団七十九連隊の総員四千三百二十名。

そして、舞台の開幕を告げる第二の柝（き）が、高らかに打ち鳴らされたように思われた。それが、座礁の瞬間だったのである。第一の柝と、第二の柝との間には、確かにちがったものがあった。こちらから死に向かうのと、死の方からこちらにやってくるのとの差であったように思われる。第一の柝は、頭上に高くこちらを見よと響いた。衛兵や不寝番に立って、冬枯れの夜空を突き刺している裸のポプラ並木の上に、ふと「死」の字を見たり、遠い電車のスパークや星の光に、死の影を見ることもあったが、それはあまりにも詠嘆的な瞬間でしかなかった。美化された死のイメージでさえあった。遺書は、死に近づこうとするあがきであったといってよい。書き終えてからも、みな暗く沈んでいたのは、それぞれが心の秘密を反芻（はんすう）して、内にこもっていたからである。

第二の柝は、足もとに迫ってくる響きがあった。思いがけぬ事故ではあったが、滄海（そうかい）に浮かぶ一粟（いちぞく）としての、人間同士の連帯感を全き（まった）ものとしたといってよい。兵営に召集された当座の、それぞれの個性や生活環境からくる違和感も、徹底した訓練によって地ならしされ、一様の「兵隊」に仕立てられ均質化されてきたが、分隊という単位のコンビネーションすら、まだ偶然の邂逅でしかなかった。それが、肩をならべて同じ道を歩みつつあると感じたときから、われわれのコンビネーションを、単に偶然のものとは感じられなくなってきていた。そしていま、忍びよる〝鉄の手〟の実体を足もとに見せつけられ、自分を通してまざまざと他をみることができたのである。

深刻な危機意識とともに、漠然と感じていたものに明確な輪郭が与えられ、寄り添うものは誰彼とない「おまえ」以外にないことを知ったのである。知らないもの同士、興奮のうちに笑いさざめき、ことばを交わし合っていたのは、突如として正体を現わした〝鉄の手〟にゆさぶられ、それぞれの沈黙に閉じこもることができなくなったからである。

ここで魚雷にやられていたら、忽焉として地上から姿を消した幽霊部隊となっていたことであろう。しかも、それは杞憂ではなかったのだ。自由であったはずの僚船護国丸が、魚雷三発をくらい、辛くも脱出するという危機に瀕していた事実が、後に明らかにされたからである。

3　原始林にて――ウエワク――

青い青い島。甲板に立って、われわれを待ちうけているニューギニアの島を凝視する。白い鳥が舞うては消える。熱帯の夕陽に浮かぶ千古のジャングルは、すべてを吸い尽くして静まりかえっている。えたいの知れない爬虫類がのたうっているか、大蛇の類がとぐろを巻いているか、奇怪な幻想画がかすめる。不気味なものを秘めた静けさである。

舟艇はおろされた。勢いよく、運命の地点をめざして走り出す。海軍の兵隊が、甲板に身をのり出し、しきりに手を振って離別を惜しむ。手を挙げてそれに応えながら、眼は反転して神秘のヴェールに食い入る。上陸。半月ぶりの大地の感触を確かめる。

昭和十八年一月二十一日夕刻のことである。

汀(なぎさ)に、ころころと寄せては返す椰子(やし)の実が珍しい。あわただしい揚陸作業に夜を徹する。折からの円い月がうらうらと中天に冴(さ)え、思わぬ景物に旅愁をそそる。電光信号が、靖国丸からおくられてくる。

ブウンノ　チョウキュウヲ　イノル

と繰り返している。

キョウリョクヲ　シャス　ソコクノタメノ　カントウヲ　チカウ

と返信。重荷をおろした靖国丸は、一声高く虚空に咆哮（ほうこう）した。それは、すべてとの断絶を告げた。思い思いの感慨をこめて、汀に立ちつくした。見る見る船体は小さくなり、影を没した。

上陸地点をウエワクという。青桐のような樹に、青い実がなっている。棒でつつくと、ミルクのような汁がしたたる。こいつは毒らしい、と敬遠したものが、パパイアであった。椰子の水だといって、飯盒（はんごう）の蓋に入れてきたのを、おそるおそる舌の先で味わい、ほんの一口だけ飲んでみてまずいものだと思った。ほかの連中も、怪訝（けげん）な顔をして、下唇を突き出して首を横に振った。その椰子の水にとりつかれたのは、二、三ヵ月後のことである。炎熱の行軍がつづいたとき、ある集落で原住民が椰子の実をとってくれたことがある。あとから来た現役のT一等兵に一つやったところ、やにわに仰向いて口をつけた。とたんに防暑帽――緑色の麦わら帽――がとんで川の流れに落ちた。帽子はぷかぷかとのんきそうに流れてゆく。見向きもしない。ごくり、ごくりと、のどを濡らしながら、いつまでも支えていた。ふー、と大きな息をついて、おもしろそうに見ていた中隊長と顔見合わせ、にやりと笑い「お世話になりました」と一礼して、すたこら川下の方へ駆け出して行った。帽子など、眼中にはなかった。それほど魅了する味となっていたのである。

なにもかも珍しく、なにもかも驚きのたねである。マラリアの恐ろしさを、とことん教えられてきたため、一匹に刺されても、どれほど心配したことか。自然に順応するだけで、大分時間を必要としそうである。

とにかく、ジャングルの奥深く家を建てた。釘の代わりにかずらで縛りつけ、茅をふいて、新築を祝福した。数時間の労働だった。いっぺん、雨でも降ってみないかな、と傲然と胸をそらせた。雨はわけなく降ってきた。雨が降っても濡れない、という事実を確かめ、満足したかった。これだけの厚さだから、漏るはずはない、とみな期待の眼を天井に注いだ。しとしとと降りつづける。みな無邪気に満足して座っていた。

「や、漏るぜ」と一人が動いた。

「一ヵ所ぐらいは、しようがないな」と言った。「や、ここもだ」ともう一人が言った。同時に、みな立ち上がった。どこもここも、ざあざあ漏りになってきた。これは！ 数時間の労働の報酬がこれだった。雨足がはげしくなってきた。装具を床下に運び、人間も床下にもぐりこんだ。床に天幕を張った。惨めな気持を苦笑いで紛らしながら、「勾配がゆるかったな」と言う。ほかの分隊は、悠然と高いところに座って、こちらを見ておもしろそうに笑ってやがる。これが、三年間悩まされつづけた雨の難の序幕であったのだ。

地球の果てである。地球も広いものだ。地球の果てといったが、事実、見るもの聞くものすべて知らないものばかりであり、奇異なものに満たされている周囲を見渡すとき、何としても地球の果てといった感慨を禁じえない。それは、寂寥というよりも、索漠とした感じである。兎の頭のように、長い耳をつけた黄色な実が風にうなずいている。とても現実とは思えない。しかも、そのメルヒェンに耳傾ける心の余裕もない。映画のフィルムが切れて、映像がいつまでも動かないような苛立たしさを覚える。過去の一切の記憶が何の役にも立たない世界である。

月影をよぎる黒い影は、大蝙蝠(おおこうもり)だ。日本で見られるやつの何十倍もある大きな影だ。南に高い十字星、ロマンティックな夢をよぶ名であるが、北半球の住人にはやはり北斗七星が懐かしい。水平線に近く、くっきりと浮かぶ星座、もう少し背伸びすれば、北極星も見えるのだが、その確かな座りをじっとみつめていると、たった一つ既知のものにめぐり合ったような安らぎがある。変わらぬものが、時空を超えて回顧を迫る。無限にひろがる海の彼方の永遠の相——刹那のうちに天外にひき寄せられ、つき放される。

初めて原住民を見たときは驚いた。まずその肌の黒さにである。そして、赤い腰巻をしているのが男であり、腰蓑をつけたのが女であることを知った。体臭が異様にはげしい。赤・紫・黄・桃色と、色とりどりの腰巻をした男が、しゃらりしゃらりと椰子の道を流して歩いている。黒い肌に刺青や傷あとをつけたからだ、乳房をだらりと垂らし、下腹をつき出した女のトルソー、人間の種族もさまざまである。何かにあった舞妓の写真を見せてやったら、「コレハ、ナントイウムシカ」と言いおった。樹にのぼる業は、まことに驚嘆に値する。十メートルもあろうかと思われる椰子の木に、ほとんど胸をつけずにのぼってゆく。

川には木にのぼる魚もいる。眼玉の大きいとぼけた顔だ。マングローヴの生い茂った湖をカヌーで渡ったことがある。さまざまな姿態を見せるたこの足、造化の妙を嘆賞するばかりである。馬上の武将、バレリーナの円舞など、奇妙な幻想を馳せる。原住民は櫂を操りながら、ときに手を休めて、魚の動静をうかがう。さても愚かなり、と見ていると、槍を構えてはっしと投げる。手応えあり、槍が微動している。莞爾として槍を拾う。穂先に銀鱗が輝いている。三度に二匹くらいの割合で刺さっているのには驚いた。

こちらに来て、しきりに浦島太郎のことが思い浮かぶ。桃源境だとか、リップ・ヴァン・ウィンクルだとか、洋の東西を問わず神仙めいた話題は尽きない。自己を支配するどんな法則からも自由になろうとする、比類なき精神の自由の所産であろうが、そうした創造的な空想力を刺戟する事実も、ありえたように思われる。かれらの腰嚢が、浦島を連想させたのだが、四季のない常夏の国に漂流した男は、おそらく時間を忘れただろう。現に、自分自身時間の観念が甚だ怪しくなってきている。怪しくなってきたがゆえに、浦島を思い出したということも事実である。浦島になりそうな予感もある。

ときどき、自分の存在というものを考えてみる。ほんの昨日まで、想像もしえなかったところに来て、想像もしえない動物植物にとりかこまれている自分を眺めてみる。北半球から持ってきたものは、太陽と空気だけではないのか。その太陽と空気とが、自分をこうして生かしつづけているのか。その太陽の光は妖しく、空気は重い。一木一草、悉(ことごと)く知らない別天地に、こうして平然と存在し、呼吸している自分が不思議でならない。

連日のように降る雨にもかかわらず、水には不自由した。川まで一キロもあり、水汲みに出かけた兵隊が帰って来ないということもあった。帰りに日が暮れて、道を失ってしまうのである。迷いに迷って、二、三日してひょっこり帰って来ることもあった。野生の牛らしいとてつもなく大きな牛のことを、身振りをまじえて吹聴するものもあり、底知れぬ原自然の怪奇を思い知らされたりした。生きるための知恵は、ついに井戸を掘り当て、いたるところに泉を吹き出した。どんなところにも、生活が形づくられてゆくものである。

ウエワクの生活は、何ものかが胎動している時期のように思われた。飛び交う飛行機も、七三以上の割合で友軍機が圧倒していた。これという小ぜり合いもなく、たがいに無関係に往き来しているといった状態だった。そしてわれわれは、飛行場建設作業に汗を流したり、ジャングルを切りひらいて飛行場への道路をつくるため、トランシットをのぞいたりしていた。われわれとは、まだ何のかかわりももたぬ、自然の一点景にすぎない敵機をそのトランシットにとらえたと言って、無邪気にはしゃいでいた。そのころの誰彼の生き生きした表情や身振りや高笑いが、いまもありありと蘇ってくる。敵機が、殺気をみなぎらせた残忍な生きものとなり、骨の髄までしゃぶったのは、数ヵ月以後のことである。それとともに、誰彼の眉もしだいに曇っていった。高笑いも消えていったのである。笑いが、つねに集団の笑いであるとするならば、孤立のなかの笑いはありえない。

食糧の不足は、最初から眼に見えていた。塩の不足を補うために、製塩班が編成された。煙をおそれて、夜、潮水を焚いた。ドラム罐をずらりと並べ、顔を赤々と照らし出して、終夜焚きつづける兵隊の形相は凄かった。黒い塩が、少しずつわたるようになった。漁撈(ぎょろう)班も出動した。その道のエキスパートをすぐって編成され、夜闇に紛れて近海をさらった。相当な収穫があったようで、われわれの口にも大きなまぐろか何かの切り身がはいることもあった。脂肪が少なく大味なもので、その労に応えるほど賞味するものもいなかった。なにもかも不足したが、まだそんなことのできる時期だった。われわれは、いまの窮乏を単に一時的な現象だと楽観していた。決定的な破局の予兆だと知るものは、誰もいなかったのである。

4　桃源境

ウエワクの生活二ヵ月にして、マダンに転ずることになった。飛行場作業のためである。ドイツ人宣教師を同行、原住民の協力と徴用のためである。道路をつくり、橋をかけながら東へ東へと進む。ときには、数十名の黒い群れによって、「ウォウウォウォ」という奇声とともに、路傍の雑草が蛮刀でなぎ払われた。地形偵察のため、中隊長と一日行程ずつ先行することになり、宣教師と二、三のボーイを加えた。なにもかも珍しい。つぎには、どんな世界が展開してくるか、未知の世界の冒険のような好奇心に駆られる。村落は、例外なく椰子の木にとりまかれ、閑静であり清潔である。ときたま動くものが、不調和な感じを与える。時間の停止したお伽の国である。住民のいる村落もあり、いない村落もあった。行きつく先で、椰子やパパイアの饗応にあずかる。マンデー・フロックを過ぎるころ、椰子の水の醍醐味を知った。キス・ランランスワルと、地名もおもしろい。ほんの数棟の小さな村落にも、れっきとした名前がついている。

スワルで初めて踊りをみた。海岸線においても、まだかれら自身の生活が維持せられていたのである。ちょうど満月。みんな疲れを忘れて、外被をひっかけて広場に集まった。顔を赤や白で彩色し、鳥の羽を頭や背中に飾った男たちが、小鼓を持って三々五々参集してくる。鼓は、両端がふくらんでラッパ状をなし、なかはがらんどうになっており、中央がくびれて把手がついている。ラッパの片面だけに、大とかげの皮を張りつけている。ラッパの直径は約二十センチ前後。男たちは、その数を頭上高くさし上げ、また地面すれすれにおろし、歌に合わせて踊りながら叩きつづける。おのずから一つの型をなしており、調子よくリズムに乗っている。女たちは、その周囲をぐるりととりまき、歌いながら膝で拍子をとり、すり足で静かに移動してゆく。肉の乱舞にたえるのは、男たちだけである。男の子もくわわり、こまっしゃくれた手つきで鼓を打ち鳴らし、踊り狂っている。いろいろな様式が間断なくくりひろげられてゆく。それは熱気をはらんだ名状しがたい恍惚のるつぼである。裸足がはげしく大地を蹴り、音もなく大地にかえる——素足のすばらしさ。踊りの輪は、文明をはねかえす城壁である。かれらのなかに、観客は一人もいない。すべての演技者は、この世ならぬ世界に向けての飛翔を試みているのだ。そして裸体のかれらに、自然の生命そのもののエネルギーを感じさせられた。おもしろかったのは、若者二人、背中に翼を思わせる小道具をつけて、中央に立って演じた踊りである。ひらり、ひらりと身を交わしながら、歌と鼓に合わせて軽やかに舞う。観ているうちに、明らかに男蝶女蝶の戯れと合点した。いつ果てるともなく、つづけられてゆく。夜を徹してやるのだ、と聞いて諦めて引き上げた。枕もとに、海鳴りの音とともに、ポンポンと弾き返す鼓の音が、いつまでも響いていた。

左、海中に富士に似た美しい山容を見せているのは、マナム山である。「ニューギニア富士」、いつのころからかそう呼ばれ、数日、われわれの旅の伴侶となり、旅情を慰めるものとなっていた。数ヵ月後、敗走の途次には眼に映ることもなかったのは、眼はもはや、「自然」を映すものではなくなっていたのであろうか。

大小さまざまの橋をかけ、道をつくりながら前進をつづける。敵機の飛来に退避することもしばしばだったが、思惑あってのことか、てんで相手にもせず飛び去ってゆく。ついに、幅五十メートルばかりの川に出くわした。コープ川である。ここに架橋して「六無橋」と名づけ、墨痕鮮やかに標を立てた。その裏に一首ひねくって歌を書きつけた。

資材なくなく木なく力なし
めしもなければかけたくもなし

と、泉下の六無斎を苦笑せしめた。後に〝髭黒〟の連隊長、これに眼をとめて「うむ！」と唸ったという。これは、大変な工事だった。切った木が、みな沈むという厄介な重い木ばかりで、釘の代わりにかずらで縛りつけなければならなかった。中隊総がかりで二、三日はかかるというので、宣教師を連れて、カヌーに乗り物資蒐集にでかけた。物資蒐集――このことばが、ニューギニアの生活のすべてであったような、嫌な語感を伴う。要するに、何でも食えるものを拾い歩く、ということに下落してしまったのである。きょろきょろと、何かを求めて彷徨する、そういう生活が人間をもつくりかえてしまったような気がする。

一時間以上も、湿地のような湖、すなわちこのコープ川の上流を漕いで上った。洲の上に甲羅を干していたわにが、気配におどろいて、どぼん、どぼんととびこむ。野生のわになど初めておめにかかるので、えたいが知れない。それだけに薄気味わるい。動物園でほこりをかぶって、惰眠を貪っているのとはわけが違うだろう。銃をにぎりしめた。二、三メートルの薄茶色が五、六本、丸太のように浮かんで、眼玉だけこちらを注視しているかに見える。こいつらが、まともに向かってきたら、こんな丸木舟など一たまりもない。宣教師に、「撃ってみようか」と言ったら、「よかろう」と泰然としている。あわてることはないらしい。小鳥が囀り交わし、つぎつぎに展開する景色も珍しい。長い旅だったが、飽くことなく、探検のおもしろさがあった。はじめて独りになれたような安らぎと、自由を感じた。細い流れを遡り、一つの村落に案内された。

思わず、眼をみはった。桃源境である。いかにも清らかな村だった。一面のやわらかい芝のような草が、そのまま美しい絨毯となり、熱帯植物が色とりどりに妍を競い、しかも整然と落ちついている。人影一つ見えない。しばらく茫然として、心を奪われていた。しかも、その美しさにもかかわらず、自然の形相がこちらに向かって語りかけてくる何ものもないのである。それはそれ自体で自足し、人間の介入を拒絶するものがあった。やはり夢幻の世界に迷いこんでいるのだろうか。

おれは、何しに来たのだろうか。こんなところに、一体どんな物資があるというのだろう。妙な気持になってきた。調和を破壊する闖入者（ちんにゅうしゃ）にすぎないわれわれが、惨めなものに思われた。宣教師は同行の若者に一言何か言うと、若者は大声で二言三言叫んだ。すると、どこからともなく、男女数十人、忽焉（こつえん）として姿を現わした。いよいよわからなくなってきた。心なしか、その立ち居振舞いも、おっとりとしている。確かにいま、別世界に踏みこんでいる。不思議なことだが、現実であることには間違いないのだ。宣教師は、みんなに向かって語り始めた。何語だかわからないのに、大体の意味はわかるのだ。ますます妙な気がしてきた。みんな無言できいていたが、うなずいて散って行った。

宣教師に、「いまのは何語か」とたずねてみた。「ピジン・イングリッシュ」と答え、説明を加えた。要するに、「破格の英語であり、至極わかり易いものである。海外進出に積極的な華僑のつくり出したものだと聞いている。かれらは語学の天才である」

と言った。なるほど、ここまできて折角の幻想の世界も、ヴェールが剥がれたわけだ。いろいろ教えてくれる語彙をメモしていると、同行の若者が椰子の実を切って持ってきてくれた。

見晴らしのいい小屋に座って待った。緑の絨毯のなかにおかれたものは、この小屋一軒だけで、周囲は熱帯植物が視界を遮り、家らしいものも見えない。いわば村落の応接室である。森閑として、物の音一つしない。若者は、声低くハミングを始めた。だが、虫のいい要求を携えて、のほほんと構えている自分の位置が、落ちつかせなかった。心の一隅にわだかまるものが払いきれない。そこはかとない不安であり、危惧であり、羞恥でもあった。

宣教師の表情、若者の表情を、それとなくうかがってみる。表情のニュアンスは全く異質のものであり、別世界に住んでいる。一は翳りがあり、底を見せない。一は明るく底まで透けて見える。心に詫びて、眼をそらした。猜疑は、文明社会の生存の知恵として生み出されたものなのか。それにしても、三者の位置の何と奇妙なものであったことか。この寂寞のなかに、三様の情念が静まりかえっているのだ。

やがて、続々と食糧がとどけられてきた。嬉しくもあり、申しわけないような気持でもある。山の幸、野の幸、手ずから運ばれてくるものには、おのずから意思が感じられる。へそをつき出した小さな子が、手にしているなにがしかのものを、そっと置いてゆく。何もお礼ができない。ただ、「サンキュー」ということばしかない。平和になったら、何とかお礼したいものだと考える。

いよいよ帰途につくと、みんな村落の端に立って、しきりに手を振ってくれる。宣教師に、もう一度、よくよくお礼を言ってくれないか、と頼まずにはおれなかった。宣教師は、かれらのところに引き返し、何か言ってくれた。にこにこ笑いながら、かれらの一人が、「マスキ」と言ったのがはっきり聞きとれた。カヌーを漕ぎ出した。待っている戦友たちの喜びを想うと、かれらの無報酬の親切が心から嬉しかった。しかも、いつまでも立って、手を振りつづけているではないか。素朴な善意が、悲しいほど身にしみる。一瞬にもせよ、疑惑の雲が眼を曇らせたことを、恥じずにはいられなかった。

夕暮れの湖水の上に、湧き立つ気分をおさえかねた。歓呼の声に迎えられ、宝舟は凱旋(がいせん)した。バナナあり、パパイアあり、マンゴーあり、パインあり、それに主食の芋類あり、豚肉あり、まさに宝舟である。それを見て、「みんなで行こうじゃないか」と言い出すものもあった。当然の誘惑である。中隊長に事情を報告し、できることならあのままそっとしてやってほしいと頼み、諒承を得た。文字通り、美しい思い出である。

作戦を終えて、後方に集結する途中、ふとその村落に似たところを通ったが、それは無残に破壊されていた。思い違いであることを願ったが、確かに見覚えのあるところがあったのは悲しかった。傑作「六無橋」も、両岸に残骸を僅かにとどめ、ふっとんでいた。

マスキということばは、おもしろいことばで、Nevermindになったり、没法子（メイファーズ）になったり、多義に使われる。後に、われわれの愛用語となったことばの一つである。無報酬の親切といったが、これも文明の洗礼を受けないもののみの知る美徳であることが、かれらと生活をともにするに従って、明らかにされたことである。

5　危機のかげに

激しい作業の連続であり、移動の歩みは遅々としていたが、苦しさのなかにも、抒情を楽しむゆとりがあった。ボギア・ハンサ・コロンバンの架橋は、わけても難工事だった。

わにでもいそうな河　大発にごろり　ゆれているお月さん

これはムリックから、大発（大型舟艇）でセピック河を渡るときの、K二等兵の即興自由律俳句である。清冽な流れにざんぶととびこみ、汗を流しながら戯れ合うこともあった。雲を眺め、自然にひたる一ときに、疲れも忘れた。自然も喜ばしい光輝を、われわれに向かってはねかえしていた。中隊の和が、どこかみんなの心を支える大きな絆ともなっていた。その和の源泉は、中隊長の人柄にあったといっていい。何をしても、わかってくれるだろうという甘えが、みんなの構えをくずして、融け合っていたのだ。怒りを知らぬ人だが、おのずから部下を引きつけるものがあった。

出動の直前、当然訓練の総仕上げをやるべきときに、兵隊を集めて球戯に興じていた。通りかかった連隊長に、「コラ！　カマダ！」と一喝を食らった。「ハイッ」と中隊長は、すっとんで行った。やがて帰ってきて、ひゃっひゃっと笑いながら、「オラ、叱られたね。おい、みんな、つづけて元気よくやれ」と言ったものだ。天衣無縫ともいうべきか。

海岸に立って、夕陽に浮かぶカヌーの三つ四つの影を、心ゆくまで眺めることもあった。金波銀波を縫って、たがいに呼び交わす胴間声の合間に、歌声が流れてくる。

……………………

遠くより　歌声きたり。
黄金のしずくなし　ほとばしり、
ふるえる水面を渡り。
　ゴンドラ。光。楽の音――

……………………

わが魂の　舷のしらべは
眼にみえぬ　ものに触れて
ひそやかに和す　ゴンドラの歌、
眼もあやな　祝福にふるえつつ。
　そをききし人ありや――

と。時と所とを超えて、『この人をみよ』と呼びかけてくる。隔絶し、完結した美の情緒は、人類の魂の不可思議な沃土に、生きつづけてやまない。ハーンが、日本のうらぶれた鳥追いの、門(かど)に立って歌うのを聞いて、意味もわからぬままに、「忘れられた場所と時との感覚が――人の記憶にある場所や時の感情ではない、もっと霊的な感情とまじって静かにかえってきた」と回想している、あの感情を確かめえたように思われた。だが、その平和を、心から祝福しえない危うさをどうすることもできなかった。モロ河畔の旅情である。

海を見下ろす一軒家に、中隊長と二人泊まった。老翁が、ひとりカヌーをあやつりながら魚を突いている。頭に鳥をとまらせている。手招きすると、真下まで来て、われわれを見上げて笑った。そして、いま突いてみせるから、見ておれ、という素振りをした。身を乗り出して見ていると、岩かげに槍を突き刺した。引き出したのを見ると、たこである。得意の笑みをもらして、われわれの鼻先につきつけた。四発ほど拍手をおくって、上がって来い、と手真似すると、槍を携えたまま、のっそりとはいって来た。たこをくれるという。

頭にとまらせていた鳥をおろした。黄色の小鳩くらいの大きさである。老翁は、何を言っても笑うだけで、ことばは全く通じなかった。褌一本のこの賓客をもてなすべきすべを知らなかった。土と同じように太陽を吸いこんだその全身は、自然そのもののように思われた。鳥は家のなかを飛びまわり、オキチ、オキチ、と鳴く。妙な鳴き声だ。中隊長は、鎌田吉二といった。どうしても、「お吉、お吉」ときこえておかしかった。「こいつ、失礼なやつだな、人を呼びつけにしやがって」と「お吉」は笑った。やがて、老翁は帰りかけた。鳥は、その気配を感じて、ひょいと頭にとまった。手を振りながら、カヌーを漕ぎ出した。頭にとまった鳥が、小さくちょんまげに見えるまで見送った。どこに戦争の危機をはらんでいるのかと思われるほど、それはのどかな一齣(ひとこま)だった。

⑥　ゴム林にて——マダン——

ウエワクを出発して約一月(ひとつき)、ついにマダンに着いた。五月五日である。ゴム林の生活が始まった。家を建て、屋根の上には厳重な擬装をしたとき、戦帽・衣類はゴム汁で染(し)みだらけになっていた。

地面はじめじめとしていて、タオルなど三日たっても四日たっても、乾くときはない。厚いゴムの葉に遮られて、全く日の光を見ないからである。しかも、飲み水には不自由し、遠くゴム林の端まで汲みに行かなければならなかった。草原を流れている水が、暗室から出たように眩しかった。

夜は冷えるのか、それとも湿気のせいか、何度も便所に起きる。生活環境が、生理現象まで変えてしまう。朦朧とした眼で、螢の明滅を追う。夜は、漆黒の闇である。文明の社会では経験することのできない深さと広さをもった暗さ――墨汁の暗さである。起き上がって、便所の方向をしかと確かめて出発する。さて、帰るときにも同じように見定めをやる。眼をつぶって歩いているのと同じことなので、自然どちらかへ偏向する。大きな樹にぶつかる。こんなはずはないと思いながらどちらかへ転じ、転じただけもとに戻る。戻ったつもりが、いよいよ方向をわからなくする。ごつい根が、地上に隆起しているのも始末が悪い。つまずき、転び、十分も二十分もゴムの樹と張り出した根と格闘をつづけ、精根尽きてあきらめ、その辺りにごろ寝して夜明けを待つということになる。無理をして歩きつづけると、とんでもないことになるからである。人間のオリエンテイションの不確かなること、かくのごとしである。

連隊本部をめざして、連絡曹長がコプラの灯を頼りに出発する。意外に早く帰ってくる。そしていわく、「ここは連隊本部じゃなかったのか」と。聞けば、ゴムの樹の根につまずいて転倒し、灯が消えた。宿舎の灯をめがけて歩いたのだが、倒れた瞬間に方向も転倒して、またもとの道をのこのこ引き返してきた、という事の次第である。気の毒に思いこそすれ、誰もそれが笑えないのである。便所からさえ満足に帰れないものに、笑う資格があろうか。

深夜、便所の帰りにわけがわからなくなって、大声に戦友の名を呼び続け、すわ敵襲かと驚きふためかせた豪傑もいる。とんだ富士川の水鳥だった。「あほんだら、ええとして、なにさらしてけつかるねん、タスケテクレーやて」と、驚かされた方が口をゆがめてぼやいている。「あほな、そんなこというかいな、そういうたかて、しゃないで、ほんまに」と恐縮すれば、「ほんまやなあ」と相槌(あいづち)をうちながら、二人とも屈託なくからからと笑っていた。大阪召集の二人の流暢な関西弁のやりとりを聞き、ひとり床のなかでいつまでも笑いがとまらなかった。

それだけに、雨晴れた夜、木の間にちかっと光る星の美しさ、葉影にのぞく月の静けさは、また格別である。須臾(しゅゆ)の間の光が、滴り落ちたしずくのように、胸にひろがる。ゴムの葉の厚い帳が、別次元の世界を構成しているのである。

湿気には悩まされる。マッチはゴム袋に包装して、厳重に保管しなければならない。放置すると、たちまちにして坊主はずるずると崩れてしまう。兵器の手入れも並大抵ではない。朝、べたべたに油を引いておいても、夕方にはうっすらと錆(さび)を浮かせている。なにもかも腐敗する。将校行李（鉄製）に詰めてあった真新しい軍服は、折目から溶けていった。わけのわからぬ潰瘍(かいよう)が発生し、傷はいつまでも治らない。からだ自体、変質しつつあるのではないか。人間の住めるところではないのだ。

燃料はコプラである。遠く二キロもある、かつてのコプラ工場から、かついで帰る。工場のあるところが、マダンである。港町で、ホテルもあり、赤い屋根・青い屋根が椰子林の間に点在する。倉皇として引き揚げたらしく、調度が散乱している。テニスコートやゴルフ場らしいものが雑草に蔽われ、サンダルが転がっている。戸数にして二十そこそこか、主を失った廃墟と化している。コプラは大きなドンゴロスに詰められ、天井の抜けた倉庫に積み上げられており、雨にさらされたのは発酵して、熱を含み異臭を放っている。重さは六、七十キロか、一個に棒を通し二人でかついでときどきよろめく程度である。一個を一人でかついで帰る力持ちもいる。ところが、二個ひっかついで、のっしのっしと歩いているのを見て、仰天した。「力」をまのあたり見せつけられた。いままで、力について考えたこともなかったし、へそがとび出すほどの重量に挑戦した覚えもない。完全軍装したときには、一歩一歩足が地べたにめりこむ思いがしたが、それでも人力を超越したものだとは思わなかった。超人を見る思いで見送った。二人で一個をよたよたしながら運んでいるのが、いかにも滑稽であり、惨めでもあった。ドンゴロスに対する闘志を喪失しかけた。力が、何ものにも優先する世界で、おれたちは何をすればいいのか。限界ぎりぎりの重量は、一足ごとに重みを加えてゆくものである。

一本の丸太を、現役兵とかついだことがある。肩にのせたときは重いな、と思った程度だったが、十メートル、二十メートルと行くうちに、眼に見えない大きな力がおっかぶさってきて、かついでいる方の肋骨が、自転車のサドルのバネのように、ぐいぐいちぢまってゆくような気がしてきた。目的地まで、あと数歩というのにもたなかった。「おい、だめだ」と投げ出したら、相手はけろりとしてつっ立っていた。足と力――それが歩兵の武器なのだ。すごい力の前に、大いに意気沮喪してしまった。もう一方をかついでいるのは、九大出身の法学士K二等兵、大発にころがって「ゆれているお月さん」とうたったあのKである。

今年三十二歳、出動間際の応召だった。婚約を解消して応召したそうだが、相手の女性は、待っている、といったという。およそ、軍隊という空気になじめない風貌であり、性格である。百六十センチに足りない小柄な人で、背嚢（はいのう）を負わせると、いたるところに何かがぶらぶらぶら下がっているという不器用な人である。どこか稚気が漂い、純粋で真面目であるだけに、気の毒な、場違いな感じを禁じえない。ひとが二つ三つ汚すような仕事でも、かれは十二分に汚してしまう。それが、もはや現役兵には一人もいない最低の階級で編入されてきたのだから、惨めだった。階級によりかかり、上か下かだけが人を見る基準となる世界においてである。教養も個性も抹殺されて、喘ぐことが多かった。

コプラは煙が出ないので、昼間でも焚ける。敵機は一条の煙を求めて、飛びまわっているのである。ドラム罐を据えて、風呂をつくった。虱の食ったあとにしみる湯の快さよ、である。中国戦線で初めて虱におめにかかったときは、さすがにぞっとした。隠者の風貌しかもまるまると太って、圧殺の処刑にいささかの憐憫の情も湧かなかった。こちらに来てからは、われわれ自身が地下にもぐるような陰性な生活を強いられ、どうにも手の施しようがない。温度、湿度、そして不潔、条件はこの小動物の誕生に、申し分のない配慮をしているのだ。橘曙覧のひそみにならうならば、まさに、

着るものの縫いめ縫いめに子をひりて
　しらみの神代始まりにけり

である。こいつが、三年間の同棲者として、血を分ける仲となったわけである。

いつも、Kと一緒にのんびり浸ることにしていた。序列の社会においては風呂にはいる順序もおのずからきまっている。われわれは中隊の指揮班に属し、中隊長の直轄だったから、まず中隊長がはいり、以下准尉、曹長、軍曹、伍長、兵長、上等兵、古

兵（古参一等兵の敬称？）一等兵、二等兵の順が、整然と守られる。こちらはかれを「Kさん」と呼んだが、かれはこちらを「兵長殿」と四角に呼んでいた。裸になっても、階級の呪縛はしみついて離れないのだ。兵長でも、Kからすれば雲の上までとはいかずとも、二階ぐらいの差はあったのである。Kは依然として雑用をすべておっかぶされて、気の休まるひまもなかった。兵長だって、えらい身分ではない。幹部候補生の受験をかたくなに拒んだ報いだと思いながら、ときに、おれだって、という妙な自負もあり、Kの負担を軽くするためにでしゃばることもあった。中隊長もKに同情的であったことは幸せだった。

中隊長との出会いは奇縁というべきものがあった。北中国で、かれは機関銃の小隊長、当時少尉であり、こちらは二つ星の一等兵だった。その機関銃小隊が、われわれの中隊に配属され、夏店鎮の警備にあたっていたことがあった。戦塵のつれづれに、その機関銃小隊と野球の試合をやった。ボールは、石を布で巻いて、その上に靴下をかぶせて縫い合わせ、バットは、材木を円くけずったもの、もちろん素手である。試合は伯仲し、中隊対抗のような白熱した様相を呈してもつれ合った。かれみずから三塁手として陣頭に立ち、戦況に一喜一憂しながら、階級を忘れて没入している姿に淡泊さを感じた。それ以来、何かにつけて親しく話し合うようになっていた人だった。

その人が、今度は意外にも中隊長である。そんな気安さから、Kのことも限界を考え

てもらう便宜はあった。

風呂は、ドラム罐を石の上に据えただけで、危なっかしいものだったが、次第に完備していった。蓋も、踏み板も、洗い場も、本職の大工がつくってくれた。野天風呂の野趣も、すてがたいものがある。ただし、楽々と湯槽に往生して、ゴム林の深みを「四顧し傾聴する」風流に遊びうるものは、身長百七十センチを限度とするようだ。百八十以上の大物になると、七重の膝を八重に折る器用さがないかぎり、落ちつかない中腰の姿勢でがまんしなければならない。無理に折り畳めば、出るときに一騒動をひきおこすこと必定である。

中国でもそうだったが、戦場で一番落ちつけない場所は、娑婆とは反対に風呂と便所なのである。いつ何事がおこるかも知れない、同じ死ぬにしても、無様な死に方はしたくない、という構えを崩せないのだ。いまはまだ「敵」という意識もやや遠く、重い一日を終えたという安らぎがくる。湯に浸りながら、Kは結婚の理想論を説く。早く母が亡くなったので、若い母をもつ娘をもらって、その母に甘えてみたい。兄弟が少ないので、弟や妹の多いのがいい。そういう愛情を知らないのは、さびしいものだ。顔は美しいのを理想とする。美しくあるのは女性一般の本性であり、美しくない

のは女でないということだ。ただ、物理的な美しさは寿命がない。そこに品性の美しさの強調されるゆえんがある、というのである。おそらくは、その婚約者M・Nという女性のイメージをうつしたものと察しながらきいていた。三十過ぎれば、老兵である。南海の果てで、そんな夢を抱いている老兵の、その見果てぬ夢のかなえられる日を祈らずにはいられなかった。

連日、中隊は道路作業、飛行場作業に出かける。一日四合定量の米が、さらに三合にへらされた。作業に出るものは大変である。みんな出払ったあと、一人残って、英語で書かれた地図を複写し、日本語に引き写す。ときに、ゴム樹の海の底にいるような錯覚をおこす。朝など、小学校の夏休みの宿題でもやっているような気がしてくる。迷いこんだ蝶が、ひらひらと舞うて行く。時折、上空を敵機がかすめる。「ヒコウキガトンデキタ」ときこえる連隊本部の警報ラッパも閑散であるが、作業に出ているもののことが気にかかる。擬装網に、椰子の葉をぎっしり縛りつけ、それを蓑（みの）のように身につけ、帽子にも擬装を施して出かけて行く。針ねずみのような姿で、敵機が来れば、そのままそっと伏せるのである。機上の人間の眼を、どれだけくらませるものか。ゴム林を出るときには、必ずその擬装網をつけるのを〝鉄則〟とする。一人発見されることが、直ちに全体の運命にかかわるからである。

地図を写していると、サカサカ、ヨガヨガ、ランランなど、地名に繰り返し音の多いことに気づく。未開人の発音器官が幼稚だという結論にはなるまいが、おもしろい現象だと思う。ワンワン・ウマウマなどいう幼児の発音練習の過程を思わせるからである。また、フィンシハーフェン、ハーデンベルク、マリエンベルク、ニブリハーヘンなどという、いかめしい泰西船載の地名もある。西の国の大都市を思わせるそれらの村落は、どんなところなんだろうか。作業から帰って来るものが、椰子の実を土産に持ってきてくれる。若いのは酸味あり、次第に甘味をおびてくる。壮年期のはサイダーのようにつんとくる。老いては甘く、油濃くなる。一見して品定めができるようになった。かつて、薄気味悪く、おそるおそる一なめしたものが、こんな講釈もできるようになっていた。

底知れぬ密林である。作業中、とんだ災厄にあうものも、あとを絶たなかった。蜂に襲撃されて送られてくるもの、火傷のように痛む木の葉に触れて渋面つくって帰ってくるもの、かぶれる木にやられて、顔を真っ赤に腫(は)らして帰ってくるもの、一個分隊全滅することもあった。切った木を、それと知らずにかつぎまわったためである。

次第に、みんな弱ってきた。食糧不足と労働のためである。そんなとき朗報がはいった。「海トラ（海上トラック）二隻入港、全員揚陸作業に出よ」という命令である。これで六合定量となるという。みんな雀躍して喜んだ。乏しい弁当を腰に、朝からマダンの埠頭に出かけた。久しぶりの外気が眩しかった。椰子林の長い道をぬけ、みんな心も弾み、遠足のように浮き浮きしている。冗談もとび、歌も出る。港の丘で待機する。友軍機が十数機上空を哨戒している。陽は暖かく、銀翼きらめき、眠気を催すような太平である。

やがて、遠く煙が見えてきた。期せずして歓声があがった。しだいに船の形をあらわに見せはじめる。二隻雁行して、こちらに向かってくる。岸壁まで、あと四、五百メートルにせまった。みんな腰を上げた。そのときである、「おや！　おかしいぞ！」と叫んだものがある。ほとんど誰にも気づかれなかった。「あれをみろ！　敵さんだ！」と血相を変えた。見ると、たった二機、友軍機の間隙をついて、一直線に海トラに迫っている。確かに違う。だが、敵機だという確かめもついていない。こんなばかなことがありうるか」一瞬のうちに頭にひらめいたものは、そんなことだった。固唾をのんで見守った。友軍機は気づいていないのか、空間にばらまかれた位置からして、絶望的だった。ドカン、ドカンと水しぶきを上げ、地響きがつづく。ついで、ダダダダと機銃掃射、あえなく海トラは、二隻とも黒煙を吐いた。あっという間の出来事だった。息をひきつめ、まじろぎもせずみつめていたわれわれは唇をかんだ。逃げる敵機を追って上空は静かになった。

白昼夢としか思えなかった。あれだけ友軍機が固めていながら……。まさかという油断はなかったか、それとも空間の広さなのか。海トラは、爆薬・砲弾の類を載んでいたらしく、自爆を始めた。船体は傾き、沈んでゆく。乗組員の運命は、もはや明らかである。船は沈んでも、マストを没しえないほど浅いところまで辿りつきながら、一瞬にして無念の涙をのんだのだ。海底で、絶え間なく自爆がつづく。ほっと溜息をついて、重い足を引きずった。いつまでも、爆音が追いかけるように響いてくる。何よりも、自信がぐらついた。すべて事は厳密な計算の上に遂行されているはずだという信頼感が裏切られたのである。到底ありうべからざる計算違いが、目前で、しかも白昼演じられたということが、たまらなかった。爆音は、思い出したように、一週間ぐらいつづいた。そのたびに、腸をえぐられた。

そんなある夜、アッツ島の玉砕を聞いた。暗がりのなかで、めいめいの思いに耽った。信じられない。詳細は何もわからないが、作戦の齟齬というには、あまりに犠牲が大きすぎるではないか。「なあに、こんなこともあるさ」という声と、「おれたちも危ないな」という声とが入りまじった。誰も、絶望のどん底をのぞきたくなかったのだが、孤絶を感じていただけに、あとの方の声に実感がこもっていたことは否定できなかった。「死」の舞台の開幕を告げる板は、すでに二つ打ち鳴らされていたが、このアッツ島玉砕の報は、その第三の析として心に響くものがあった。マルスの手にしている拍子木は、いつその第四が打ち鳴らされようとしているのだろうか。前後して、山本五十六元帥の戦死の報を聞いたが、状況の曖昧さもあり、アッツ島玉砕の報ほどの衝撃はなかった。一発で人間は死ぬものだ、という感じがあったからでもある。

海底の自爆の音が、次第に間遠になり、やがて全く沈黙してから四、五日たったころ、わが中隊の元気者が二、三人で、その船を探検して帰って来た。船艙にもぐりこんでみると、糧秣が散乱し、船の動揺につれて船員の死体がふわりと直立しておどりかかってくる、ということを身振りを入れながら興奮して語った。あのまま糧秣を腐らせるのはもったいない、いまなら少々は何とかなるんだが、と重油で薄汚れた顔をかがやかせた。その旨を連隊長に報告し、糧秣回収の許可を仰いだが、危険だという理由で拒否された。執念は断ち切れなかった。危険だからという理由だけならば、危険でなくすればいいのだろうとか、連隊長の立場からは許可するわけにもいかなかったのだろうとか、勝手に解釈して、リヤカーを引っ張って行き、回収を決行してしまった。食糧は日々に細り、餓えに迫られていたのである。

意外に収穫があった。米・味噌・沢庵・魚の干物・乾燥野菜の類である。作業にあたったものは泳ぎの達者な漁師兵ばかりだったが、波のまにまに荷が崩れかかったり、船員の死体におびえたり、重油を飲まされたり、大変な仕事だったらしい。連隊長のところにも、ぬけぬけと収穫を献上した。こうあけすけやられると、さすがの連隊長も止めようがなかった。

「バカめ、気をつけるんだぞ」と怒鳴られ、殴られたのか撫でられたのかわからぬような、奇妙な気持で引き下がってきたという。黒ん坊のように、重油で汚れた顔を見ては、叱る気にもなれなかったであろうし、底のぬけた兵隊を、むしろ頼もしくさえ見ていたのではなかったか。連隊一のやんちゃ中隊の面目でもあった。それとともに、食糧の細りゆくに従って食欲が判断の基準となり、自己中心的になっていたことを物語るものでもあった。人間的なつながりもまた、円周を狭めていったのである。「ナムアミダブツ」と唱えてもぐってゆくのが精一杯であり、船員の死を悼みながらも、遺体の収容などということは、考えられもしないところまできていたのである。

高温多湿のこのゴム林は、蚊の温床でもあった。二種類の予防薬と、一個分隊はいれる蚊帳とが、その無尽蔵の悪魔に対抗すべき手だてであるが、いかに注意していても一日に二十や三十刺されるのは覚悟しなければならぬ。ほとんどのものが、マラリアにやられた。高熱にうなされ、うわごとを口走る。頭髪がごっそり脱ける。病院の医療設備もある程度整っているが、二人、三人と倒れてゆく。貧しい更衣をして、茶毘に付す。無常というには、あまりにはかなく、直截な空虚感である。点っていた灯の、その一つが突如として消えたのだ。しばらく網膜に残像をとどめるにすぎない。そして、ゴム林の端に立てられた一基の墓標が朽ち果てるころ、誰にも知られず、自然に、土に、帰ってゆくのだ。最初の墓標は、京城在住のU上等兵、マダンの東郊二キロのゴム林にある。故郷にあてて、弔文をしたためる。ことばの空しさに、筆もとどこおる。

このマダンの近郊にアレキシスというところがある。「アレキシス」に聞き覚えがある。ギリシアの喜劇作家の名ではなかったか。記憶は奇妙なもので、意外な単語を覚えていることがあるものだ。そこに、壮麗な教会があると聞いて、寄り道したことがある。整然とした大椰子林に、トロッコの線路が赤錆びていた。その奥に教会堂をみつけた。何と、豪華なシャンデリアが見られるではないか。なかは少しも荒らされていず、白堊のマリア像もそのまま安置してある。静かな空白だが、死滅の静寂ではなかった。安らぎがあった。しばらく椅子に腰かけて、仕切られた静寂のなかに身を沈めた。

　このアレキシスに飛行場ができ、敵の爆撃目標となり、みるみるうちに破壊の限りを尽くすことになったのは、ほんの二、三ヵ月後のことである。作戦不利となり、終戦近く、ここを通ったとき、あまりの変貌に眼を疑った。国破れて、山河も残さぬ惨状だった。聞くところによると、第一次大戦に、両軍の空軍が投下した合計の何倍というトン数が、この一点に集中されたという。真偽のほどはともかく、虚妄とは思われぬ凄まじさだった。一望、赤茶けた土塊(つちくれ)を掘りかえし、一木もとどめていなかった。アレキシスが、もし喜劇作家の名ならば、焼け爛(ただ)れたこの荒廃を何と形容することだろうか。

　眼の前に飛んでくる蚊を片手で握りつぶし、追い払い、依然として地図を複写し、功績書類を整理し、作業経過を記録して日課を終える。こんなところにも、いつの間にか生活が形づくられてゆく。連隊本部主催の、現地物資による民芸品コンクールが開かれた。点数にして三百点以上もあったろうか、みごとな作品が展示されていた。素朴なところで、椰子の木の箸・パイプ・印籠・飯櫃(めしびつ)・引き臼の類から、茶器一式に及ぶ。ありとあらゆる調度のコレクションである。陳列を見て、ただ驚きの眼をみはった。これほどまでに加工できるということが、信じられなかった。椰子の木を輪切りにしてお盆をつくり、茶瓶は、椰子の実の中核にある固い殻でつくり、湯呑みまで添え、磨きがかかっている。ネックレス、ブローチから玩具にいたるまで、精巧をきわめている。手先の器用さは天才的だという民族の伝統を、まざまざと見せつけられた思いだった。椰子の葉で編んだ帽子、ハンドバッグもある。それぞれ、本職もいるわけだ。

波打ち際の椰子林で、一夕演芸会が催されたこともある。連隊長以下参集し、盛況のうちに事は運んだ。各中隊選りすぐりの兵隊が、それぞれのどを競い、芸を披露した。浪曲・歌謡曲・民謡・都々逸、さらには洋舞・日本舞踊など多彩をきわめ、これもれっきとしたプロが混じっているのである。水平線に月まで浮かぶという景物に、いよいよ佳境に入る。

そのときである、突如、上空三、四十メートルの超低空でB29が殺到してきた。しかも、真上である。五十メートル幅のバリカンで、刈りとられた感じ、ジャリジャリという爆音とともに、椰子は髪をふり乱し、幹ごとぐらぐらと揺れた。首筋がぞくりとした。おったまげた、とはこんなときをいうのだろう。もちろん、みんな逃げ散った。しかも、飛行機が一機飛んだというだけで、相手は何もしていないのだ。それっきりで飛び去ったが、すっかり興ざめてしまった。一瞬の出来事である。みんな逃げ散ったと言ったが、逃げ散ろうと意志した、と訂正すべきであったろう。腰を上げるいとまもなかったのである。逃げ散ることができたのは、遙かに遠く飛び去ってから後のことである。演芸会と名づくものは、これが最初であり、最後であった。

歌謡曲の歌詞の募集もあった。女学校の音楽の先生（京城の龍谷高女だったか）の作曲で、「母の便り」と題するつぎのような歌が広く連隊で歌われたのである。歌詞も曲も甘いといえばいえようが、そのころのわれわれの、母と「妣が国」へのつながりの密度を反映したものであった。戦況の逼迫とともに、その糸も次第に断ち切られてゆき、ついにただひとりある孤愁に身を沈め、空ろな眼をあげていたわれわれだった。いまもときどき、ふっとこのメロディが口をついて出る。不思議と、陰惨な影を伴わないのは、どこかまだ心のゆとりがあったからであろう。記憶は、仕切られたまま回想されるものらしい。それとともに、こういう情感が郷愁として、われわれのうちに潜むものであるからであろう。

フィンシハーフェン、板東川、アイタペ、カポエビス、ウイフン、チャイゴール、クンブンフンなどの音感にからまるものは、底知れぬ泥沼の腐敗のにおいである。そ

母の便り

おまえが出征てからもう八月
今年も背戸のぐみの実が
赤く色づき初めました
露を払って摘みとって
陰膳にそえてあげました

おまえは今頃どの山を
越えて進んでいるのかしら
早くモレスビーうちおとし
元気なお便りくださいと
嫁も坊やも言ってます

の腐敗を浄化するものが、この歌にはある。だが、この曲を知るものは、一個連隊数千人のうち、もはや百人にも満たないのではないか。こんなことに刺戟されて、各中隊で歌声が蘇った。歌謡曲が、民謡が、都々逸が、どっと吐き出され、お国ぶりが紹介された。「いとしの妻よ、泣くじゃない」とか「今宵出船か、お名残り惜しや」とかが、哀切な共感を喚び起こして繰り返されていた。

かわいい息子を戦地に送り
今日もくるくる糸車
幾つ巻いたら帰るやら

歌に無縁な音痴も、「母」への慕情を託して、こんな節を口ずさんでいた。

故国を遠く離れたとはいえ、マダンまではまだ、それぞれに浮世の思い出を引きずっており、夜ともなれば賑やかなさざめきと、楽しい笑いとが絶えなかった。笑いのあと、ふとつき放されたような現実につきあたって、口をつぐむこともある。笑いのあとの空しさが、一入身(ひとしお)にしみて、突如として襲ってくる空白をもてあますこともあったけれど、どこか隙間風に似た生還の夢があったのである。一日の作業に疲れても、乏しい夕食の団欒のなかに、一日を終えたという満足と安らぎがあった。ドラム罐の湯に浸り、あとは眠りに就くまで、蚊帳のなかでコプラの灯をたよりに、碁・将棋に興ずるものもいる。うわごとのような舌戦に岡目八目が入りまじる。ごろごろ転がって、たわいもない話に興ずるグループもある。話題は当然のことながら、食べものの話と、女の話に集中してゆく。この世の中で、いったい何が一番うまいか、ということから食道楽の通が蘊蓄を傾ける。食堂などで、これはと思ったものは、必ず自分で作ってみなければおさまらぬという凝ったのがいて、驚かされる。料理の真髄は、男子の手によってのみ尽くされるという信念を吐露し、啓蒙にこれつとめるものもいる。

分隊ごとに分散された宿舎を遍歴して、だべり歩くのもいる。大方は、人生の機微に通じたと自称する厚顔しい召集兵が多かった。「班長さん、お邪魔しまっせ」と言って、入って来れる連中である。一人を相手に、また大勢を相手に、とめどなく話題をふりまいてゆく。若い男ばかりの夜話ともなれば、つづまるところ女の話である。女房が、カカアが、かあちゃんが、うちのやつが、その他もろもろの女の呼び名が入り乱れる。そして、おたがいに悪ぶろうと背伸びする。名誉の赤紙といわれた召集令状を受け取ったとたんに、時ならず生理の変調を来たした妻のことを語り、「処置なしや」で笑いに紛らそうとする。最後の外出をもらった現役兵は、未亡人を訪ね、自分はこの若さで死ぬだろう、と言って、「銃後の女性」を泣きおとしたという。死ぬ、死ぬと言えば女は弱いものだ、と手のうちを見せる。今生の思い出にとばかり、ドン・ファンぶりを発揮したという年輩の召集兵の話は、自分で自分の「話」に興じているふしがあった。偽悪のポーズが見え透いて、かえってあわれをそそるものがあった。新婚一月足らずで別れて来た兵隊は、いかに愛情細やかな妻であったか、のろけの果てに、「ああ、たまらんなあ」とすっとんきょうな声をあげて、毛布にしがみついたのは実感がこもっていて、あわれだった。

大義名分に身を飾ってみても、裸形のあわれをどうすることもできないのだ。家庭をもっているものは、どんなにして最後の一夜を惜しんだかを冗談に紛らしながらも、断ちがたい恩愛の契りをただよわせていた。骨肉の離別を、ときに誇張し、ときに道化てみせながら、生身の悲しさをどうしようもないのだ。だぼらを吹き、五臓六腑をさらけ出し、虚勢をはってみても、えたいの知れない「暗澹」を払いきることはできなかった。

こんなときにも、貝のように口を閉ざしたまま、自分を語ろうとしないものがいる。どんなところに置かれても、依然として自意識をもちつづけ、身につけた衣裳が脱げないのである。おそらくは、命の尽きるときまで、端座し沈黙を守る性(さが)である。
未来への見通しが全く遮蔽されてしまうと、人の心は過去の方に向かうほかはない。それも、楽しく明るいものに限られてくる。ことに、出征のときの友人・隣人の友情が、ほのぼのとした心の支えとなって回想されてくる。娑婆(しゃば)に対し、異常に敏感になっていたしるしであろう。折にふれては想い起こされたのは、京城最後の夜景だった。あの夜、文科の友人十数名、送別の宴を開いてくれた。大塚旅館（集まった友人の一人の家であり、後にその友人も特攻に加わり戦死したと聞く）の一室に、時枝先生（時枝誠記教授）も出てくださった。一人反対向きの座席に座らされたような、はかない気分をどうしようもなかった。飲むほどに、酔うほどに、座もくずれてきた。何人かが手を打ち、高吟した。時枝先生も、一さし舞おうとばかりに、あやしい足どりで、
砂漠に陽は落ちて　夜となるころ
と踊り出された。われわれも大声で和し、手拍子を打った。脱線したレコードのように「砂漠に陽は落ちて夜となるころ」と、同じところを何度も繰り返していた。手ぶり、足ぶりおもしろく、笑っているうちに涙があふれそうになった。振り上げた靴下の指先が、みごとに反っていたのが印象的だった。学生が二、三人、先生にとびついてゆき、パートナーをつとめた。何本かの足が、てんでんばらばらに畳を踏んでい

た。挙句の果てに、どすんと尻もちをついて千秋楽となった。別れるとき、先生は「この男はやるよ、きっと、やるよ」と、手をとられた。乾いた心に、熱いものが流れた。

人影一つ見えない朝鮮神宮の参道を歩いた。左右により添う二人、前田実英、淵上昴。ほてった頬に、冬の夜風が快かった。ただ歩きたかった。黙って歩いた。三人の影が、アスファルトにくっきりと倒れていた。夜が感覚を鋭敏にし、友情と孤独との間を往反していた。現実と、とてつもなく遠い世界との間にたゆたう分裂した自分をもてあましていたのだ。月が冴えていた。京城の夜景――おそらくは最後の夜景を見下ろした。青く澄んでいた。電車の青白い光が散った。フランス教会のシルエットが幻想的だった。いつまでも歩きつづけた。

笑ましくも　君　み征きませ　冬の空（昴）

応召の　君を送ると　冬の月（実）

二人は、即興を書いて手渡してくれた。不自然にも、親しい人々と遠くへだたってい なければならないときにこそ、人は身近なものに、もっとも強く結びつけられていることを感じるものである。

日本内地の思い出が、繰り返し再生されたのも、フィンシハーフェンに向け出撃するまでの、数ヵ月にすぎなかった。フィンシハーフェンの会戦に四散してからは、そうした回想も一人一人の心のすみに、小さく、はかなく持続されるだけで、表に出ることもなくなってしまったのである。

雌雄を決すべき大会戦の日を、漠然と予知しながら、日々さざ波を立てていた。不敗の信念は隠然としてわれわれを支える究極のものとして、しかとすわっていた。すべてを末梢のこととして、黙過する余裕もあった。

このころ、S上等兵というひょうきんな召集兵が、何か笑うべきことにぶつかると、とたんに右の手を振りおろしながら指をぱっと開き、扇になずらえてやおら口元にもってゆき、くっくっと笑うポーズを披露した。扇のかげで、忍び笑いという風情である。「いやはや、笑止千万」、ぱっとやるしぐさが、無邪気に流行していった。Sの姿を見ると、何人かがそういうポーズをして待ち受けていたり、話の途中で相手がそれをやると、「ばかな、おれの方こそ、これだ」と、たわいもなく争ったりした。色の黒い、やや茫洋とした風貌にもかかわらず、上目を使いながら、手首をきかせてしなやかに口元にもってゆくSの演技に、本気になって食ってかかるものもいるほど、それはみごとなものだった。純情な現役兵が、〝朴訥〟な指を枯木のように開きっ放し、ややあってそれと合点されるのも、かえっておかしかった。愛すべき〝マダンの扇〟も、マダンをかぎりに破れ、再び見ることはなくなった。主を失ったからである。

胎動していたものは、かれにおいては急速に太り、これにおいては次第に細ってい った。五月二十七日の海軍記念日には、何十機という友軍機が、空を圧するデモンストレーションをやり、頼もしく仰ぎ見た。が、六月、七月、八月と、月日の経過とともに、友軍機は数をへらしていった。九月になると、音がすれば敵機にきまっていた。爆撃も、日に日に熾烈さを加えてきた。飛行場作業も、全くお手あげだった。何百の人員が、何日かかって、やっと整備すれば、ものの数分間に掘りかえしてくれる。賽の河原の嘆きとともに、切歯した。忍耐強く、ドラム罐を埋め、土を入れ、友軍機を待ったが、またふっとばされる。ついに友軍機は一機も飛ばなくなった。挙句には、あちらさんの飛行機が、悠々とおりてくる始末である。

何たる屈辱。病巣を衝くべく、歩兵の怒りは心頭に発した。わずかに三、四ヵ月の間に、彼我の空軍勢力は完全に逆転した。それでも、いま空軍主力はどこそこに全力を集中している、それがすめば大挙して来てくれるのだ、という声は絶えなかった。そう信じたかった。だが、海軍は戦争の見通しに、早くから驚くほど悲観的だった。

ばかな戦争だと言い、陸軍が力んでいるのを冷笑していた。それぞれの観点がある。楽観にしろ、悲観にしろ、ほんとうのところはわかるはずもない。そう思いながらも、断言的なものの言い方は意外だった。

　マラリアも暴威をふるいだした。朝、点呼のとき、一列に並んだ兵隊の口に、中隊長手ずからアクリナミンを一つずつほうりこむところまできた。マラリアの恐ろしさを知りながらも、真底苦い薬を敬遠するものがいたからである。それでも、倒れるものが日を追ってふえていった。空を支配されては、輸送の道がなく、糧秣もとだえがちだった。基地ラバウルから、潜水艦で送られてきた。米は、ゴムの二重袋に入れられていたが、それでも浸水してかびているのがあった。夜闇に紛れて、入港してくる。あわただしい揚陸作業。夜の明けぬうちに帰らねばならぬ。時間を計って、積荷を残したまま立ち去ることも、しばしばだった。魚雷艇が、間断なく狙っているからである。頽勢はすでに歴然たるものがあったが、われわれは軍の作戦を信じ、一時的な現象とみる眼は揺がなかった。

7 出撃

住めば都である。このゴム林の生活も三ヵ月におよぶと、妙な親近感のようなものが湧いてくる。踏みならされた地面、手垢のついたゴムの樹、別れるとなれば断ちがたい愛着さえ感じられる。われわれ二百数十名を、こっぽり包んでいたゴム林、それは必ずしも快適なものではなかった。むしろ、闇の奥に光る眼のように、われわれを狙う病毒の温床でさえあった。数基の墓標の語りかけてくるものは、その暗黒の眼だ。しかも、別れのいま、われわれに向けている真昼の眼は明るい。八月四日、ゴム林を捨てて、東、歓喜嶺に向かう。ウエワクからマダンへの移動とは、様相を一変していた。村落は廃墟となり、原住民は逃げ散っていた。死灰のなかの行軍だった。創造の精神、旋律の失われたところが「死」である。

崇高な旋律に、人間の生を感ずる瞬間がある。すべてが放棄されたなかに、ウリンガンの教会は一つ活動をつづけていた。神父が二人、一人はファーター・イ・ファン・ヴァールと名のるドイツ人、一人はオランダ人だった。飛行機が飛んで来ても、白衣をまとって、平然と戸外を歩いていた。むしろ、みずからの存在を確認させているかに見えた。教会は爆撃しないのだろう、という噂がとんでいた。シスターと呼ばれる女性が四人、オランダ人、ドイツ人、フランス人、アメリカ人と、それぞれ国籍が違っていた。タールというドイツ人が最年長らしく四十を越えているかと思われた。一番若いのがアメリカ人で、二十四、五かと見受けられた。「アメリカ」と、澄んだ声で答えられたときは、意外でもあり、驚きもした。彼女も、心の隅に潜む微妙なこだわりは、隠せなかった。神に仕える身には国境はない、というふうなことを付け加えた。おそらく、こちらがもう少し英語に通じていたら、もっと言いたいことがあったのではないか、と察していた。こんな戦争をどう思うか、とつまらぬ質問をしたら、じっとこちらをみつめていたが、何も言わずに眼を伏せただけだった。その名をテオフェンといった。

ここの警備隊長は、彼女らのいる家――欧風ではあるが、バンガローに手を加えたような簡素なもの――に鉄条網を張りめぐらしていて、出入口は二つしかなかった。軍の要人が往来するときには、彼女たちにお茶の接待をさせているということだった。どうしたことか、ふと思いついたように、奥の方から新潟の写真のはいっている雑誌を持ってきて、あれこれと説明を求めてくる。兵隊になる前は、何をしていたか、専攻は何か、などとしきりに好奇心に駆られているのは、テオドリアンヌというフランスのシスターである。みな淡いブルーのガウンを着ており、いかにも暑苦しい。

われわれの持参しているグラインダーは、大分磨滅したので、交換してもらえないか、という用件を伝えると、原住民たちがときどき使うだけだからと、快く応じてくれた。中隊長の用を果たして帰りかけると、「神の恵みを」と言ってくれた。こちらも、同じことばを返し、深く謝して別れを告げた。そのとき、警備隊の歩哨が、遠くから大声で怒鳴った。何のことかといぶかると、女たちはかすかに笑った。兵隊禁制の聖地なのだ。

朝夕、ミサが行なわれる。村落らしいものも見えないのだが、どこからともなく住民が、この椰子林に参集してくる。やがてオルガンの奏楽が聞こえ、聖歌がうたわれる。おし寄せる潮の音のなかに、生きている「魂」を感じさせる。居眠りでもしようなら、シスターは遠慮なく頬に一発をくれる。敬虔さとともに、妥協を許さぬ厳しさがある。

だが――ひたすら神に仕え、神の恩寵のなかにあって、迷いはないのだろうか。遠く南溟に派遣せられ、戦局は刻々に急を告げている。望郷も、不安もなく、神に捧げて安心をえているのだろうか。個人の意志を超えた途方もなく巨大な暴力の前に、たゆとう心も、ときに絶望につながることも、あるのではないか。ある小島の宣教師は、無電で情報を流していた嫌疑で、強制収容されたと聞く。祖国——それはかれらの母なる大地である。考えられないことではない。東へ、東へと集結している日本軍を、まのあたりに見て、無関心ではおれまい。日に日に、爆撃・砲撃の音は高まり、近まっている。何を思い、何を考えつつ、日を過ごしているのだろうか。椰子林を、裾をひるがえしながら馬を馳せているシスターの姿を見送っていると、ふと疑念にとらわれる。

教会の像は、こよなく美しい。そこに、いのちの焦点を凝集させているのだ。椰子林の露天に一基、すっくと立っている白堊のマリア像に、一瞬、はっと眼を奪われる。キリスト教の浸透は、想像以上に深く、広い。だが、抽象はかれらの知能習慣とは無縁である。観念的な思惟に慣れないかれらには具体的な視覚に訴える感銘を必要とするのであろう。

二ヵ月にわたるフィンシハーフェンの攻防戦の間に、敵機は後方要地を、すべて蹂躙し尽くしてしまった。残骸もなく、ウリンガン教会もすっとんでいた。六人の聖職者たちの運命は知るよしもない。しかし、死をのりこえた旋律の崇高さを、忘れることはできない。

8　光と闇

東へ。装具・器材・爆薬を積んだリヤカーを押しながら、ひたすら東進する。山と荷物を積み上げられたリヤカーは、巨大な動物が喘（あえ）ぐように、ゆらりゆらりとゆれながら、進み、止まり、また押し上げられてゆく。泥濘（ぬかるみ）も、砂地も、川床も、山道も、無二無三につききってゆく。山に押し上げているうちに、ふと眼を転ずると足もとから月が出ているのに驚いたことがある。雲上に連山を望見する雄大な眺めだった。たったいま、この墨絵の筆をおさめたかと思われるみずみずしさに、息をのんだ。幾つかの山の輪郭を鮮明に浮かび上がらせ、あとは白い雲のなかに沈んでいる。自然の一切を抽象し、墨の濃淡とぼかしによって、遠近の空間を表現しえており、直接に自然の生命を写し出したかと思われる。われわれ自身、その空間構成の一点として、画面の限りない奥へと誘いこまれ、燃えていたからだもたちまちに冷える。「我」はぬけがらとなって、ふわふわと雲の上をさまよいはじめる。墨一色のなかに、月光だけが作り絵となって、金粉をばらまいている。しばし、天上に飛揚しえた。

道でない道、無理な荷重、一台二台と廃棄され、余端（よぜん）を保っている車両の負担は倍加する。行けるところまで行け、という背水の構えである。ほとんど連日雨に見舞われ、難渋する。ブナブンへの行路は、わけて難路だった。両車輪にそれぞれ兵隊がしがみつき、泥濘からの脱出を試みた。泥濘は、膝を没し、一足ごとに泥を掬（すく）い上げた。あと二時間もがんばれば、中隊がはいれる村落がある、と励まされても精根尽きていた。雨は降りやまず、あたりは漆黒の闇、黒い雨が降っているかと思われる。首や手足の出ているところが、やたらに痒（かゆ）くなってきた。みんな、痒い痒いと言い出した。ぶよか、赤虫にとりつかれたらしい。さらに、苛立ってくる。滑って転んでも、たちどころに雨に洗い流される。全身、挑みかかるように動いてゆくだけである。道は全く見えない。稲妻が闇を引き裂いた瞬間に、数十メートルの行程を見定める。また稲妻を待つ。凄い雷鳴の夜だった。真夜中のころである。

それから、一時間もあがいただろうか、はたと先頭が止まり、急にがやがや言い出した。何事なのか。いぶかりながら行ってみると、あるべきはずの橋がこの豪雨に押し流されてしまい、川は唸りをあげているのである。やんぬるかな！　墨をかぶっているようなこの暗さに、何ができようか。命令も何も出ない。心ゆくまで降りつづける雨のなかに、声をのんでつっ立っているほかはない。掌もほとびて感覚を失っている。乾いたものは、何一つない。座るところもない。一夜を雨のなかにつっ立って過ごすほかはないのだ。こうして一時間、さらに一時間、芯から濡れていった。ときどき、川がごほんごほんと咳をしているのは、水底を転がる岩の音か。

ただ、夜明けを待ちわびた。夜明けを祈った。冷えてくる。震いがくる。歯を食いしばり腹に力をいれる。動けば、衣服に含んだ水が、いやな感触を新たにし、身震いする。腕を組んで胸に押しつけ、わずかな体温を逃すまいとする。雨は、はらわたまで洗い尽くす。唸った。長い夜だ。次第に力も抜けてゆく。膝が、がくりとする。覚めているつもりなのだが、朦朧（もうろう）としてくるらしい。眠ってはならぬのだ。

9 狂乱

ボガジン渓谷のある朝、頭蓋骨の奥に、いやな鈍痛を覚えた。妙に視野が暗い。骨格のたが弛（ゆる）んだような重さを感じた。食欲は全くない。アクリナミンの量をふやして飲んだ。からだの全重量が、両足にのしかかってくる。ともすれば行軍の列から、離れそうになる。おこりつつあるただならぬ兆候に向かいあって、孤独なたたかいをつづける。とにかく、あがきながらも一日目の行軍を終えた。設営のために、みな忙しく動いているのに、座ったきり動けなかった。頭が熱い。せっせと薬を飲んだ。どうやら、マラリアらしい。いままで、一度もやったことがないのを、むしろ不審に思っていたのだが。上陸後八ヵ月、何事もなかったのは、稀有の事柄だったのだ。

二日目の行軍は、さらに辛かった。次第に遅れる。何ものどを通らない。頭はやけつき、ずきん、ずきんと痛む。ただ、水、水、水で歩き続ける。みんなより、二時間も遅れて着いた。そのまま横になって、わずかな米を水で流しこんだ。動悸が狂う。かっかと全身が燃えるかと思うと、耐えられぬ悪寒がくる。

三日目、川沿いの行軍で、もう初めからひとりぼっちである。装具を全部持ってもらって、からだ一つをもてあます。川で頭を冷やし、水を飲み、重い足を引きずる。また川に行く。苔くさい水を飲んで、どさっと座りこむ。仰向けになると、心臓の鼓動がきこえる。むちゃくちゃに早い。五体ばらばらに砕け散ってしまいそうに思われる。自分を中心にしたすべてが、不整合の世界に見える。薄暗くなり、やがて暮れる。今宵どこに眠るのか、と考えていたら、元気のいい現役兵が二人迎えに来てくれた。若やいだ声が、うれしかった。意識も朦朧としてくる。

救急箱をさぐって、衛生兵は薬を取り出してくれた。紡錘形のつやつやした薄紫、それゆえにかえって気味の悪い色である。うずら豆くらいの大きさが、のどにつかえた。ものの数分もたたぬうちに、大地がゆらぎ始めたのを感じた。やがて、ぐるぐると旋回をはじめた。眼があけておれなくなった。大地に載せられて、左から右へと、大きく闇のなかを駆けめぐった。困憊したからだは、不安を感じることもなく、ただ蕩揺にまかせた。左から右へという一定のコースを、奇妙に思う気持はのこっていた。二、三十分間の孤独な旅のあと、旋回のスピードがゆるみ、ひたともとの位置に停止し、うつ伏している自分をとりもどした。夢幻から覚めたような倦怠をおぼえ、起き上がって吐息をついた。現実の苦痛をやわらげるべき、天上界逍遥の秘薬だったらしい。その夜、うなされつづけた。もはや、衛生兵の手にある。

四日目、また歩きつづける。完全にふらふらである。十歩行っては倒れ、また十歩行っては佇むという、ぎりぎりの闘いとなった。すでに逆上し、眼は何ものも映さない。頭をタオルで濡らし、ひとり死闘をつづける。おれのからだのなかに、何ものかがはいりこみ、すでにおれ自身ではない、そんな気がしていた。足は、バランスを保つ力を失ってしまった。水を汲もうとして、何度も川にとびこんだ。あてどない彷徨となった。夕暮れ、川べりの一軒家に辿りついた。思いがけず、中隊の軍曹が一人出てきた。はじめて確かなものに出会ったような喜びを感じた。軍曹は、中隊長の置手紙を手渡してくれた。「中隊は前進する。F軍曹とともに、功績書類その他の物件の監視のため、ここに居残り、療養せよ」と走り書きしてあった。小屋に倒れこんで、意識を失った。

Ｆ軍曹は、通過部隊の軍医を呼びとめては、注射をうってもらってくれた。同学の先輩が多く、親切に薬など置いていってくれたという。夢のなかの人物のように、それらの軍医の顔が思い出された。なぜこの人がおれの前に？　という気持と、確かなものに支えられている喜びとが、遠い被膜のなかから蘇ってくる。一週間は、全く動けなかった。

灼熱と冷凍とが、交互に五体をさいなんだ。熱がとれてからも、膝関節が疼いた。伸ばしていた足を立てると、しばらく耐えられぬほど疼く。立てていたのを伸ばすと、また同じように疼いた。なにもかも忘却した十日間だった。どうにか歩けるようになってからも、感覚は遠い。軍医の話によると、マラリア発熱後は絶対安静を必要とする、もう一日歩いていたら、おそらくまいっていただろうということだった。敵機の飛来も日増しに多くなり、上空の旋回も執拗さを加えてくる。砲声も烈しくとどろきわたる。

小屋に座って見ていると、小川の流れに一本の木の枝が垂れ下がり、流れにもてあそばれている。日夜、休む間もなく、枝の動ける限界まで押し流され、それ以上行けなくなると、ぴしっと飛沫をあげてはね返り、また流れに乗ってゆく。新しい力が加えられぬ限り、この奇妙な闘いを繰り返している枝に、やりきれないものが感じられてくる。勢いを失って垂れ下がっているのではない。水沫をはねとばす力がありながら、どうしてこういう不自然な事態に立ちいたったのか。みずからの力で、本来のすがたに立ち返るときがくるのだろうか。そこまで行って、枝を引き上げてやるだけの気力も体力もないままに、なるべく眼をそらしながら、意識の底で絶えず気にしつづけていた。本来静かなるべき植物の動騒が異様だっただけではない。そこに、共通のいのちを感ずるほど、病後の神経は鋭敏になっていたのであろう。

すぐ近くに野戦病院があると聞いて、F軍曹とともに出かけてみた。Fはいたわるように前後して、坂道を引き上げてくれた。軍医が出て来た。少尉である。どこか隈のある暗い顔だった。椰子の木の下の椅子に向かい合った。容態を詳しく話した。軍医は、「地方で何をしていたか」ときく。「学生でした」と答えると、「なにっ」と言って、やにわに立ち上がりざま左頬に一発くらわされた。何が何だか、わけがわからぬ。病状については、一言もさしはさまず、いきなり立ち上がったのである。その問答の間に、一体かれの頭のなかに何がおこったのか。F軍曹も、呆気にとられ庇うような姿勢をとった。

「こんな状況で、薬などあると思っているのか」と睨みすえる。おれに何の関係があるというのか。薬がないといって、人を殴らなければならないのか。からだのこともあったが、一つには軍医ならば、先輩の軍医たちがそうであったように、なにがしかの話題もあろうかと思い、訪ねて来たのだ。厳しい野戦なるがゆえの親近感めいたものだった。気持の奥に、他の将校に対する場合と違った心のゆるみがあったかもしれぬ。むしろ、それは甘えにちかいものだったろう。しかし、礼を失したとは、どうしても思えない。おれも、軍隊の型のなかに、少なくも外形ははまりこんでいる。内を外に出さない狡猾(こうかつ)さも、軍隊の要領である。問答を反芻してみても、非礼があったとは思えない。それならば、なぜ——どうしてもわからない。

期待は微塵に砕かれた。相手をまともに正視した。だまって立ち上がった。一礼した。F軍曹も、帰途ぶつぶつ言っていた。気にするな、と慰めてくれた。気分は暗かった。かれの言動には飛躍がある、何がかれをそうさせたのか。考えられるとすれば、戦争であり、いま戦いつつある現実だろう。荒(すさ)び、荒んではけ口がなかったのだろう。そんなことを考えながら、生汗を流して小屋に帰り着いた。一日、こだわりつづけた。何年かぶりに、初年兵のように、故なくぶん殴られたことも、心穏やかではなかった。しかも、人を癒すべき軍医にである。

そんなことがあって暫(しばら)くして、軍医の発狂を聞いた。愕然とした。あのときも、すでに狂っていたのか。夜中に抜刀して、「敵だ、敵だ」と叫んで、走りまわるということである。恐怖と不安とマラリアと、それらが神経を狂わせたのか。それから、約一年後、確かにこの軍医に遇った。川を渡る途中、靴を首からぶら下げて、向こうからこちらに渡ってきた。懐かしいような、気づかうような気持で行きちがった。表情も、幾分明るかった。もちろん、相手は覚えていようはずもなかった。

この小屋から北、海岸の方に向かうと、みはるかす一面の草原地帯である。その草原の果てるところを、シアルムという。草原の小高いところに、教会がある。なかは、かなり荒らされていた。薄暗い隅に、首のとれたマリアの像の倒れているのを見たとき、なぜかぎくっとした。黒板に書かれた数字が、そのまま残っている。2+3=5というような初歩の計算が十題ばかり、眼を輝かせていた原住民たちの視線が残っている。オルガンが、横倒しになって埃をかぶっている。キーを押すと、無人の空間に生きものとなって、音がひろがってゆく。牧師館は、さらに狼藉のかぎりである。堆く蔵書が散乱して、わびしさをそそる。ゲーテ全集など、かなりの蔵書である。ギリシア語の書き入れのあるドイツ語・フランス語の聖書と、キャプテン・クックの『ニューギニア探検記』、そのほか二、三冊ひろう。なんとなく『マラリア』という一本をひろって帰ったのは、われながら解しかねた。古い家族の写真か、雨ざらしになって砂にまみれているのを、ていねいに水で洗ってみたら、ずるずるととけてしまった。

この辺りに、落下傘部隊でも降下するとしたら、恰好の地形だろう。その可能性はないとは言いきれぬ。ぼろろん、ぼろろん、と砲声が筒抜けたように響いている。いまの一瞬において、どこかの部隊で、何事かがおこっているのだ。可憐な野の草花のなかに座って、自然の営みを懐かしみながら、思いを馳せる。決戦のときは、間近いのだ。

10　会戦──フィンシハーフェン──

八〇(はちじゅう)(連隊)の神野少佐は、わずかに一個大隊を率いて、『敵中横断三百里』を地でゆき、奇襲をもって大戦果を収め、敵を震駭(しんがい)せしめた。帰って来たときは、衣服も兵器も、一切あちらのものを借用し、外人部隊」となっていた。神野大隊の勇名とどろき、原住民も「ジンノ」を神のように尊敬し、「オマエモ　ジンノノヘイタイカ」ときかれたものだ。わが七九(ななきゅう)も、十中隊の一個中隊を敵の背後に舟艇で奇襲上陸させ、大打撃を与えたが、中隊もほとんど全滅してしまった。新聞にも大きな見出しで、杉野中尉の壮絶な作戦を報じたと聞いている。

出撃直前、中隊長と二人、広い野原の一本道を歩いていたとき、その杉野中尉に遇ったことがある。一人、樹にのぼって枝に腰をかけ、海を眺めていた。その胸中に去来するものは何だったか。われわれを認めて、するすると下りてきた。決死の作戦をひかえて、淡々と笑いながら話していた。「では、行ってくる」「気をつけてな」、それが両者の別れのことばだった。

奇襲の戦果は大きい。それに比例して、犠牲もまた大きいのだ。それは、暴挙でもありうる。十中隊の兵隊は、暗黙のうちに最悪の事態を覚悟しながら、夜闇に紛れて出撃して行った。そして、再び帰ってくることはなかった。敵を畏怖させるに足るそれらの作戦が序幕となって、フィンシハーフェンの大会戦となったのだ。

われわれの中隊は、連隊の直轄で、作業中隊と呼ばれ、各中隊の精鋭をすぐって訓練された。特別任務を負うた中隊であり、連隊の、あるいは大きく師団の虎の子として、自他ともに許していた。人員構成も一般中隊よりも大きく、四個小隊編成で、中隊長以下二百六十一名で屯営を発ったのである(一般中隊は、三個小隊編成、中隊長以下百六十五名である)。主力をなす現役兵は、長崎県を中心とする九州勢であり、それに大阪府・奈良県を中心とする阪神間の補充兵、朝鮮在住の補充兵を加えていた。七九全体の出身別分布も、これに準ずる。対戦車作戦・火焰放射・トーチカ、橋梁の爆破、そういった近代戦のために編成された中隊である。それだけに、被害も大きかった。

食糧は窮乏した。芋数個が一日分の食糧となり、壕に釘づけされたとき、みるみる体力は衰えていった。しかも、毎日のように雨に見舞われ、壕は水びたしとなっていた。戦傷者にマラリア患者が続出した。そんなときにも、裸になって肋骨を指で押さえながら、ド・レ・ミ・ファ・ソ・ラ・シ・ドと笑いとばすのがいる。どんなに苦しくても、底が抜けていて全然受けつけようともしない器量である。

上空で唸っているのは、敵機ばかりである。ときたま、わずかな編隊で友軍機が来るが、敵陣地に着いたかと思うところ、まるで機関銃のような高射砲の乱射を浴びて、空しく引き揚げてくる。しかも、編隊は乱れ、うしろに敵機を従えている。物量の差は歴然としている。砲は擬装して据えてあるのだが、撃てないのだ。一発撃つと、えたりとばかり何倍何十倍となって返礼がくるからである。人間の背に負われて、わずかずつ届けられてくる砲弾と、舟艇で運び、トラックに積みこまれてくる無尽蔵の砲弾と、それがこの作戦のすべてを象徴していた。向こうは、白いテントを張って、レコードでも楽しむ余裕がある。こちらは、水びたしの壕のなかで震えている。それが、指呼の間に対峙する両軍のコントラストである。敵の食べ残して投げ棄てた罐詰をひろいに行って、射殺されたものもいると聞く。のさばる物量の前に、切歯扼腕する。

中隊長鎌田大尉も、眉間を砲弾でやられ、当番兵N兵長はあえなく戦死した。Nは純朴で、全身弾力のような精悍な男だったが、頭をやられてはどうしようもなく、傷口からはいったガスのため、紫色になって死んでいった。二人が同時に野戦病院に後送されたとき、「おれよりも、あいつの方が危ないから、先に手当してやってくれ」と、軍医に頼んだ中隊長の声が、Nにきこえたであろうか。

弾着は正確だった。グライダーで弾着を指示しているらしいということだった。飯盒の音一つでも、敏感にキャッチする集音器を備えているという。中隊長を失った打撃は大きかった。もはや、陣地を守ることが精一杯であり、攻撃は断念するほかはなかった。援軍来らず、孤立した歩兵――。

凄絶な死闘を繰り返したフィンシハーフェンの会戦だったが、物量に圧倒され、糧秣弾薬全く尽きて、ついに敗走の身をおこしたのは十二月二十日である。二月に及ぶ長い作戦だった。後退ではなく、大潰走である。

七九は殿をつとめた。かつて、東進の途上、五十一師団の敗走してくる姿を惨めな思いで見たが、今日はわが身の上となった。外被一つ身にまとい、裸足で、飯盒一つぶら下げて、杖を引いて帰ってくる五十一師団の兵隊の、あの黒ずんだ虚脱した表情が思い浮かぶ。激戦以上に何事かが曇らせた表情だった。人間の顔から、生気と感情を抜きとったら、こんなマスクになるのかと思って見たのだが——。まだ、そこまではいっていない。軍旗は旗手の手にあり、その存在を明らかにしていた。

徐々に退った。形勢を察知し、えたりと、追い撃ちをかけてくる。その間隙を縫って大分退ってから、小高い丘の上に立って、ひとり、かつての死闘の場を振り返り、敵陣地でも見えないかと、小手をかざした。一発、しゅるしゅると尾をひいて飛んできた。炸裂した。なおも、眼を凝らしながら、どの辺りから撃ってくるのか確かめようとした。つづいて一発、大分近い。発射音は全く聞きとれない。二発、三発と、いよいよ近くなってくる。このときになって、おれが狙われているんだ、と覚った。たった一人に向かって、砲を撃ってくる、相手はおもしろ半分だろう、高い戦争をしやがる。それとも戦勝の美酒に酔っての酔狂か。

あわてた。丘を転げまわって、岩かげに身を潜ませた。二、三発追ってきた。眼鏡のなかに、おれの姿がありありと映ったのだろう。いっちょ、驚かしてやるか、といった調子で撃ってきたのだろう。うろたえた格好もまた眼鏡にとらえられたか。勝利の快感を確かめるように、一発一発を遊び、快哉を叫んだか。だが、われ敗れたり、という意識はどこにもなかった。このフィンシハーフェンの敗戦が、決定的敗戦のプロローグでもあったことを、見通すこともできなかったのだ。

以下の構想は別表（次頁）の通りであるが、二部までは、ともかく漠然とした時間を追うことができた。三・四・五部は、時間の脈絡を失った、剥ぎとられた空間である。前後は暗闇につつみこまれ、むしりとられた空間だけが、一枚一枚鮮明なスライドとなって、記憶に映し出されているにすぎない。しかも、打ち寄せる波のように、そのイメージは再生を強いられる。それは、知性の光を失った人間の混沌であり、かろうじて繋ぎとめられている心象の世界なのだ。それまで学び蓄えてきた認識も言語も、悉く力を失ってしまうほどの、体験の残像なのだ。

部	年月日	行動の概要	兵員概数（（　）は犠牲者数）
第一部	18・1・6	龍山の屯営出発	第十八軍総兵力
	1・8	釜山港出帆	約十五万
	1・21	東部ニューギニア・ウェワク上陸	七十九連隊四千三百二十名
	4・10	マダン転進作戦のためウエワク出発	
	5・5	マダン到着（飛行場建設作業）	
	6	ボガジン渓谷・歓喜嶺道路構築作業	
	9・15	フィンシハーフェン作戦のため、ボガジン出発	
	10・10	フィンシハーフェン・サテルベルク高地の会戦	
第二部	12・20	ワレオより撤退開始、シオに転進	（五千五百）
	19・1・2	グンビに敵軍上陸、退路を断たれる	
	1・10	キャリに部隊集結	（千五百）
	1・22	ガリよりフィニステル山系を転進	（四千）
	3・10	フィニステル山系突破、マラグン到着	五万四千
	3・25	エリマ、マダン、アレキシスを経て、ハンサ到着（原隊復帰）	三万五千
	5・25	アイタペ作戦のため、ブーツに向かう	（一万三千）
	7・10	アイタペ会戦。板東川上流アファ陣地攻撃	
	7・25	ブーツへ後退	二万

部	年月日	事項	備考
第三・四・五部	8	ニブリハーヘン・ヌンボにおいて自活	
	12	山東地区へ移動、チャイゴール付近パンゲンブ	
	20・2	ブーツ地区へ移動・挺身攻撃隊に改編	
	3	十国峠付近の戦闘	
	5	山南地区へ移動	
		クンブンフン・カボエビス・メンボ間に位置し、邀撃作戦	
第六部	8	終戦	一万三千三百
	9・25	ボイキンにて、武装解除、ムッシュ島に収容される	七十九連隊百三名
	10	豪州軍の使役のため、ウエワクに向かう	七十九連隊八十七名
	12	使役を終わり、ムッシュ島に帰る	
	21・1・20	ムッシュ島出発、日本に向かう	ムッシュ島における病歿者千
	1・31	浦賀港上	百四十八名

東部ニューギニア戦参加部隊
第十八軍直轄部隊　第二十師団　第四十一師団
第五十一師団　航空部隊　船舶部隊

第二部　転進

1　ガリの転進――第一次山越え――

　突撃・爆破と、凄愴（せいそう）な攻防戦を展開したフィンシハーフェンの会戦も、孤立無援の歩兵部隊のあがきに終わった。首脳部の成算は、どうなっていたのか。近代戦において、歩兵だけを突っこませるという作戦がありうるだろうか。机上の計算が徐々に狂っていった誤算であったのか。頽勢を挽回すべき起死回生の挑戦であったのか。近代兵器の鋼鉄に、あえなく肉弾を叩きつけて散った。そうして、転進の身をおこしたのは、十二月（昭和十八年）のことだった。四季のないこの国、十二月といえども眼に映るものは、あふれる緑である。もし、ほかの色だったら、人間はとっくに発狂していただろう。天の配剤である。その緑を縫って、三月にわたる転進がつづいたのである。われわれの出口をふさぐべく、敵は後方の拠点に先へ先へと上陸してきたからである。

空も海も、次第に、そして完全に、敵の支配するところとなっていった。逃げ道は、山間(やまあい)を伝うほかはない。海岸を伝っているうちは、敵も執拗に迫ってきた。岩かげに身を潜めているとき、海中で炸裂した砲弾の爆風を受けて、大小の魚群が白い腹をかえしてのたうつのが見えた。魚の身悶えとして、傍観しえない生々しさがあった。乱射乱撃、岩盤にはねかえる炸裂音が大きくこだまする。われわれの方は主を失った砲が、敵の方を向いたまま、擬装の草も枯れるにまかせて静まりかえっているのは、いかにも空しい。機動力をもつ相手に対して、平坦な海岸線を下がるのは無謀である。峻嶮フィニステル山系を縦走する迂路をとるほかはない。山にはいってからは、かれらも一応追撃を断念したかに見えた。山頂に立って遠く海を見渡すと、敵の艨艟(もうどう)悠々と波間に遊び、夜は海岸にあかあかと電燈が点される。さながら、小都市である。忽(こつ)焉(えん)として出現した夢幻の都市である。さきに「物量」という語を、くどいほど連ねたが、われわれの敵であるその物量の亡霊を見る思いである。どこをめざし、何をあてに、歩きつづけなければならぬのか。物には圧倒されたが、全面的な敗北だとは思わなかった。戦局が拡大すれば、この地の果てにおける局部的な敗戦もまたやむをえぬ

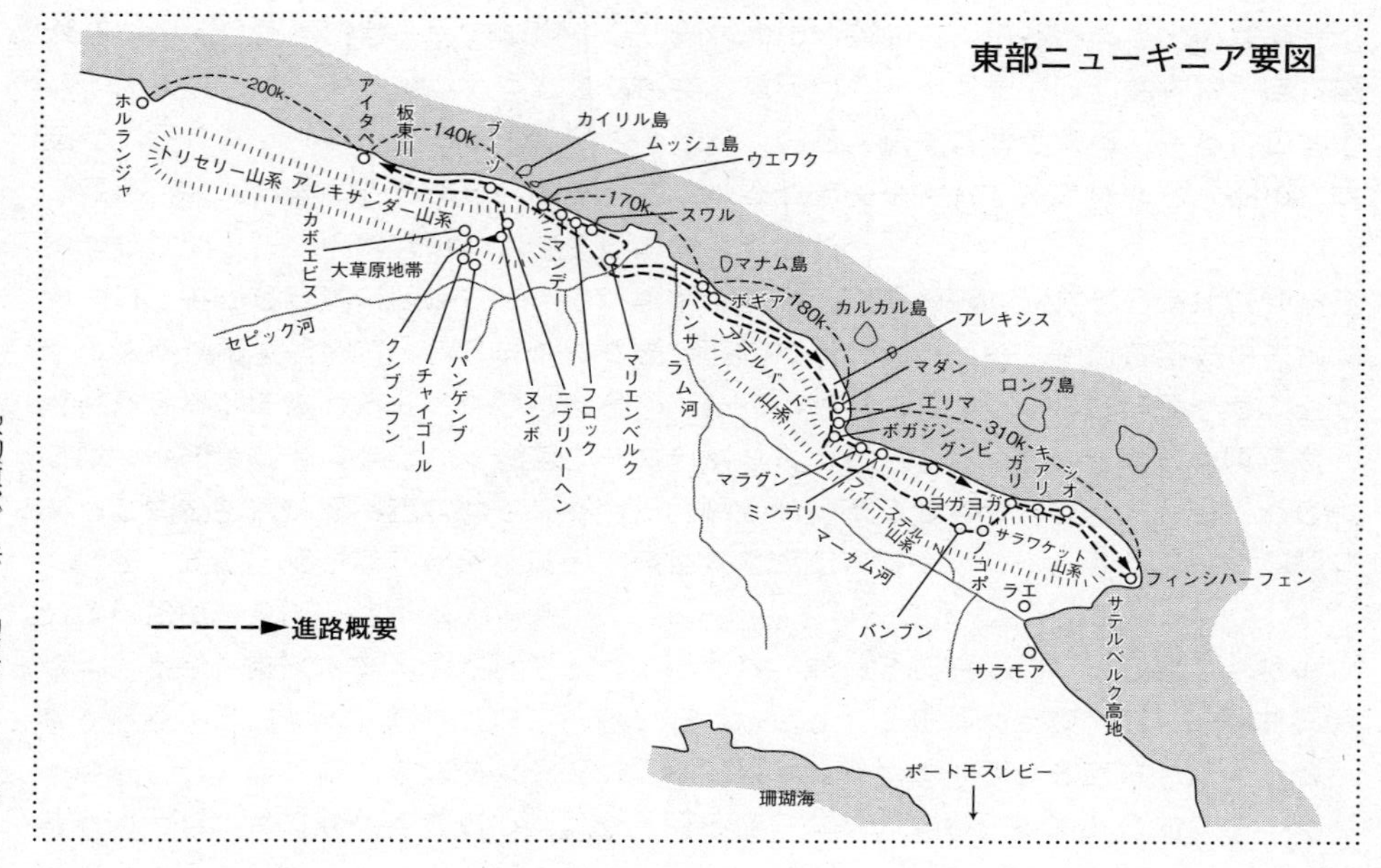
東部ニューギニア要図
ホルランジャ
200k
アイタペ
板東川
140k
ブーツ
トリセリー山系
アレキサンダー山系
カイリル島
ムッシュ島
ウエワク
170k
スワル
カボエビス
大草原地帯
マンデー
セピック河
クンブンフン
チャイゴール
パンゲンブ
ヌンボ
ニブリハーヘン
フロック
マリエンベルク
マナム島
ボギア
180k
ハンサ
ラム河
アデルバード山系
カルカル島
アレキシス
マダン
ロング島
エリマ
ボガジン
310k
グンビ
ガリ
キアリ
シオ
マラグン
ミンデリ
フィニステル山系
ヨガヨガ
マーカム河
サラワケット山系
ノコポ
フィンシハーフェン
ラエ
バンブン
サテルベルク高地
サラモア
進路概要
ポートモスレビー
珊瑚海

こととしなければならないだろう。が、眼の前に黒々とひろがる絶望の色は覆うべくもなかった。ばたばたと落伍兵が出た。落伍というよりも、いつの間にか消えてなくなってゆくのである。動くたびに、姿を消していった。中隊も四散した。小隊単位となり、やがて個人単位となっていった。そして、新しい敵——自然との闘いが始まったのである。

霖雨(りんう)、泥濘、あがけばあがくほど、底知れぬ泥沼にはまりこんでゆく。先行部隊は、乏しい現地物資を瞬く間に食い尽くしてしまった。殿(しんがり)のわれわれは、わずかにその食い残しを漁るほかはない。一週間、十日とたつにしたがって、行き倒れの兵隊の数もふえてゆく。前後して歩いているものも、てんでんばらばら、どこの部隊かわけがわからなくなる。次第に、この世ならぬ地獄図絵に変わってくる。すでに陣地を棄てたときに、体力の消耗は限界にきていた。峰を伝い、尾根を這う。体力の限界にきているものにとって、それはまさに「死の行軍」だった。

路傍に伏して呻吟するもの、靴あとにたまった泥水をすすっているもの、空ろに見開いた眼には、もはや何も映っていないのだ。全山、屍臭に蔽われる。すでに白骨となり、衣類のわずかにまつわりついた死体。腐敗してふくれ上がった死体に一面に蝿(はえ)が群れ、人の気配にわーんと飛び立つ。ぎらぎらと銀色にうごめくもの、それは蛆(うじ)なのだ。ごうごうと唸りを立てる敗走の流れに、すべては黙殺され、遺棄された。フィンシハーフェンを撤退するとき、野戦病院に収容されていた重病重傷患者には、一人一人に手榴弾が手渡されたと聞く。担架で後方に運ぶことができなかったからである。手渡す方も、おそらくは断腸の思いであったろう。傷病兵はやにわに銃をかまえて、「おれたちを棄てて、下がれるものなら下がってみろ」と、凄まじい形相で迫ったという。いま、われわれの前に展開している事実もまた、同じことである。歩けるものだけが、あがき、喘ぎ、芋虫のように反吐をはきながら、細い一条の『蜘蛛の糸』にぶら下がろうとしているのだ。

熱で動けなくなった戦友の腰をひもで縛り、二、三人がこれを引き、二、三人が前後から支えながら、山路を押し上げている。病兵は苦痛のあまり、それを無慈悲だと怒っている。付き添うものは、何とかして後方に連れて行こうとしているのである。そこに、何が待っているかは知るよしもないが、いま手を放せばたちどころに奈落の底に転落してゆくのだ。病兵は、何度も倒れる。だだっこのように足をつっぱり、大手をひろげて仰向けに倒れる。駆け寄って抱きおこすと、「ほっといてくれ！　お前らみな行ってしまえ」とわめいている。

「元気を出せ、さあがんばるんだ、もうちょっとだ」と励ます兵も、疲れ切っている。

病兵は、声を上げて号泣し始めた。「いらぬことをするな、頼む、殺してくれ」と叫んでぶっ倒れる。戦友たちも声をのんで、見守るほかはない。

患者を指揮している将校が、動けなくなった兵の枕もとに正座して、「お前のうちでは、みんな陰膳すえて、お前を待っているじゃないか、さあ、頼むから起きてくれ」と言って、涙を拭った。静かな、温かい声だった。何とかして病兵を救い出そうと、叱ったり、すかしたりしている戦友、起き上がっては倒れ、また起き上がろうともがく兵、こうして果てしない転進がつづく。

絶壁に立って、立木につかまりながら、何か言っている。相手は誰もいない。「ああ、みんなどこへ行ったのか、死んでしまったのか、おかしいなあ」と言って、手を精一杯に伸ばして、谷底を見下ろしている。異様な戦慄が走る。熱に狂ってしまったのだ。だが、どこまでが正気で、どこまでが狂気なのか。すべてが狂っているのではないか。飯盒をしきりに足にはこうとしているもの、着ているものを歯で食い切ろうとするもの、行手は暗澹として、目的も帰趨もない。ただ、眼の前の一メートル四方だけが現実なのだ。

一日、河床道を歩いた。岩を伝い、砂礫道を行き、水に膝を没しながら、歩きつづけた。靴の破れから、小さな砂が容赦なく靴下を侵入して、歩くたびに皮膚を摩擦する。ひりひりと痛むが、どうしようもない。夕方、野営のとき、靴下を脱いでみたら、足の甲から指にかけてサンドペーパーでこすったように、皮膚は破れ赤身が出ていた。屍臭のような嫌な臭いが鼻をつく。ひりひりと、灼けつく。これでまた、多くの戦友が姿を消した。

これが「ガリの転進」と呼ばれる酸鼻を極めた大敗走なのである。史上、もっとも悲惨な行軍の一つとして数え上げられるものではなかったであろうか。それは、埋没されたまま、実相を伝えるものもいないのだ。燃え尽きようとするいのちの灯をかかげながら、薄暗いトンネルを歩いていたように、眼は何もとらえていなかった。鋭い野鳥の叫びだけが、いまも耳の底に響いてくるだけである。

ジャングルのなかに天幕を張り、バナナの葉でその上を覆い、沛然として降りしきる雨に閉ざされているとき、「今日は正月じゃないか」と、一人ぽつんと言ったものがいた。答えはなかった。月日は、もはや意識になかった。あるのは、朝から晩までの一日だけである。ふと、正月の風景が頭をかすめた。ものを言うものもない。回想に浸るためには、現実はあまりにも苛酷すぎる。むしろ、回想を恐れた。バナナの葉を伝う雨水を掬って飲んだ。空っぽの胃にしみた。雨は、すべてを圧倒するように、降りしきっていた。それは、断絶の帳であった。

レンバガンドにいたる道は、眼もくらむ懸崖絶壁だった。正月の雨のなかを歩きつづけ、この切り立った壁を仰いで、溜息をついた。岩を刻んで、わずかに足をいれるところ、蔓を頼りによじるところ、千仞の谷を渡す一本の橋。これでもか、これでもか、とばかりに趣向を変えてくる自然に、挑戦的なうすら笑いさえ感じられる。

一歩、一歩、いのちを託す二本の手と足。かかとに熱い戦友の呼吸が迫る。登りながら、足踏みはずし、転落してゆく自分の姿がありありと眼に浮かぶ。嫌な幻想を追い払おうとすればするほど、まつわりついてくる。ずるっと滑るたびに胆を冷やす。後ろの方で、「落ちた！」というどよめきを聞く。そのどよめきを背中に感じるだけで、頭をめぐらせることもできない。一本の蔓——それは、すでに何千人かの手につかまれて、何千かの生命を支えて黒光りに光っている。限界はあるはずだ。その限界に、この夢を引っ張ったものはどうなるのか。おれがそれでない、とは言い切れぬ。落ちるかも知れない。そして、その通りになるような気がした。当然、蔓に頼ることは避けるべきだと思いながら、確かめてみようじゃないか、という不敵な天邪鬼が頭をもたげる。

蔓は、鈍い音を立てて切れた。心のどこかに、蔓に頼り切れないものがあったため、完全にそのはずみをくらうことは免れたが、許された空間のなかで体勢をたて直す余裕はなかった。よろよろとして、足は踏むべきところを空しくさぐった。崖に沿って、ずるずると滑った。全神経が、足の爪先から逆流して、頭をつきぬけた。が、落ちなかった。背中と背嚢との間に、杭がささって宙に止まったのである。

いつ、誰が切った杭かは知らないが、ここで一つのいのちを救った。みんなに引き上げてもらったとき、両膝は意気地なくがくがくと震えてやまなかった。もし、思い切って蔓に全身を託していたら、からだは完全に宙に浮いて谷底まで転落していただろう。助けられた、そんな気がした。杭との出会いを、偶然とは思えなかった。

山にはいってからは、百メートルも平坦な道を歩くことはなかった。上り、下り、来る日も来る日もそれがつづいた。やっと上ったかと思うと、また奈落の底までおりて行かなければならなかった。また下りか、せっかく上ったのに、誰の気持も同じだった。休みなく岩を山の頂上まで押し上げてゆく、押し上げられ泥まみれになった岩は、たちまちにして頂上から下界めがけて転がり落ちてゆく、という希望のない労働を強いられたシジフォスの、終わることのない苦痛を味わっているのだ。ただ違うのは、われわれ自身がすでに「石」にすぎないということである。

あるとき、下り道の中腹で、下の方のどよめきを聞いた。何事なのか、やや降りてみると、無数の杖がそれこそ山と積み上げられている。来るもの、来るもの、すべてここで杖を捨てて行ったのである。何千と積み上げられた杖は、そのまま壮観というほかはない。先ほどのどよめきも、思わず発せられた嘆声だったのだ。われわれはみな、杖を一本、あるいは二本持って歩いていた。向かいの山が、これまた垂直に近く切り立った絶壁になっており、太いロープを伝わなければ上れないのだ。レンバガンドの絶壁が、ごつごつした岩だらけの、いかにも人間を近づけない冷酷なものがあったが、これは赤土でスケールも小さく、人を畏怖させるような感じはなかった。「杖捨て山か」、そう言って、谷川の水を汲み、一息入れながらこの壮観を眺めた。

この数日、両眼を失明した戦友を守る四、五人のグループと相前後して歩いていた。そのグループが、ゆっくりと降りて来た。どこの部隊なのか、失明の原因は何なのか、一切わからなかったが、美しい友情を畏敬の念をもって見守っていた。川でタオルを浸し、水を飲ませてやり、手をとって渡っていった。いつも静かなグループである。絶えず、みんなでとりまくようにして歩いている。ロープを伝い、辛苦しながら絶壁をよじのぼってゆくのを、じっとみつめていた。両眼があっても、何度か滑り、何度か転ぶこの悪路、闇に閉ざされたまま、こうしてわれわれと同じ歩調で歩いているのが、不思議に思えてならない。視覚を失えば、気を紛らせるすべもなく、内へ内へとこもりはしないか、自分以外に向かい合うものもないのだ。それだけに、ここまで辿って来た友情の支えは、何ものにもまして尊いものに思われる。心も洗われる。

同時に、その美しさに比例して、絶望の黒い渦が、そのグループの周辺をとりまいているような気がしてならなかった。一人一人が、やっと自分を支えているのが現状である。一人発熱すれば、コンビネーションは瓦解するだろう。しかも、その可能性は自明の事柄なのだ。危機をはらんだ美しさを、祈るような気持で見守らずにはいられなかった。はかなくして、しかも確かな友情を――。

Kさんの姿を見失ったのも、この杖捨て山の辺りだった。てんでに路傍にひっくりかえって休んでいるものが、「もう少し休んで行く」と、さりげないことばを交わす。それがそのまま姿を消してゆく別れのことばとなってゆくのである。自分のペースで歩くほかはない。しかし、困憊(こんぱい)した体力は、いつの間にか座りこんだ大地のとりことなって、起つしおを見失ってしまうのである。Kさんも、絶壁を上ったところで座っていた。「がんばろうぜ」と声をかけたら、眼鏡をすり上げながら「はあ」と笑った。憔悴(しょうすい)の影があった。それが、最後の姿だった。

さきに、マラリアでやられたとき、天上逍遥の秘薬をくれた衛生兵、H上等兵(旧制奈良中学出身)のいなくなったのも、その辺りだった。職務に忠実な性格で、十字のついた革鞄のほかに、蜜柑箱一杯の医薬品をかかえていた。一般の衛生兵の倍以上の負担に耐えていたのである。敗走の間にも、賞讃の声と、その身を案ずる声とが入りまじっていた。レンバガンドの断崖をよじのぼるとき、それは絶頂に達した。その重量はともかく、首から吊している箱が膝につかえて、思わぬ反動で転落する危険がありはしないか、ということから戦友たちとの間に激しい応酬があった。どんな場合にでも応じうるのが衛生兵の任務である、できるだけの医薬品は確保していなければならぬのだ、というのがかれの信念だった。それに対して、無理をすれば落伍を早める結果になる、そうすればかえってお前の意志に反することにはなりはしないか、というのが戦友たちの反論だった。さらには、いつ誰がどうなるかわからぬという状況下では、むしろ薬など全員にばらまいて持たせた方が、衛生兵の負担も軽くなるし、より有効でもあるのではないか、ときめつけるものもいた。しかし、H上等兵はかたくななほど自説をまげようとはしなかった。箱をぶら下げたまま、レンバガンドの絶壁を無事乗り切ったのだったが、戦友たちの心配したことも杞憂とはいえなかった。次第に遅れてしまったらしい。依然として、執念のようなその箱をかかえて、草むらに休んでいた姿が、最後だった。

こうして月余、果てしのない転進がつづく。文字通りの潰走である。中隊も日に日に崩壊していった。中隊の主力と覚しき三十名足らずの集団を中心として、移動をつづけるにすぎない。第一小隊長T少尉倒れ、第二小隊長I少尉倒れ、第三小隊長N准尉が中隊長代理として指揮をとっていたが、手兵をまとめたにすぎず、小隊ごと適宜分宿の形になっていった。そんなころ、三小隊の分隊長（かってはそうだったのだが、いまは漂泊の個人にすぎない）S軍曹と前後して歩いていた。頑強なからだつきだが、足もとがおかしい。「大丈夫ですか」と声をかけると、「水があったら、くれんか」と喘（あえ）ぐ。その体内にひろがりつつあるものが、明らかに感じとれた。かれとの、初めての個人的な対話である。一緒に休み、一緒に歩き、何となく付き添っていった。夕暮れに近く、前後に人影もなかった。路傍の草むらに、どさっと倒れるように横たわり、「おれはもう、ここに寝る。お前は、おれの小隊まで行って、おれのことを連絡し、兵隊を迎えによこすように言ってくれんか」と言う。そうするより方法はなかろう。寝床をしつらえ、水をさがして飯盒にくんで枕もとに置いてやりながら、「すぐ迎えに来ますから、元気を出してください」と言い残して、中隊を追った。気はあせっても、空気さえも掻きわけてゆくようなだるさをどうしようもない。

　やっと中隊をみつけたときは、もう真っ暗になっていた。廃屋に火を囲んで、中隊の幹部が屯（たむろ）している。N准尉に、次第を述べ、三人ばかり助けを出してほしいと頼んだ。准尉は言下に拒否した。「かわいそうだが、われわれは後ろを見ることはできん。

疲れ切っている兵隊を、これ以上使うこともできない。それだけ兵力を失うことになる。たとえ、ここまで運んでみても、明日からの行軍をどうするか、あきらめるんだ」と、苦渋に満ちた面持ちだった。他の幹部は沈黙を守った。迎えに来ると約束したことばが、どこかに突き刺さって、夜を重くした。翌朝、N准尉に、一人で引き返してみたいと諒解を求めたが、「お前一人で引き返してみても、何になるのだ」と、反対に向かって歩くことのいかに愚かしいかを強調した。一歩でも、半歩でも、前進方向をかちとるべきときなのだ。だが、どうしても先に進めなかった。「ちょっとそこまで行ってみます」と言って、許可をえた。

見覚えの地点に辿りついてみると、確かに人の寝たあとは、残っているのに、姿が見えないのだ。安堵と不安と、錯落として佇んだ。二度三度、虚空に叫んでみたが、応えはない。空しい。空しければこそ、一層いたたまれぬ気持になってくる。どうしたのか、姿がないということは、どういうことなのか。それっきり、S軍曹を見失ってしまったのである。別れに交わしたことばが、いつまでも鳴りやまず、その面影も消えやらぬ。詫びるすべさえないのだ。

われわれの意志を超えたところでまわっている巨大な歯車の軋（きし）み、われわれの立っている地盤の脆（もろ）さ、助けようとさし伸ばした手が、相手を奈落の底に突きおとすことだってありうる。ぎりぎりの限界において、一挙手一投足、一つのことばが、相手を殺すことだってありうるのだ。

連隊長は、ジャングルのなかで、「生きるためには、何でも食えるものを手まめに拾え」と訓辞し、みずからの蒐集の実績を披露した。雑嚢はすでに乞食袋となっており、いろいろなものがほうりこまれたが、原自然のむだな豊潤は人類への配慮を全くもたぬ体（てい）のものである。体力の衰えとともに、袋の内容をさらに乏しくした。

ある朝、連隊副官のO大尉が、新しい軍靴（ぐんか）を一足ぶら下げて訪ねて来た。N少尉の遺品だという。「昨夜、亡くなった。お前にやってくれということだった」と言って手渡された。最悪のときに備えて、持ち歩いたものであろう、よく手入れしてあった。いまどき、まともな格好をしている靴そのものが珍しかった。何といって感謝すべきかを知らなかった。N少尉、同学の法学士沼沢五郎である。連隊本部付で、時折ことばを交わす程度だったが、寡黙な人で、いつも静かだった。敬語法をくずすことがなかった。苦痛も、悲哀も、すべてその内側で溶解してしまっていた。そんな人柄からにじみ出た厚意が、切ないほど身にしみた。靴は見えないところで腐っていたらしく、一日もたたぬうちに、ぱっくり口をあけてしまった。いかに入念に手入れしても、この湿度はすべてを腐敗させてしまうのである。

多くの人々に助けられながら、遂に中隊から脱落してしまった。落伍してしまったのだ。あとは消えてなくなるだけか。坂を登るのに、膝をつかなければ登れなくなった。弾力を失ったからだは、もろくも転倒する。その日、どんなにがんばってみても、ついに中隊に追いつくことができなかった。木の陰に、天幕をかぶって横になったとき、暗闇のなかのひとりぼっちを感じた。突然光を奪われた、恐ろしい孤独だった。そんなとき現われたのがYである。同じ中隊の器材小隊に属していたが、個人的に話したことは一度もなかった。一両日、何となく歩調を合わせて歩き、ついに二ヵ月の伴侶となり、しかも、ともに連隊の最期（さいご）を見届けるめぐり合わせとなったのである。Yとの出会いがつくられたことも、回想の座標に据えてみたとき、思惟を超えた不思議とせねばならない。

奇妙に歯車が合った。朽廃したエンジンは、始動した。Yと二人、気力の限りを尽くして歩いた。ノコポは、すばらしく大きな村落だった。湿気が多いので、大抵の村落は高いところにあるのだが、ここは珍しく谷あいの小高いところ、山に張りついたように家が並んでいる。潜伏した原住民が、芋掘りに来る兵隊を襲撃すると聞いて、銃に油を通し、装塡（そうてん）した。戦闘以来、一人の原住民の影も見ない。円い月が、うらうらとのぼる。静かな山峡の夜、気味の悪いほど冴えている。魔性の揺曳（ようえい）するものがあって、落ちつかせなかった。じっと動かぬバナナの葉が、こちらをうかがう黒い影に見えたり、葉の隙間が目玉に見えたりする。不安な一夜を明かした。ここから、つぎの村落まで四日ないし五日行程と聞いた。衰えたからだに、負えるだけの芋を準備した。それでも、明日一日もてばいゝくらいの量でしかなかった。今日一日がわからないのだ。数日先を思い煩ったところで、それが何になろうか。常に局面は展開してゆくものでもある。

装具を整え、数歩を踏み出したとき、今日は大丈夫か、という体調の打診を試みる。それは、日々の恐ろしい日課である。そんなわれわれに、明日はないのだ。追い立てられるように村落をあとにし、二千メートルの峻険に挑む。やがて一息ついて、村落を見下ろした。何か人を受けつけぬような白々しいものが感じられる。大きすぎるためか、前夜の印象の名残りか、村落にも表情がある。

悪路はつづく。どこまで耐えうるものか、ただ歩けるだけ歩かなくてはならぬのだ。次第に険しく、動悸も狂う。むき出しにされた五臓が、天日に晒されてのたうつかと思われる。倒れた兵の数も、難路の容易ならぬことを示している。痩身蓬髪、地獄から脱け出してきたような影が動いた。「水を！　水をくれ！」と言う。この山中に、水筒一本の水は、自分のいのちである。しかも、頼むべきものは自分以外にない。何人もが、ここを通り過ぎたであろう。その一人一人に水を乞うたのであろう。影は、ふらふらと立ち上がり、「川だ！　水だ！」と言いながら、きょろきょろとあたりを見まわした。「おい、川はどこへ行った。川がない！　川がない！」と何度も悲しそうに絶叫して泣いた。熱で錯覚をおこしたか、渇きが幻をみたのか。その激しい慟哭に灼き尽くされた。黙って水筒を手渡すと、黒い手でひったくり、がぶがぶと飲み始めた。窒息しはしないかと思われるほどの、がぶ飲みである。あふれる水が、あごからのどを濡らした。水筒は、みるみる垂直になっていった。飲み終わると、放心したようになってがらんと投げ棄て、「あーあ」と一言いった。末期の水かも知れない。

空になった水筒をひろい上げる。急に気が軽くなった。これからも、何度となく水を求められるだろう。黙殺――感情を殺して歩け、それがわれわれに強いられた現実である。灼熱に焼きほろぼされようとしている人を眼の前にみながら、偽善のポーズさえも許されないのだ。眼に見えない透明の壁に隔てられ、一人一人がそれぞれの真空のなかに生きているにすぎない。たまたま、激しい慟哭によって、その壁が突き破られ、うつむいた無表情の能面に翳りを生じたにすぎないのだ。つまり、空の水筒は、眼をつぶって駆け抜けるための通行手形であり、自分自身を韜晦するための護符とも思えたのである。

雨の日も、晴れの日も、道はぬかった。鬱蒼と生い茂った樹林に視界はさえぎられ、ただ足もとに眼をおとして歩いた。ある雨の日、ふとまばらになった樹の間から、怒りをふくんでずばり屹立する山を見た。このフィニステル山系には、「ショーペンハウエル」という孤独な名の高峰があったことが、ばらばらになった記憶の底から蘇ってきた。頂上を雲間にかくし、乱雲を荒々しく引きずっているこの孤峰を、何となくそれだろうという気がして、しばらく佇んだ。たったいま、何ものかが突き抜けたかと思われるほど、あわただしく雲は乱れていた。グラッドストーン、ディスレーリーという三千メートルを越える峻嶮もあったはずだが、樹海の底を行くような山道は、壮大な眺望に恵まれることは稀だった。

山頂の寂れた無名村。通過部隊が荒らし尽くし、村落の周辺は糞尿の堆となり、異臭が漂っていた。その一軒に、Yと二人泊まった。塩もなく、ただ芋をふかして、ぼそぼそと夕食をとった。壁一重向こうに、中学のときの一年後輩、S中尉（通信中隊長）以下その中隊が屯していた。がやがやという声がつきぬけてくる。乏しいながらも、夕餉のあとの一とき、とにかく一日を終えたという安らぎの中で、Yと来し方行く末を語り合っていた。家庭の事情から、Yは幼くして奉公に出て、他人の飯を食ってきた。そういう境遇が、かれをつくっていたようで、独立の気概と、実際生活の知恵に長けていた。柔和そうに見えながら、どんなときにも挫けぬ粘りは大したものだった。常に「最悪」に備えるという生活の信条を持していた。かれの場合、生活環境が、かれをよりよくつくるものとなっていた。体力的にも、年齢的にも、同等であったことが、一緒に歩くのに幸せした。

さらに、決定的な相違が相殺して中道をえたようである。かれは厳密な計算の上に立ち、自力を信じた。これは計算を否定し、信ずべき自力をもたなかった。一は、現実に足を踏まえており、一は、ふわふわと夢見ていた。結局は、最悪の事態に備えて行動すべきであるという信念が、二人を救う結果となったのは後のことである。

囲炉裏の火をみつめながら、Yは昔語りをしていた。と、突然、隣で「いやだ!」と大声をあげた。Sの声である。急にあたりが静かになった。つづいて、何か泣いているような、「お願いします、お願いします」という声がきこえてきた。また、深い沈黙がつづく。Yもただならぬ気配を感じて、「何だろう」と、顔を上げた。

Sがはいって来た。中学のころ、柔道の選手をしていたがっしりしたからだは、いまも衰えを見せていない。「困りました」と言って、火の側に座った。かれの中隊の兵が衰弱がひどいので、戦友をつけて中隊に先行させていたところ、ここまで来て動けなくなっている。もうだめだということは、本人自身よくわかっている。こんなところで、のたれ死したくない、明日中隊が出発して行ったら、自分はどうなるかと思うとたまらない、殺して行ってくれと言ってきかないのだという。Sは暗澹として、深々と頭を垂れている。ややあって顔を上げ、「どうしてやったらいいのか、わからんのです」とすがりつくように言った。Sの影が、天井から壁にかけて、大入道になって、われわれを見下ろしている。

路傍に倒れ伏して、死にきれないで苦しんでいる無数の無残な姿を見てきた。苦しみを長びかせるだけかわいそうだ、ここで殺してやるのが、慈悲というものかも知れない。直属の中隊長の手にかかれば満足であろう。本人も、それを願っているのである。安楽死の決断を下すべきときのように思われる。Sは、「遺族のことを思うと、思案にあまります」と、大きな吐息をついた。

おれにできるだろうか、と考える。見知らぬ兵隊に呼びとめられて、「頼む、殺して行ってくれ、頼む」と、何度か迫られたことが生々しく想起された。意味のない慰め言を並べるばかりで、決断の勇気はなかった。体よく逃げた、というほかはない。万に一つの奇跡を望む気持と表裏して、だめだとわかっていながら、だめだという断を一発に下しえぬ矛盾した気持があった。そうした想念の一切を掻きのけて、ただ一つを選ぶべきだと意を決してみても、銃口を向けることに人間の断絶を感じる小さな自分を捨てきれなかった。感傷が、いかに残酷な結果を生み出すかを知りつつも、なまくらな自分を脱け出すことができないのが、悲しかった。感傷とは、つまり大きな愛の欠如でしかないのだ。安楽死の薬品でもあれば、おそらく乞われるままに与ええたと思う。「臆病者め！　意気地なしめ！」と憎々しげに罵る声をききながら、どうしても引金を引くことができなかった。

　Sとの対話も、所詮この段階にとどまった。長い沈黙の後、「考えてみます」と言って、起ち上がった。Yも溜息をついた。「殺してやる方がいい」と、ぽつんと言った。どうすればいいのか、たとえ十日二十日、いのちを長らえてみても、それが何になる――重苦しく沈んでいった。

　その夜更け、ダーンと一発銃声を聞いた。つづいて一発。外にとび出した。長い影を引いて、Sがつっ立っていた。悄然（しょうぜん）として、それは感情をむしりとっていった後の、苦悩の形骸にみえた。「とうとうやりました」と、泣きながらしがみついてきた。言うべきことばを知らなかった。Sは、いつまでも嗚咽（おえつ）をやめなかった。むちゃくちゃに駆け出したい、何かにすがりつきたい、そんな気持がぐるぐる駆けまわった。

　そのSも、その後半歳にも足らぬころ、病苦に耐えられず、連隊長に形式的な許可をえて自決してしまった。「美しい死」という。美しく死にたいと思う。だが、敗走の身をおこしてからは、死を選ぶ自由さえなかった。美しい死とは、何をいうのだろうか。美しい生き方はあっても、美しい死に方があろうとは思えないのだ。戦場での死を、まのあたりに美しいと感じた瞬間は、かつて一度もない。一様の死しかありえない。鉄の手に引き裂かれた死を、理念化してみる余裕はないのだ。ことばに尽くせぬ感動・衝撃——あえて言えば悲しみと怒りとである。「美しい」と「死」とは、そもそも結びつきようもないもののように思われるのである。われわれに許されているのは、のたれ死以外にないのだ。美しく死にたい、と考えたなまっちょろさを知った。

標高二千メートル以上の山岳地帯の縦走となれば、熱帯とはいえ凍死のおそれがある。身にまとうものは、一着の防暑服と百五十センチ平方の天幕が一枚あるにすぎない。空気も冴え、日没とともに急激に気温は下がる。飢餓と凍死と、しかも霧のなかをさまように似て、前途の目算も立たない。何か食うものがあり、身を凍死から守るところ、という条件をはかるべき天秤ももたない。現在地がどこであり、何が待ち受けているかすらわからないのだ。無間地獄の道中双六に、地図はない。

日没にはまだ間があったが、五、六軒の廃屋があるというだけで、躊躇なく足をとめた。その日、たまたま道づれとなったU上等兵（あのマダンの暗闇で、便所から帰れなくなってわめき散らした豪傑である）とYと三人、手わけして食糧と燃料をあさった。

高原のさわやかさが、肌に快かった。われわれのところから二、三十メートル離れたところに、海軍の兵隊が三人設営していた。そのほかの家にも人の気配があり、呼び交わす声がこだましていた。

夜もふけるにしたがって、空気も、ぴーんと張ってくる感じである。天幕をかぶり、火のそばに寄って横になった。ただならぬ気配を感じ、大体一時間交替で、火の番をすることにした。火が絶えたら、おそらく快い放心にさそわれて絶命してゆくだろう。とろとろと眠ると、しんしんと迫る寒さに、夢破られる。「寒いな」と言いながら、いつか三人とも起き上がってしまった。けだるさと眠さと寒さに、無言のうちに火を燃やしつづけた。顔は火照(ほて)るほど火に近づけていても、背中から腰にかけて、ぞくぞくと隙間風が吹き過ぎる。

それぞれ一時間か二時間の睡眠だったであろう。夜明けを待ちわびて、未練もなくここを発った。海軍の宿泊している小屋の前を通ると、火の気のないところに、三人ばらばらに転がっている。はっとして、最悪の事態を直感した。火の消えたのも知らず、疲れきって眠ってしまったらしい。ふたたび起き上がることのない深い眠りについてしまっていたのだ。

こうして二ヵ月、拡大鏡を通してみるような人間の高貴さと、獣性とをまざまざと見せつけられた。極限にまで高められた友情の対極に、戦友の所持品を強奪したり、生きながらに衣服を剥ぎとったり、果ては人間であることをみずから放棄してしまった悪鬼の所業もまた実在したのである。からだの判断が、精神の判断に拮抗するのは、日常の世界であろう。生きようとする根源の本能が、理性の判断を曇らせ、追い越してしまえば、地獄相である。高貴さへの道は険しいが、悪魔への傾斜は急斜面である。もろくも、人間は転落していった。

掘り残しの芋を漁りながら、いよいよ明日は海岸に出られるという喜びは、一通りでなかった。雨と泥濘（ぬかるみ）とマラリアと、餓死線上を彷徨しながら、いまやっと待望の地点に喘ぎ着いたのだ。背嚢の底に、ゴム袋に入れて、末期（まつご）のために備えていた秘蔵の米、一合あまりを惜しげもなくはたいた。飯盒の水のなかに、さらさらと流しこんだ。ところが、どこにも米粒がないのだ。ところどころに、なかが空洞になった半粒くらいなのがあるだけで、あとはほとんど粉に近い。みると、穀象虫がうようよしている。「コンチクショウ、一緒に食っちゃえ」というわけで、動物性蛋白入りのおかゆを二人ですすって、祝福した。長い長い旅だった。心身ともに困憊していた。悪夢の二月（ふたつき）だった。沛然（はいぜん）と襲い来る雨も、この歓喜の前には最後の景物として甘受しえた。「おかゆを食ったら、足が軽いな」と、心も弾み、高らかに笑い合った。滑り、まろびながら、夢中で谷を下って行った。

谷におりると、憲兵が一人いて、「止まれ」と、手をあげた。「作戦のため、吊橋はおとされた。もう一月頑張って海岸に出なくてはならなくなった」と言う。あとのことばは、もう耳にはいらなかった。見れば、あちらこちらに放心したように、兵隊がひっくりかえっている。動こうともしない。半信半疑できいた憲兵のことばが、深刻な事態を告げていることを確認した。「歓喜の谷」が、「絶望の谷」だったのだ。

作戦のため、とはどういうことなのか。連隊本部の通過したのは一昨日のことと聞いた。たった二日行程のおくれが、重大な分岐点となってしまった。敵の追撃をおそれ、連隊本部の通過とともに、吊橋を爆破してしまったということである。おれたちの後ろには、まだどのくらい取り残されているのか。「作戦」のため、すべてを見殺しにしようというのだろうか。Yも、さすがに沈みこんだ。へたりこんで、ものも言わず、天を仰いでいる。過去二ヵ月、精一杯の苦闘だった。一切が水泡に帰した。もう一月——そんな時間が存在しうるか。ここで死ね、ということに受け取れた。銃を棄てた。もはや、その重量に耐えられなかったのと、何も恐いものがなくなったからである。あとは、手榴弾一発、自決のためである。Yは、「とにかく頑張ろう。全力を尽くしてみなければ、どうなるかわかったものでない。息を引きとるまで、あがいてみようじゃないか」と言う。

絶望の谷で一夜を明かすことにした。真っ暗な夜だった。ドーン、と地響きするような手榴弾の炸裂する音を聞いた。砕け散ったいのち一つ、暗がりのなかでも目を覚まし、「かわいそうに」と言った。その夜、三つ四つ、悲痛なこだまが呼応した。

「作戦」とは、これほど非情のものなのか。敵の追撃を遮断するため、みすみす何千何百の生きながらの犠牲を必要とするのか。戦況の大局はわかるはずもないが、架空の「敵」におびえているのではないか。海岸まで一日行程とすれば、もちろんいままでとは状況が違うだろうということはわかる。双方の磁力が、びりびりと反応を始めたことだろう。しかし、相手は鷹揚（おうよう）な戦争をする。火力を先立て、物で押してくる。人間の足に頼って、せせこましく探り歩くことはしないのが例である。何よりも、人間を大事にする戦略とみてとれた。兵隊は消耗品である、という常識は通らない。とすれば、「敵」の幻影にとりつかれたとしか、思えないのだ。いまさら悔やんでみても詮なきことと、みずからに言いきかせてみる。谷川のせせらぎ、耳を澄ますと虫の声まできこえてくる。闇のなかに、眼を閉じた。人間の慟哭が、押し寄せてくる。絶望の谷――それはサカサカという地点である。

2 続転進――第二次山越え――

人間、やめとうなる――われわれの間で、希望の曙光も見出せなくなったときに交わされた、自棄的なことばである。人間廃業に託した絶望の弁だった。「処置なしやな、人間、やめとうなるわ」と、根強いYも弱音を吐いた。第二次山越えの第一歩を踏み出すべき朝である。こうして、第二の試練に立ち向かった。だが、第一次のそれが、何千という兵隊の足に蹂躪された荒廃の跡であったのに対し、今度はまるで雰囲気を異にしていた。新鮮だった。原住民もおり、物資にも恵まれていた。北国の厳しさに対し、南国のあたたかさがあった。様相の変化は、われわれに幸せした。重畳と連なる起伏には変わりなかったし、自然は、依然として恐ろしい暴威をふるうものでしかなかったが、われわれと自然との間に、原住民という新しい存在が介入したことは、ありがたかった。物資が手に入るという功利的な意味だけではなく、新しい人間との接触が嬉しかったのだ。われわれは、大脳が退化しかけた奇妙な動物に思われることがあった。純朴な原住民との接触によって、人間への郷愁をそそられた。眼を覆う惨状からも、やや解放された。

塩を摂らなくなってから、日中どんなに汗になっても、夜はさらっと乾き、衣服がべとつくことはなかった。人間のからだの機能を失ったかと思われる。米以上に塩がほしい。自然に生えたのか、それとも観賞のために植えたのか、ときに村落の周辺に唐辛子(とうがらし)がある。それを摘んで一噛(ひとかじ)りして、口のからいところへ芋をほうりこむ。原住民は怪訝(けげん)な顔をしてみている。生姜(しょうが)が手にはいることもある。唐辛子よりも、少しは食べよい。が、所詮はごまかしにすぎず、塩への渇きはどうしようもない。甘いものは、そうからだは要求しない。塩分が全く体内に蓄積されていないのだから、その対極への要求も少ないのかも知れない。さらに、動物質への渇きが、全身をつき上げてくる。豚肉は、原住民たちにも貴重品である。めったにわけてくれることはない。しかも、素手で捕えうる動物はいないのだ。

Yは、物持ちのいい男で、その背嚢のなかから、手品師のようにいろいろなものを取り出しては、原住民と交換して食糧を獲得してくる。今度の山越えは、原住民がいるので、食糧を盗んだりして原住民を刺戟したりしないように、という厳命だった。ほとんど兵器を持たない病兵の行軍である。原住民を怒らせたら、あとから来るものへの報復もあろう。そんなことから、物々交換という方法がとられたのである。だがしかし、ここまで来て、一体何をもっているというのだろう。換えるべきものは、何一つあるはずがないのだ。憲兵の、そういう通達を聞いたとき、唖然とし、失望した。一ヵ月、どうして生きのびることができるだろうか。現地の人たちの厚意に甘えるほかはない。それとても、甚だ漠然とした期待でしかない。それだけに、Yの妙技は重宝だった。生きるための手だてを、微妙にかぎわける鋭い嗅覚を、かれは身につけていたのだ。といって、取り出すものは、レザー、小刀、こわれた時計、鏡、眼鏡、何かのガラス玉、そういったがらくたでしかなかったのだが。それにしても、そんなものをいままで持ち歩いていたという執念に、脱帽せざるをえない。最悪への備えの実践者をまのあたりに見て唸った。

Yの妙技に甘えてもおれないので、乏しいことばをかき集めて、乞食（こつじき）の行脚に出た。それも、なるべく部族語によることにした。方言というのか、地域によって非常なことばの違いがあるので苦労したが、大体前の村落で仕入れたことばを使ってみた。いい天気だ（ヤポヒニミナ）、わるい天気だ（ウィヒニミナ）、雨が降る（アシャハラリー）、というところから始めた。長老や女には、部族語しか通じない。若い連中は、大抵ピジン・イングリッシュが通じた。いわば公用語である。地方語で話しかけると、とたんに表情が和らぐ。怖い顔をして警戒するような素振りを見せていた女たちも、急に照れたように相好をくずす。大抵、二人で食いきれないくらいの喜捨に恵まれた。ときには、秘蔵の豚の焼肉などを、奥の方からバナナの葉に包んで、持って来てくれたりする。片言でも、共通のことばを話すということに、それほどの親愛感が伴うのである。もちろん、いつもうまくいくとは限らない。妙につむじを曲げて、てんで相手にもなってくれぬときもある。われわれに対して、特殊な感情をもたせるような事情があったにちがいないのである。大抵は、快く応じてくれ、タバコを巻いてくれたり、何かと話しかけてくる。皆目わからないのだが、そこでうすうす語彙の確かめをやる。

こうして恩恵を受けながら、ひたすら終着点をめざして歩きつづけた。依然として、岩を山頂に転がしてゆく労役には変わりなかったが、ふと手をやすめて道草を食う楽しみがあった。ときどき、交互に熱を出しては、行程を遅らせた。雨もまた執拗に行手を阻んだが、踏み荒らされていないだけ、歩きよかった。

あの「絶望の谷」における憲兵との邂逅をきっかけとして、この一月の山越えには憲兵との接触があり、新しい人間関係——ときに不可解な——を体験した。われわれ落伍兵に進路を示すためか、村落の治安のためか、各村落に憲兵が配置されていた。どこからともなく、憲兵に対する怨嗟の声が聞かれた。冷酷無残だといい、異種の人種だというのである。しかし、憲兵という人種が別にいるわけでもない、いろいろな世界にいろいろな人間がいるものだ、いずれに非があるとも、それぞれの場を知らぬかぎり、決定的にいえるものではないだろう、そんなことを考えて、別に気にもとめなかった。所持品を検査するそうだ、という噂もきこえた。何のために？　不思議なことを聞いたように思い、憲兵という存在が次第に意識にのぼってきた。噂は、どれもこれも非人間性を訴えるものばかりで、やがて呪詛の声さえ上がった。一度、この眼で確かめてみたいものだ、と好奇心に駆られてきた。その反証を挙げてみたかったのである。故なく残酷でありうるはずがないと思ったからである。

夕暮れ近く、尾根の細い道を歩いていた。Yは、少し遅れていた。前後に人影もなく、山鳩がクックルウと陽を転がしていた。Yを待つために、路傍に腰をおろした。汗を拭い、森閑とした山に向かいあった。底の知れない静寂におしつつまれ、息苦しくなる。わずかな身動きにも、異様なほど摩擦音が伴う。ジーンと耳鳴りがする。そこに、原住民に大きな荷物をかつがせた憲兵が一人、姿を現わした。伍長である。知らん顔をしていると、つかつかとやって来て、「なぜ敬礼をしないか」と眼をすえた。意外なことを聞いたように思った。

同じ下士官ではないか、ことに二度目の山越えにはいってからは、将校に対しても、ほとんど敬礼をすることはなかった。おたがいに落伍者である。いかなる理由があるにもせよ、部隊から脱落して、右往左往しながら、この迷路からの脱出を必死に試みている人間同士でしかないのだ。前線で死闘二ヵ月、転進に二ヵ月、そこには階級を超えて、苦境に沈淪するものの共感と信頼と励ましがあるだけではないか。敬礼が、屈辱を与えることだってありうる。そんな気持から、敬礼以前の会釈にとどまることが多かった。もちろん、それがすべてではない。暗澹とした非情の流れもまた勢いを加えていたことは、否定できない。理性も感情も、日々に磨りへらされ、本能だけが異様にとぎすまされてゆく生存の条件だったからである。おそらく、これ以上堕ちようもないぎりぎりの境位において、想像を絶した人間関係の存在したことは、むしろ当然のことであろう。しかもなお、そこはかとない人間性への信頼が、われわれの日々の行動を規定していたことも事実である。

そんなとき、同じ下士官から敬礼を強いられて戸惑った。「階級章はないが、おれも下士官だ」と答えた。かれは、きっとなって、「憲兵には敬礼するものだ」と顔をひんむいた。

「これは失礼した」と謝った。「お前一人か」ときく。「連れがいるが、ちょっと遅れている」と言うと、やにわに、「どうして殺してこなかったか」と詰めよる。何のことなのか、唖然としていると、「ぐずぐずしておると、山から出られなくなるぞ。遅れるやつは殺してしまえばいいのだ。どこにおるのか、おれが殺してきてやる」と気色ばんでいる。「いや、元気だから、すぐ来ると思う」と制しながら、不気味なものが感じられてきた。「お前らの一人二人、ぶち殺したって、何てことはないのだ」と、傲然と言い放った。

血が逆流した。瑣末な「敬礼」に自己を主張しようとし、人の「生命」を何とも思わぬ倒錯した神経に怒りと恐れとを感じた。色の白い顔が冷たかった。二つ三つ年下かと思われるその顔全体のけわしさは、いつつくられたものなのか。そのまなざしは、物の表面を突き刺すが、自分の内側へは返らない眼である。本当に、何をされるかわからない気がした。しかも、別々のことばを喋っているのだ。黙っているほかはなかった。「背嚢をあけて見せろ」と言う。肩からはずし、相手の前に投げ出した。中隊の書類を引っ張り出して、「おい、これはどこから盗んできた?」とつめよってきた。

警察権という権限は、こういうものの見方をするようになるのか。疑うこと、――それだけが、かれらの眼なのだろうか。探るような眼は、突然に何をしでかすかわかったものではない。事情をかいつまんで話すと、さらに獲物を狙うように、「刃物を持っておらんか、立て」と言って、服装検査を始めた。おれはいま、どういうところに立たされているのか。屈辱と孤独とが全身を這い、怒りにからだは燃えた。荷物をかついでいる原住民も、眼をそらせた。「何のために、刃物の詮索をするのか」ときくと、「貴様らのなかに、人間を食うやつがおるんだ」と、睨みつける。「よし、遅れんように行け。お前の名前はおぼえておくからな」と言い残して行った。悪夢の数分間だった。わけのわからぬものに、引きずりまわされて、完全に自分を見失っていた。高圧的な憲兵のことばを反芻しながら、背嚢を縛りなおした。Yも追いついて来た。いまの寸劇を話して聞かせた。「お前をぶち殺してやると言っとったぜ」と言うと、「ガキッタレヤ、クソ！」と息巻いた。「後方で、たらふく食いおって、何ぬかしてけっかる。それが、同じ日本人やからな」と、憮然として言う。

何がかれらを、そんなに駆り立てているのか。おれたち落伍兵のために、余計な労力を強いられているという不満なのだろうか。それから数日間、どこからか冷たい凝視の眼が注がれているのに気づくことが、しばしばあった。気にくわぬやつ、という印象を与えたに違いない。従順でありえなかったからである。

ある村落で、一日の行軍に疲れた兵隊が、手慰みに原住民の太鼓を叩いた。ところが、憲兵がすっとんできて、いきなり兵隊を殴り倒した。人形のように、へなへなと崩れた。事のなりゆきに驚いていると、「太鼓の音が敵に聞かれたら、どうする。この村のものは皆殺しになるんだぞ」と言うのである。憎しみをこめて見上げていた兵隊は、「敵か」とそっぽを向いて冷笑した。「敵」ということばが、異様に響いた。一日歩けば、それだけ局面は変わっているはずだが、われわれには蟻地獄にはまりこんで同じ努力を繰り返しているようにしか思えなかったのである。敵に背を向けてから、三月（みつき）になろうとしている。迂闊にも、敵なんて意識は、われわれのどこにもなかったからである。そんな意識があれば、どうして身を守るべき兵器を放棄することができたであろうか。さらに、現実の苦痛が、敵の恐ろしさを忘れさせてもいた。敵よりも何よりも、この自然の呪縛から脱出することが先決だったのである。

「敵」ということばに、かれらの実感がこもっていたことは確かで、村落の憲兵は、せっせとわれわれを追い越して、引き揚げて行った。原住民に荷物を運ばせながら、われわれの頭上に激しい罵声を浴びせて行った。敵におびえ、必要以上の労を強いられているという不満が、すべてを罪人に見立て、いたけだかになって当たり散らす結果となった、と判断するほかはなかった。それほど逆上し、狂奔していた。

一ヵ月行程の後半においては、すべての憲兵は引き揚げてしまっており、ふたたびかれらと交渉をもつことはなかったが、冷え冷えとした印象を拭い去ることはできなかった。警察権――それだけのことが、これほど思いやりを失わせ、おたがいを疎隔させるものなのか。権威を過信すれば、人をみる眼も、自分自身をみる眼も曇るだろう。真空を駆けめぐる権威の亡霊を見たように思う。

すべてが狂ってもいた。狂わせたものは、荒々しく吹きすさぶ生への執念であった。それは、人間の思惟を絶する魔的ともいうべきものである。忍びよる死の影を背負いながら、わけもなく息を切らせて走っていた。生命の衝動が、今日も明日も、あてどなく五体を駆り立ててゆくばかりだった。

そんなある朝、右の手首がぶらぶらして、力がはいらないことに気がついた。寝たがえたかと気にもとめなかったが、背嚢を締めることもできない。四、五日たっても、手首はだらっと下がったまま伸びなかった。行きずりの軍医に話すと、栄養失調からくる神経痛と診断した。「まあ、足でなくて辛いというものだ」と言う。そんな手で、二月（ふたつき）も苦労したが、ほんとうに足でなくて幸せした。足にきていたら、とても山から脱け出すことはできなかったであろう。

悪戦苦闘を重ねた一月（ひとつき）だった。海岸まで、いよいよあと二、三日と迫った。このころ、敵の将校斥候の出没が伝えられた。道は一筋、戦うべき装いももたぬわれわれである。無心に歩くほかはない。もし、ぶつかったら？　という不安は拭いきれなかったが、どう考えてみても詮（せん）のないことである。やはり、無心に歩くほかはなかった。

一日、非常に清潔な感じのする村落の酋長の家に、一夜の宿を乞うた。快く招じ入れられた部屋には、一メートル四方くらいの大きな鏡が壁にかかっていた。これはと驚いた。宣教師にもらったものだという。海岸に近づくにしたがって、文化のにおいを加えるようだ。部屋も、珍しく床張りで、取りつけのベッドもある。酋長も、村のインテリらしく、話題も豊富である。Yと二人、つくづくと鏡の前に立ってみた。ほんとうに久しぶりの自分との対面である。鏡のなかで、おたがいに照れてしまった。「おれの顔、こんなか?」と、Yはしげしげとのぞいて、顔を撫でている。「ほかにあるのか」「いやあ、ほんまに」と言い合っているわけのわからぬ会話を、酋長はおもしろそうに笑っていた。ゆっくりくつろいだ。清潔なのが、何より嬉しかった。酋長は、惜しげもなく鶏を饗応してくれた。燈をかかげて、一とき歓談するという賓客を遇する主のたしなみも、心得ていた。濡れた衣服も乾かし、囲炉裏のはたに、快い眠りについた。王侯の贅をつくしえた。安らかな眠りだった。

朝は雨だった。休養日には格好の条件である。海岸まであと僅か、二人とも疲れている。

「どうだ、一日休むか」と冗談のように言った。二人とも、腰を上げかねた。一日くらい休んでも、という気持が確かにあった。酋長も、「この雨だから、もう一日泊まって行くがいい」と親切に言ってくれる。衣服もきれいに乾いて、さっぱりしている。誘惑すべき条件はそろっている。Yは、「長い行軍にはいろいろな日がある。いままでも、こんな雨の日に歩きつづけて来たじゃないか。明日も降るかも知れん。とにかく歩こう」と言って立ち上がった。おそらく自分自身にも言いきかせることばだったろう。装具を整え、あとを掃除した。きれいに乾いたからだで、雨のなかに出て行くのは勇気のいるものである。途中から降り出したのなら、諦めもつく。ほとんど毎日、過去の日を濡れて歩いてきても、こういう心理はどうしようもないものである。首を縮めて、思いきって外に出た。待ち構えたように、雨足にとらえられる。濡れるということを、実感する瞬間である。酋長に、「さよなら、ありがとう」を何度も繰り返した。酋長も途中まで送ってくれ、手を上げて別れた。この雨に出て行くものはいない。みんな、休養だ、と言って、濡れて行く二人をおもしろそうに眺めている。忌々しい気にもなり、愚かしいようにも思われ、ずぶ濡れになるまでは、決心がつかなかった。道はぬかった。しばらく、たゆとう心をもてあそんだ。「えい、行け！」と、ついに決心した。それが生死を分けたのである。

われわれが海岸に辿りついた日に、その村落に敵が侵入したと聞いた。危ないところを免れた。生死の岐路は、こんなところに潜んでいるのだ。われわれの通る前の日に、われわれが通り過ぎたあとに、というわずかな隙間が、われわれを救ってくれた。そして、いままた——。幾度かの危険を、すりぬけられた。操られて、動いているような気がしてならない。

その村落が襲撃されたとき、飯盒一つ持って、脱出したN上等兵に遇ったのは、その後数ヵ月たっていた。原住民に手引きしてもらって脱出した。安全なところまで導いてくれた原住民は、「ここから、真っ直ぐに行け」といって、足跡を消して帰ってくれたという。雨の降りしきるジャングルのなかを、方角もわからずさまよい歩きながら、「自分は、泣いたです」と、現役兵らしい口調で語った。そして、あれから後方にいたものの脱出は、まず考えられない、と断言した。三月にわたって力の限り歩き、足掻きつづけてきた多くの戦友たちの運命を思い、暗然として声も出なかった。Yの最悪への備えとともに、人間の意志を超えたもの、それがわれわれを救ってくれたのだ。

危機を脱しえたNは幸運であったはずだが、その行手は険しかった。たった一人で、孤独地獄に耐えながら、四日常闇のジャングルを彷徨し、ついに海岸に出た。物乞いのような有様で、中隊を求めて歩いたが、その位置を確かめえぬまま、マラリアで入院してしまった。入院中、Nの眼の前で、かれの背嚢をあけ、悠々と物色している行きずりの兵隊があった。仰天したNは、「おい、こら、それはおれのだぞ」と叫ぼうとしたが、ことばがのどにつかえて、どうしても声にならず、眼をくりむいて手を差しのべたのが、精一杯の抗議だったという。熱のために、言語中枢がおかされたのか、衰弱のためにことばにならなかったのか、「夢のなかで叫ぼうとする、あの感じでした。ばかみたいになっていましてね」と、Nはおかしそうに笑っていた。しかし、それっきりNは中隊には帰って来なかった。やっと帰って来た日に、逃亡の名のもとに葬られた男である。

3　原隊復帰

昭和十九年三月十日、ついに待望久しい海岸に出た。マラグンである。かろうじて、フィニステル山系の呪縛から解き放たれた。長い漂泊の旅だった。何ヵ月かぶりに、六合の米とスプン一杯の粉味噌(みそ)をもらったとき、われわれは相好をくずした。煮え煮えの白い米の飯に味噌をぬりたくっては、鼻みずを垂らしながら食った。二人で四合、慎重なYにしては、思い切った散財だった。それだけ、安堵感と喜びがあったわけである。方向を見定めて、塒(ねぐら)に向かって飛び立つ帰鳥の喜びである。

海岸の平坦な道を歩く気持は、天上の楽園を行くように、軽やかに弾んだ。重石（おもし）をつけたような、あの三月にわたる業苦も、一足ごとに洗われていった。しかし、その後の食糧は、全くあてもなかった。古い幕舎の跡を漁って、砂の混じった米や、かびの生えた乾パンをひろった。爆撃ですっとんだ糧秣倉庫の跡から、焼けた詰をひろったり、椰子の実、パパイア、何でも食えるものをとって、彷徨した。二人のいでたちも、乞食にふさわしいものだった。Ｙは、ところどころ焼け焦げた三角布で鉢巻き、上衣は半袖の防暑服、もともと緑色に近いカーキ色だったのだが、今はどす黒いぼろ布にすぎなかった。ズボンは半ズボン、すねは丸出しで傷だらけ、素足である。下半身は、完全に原住民のそれである。土に接した部分から、徐々に原始人に復帰してゆくものらしい。こちらは、出陣以来の垂れのついた戦闘帽——これはついに日本までかぶって帰った奇跡的なしろものである。上衣は同じ。ズボンは長ズボンだったが、左は膝から下が千切れている。靴と名のつくものをつけないと、どうしても歩けないので、靴ははいていた。あの沼沢少尉の遺品である。かずらで足に縛りつけていた。

自然への順応はＹの方がはるかに早く、裸足で自在に歩けるようになっていたのである。二人とも背嚢に二つずつ飯盒をつけ、タオルの役目を果たすべき布を首に垂らしていた。そんな格好で海岸道を歩いた。そのあわれな姿に心動かされてか、「手をつけていない残飯だが」と言って、持ってきてくれた親切な兵もいた。兵站か、病院であろう。何でもかまわない、絶えず「食えるもの」に意識を集中して歩きつづけた。幕舎の炊事場をのぞいて、「この残飯、わしらにおくんなはらんか」と言える気安さが、Yにはあった。

その夜食うものもなく、路傍に転がっていると、若い将校がずかずかとやってきた。起き上がって、敬礼しようとすると、そのままでいい、と手で制した。どこの部隊か、前線の状況はどうか、などといろいろ問いかけてくる。そして、「御苦労だった。何か食うものをもっているか」と尋ね、「これは、少ないが」と言いながら、二升ばかり出してくれた。地獄に仏はいるものだ。口ごもりながら、謝意を述べた。それは軍隊語を逸脱したものだった。そういう「感情」を表現することばは、軍隊用語にはないのだ。「である」という定言的判断の形式を好む軍隊用語で、感謝の気持を表わそうとすれば、「自分はありがたいであります」ということになろう。「ありがとうあります」に、やや感情がこもるとはいえことばにすぎぬ。軍隊の唯一の謝辞は、「お世話になりました」である。思いきりぶんなぐられたあと、「お世話になりました」と謝意を表し、一礼して引きさがるのが慣習なのだ。真新しい軍服が、いかにも新鮮であり頼もしく見えた。

Ｙに一足遅れ、くさむらで休んでいると、巡察のたすきを掛けた見習士官が、「病気か」と声をかけた。病気ではないが前線から下がるところである旨を答えると、「大事にせよ」と言って、金鵄（煙草）を二つ置いていった。きびきびと答礼の挙手をして、立ち去ってゆく後ろ姿を見送った。多くの善意に恵まれながら、一路原隊をめざして歩を運んだ。原隊の所在は、明らかではない。

エリマからマダン、アレキシスへと、かつての東進のコースを逆に辿りながら、びりびりに引き裂かれた記憶のアルバムを繰った。誰それの顔が思いがけず、ありありと浮かび、また消える。何の脈絡もなく、千切れた断片を拾っては捨てる。マダン、アレキシスの風景画は、泥にまみれて復原の余地もない。人も自然も、死んだ――。

空と海とは、完全に抑えられており、部隊の行軍は夜闇に紛れておこなわれていたが、同行二人のことであり、食糧も漁らなくてはならないので、昼間歩いた。流離の果てに、食人鬼への変身という耳を疑う怪異譚もあり、なおさら夜歩くことは避けた。ただ、遮蔽物のまったくないところは、夜歩くほかはなかった。行手の闇をすかして見ると、海岸に打ち上げられた大小の舟艇の残骸が、虚空をつかんでいる。魂魄、いまなおここにとどまりてあり、と思われる凄絶さである。激闘を知るジャングルは、深々と眠り、波の音だけがとどろく。鬼哭啾々として、中有にさまようかと思われる。

怒りをこめ、怨みをこめて、闇も息づいている。

海岸に出て二週間、三月下旬、ついに中隊の位置をさぐりあてた。ハンサの海岸を遠く、ジャングルのなかに設営していた。漂泊の果てに、塒(ねぐら)を捜しあてた帰鳥の喜びがあった。だが、軽い興奮とともに、名状しがたい空虚感があった。この眼で確かめてきた失われたものの大きさである。「お前生きとったか」と言い合えるものが、果たして幾人待っていてくれるだろうか。道々耳にした断片的な情報を綴り合わせてみるまでもなく、敵の包囲陣は刻々に狭められている。しかも、拠るべき部隊は崩壊寸前にあるのではないか。分裂した歩を運んで、「わが家」の扉を叩いた。

中隊は再編成され、新しくF大尉が中隊長として指揮をとっていた。三ヵ月余ぶりに原隊に帰りついたのである。二人は、中隊長に原隊復帰の申告をした。湿地帯で蚊が多く、昼間でも蚊帳を吊(つ)っていた。中隊長は蚊帳を排して徐ろに出てきて、申告を受け、「御苦労だった」と一言いった。とりすました、色白の眼の細い男だった。准尉も代わっており、紹介された。顔全体が、こぶこぶした感じの、いかつい准尉が出てきた。E准尉である。官氏名を名のり、「ただいま追及してまいりました」と、同じ申告を繰り返した。准尉は、「伍長ではない、故陸軍軍曹だ。二人とも戦死者として、名列表は赤線で消してあるぞ」と、冗談とも本気ともつかぬ調子で言った。戦友たちとも、「生きとったか、よかった、よかった」と再会を喜び合ったが、何か空ろだった。みんな疲れており、暗澹としていたのである。捜す顔は見あたらなかった。

追及者も、われわれを入れて八名で、あとは絶えた。フィンシハーフェンの一戦から、ガリの転進、フィニステル山系縦走と、わずか三、四ヵ月のうちに、中隊総員の九十パーセントになんなんとする二百余名を失ってしまっていた。下士官の転入もあり、補充兵も来ており、中隊の性格は一変した。中隊七十余名をもって、再編成された。補充員は、第十六次補充という。十六というからには、一から十五まであったはず、それらの人々はどこへ行ったのだろうか。転入下士官の一人、K曹長との出会いは、以後の生活に決定的な意味をもつほど、幸せなものだった。

新しくきた兵隊たちが、いま日本で歌われているという歌を、あれこれ紹介してくれた。「誰か故郷を思わざる」と歌い出すと、とたんに生き生き別人のようになるものもいた。隠された能力を、みずから味わうように、眼を閉じ、気持よさそうに歌ってきかせた。「誰か故郷を思わざる」といい、「あの山この川」という幼い日への郷愁をもつこの歌は、共同体的センチメンタリズムをそそるに十分だった。歌も笑いも忘れて、すでに一年、みずからの歌声を楽しんでいる明るさが、むしろあわれだった。われわれは、暗い記憶の窓を通してしか、物を見ることができなくなっていたからである。その明るさを支えているものは、必勝の信念だったと思う。これは強い。われわれも、数ヵ月前まで、その信念のもとに微動だもしなかったのだ。そのＳ一等兵の病没は、その後一月もたたぬうちだった。

時計修理工のＴ一等兵は、小袋に修理道具一式を携えてきて、連隊長以下の時計を瞬くうちに復活させた。その手練に、久しぶりに文明のにおいを嗅ぐ思いがしたが、時計を持っているものはほとんどいなくなっており、折角の技術も持ち腐れのうらみがあった。さすがのかれも、ガラスは割れ、針はとび、文字盤の消えた時計の残骸を前にして、溜息をつくほかはなかった。小袋をぶら下げ、狂乱状態になったのは、その後間もなくのことだった。異土の風の染みついたわれわれに、かすかな日本の香を運んでくれたそれら補充員は、狂い咲きのようにはかなかった。

しばらくは、自分の中隊という感じがしなかった。突如出現した混成中隊に、こちらが編入されたといっていいだろう。ふと、突き上げてくる空ろさをもてあますことがあった。眼と眼がぶつかって、何ということもなく笑う、ということもなくなった。ハンサ熱と呼ばれた熱病を媒介する蚊の大軍には悩まされた。夜となく、昼となく、間断なく狙ってくる。飯盒には、針を突き刺したように、直角にとまっている。しかも、何十匹となく。新しい人たちは、瞬く間に倒れた。風土に順応するいとまもなかったのである。すべてが、どことなく暗く、陰気だった。中隊幹部との間にも、越えることのできない膜壁が意識された。

E准尉という人とは、この後数ヵ月間行動をともにしながら、ついに一度も個人的に口をきいたことのなかった人である。一にぎりの兵員ともなれば、苦しい行軍・戦闘の間には、覚えずいたわりや問いかけがなされるものだが、E准尉には、何かそういう人間の底辺にあるものを拒絶する勢いが感じられたからである。軍人特有の頑固さと、エゴイズムの感じられる人だった。山南に向かう行軍の途次、ばたばたと落伍していった。ある雨の夜、背嚢の重量に耐えきれなくなった補充員K一等兵が、こっそり十字鍬（土掘り道具だが、兵器である）を棄てた。翌日の行軍も雨だった。目敏くみとがめた准尉は、Kの顎をめがけて左右の拳をふるった。鈍い音とともにKのからだは大きく左右に泳ぎ、泥べたにつんのめってしまった。凄まじい鉄拳にたえられるからだではなかった。背筋の寒くなるような光景だった。

兵器の遺棄ともなれば、文字面ではゆゆしい事柄に属する。だが、この状況である。われわれは、山越えの途中、軍人のいのちともいわれた小銃さえも棄ててきただけに、軍紀という鉄の扉に額をぶっつけた感じだった。Kの痛みをそっくり感じながら、いささかの妥協も甘えも許さぬ軍紀の担い手を立派だとは思えなかった。非情とも思えるものが、かれ自身をも律する規範とは受け取れなかったからである。自他共に律するものとなっていたならば、おそらく稀有の人格として畏敬に値するものであったろう。多くの上官・戦友が、どのようにして死に、どんなときにいなくなったかが、大体思いおこせるにもかかわらず、この人の姿を消した時と場所とが、どうしても思い出せないのである。あのK一等兵殴打の場面だけが、くっきりとえぐりとられ、あとは模糊としてかすんでいる。容貌魁偉(かいい)ともいうべき偉丈夫であっただけに、不思議に思えてならない。

四月二十一日(昭和十九年)、アイタペ、ホルランジャの間に敵上陸の報。ぴたり、ぴたりと布陣を固めてつめよってくる。ある夕刻、砲の発射音を聞いた。頭上をかすめて、遙か後方で飛び散った。艦砲射撃である。一斉に壕のなかにとびこむ。また発射音、しばらくして、しゅるしゅると空間を引き裂く音。たがいに触れ合っているからだの震えが伝わってくる。まともに来れば、こんな壕など一たまりもない。飛行機も呼応して、ザー、ザー、と爆弾の落下する音が、背筋をかすめる。銃撃が縦横に掃いて過ぎる。巨木の倒れる音が、ずしんと腹に応える。煙か、水しぶきか、濛々としてあたりは暗い。一発の「偶然」を免れうるか、が興奮した皮膚の感覚である。一発一発に吹きこまれた悪魔の意志も、物理的必然も、かかわり知るところでなかった。約一時間、やがてもとの静寂にかえった。腑が抜けて、こわばったからだ、どっと疲労感がくる。転進の身を、やっとここまではこんできた兵隊が数名、あえなく傷つき倒れた。かろうじて起ち上がったわれわれを、決定的な消滅に追いこむ第二弾の口火であり、ふたたび転進に駆り立てる序曲であった。

われわれ歩兵が、手もなく慴伏（しょうふく）しているのに対し、毅然として抵抗の姿勢を見せていたのは高射砲隊である。海岸に出てみると、これみよがしにテントを張り、白昼悠々入浴としゃれている。歩兵部隊が、もぐらのように暗いところ、陽の当たらぬところに身を潜めているのに対し、これはまた何という大びらな構えだろう。真昼の生活をしている唯一の部隊である。あからさまに挑戦の姿勢があり、揶揄（やゆ）的な意志さえ感じられる。「砲の生きている限り、敵機など問題ではない。敵機も、陣地の上を飛ぶ勇気はないのだ」と言いきる。意気軒昂として小気味よかったが、かれらもまた切り離された勢力として、孤独の影をひいていた。

4　彷徨

七月十日（昭和十九年）、板東川上流、アファ陣地攻撃、さらにアイタペ会戦と、反撃を試みたが、中隊はふたたび四散し、中隊長以下二十名となった。ブーツにさがり、邀撃態勢を整えるべく自活のみちを求める。山にはいり、原住民のやり方を真似てサゴ椰子を叩き、サクサク（澱粉）をしぼる。九月、さらに山にはいり、原住民の協力を求めて、かれらと起居をともにすることになった。不安とも期待ともつかぬ、複雑な感情があった。パプア族とは、そも何であるのか。いままでのかれらとの接触は、ほんの行きずりのものでしかなかったが、一つ家に眠るとなれば事情はちがう。一万数千年の昔、ミユ大陸滅亡のとき、八方に散った人々の一群が、このニューギニアにたどりついたという壮大な伝説をになう民族である。パプア、つまり「東方の人」だという。その東方の人との共生、確かにロマンティックではある。

村落にはいると、原住民は不安そうにそっと姿を隠してしまう。地面には点々と血のようなものが滴り落ちている。山の住民については、まったく知るところがないだけに、血の連想からくるものは、おのずから野蛮な風習である。これはかれらがウイスキーと称しているびんろうの実を噛って、吐き出すものだった。酋長を集めて、神話を語って聞かせることになっていた。近隣の酋長十二、三人を前に、隊長の言うとおりに通訳したのは、つぎのようなものである。

昔々、二人の兄弟の神様がいた。ある日、二人は舟に乗って、海に釣りに出かけた。ところが、大嵐になって、舟は沈んでしまった。二人は、一所懸命に泳いで、とうとう別の島に泳ぎついた。兄の泳ぎ着いたところをジャパンといい、弟の泳ぎ着いたところをニューギニアという。してみれば、われわれと汝らとは兄弟なのだ。その証拠に、鼻の形を見よ。まったく同じ形をしているではないか。われわれ兄弟は、力を合わせて、悪い白人と闘わなければならないのだ。いまは、食糧がなくて困っている。やがて、いい日がきたら――その日は、きっとくるのだ――何倍にもしてお礼をしよう。どうだ、力を貸してはくれないか。

ミユ大陸最後の日の、民族大移動に遡った壮大な神話である。酋長たちは、腕組みをしながら神妙にきいていた。ややあって、「サーベイ」と、みんな大きくうなずいた。「力になってくれるか、忝(かたじけ)ない」ということで、村落に分散することになったのである。ニューギニアの回想は、言いようもない羞恥を伴うことが多いのだが、この神話の思い出も苦い。

　中隊は、ニブリハーヘンとヌンボと、その周辺に落ち着いた。その日の夕食から、かれらの賄いとなった。何をどのようにして、食わしてくれるのか。プレート（盆）に、ターニム（turning つまりサクサクをくるくるとまるめた団子）をのせて、野菜が添えてあった。酋長みずからのお運びである。朝は、子どもが、「オ、オハヨ」と言って、プレートをもって来てくれた。まったく同じ献立である。ごろごろとして寄食しながら、このヌンボにおいて二ヵ月を過ごした。十二月、山東地区へ転じ、二度目の正月（昭和二十年）を迎えたのは、さらに奥地パンゲンブにおいてだった。ここの酋長オルセンバンは、ピジン・イングリッシュで書かれた聖書に読み耽るという新知識だった。ここの献立は、サクサクを団子にしないで、お好み焼のように薄べったく焼いたものだった。食生活の様式も、地域によりおのずから違ってはいたが、サクサクから脱け出すことはできなかった。

　二月（昭和二十年）、挺身攻撃隊の編成なり、出撃。十国峠の戦闘をはじめ、転戦二ヵ月。ふたたびヌンボの山に帰り着いたとき、まったく動けなくなってしまっていた。

酋長は、背中をさすってくれながら、「ブーン、ナッティン、ミー、ソリー」と言って、いたわってくれた。かわいそうに骨だらけだ、というのである。ついに、意識を失って倒れた。原住民に抱えられて、M軍医に救われた。手まわしよく、すでに墓穴は掘られていた。

山南地方の状況急を告げ、部隊はふたたび出動した。中隊長は、そのからだでは、とても無理だから、残留してサクサクを蒐集するようにと勧めた。その任務を帯びたT曹長も、同調した。強い命令ではなかった。いずれにしても、そう長くはないという判断のように思えた。逡巡はなかった。積極的な方を選びたかったのである。杖にすがって、部隊に従った。熱と下痢と、衰弱は極度に達していた。現実が、すべて被膜を隔てた彼方で演じられているような気がしてくる。戦友は、いたわり、かばってくれた。「生きろ！　生きろ！　頑張るんだ」と、根限り励まされた。「いまこそ死ぬときという、そのときがくるまでは、生き抜くんだ」と。

山南の陣地についているとき、驚愕すべき情報を耳にした。原住民を指揮して、サクサク蒐集をやっていたあのT曹長が、原住民の反撃のために惨死した、というのである。――あれほど、原住民を愛し、愛せられていたT曹長がである。運命の岐路は、人間の思量を超えている。またも、救われた。だが、中隊の総員は、わずか六名となっていた。三百余の中隊が、ついに六名となって、死力を尽くしていた。所は山南の地、バナヒタム。栄養失調、マラリア、下痢、すでに肉体の機能は崩壊し、燃え尽きようとしていた。立木につかまりながら、便所に行けば眼の前が暗くなる。わずかに生き残った戦友が、忙しい手間に水筒を熱くして、腹に入れてくれる。生汗が流れ、手足に痙攣（けいれん）がくる。夜、便所に立って倒れた。物音に驚いたO兵長が、とんで来てくれた。大丈夫だから、と頼んで帰ってもらい、ひとり草むらに横たわった。露がしっとりと置いて、熱っぽいからだに快い。遠い遠い空の彼方に、夢のように十字星を見た。虫が鳴いている。耳鳴りなのか。星も、虫も、わが身さえも、現実とは思えない。幕舎に帰ると、中隊長が胡瓜（きゅうり）をむいてくれた。淡い日本の味が、はらわたにしみる。人の話し声が、ずっと遠くの方で話しているように沈んできこえる。みんなの姿も望遠鏡を逆様にのぞいたように遠い。そのまま、しだいに遠のいてゆくのではないか。視覚も、聴覚も、狂いだしたか。

そんなからだで、戦いながら点々と居を移さねばならなかった。装具を持ってもらって、いのちの限り歩きつづけた。おれの生きていることが、みんなの負担になっているのではないか、そう思うと、熱い友情がかえって切なかった。そのころ、自決するのではないかと、それとなくみんなで監視していたのだ、と後になって明かされた。

形相はすでに、この世のものではなかったのだ。生と死との境界線は模糊としてかすみ、しかも生は苦痛であり死は安楽であるという、くっきりとした定式のなかに生きて、なぜ死のやすらぎを選ばなかったか。ことばにうつすのはむずかしいが、自分を支えていた根源のものは、自分自身に対する責任のようなものであった。それは、逃げないということである。何一つ逃避しないということ、どんな場合にも真っ向から立ち向かっていこうという単純さである。病兵に安楽死を求められたときの振舞いを反省するまでもなく、そういう心の姿勢が幾度かつまずいたのを痛いほど感じている。だが、自分自身から逃げまいとする単純さが、究極の拠りどころであったことは言いきれると思う。さらには、おれにもまだ、何かが残されているはずだ、果たすべき何かがある、そんな気がしていたのである。

フィンシハーフェンの一戦以来の二年有余は、大小の戦闘はあったにしても、一大転進であり、舵（かじ）を失った破船の彷徨であったといっていいだろう。一つ一つの戦闘が、戦局の上にどういう意味があり、目的があったかは知らぬ。そのたびに、夥（おびただ）しい犠牲が遺棄され、兵力は痩せ細っていった。伝染病のように果てしなくひろがってゆく死――。孤立無援のまま、右往左往しながら、転進し彷徨しつづけていたのである。

「序幕」のペンには明暗の色彩があったが、この「転進」は薄墨の一色に蔽われた。そのなかに光を点ずるものは「人間」でなければならなかった。

第三部　人と人

1　戦場の倫理

挺身攻撃隊の結成は、所詮最後の足掻きであり、その名のとおり、玉砕を覚悟の作戦だった。出動の途次、廃屋をみつけて、貧しい形ばかりの食事をとり、焚火をかこんでいた。ものを言うものもなく、虚脱した空気が暗く沈殿していた。それは、動に対する静ではなく、動を包む静でもなく、静そのもの——虚無だった。昨日もない、明日もない、いまの一瞬を生きているにすぎない。過去も未来も黒一色に蔽われ、現在の薄明のなかに、定かならぬ自分を見据えているにすぎなかった。

ふと、「失礼します」と、聞きとれないような声がして、一人の病兵がはいって来た。栄養失調のため、顔は見るも無残に腫れ上がって、眼も見えないようである。手も足も、象の足のように腫れている。死神を負うたように、ひっそりと立っている。行き倒れて、この上の小屋に寝ているものだが、寒気がして仕方がない、迷惑とは思うが、今夜一夜、火の側に置いていただけないだろうか、という頼みである。身を震わせながら、何度も「お願いします」と言った。隊長は、「気の毒だが、見る通り一杯だ。とてもはいれない。この地区の警備隊長に頼んでみたらどうか」という返事をした。病兵は、「警備隊長に、ここで頼んでみるように言われたので、来たのです」と答えた。病兵を挟んで、両方がなすり合いをやっているのである。「とても無理だ。なあ、みんな」と、隊長は一わたりわれわれの顔を見渡した。拒絶を強いる眼つきである。誰も、何とも言わなかった。連帯感は、自分を中心とする極小の円周に限られてしまっていたのだ。病兵は、一礼して黙って立ち去った。脛から直に指が生えたかと思われる重い足を引きずりながら。隊長は、しきりに警備隊長を責め、「そんなことをしたら、こちらがまいってしまう」と独りぶつぶつ言っていた。隊長の人となりについてはよく知らなかったが、しきりに「貴様」ということばを使う人だった。若い士官学校出身の将校の愛用語であり、陸士出身をてらう語気があった。二人称はもちろん、間投詞的にも使われ、貴様、貴様で耳障りなこともあった。隊長は、陸士出身ではなかったが、この語気が気に入ったか、知らず知らずのうちに感化を受けたか、このことばを好んでいたようである。

みんな、それぞれの思いにふけっていた。K曹長が、つと立ち上がって、外に出た。何だかわかったような気がして、あとにつづいた。やや歪な月が、まず眼にはいった。銅板を切りとって張りつけたように冷たく、光を失っていた。うらうらと、人の心にしみ入る、あの生きた光ではなかった。中国戦線でも、こんな月を見た覚えがある。黄河の河畔だった。夜を徹して撃ち合った。銃砲声の大交響楽に、陶然とした。飛び交う銃砲弾の虚空をつんざく響き、一つ一つ微妙なニュアンスをこめて飛び散ってゆく音に、陶酔もした。弾道の直線・曲線が夜を彩るかに見えた。その壮大さは、人為の極致とさえ思われた。ふと見上げると、かわいた銅板のような赤い月が無表情に中天にかかっていた。あれは月なのか、不思議に思って眼をこすった。投影すべき感情をもたない、月そのものである。あの月の色だった。

二人は病兵を追った。火の気のない暗い小屋のなかに倒れていた。「おれたちが、火を燃やしてやるから、あたたまれ。芋はあるか、煙草はあるか」と、K曹長は、かいがいしく動いた。バナナの枯葉に、煙草を巻いて火をつけ、口に入れてやった。泣いたのか、笑ったのか、かすかに表情がくずれた。泣くとか、わめくとかいうような感情は、とっくに忘れてしまったのかもしれない。疎外の悲しささえ、もはや超えているのではないか。われわれの芋を飯盒に入れて、枕もとに置いてやった。Kは、「ほかにしてほしいことはないか」とたずねたが、返事はなかった。終始、石のように一言も口をきかなかった。

その夜、なかなか寝つかれなかった。Kは言う、「警備隊に行ってみたが、てんでとりあわんのだ。人のものでも、盗んで生きているのが現状だ。積極的に加えた悪以外は、善悪の範疇をこえている。それが、戦場の倫理なのだ。おれが同じ立場に立たされたら、同じように拒否されただろう。すでに、何千何百という行き倒れたものに対し、何もしてやらなかったし、できなかったではないか。忘れろ」と。K曹長は、ハンサにおける中隊再編成にあたって、三中隊から転属になってきた新しい戦友である。「ここで、親切らしいことをしてみても、けちな自己満足に過ぎんのだ。あのガリの転進で何を見たか。畜生道に堕ちた浅ましい人間の姿だ。しかし、おれたちだって、ただ避けて通っただけで、人を助けてやったことがあっただろうか。自分のことだけに汲々とし、人を顧みる余裕もなかったということにおいては、そいつらと同じではないか。もう、ごまかしはきかんのだ。ここまでくれば、人間も雑魚に過ぎん。万物の霊長なんて、ちゃんちゃらおかしい。自分のこと以外に考えられるか」と、K曹長は忘れろと言いながら、自分自身への怒りをぶちまける。

あの病兵は、何を感じ、何を考えているのだろうか。おそらく、すべての感情をすりつぶし、この地上に偶然存在する「物」と化しつつあるのではないか。それは、「死の影」である。死に形を与えたら、病兵のあの姿であろう。われわれは、それが恐ろしかったのではないだろうか。生きようとする執念の一条の糸にすがって、その糸にさわろうとするものを拒絶したのではなかったか。自分以外に頼むものは、何もない。他のためにということは、この極限の状況においては、人間の限界を超えた部分なのだ。自分自身を責めたKの絶望は、実はかれ自身の高さを物語る以外の何ものでもない。夜中に起き出して、小屋をのぞいてみた。病兵はいなかった。不思議な安堵を覚えた。自分を苦しめるような素材から、なるべく眼をそむけようとしている弱いエゴをつきつけられた。アリトアの一夜である。

２　自然児とともに

T曹長と二人、ヌンボに落ち着いて一月。原住民たちとも親しくなり、日本語を教えたり、簡単な算数や、地理・地球・世界のことにおよび、ない知恵を絞る。台風の眼のように、それは静かな一ときだった。かれらに、何かを話そうとすれば、そのすべてが誰かの借りもので、何一つとして自分のことばがないことに気づいた。と同時に、いかに曖昧な知識であるかが、痛いほど感じられた。大人も、子どもも、ジャパン・ネームをほしがる。ヌンボの酋長（キャプテン）ナラカウは、ヒガシ（東）の名をもらっており、みずからは「ヒンガシ」と万葉調で名のっていた。そのほか、テンプラ、フンドシなんてひどいのもある。「ミー・ネーム・テンポラ」とすましている。積極的に近づいてくるのは、やはり子どもで、知識の吸収も早い。戦争が終わったら、日本に連れていって教育してほしい、と酋長も子どもたちに期待をつないでいた。白人の混血かと思われるシメオンという子が「日本に帰ったら、手紙をくれるか」と言ったときには、異様な衝動を覚えた。かれらの生活にも、順応しえた。犬のように、絶えずまつわりついてくる子豚の仲間もできた。月明の夜、一夜をともに踊りあかしたこともある。

　この一月は、何とも想像を絶した体験だった。大袈裟な身ぶりで神話をでっちあげ、厳粛な誓いの上に、かれらの協力を求めたのだったが、論理の上の〝説得〟など、天衣無縫のかれらには、何の意味ももたないもののように思われた。論理以前のところに、どっしり構えていた。何か高くわれわれを超えた、茫洋としたものがある。かれも是、これも是、小賢しい論理の選択など、かれらには無縁のことのようにみえた。

力んで巧んでみた神話も、どこかふわふわと吸いとられて、あとにはほろ苦い悔いをのみ残す結果となった。異土の村落の誰彼が、決定的な確かさをもって、われわれの前にすわっている感じだった。そんな感じのするかれらとの出会いだったのである。

村に居ついた当座は、面映ゆい儀礼があって、いささか戸惑いさせられた。朝起きてみると、村の老若が広場に一列横隊に並んでわれわれを待ちうけており、静々と対面し、挨拶を交わすのである。「オ、オハヨ」と一礼して散ってゆく。連絡などで、村に帰って来ると、いち早く整列して出迎え、「オ、ゴクロウサン」と労をねぎらってくれる。語尾の「サン」は、スマートな鼻音である。これには、照れてしまった。敬意か、警戒か、意図はわからぬが、異質なものへの隔てを感じさせるものだった。突然転がりこんで来た、えたいの知れないわれわれを、いかに遇すべきか、合議の果てに思いついた措置であったろう。が、いつの間にか自然消滅していったのは、ありがたかった。やがて、自然な挨拶にかわり、自然な慰労のことばにかわっていたのは、それだけ親密になってきたともいえるだろう。壁は、わけもなく取り払われていった。

それにしても、最初の「オ」は何だろう。ピジンのときは、「オ」はつかない。とすれば日本語であるという枕なのか。それとも、われわれがかれらの言い分に対するとき、まず、「オ」と受けるのを見習ったものなのか。われわれも意識して「オ」を強く発音し、あきらかな感動詞として親愛感を託すようになっていった。その後、いろいろな村落を転々としたが、この「オ」という発語だけはついてまわり、「オ、クンバンワ」「オ、オヤスミ」と交わしあったものである。

いままでは、かれらと話をするときには、はっきりとした目的のもとに一直線にそこに漕ぎつければ足りたわけだが、住みついてみると、目的のない会話もやらなくてはならなくなってきた。それも、常に数名を相手にである。語彙をふやさなければならない。ところが、「これは何か」という最も大事な会話のいとぐちになることばを知らないことに気づいた。「これは何か」ということを、ピジンで何というのか、それを尋ねるすべがないのである。試みにゆっくりとWhat is this? と繰り返してみたが、全く反応はない。どうしたものか。そこで数名を前にして、両手を伸ばし、おもむろに中学校で習った手旗信号の「イ」「ロ」「ハ」「ニ」をやってみたのである。怪訝な顔をして、何かの踊りかというふうに見守っている。やがて、口々に問いかけてくる。そのなかから発見したのが「オーネム（何か）」ということばだった。だが、ことばの相互浸透には、おどろくべきものがある。小さい子が、「ナニ？ トク、トク（何を、話しているのか）と言ってわれわれの間にわりこんでくる。あれほど苦心して獲得した「オーネム」だったが……。

いきなりかれらの生活にはいった兵隊の多くは、当然のことながら、ことばに苦労していた。身ぶり手ぶりを加えながら、何とか用をたそうと苦心惨憺し、あげくには片言の朝鮮語・中国語までとび出してくる。中国で「メシメシ・シンジョウ」ということばが流布していた。「食物をやろう」「食物をくれ」という意味だが、ここでも思わずそれがとび出して、相手をまごつかせていた。日本語と波長のちがうところに、共通の言語圏があるかのような錯覚をおこしてしまうのである。

われわれの到来は、かれらの平穏な生活の水面に、波紋を投じた。その一つはスクーリム（School）である。何かを知りたいという意欲は、「スクーリム」の時間を、かれら自身から申し出てきた。「オーケー」と受け合ったものの、何を何からやっていいのか、見当もつかない。玩具箱（おもちゃばこ）をひっくりかえしたスクーリムは、がらくたしか出てこない。それでも、終わったあと幼い声で「イースト・ウェスト・サウト・ノルス（東西南北）」と、声をそろえて唱えながら帰ってゆくのは、うれしかった。

ときには、教練めいたものを希望してくることもあり、酋長以下並んで待っていることもあった。「キヲツケ」「ミギムケミギ」「マエヘススメ」と、元気よくやるのである。おとなも子どもも、大きく手を振って、浮き浮きしながら広場を一周する。号令につまって、こっそり「どういうのか」ときさに来る。スクーリム・ボーイである。

「ミギムケミギ」は、どうも言いにくいらしい。それらしいことを大声で号令すると、すらりといくのは大体子どもたちばかりで、おとなは高いところからそっと周囲の気配をみてとり、おもむろに向きをかえ至極満足げである。威勢のいいのが、ぱっと左を向くと一蓮托生で、ほとんど全員抵抗もなく左を向いてしまう。なかに一人二人、毅然として右を向いた子が隣と面つき合わせて睨み合っている。衆を頼んだ暴力でねじ曲げられる。酋長がのこのこやってきて、「お前一人、何で反対向くか」といって、くるりと向きをかえる。スクーリム・ボーイはあわてて、「キャプテンは何で勝手に列を離れるか。間違っているのは、みんなの方だ」と注意する。やっと、みんなの失態に気づいて、どっと笑いくずれる。意外に教練を喜んでいたのは、かれらには踊りと同じ遊戯と感じられたか、あるいは生来の不羈奔放に、いささかの枠が加えられることを、おもしろがっていたのか。ともあれ、変化がかれらを喜ばせていたのは疑いない。垢をもたない無碍の笑いは、自然そのものの笑いである。われわれもまた、天真に遊びえた。

ここから中隊本部まで六キロ余の山路で、ニブリハーヘンに位置していた。酋長は、日本名をカトウといい、精悍な男だった。四十にはなっていないと思われたが、この近郊の実力者だった。ときどき、子どもを連れて、連絡に出かける。山路にさしかかると、生きた自然が迫ってくる。四季のない熱帯の自然には休息がない。絶えず、働いている。休息がくるときは、永遠の休息のときなのだ。そんな自然のなかで、人間だけが休息しているように思われる。かれらの生活は、静止したまま、変化もなく動き出そうとする気配さえないのだ。

山路の途中、大きな石が二つの山の背にあり、展望のきくいい休み場があった。ジャングルを突き抜けると、必ずここに腰をおろした。白い鳥、青い山、鳥も山も生きている。雲さえ、生きて見える。そうして、なお生きつづけている自分をみる。三百余名が、二十名足らずになって、こうして生きている自分が不思議でならない。なぜ、死ななかったか。時間と空間との微妙な間隙を縫って、いまなお脈搏を打ちつづけているのが、不思議に思われる。戦友の愛、不可知の愛の絆(きずな)、——それは、ことばを超えた体験そのものである。数等体力にまさる現役兵が、瞬くうちに姿を消してしまった。おれは、まだ生きている。偶然というには、つくられすぎている。ゆっくりと空ゆく鳥の影を眼で追っていると、悠久の彼方に吸いこまれてゆく。そこに戦友の顔がある。待ちくたびれて、子どもたちが促すまで、岩に身をよせかけていた。岩に生命を感じたというよりも、逆に石の存在に近づいたがための親しさだったかも知れない。

3　人を愛するということ

ヌンボの村に、Hが泊まった。中学校の同級生で、同じクラスになったことが二度ある。卒業以来、しかもこんなところで、意外な邂逅（かいこう）に驚き合った。たがいに、軍服を着ていることすら知らなかったのだ。住民に頼んで、できるだけの饗応をしてもらった。さて静かに向かい合ったとき、この驚くべき出会いにもかかわらず、ともすれば沈んでいった。敗残のどす黒さにまみれて、話題を封じられてしまった。あのころと、いまと、断層の深さが、おたがいを惨めなものにしていた。もはや、われわれに過去も未来もなかった。ただ、いまという時点で向き合っているにすぎないお前とおれに、語り合うべきものは何もなかったのだ。かれは疲れていた。一緒に枕を並べて寝た。「大事にしろ」「元気でやれ」という空疎なやりとりに終わってしまった。歯痒いほど、ことばにならない。何かが胸の奥につかえているにもかかわらず、どうしても吐き出せないのだ。

翌朝、手を握り合って別れた。輜重兵（しちょうへい）であるかれは、修験者のような笈（きゅう）を負い、六尺を手にして、ゆっくり緑のなかに吸いこまれていった。その日、近郊の酋長たちを連れて、三日行程の部隊本部に向けて発った。飛ぶような足について、三日歩いて帰ったときは、疲れきっていた。それでも、「ユー・ストロン」と言って、労をねぎらってくれた。一両日ゆっくりしていたところ、山路に兵隊が三人倒れている、と知らせてきた。すぐ芋を蒸して、案内させた。まず、二人をみつけた。路傍に倒れていた。一人は意識もはっきりしているが、もう一人は大分弱っている。二人は戦友らしく、おたがいを案じていた。二人に芋を置いてやり、もう一人をたずねた。ニブリハーヘンへの道を半ば過ぎて、道の真ん中に天幕をかぶって転がっている。天幕を上げて顔を見て驚いた。Hだったのだ。こんなところにいるはずがない、こんなばかなことが――一瞬そう思った。「おい!」と、からだをゆすると、かすかにうなずいた。「どうしたんだ、しっかりしろ」と大声で呼ぶと、かすれた声で「あ!」と言った。それでも、芋を握らせてやると、真っ黒に汚れた手で、がつがつと食った。のどにかけはしないかと、水筒を片手に様子を見守った。頭を支えて水を飲ませてやった。Hは眼を閉じた。瞼(まぶた)から、涙がすーっと流れ落ちた。「明日迎えに来るから、元気を出すんだぞ」と言うと、何度もうなずいた。芋のはいった飯盒と水筒を、かれの見えるところに置いてやり、かちかち音をさせながら、「ここに置くからな」と確かめた。その足で、ニブリハーヘンに行き、事情を話し、三人ともそこに運ぶことにきまった。

翌朝、担架をこしらえ、屈強の若者六人連れて出かけた。ヌンボは、サクサク作業に出払っていて人員が足らないので、一人だけ運ぶことになっていた。二人連れの一人を助けおこし、どうにか歩けるというので、若者二人の肩につかまらせた。他の一人には、つぎの村から迎えに来ることになっているから、もう少し待つようにと伝えた。情にひかれていたのである。Hは、旧知なるがゆえに、自分の手で運んでやりたかったのである。何も知らない病兵は、何度も「すまない」を繰り返した。心に詫びた。ヌンボに近く倒れているものは、ヌンボの若者たちに頼むべきであろう。しかし、向こうの村の若者たちも、もう出発しているはずだ。かれらの足なら、やがて来るだろう、そう思って、Hのところに急いだ。

Hは、もう何の表情も浮かべなかった。眼は宙に、何もとらえていない。大声で呼んでみても、何の反応もなかった。徐々にではなく、段落を落ちるように弱っていた。それでも、担架に載せるとき、「痛い、痛い」と言った。悪路高低、四時間あまりもかかった。山小屋に辿りつき、軒下におろして、寝るところをしつらえた。若者の一人が、胡瓜をむいて無理に口に入れてやったが、「うう!」と唸っただけだった。若者たちにあとを頼み、村に行って、他の一人の収容はどうなっているかをただしたところ、今日行くはずだったが、人員の都合でどうしても行けなくなった、明朝早く行く、とキャプテン・カトウも興奮している。かれらも、不実を恥じているのだ。不信をなじってみても、どうしようもない。ずるずるとめりこんでゆくように、悲しかった。帰路、倒れている病兵に、「すぐ来るからな」と、元気づけて通ったが、声も空ろだった。黄昏(たそがれ)に、たった一人になって、さびしかろう、悪いことをした、と悔やむばかりである。

翌日、Hを見舞う気持にはなれなかった。死は必定である。見るにしのびなかった。しかし、もう一人のことも気がかりなので、また早朝に出かけた。病兵は、もうそこにいなかった。ほっとした。こんなに早く来てくれたのかと思うと、昨日激しい口調で叱ったのが、すまないような気がした。Hのところに行くと、付き添っていた若者が立ち上がった。黙って、土まんじゅうを指さした。その枕もとに、椰子の実が一つ、紫色の草花が五、六本、供えてあった。帽子を脱いで、しばらく佇んでいた。若者は、「かわいそうだ」と言った。それから、他の一人も収容に行ったが、もう事切れていたので、路の奥に埋葬した、ということも知らせてくれた。二つの命を、同時に失った。帰途、そこを捜して佇んだとき、とりかえしのつかない悔恨と哀惜に茫然とした。何度詫びを言っても足りない気がした。野鳥が、ほろほろと鳴き交わし、一層切なさを掻き立てた。

　この二、三日、右往左往して、結局何をしたというのだろう。いったい何を得たというのだろうか。旧知であるという事実だけで、Hを先に助けようとして、Hよりも元気に見えたもう一人を死なせてしまった。「知っている」ということは、どういうことなのか。同じ人間の地平の上に立って、人をみることさえできないのか。定命――それは、われわれのかかわり知らぬものである。知っている、知らない、ということが、行動のポイントになっていたことに、こだわりを捨てきれなかった。生死という重大な岐路においてである。知っている、知らない、を天秤にかけ、さらにその濃度によって行動を規定している「限界」に突き当たったのである。

　何かを求めて、歩きつづける兵。体力の限界にきているものには、客観的な距離は存在しない。一人一人の精一杯の、主観的な距離があるだけである。しかも、一足ごとに、後ろの距離は無限の彼方に消え去ってしまう。精根を傾けた一歩一歩は、そのまま暗い奈落に通じているのである。逆回転のできない、歯止めをつけられた歯車なのだ。憑かれたように、前へ前へと駆り立てられてゆく。身のおきどころもない現実の苦痛に耐えかねた肉体が、まともな生存の条件を求めて、未知の世界にあこがれつづけているのかもしれない。肉体は諦めを知らない。Hの肉体もまた、引き返すということを知らなかったのだ。

4 暗い山小屋

朝は爽やかである。生の歓喜のときである。ピァビエ・ハウスの朝は、わけて爽やかだった。重い夜闇は拭い去られ、青草の露がきらきらと輝く。夜は恐ろしい。それは、死のときである。冥府の使いの忍びよるときである。からだの衰えとともに、朝と夜との交替が敏感に感じとられる。

二ヵ月の挺身攻撃の後、T曹長以下五名、ここにサゴ椰子を叩きながら自活をはじめて十日、少し休養をとれば、からだも回復するだろうと思っていたが、なかなか捗(はか)がいかなかった。サクサク以外に栄養源がないのだから、これはどうしようもないことだった。わずかの散策に気を紛らせる。朝露を踏んで、大気のエネルギーに触れる。昨夜出て来たらしい真新しい豚（野生）の足跡が、すぐ近くまで来ている。夜明けを告げる賑やかな鳥の声、自然は生きて喜びに輝いている。新鮮であり、満ち足りている。人間は不協和音を奏でる夾雑物でしかない。不安ないのちをかかえて、死と向かい合ったまま停止している。それが、自分の姿であり、戦争をしているすべての人間の姿なのだ。わずかに動けば、動悸が狂う。鼓動をききながら佇むと、内臓だけの人間になったような、奇怪な倒錯に陥る。サックから引き出された無様な機械——。生きている——それが、自分と何のかかわりもないもののように思われてくる。

無理をしないように、と絶えず気をくばってくれるのは歌舞伎役者のような名前のMである。挺身攻撃隊編成のとき、野戦病院から配属された二人のうちの一人で衛生伍長、三つ年上だった。断崖を行軍していたとき、足を滑らせて転落したのを引き上げてやったのが最初の縁で、原隊復帰の日まで、こうして一緒に生活していたのだった。毎晩、飯盒の蓋で注射器を消毒しては、焚火のあかりを頼りに、強心剤やら何やら射ってくれていた。動けないからだをいたわってくれ、生かしつづけてくれたのは、Mの心づかいにあったといっていい。椰子の木にのぼって、水を飲ませてくれるほどの元気者だった。

みんな仕事に出払ったあと、一人薄暗い小屋に横たわる。煤（すす）で真っ黒になった屋根裏から空が一点の光になって透けて見える。遠く海岸のあたりか、遠雷のような砲声がとどろく。山は静かであり、平和ですらあった。だが、心底からの憩いは来ない。すぐ近くで、鸚鵡（おうむ）が鳴いた。銃を執って、外に出る。廃園の枯木に一羽、白くきらきら光る。そろそろと近づいて行った。軽い興奮と、上りのために鼓動は高鳴る。動物質の欠如、疼（うず）くようなからだの渇きである。何とかして、みんなに食わせてやりたい一心だった。ギァ、ギァ、と鋭い声を放って、下界を睥睨（へいげい）している。木陰から銃口を突き出し、安全栓をはずした。位置は悪い。しかし、これ以上近づくことはできない。息を止めて、引金を引いた。どっと反動を受ける。木の枝の白いものが、のめったように突っ込んで、二転三転して、どさっと落ちてきた。やったという歓喜に身を躍らせた。落ちたところに急いだ。嘴（くちばし）を根もとからふっとばされて、パク、パク、と音を立てている。人の気配に起き上がり、こちらをめがけて襲いかかるような姿勢をとった。鋭く見開いた眼は恐ろしいほど澄んでいた。一瞬、背筋を冷たいものが走った。無残な思いがした。銃の床尾板で殴りつけた。パク、パク、という異様な音が早くなった。嫌な気がしたのと、早く苦痛をとり去ってやりたかったのとで、やたらに殴りつけた。逆上していたが、白い塊となって静止したのを見て、顔をそむけた。〝殺生〟の語感を味わった。こうしなければ、生きられないのだと、みずからに弁解してみても、殺生の生々しさには勝てなかった。それでも、夕方みんなが帰って来て、声を弾ませて喜び、生気が蘇ったのを見たときは、嬉しかった。

　夕暮れ近くなると、一日の収穫を持って帰ってくる。今日は九升、今日は一斗と、その日の働きを誇らかに語ってくれる。われわれの今後については、一切眼を閉ざし、いまの喜びに生きようとしているのである。夕餉（ゆうげ）もまた楽しい。こうして一月、どうやら動けるようになり、裸になって陽を浴びたりした。こんなところで死なせたくない、と言っていたMのよろこびは一入だった。何もさせず、我慢強く待ってくれたT曹長の友情にも、あらためて感謝した。日を浴びながら岩に腰をかけ、清冽な渓流を見下ろしていると、物理的な意味だけでなく、渓流がぐっと近づいているのに気づく。二十メートルばかりの坂を下りると、せせらぎがきこえてくる。いま、こちらに向けているのは、自然の優しい笑顔である。Mは、水を浴びると言って裸になった。左腕に原住民のする腕環をはめている。もといた村落の女がくれたものだという。別れるとき、彼女は、「ボス・ユー・ルッキム・デス・ユー・ティンティン・オルセム、ユー・ルッキム・ミー・ペイス」と言ったという。これを、ごらんになるときは、わたしを思い出していただきたいわ、とでもいうのだろう。あなにやし、えおとめよ！である。

5　ある兵の死

ある日の夕暮れ、見知らぬ通過部隊の兵隊が三人、渓流を渡って坂を上って来、一夜の宿を乞うた。疲れた瞼に隈があった。別棟の一軒をあてがわれ、サクサクの饗応を受けてひっそりと寝についたようだった。翌朝、そのうちの二人は、T曹長に謝意を述べ、「二人は弱っているので、しばらくここに置いてやっていただきたい。いずれ迎えに来ますから」と言い残して発って行った。それが、何を意味するかは、おたがい暗黙のうちにわかっていた。友への永遠の離別を告げることばなのだ。迎えに来れるような状況ではない。

野戦病院から派遣されていた衛生兵A兵長が、Mとともに、看護にあたった。Mは、「とても助からないだろう」と、暗い表情をした。下半身の感覚がなくなっている、全身にきている浮腫（むくみ）も絶望的だ、と言う。MとAは、それでも、できるだけの手を尽くしていたが、一木のよく支うるところにあらずという空転の嘆きをもらしていた。食事は——といってもサクサク団子だが——まったく受けつけなかった。病人の食えるしろものではないのだ。急坂を駆け降りるように、病状は悪化していった。初めは、「すまない」という一言ももらしていたが、二日三日とたつうちに、表情も険悪になり、食事を運ぶものを睨（にら）みすえて、「そんなものは持って帰れ、銃を持って来い」と言うようになった。次第に怒りと憎しみの形相を示し、手がつけられなくなった。T曹長自身、食事を運んでやったり、何度も行って事をわけて話し、力づけてやっていた。階級の前に、病兵も沈黙した。

薄暗い部屋の片隅に、土塊のように横たわっている。異臭が鼻をつく。「何か少し食べてみないか」と言ってみたが、あらぬ方に視線を注いで無言である。「おれ、足があるのか」とぽつんと言った。ズボンからはみ出ている足は腫れ上がり、腐った無花果の実の色に変わっており、爪が黒く見えた。「少し、楽になると……故郷に、飛んでいる。……それも、しばらくの間だ。……腹、胸、背中が……焼けつくように、痛んでくるんだ」ぽつりぽつりと口をひらいた。「何かしてほしいことはないか」と顔をのぞきこむと、はじめてこちらを正視した。「みんな……おれが死ぬのを待っているのか。……殺してくれんか。……おまえ……人を殺したことがあるか。……ああ、きれいだなあ……おれも行く……流れる……流れる……」いつか、眼を閉じていた。いま、どこをさまよい歩いているのか。それっきり、口を閉ざした。

呻き声を上げ、号泣することもあった。夜何度もその叫び声に眼を覚ました。Mに、「なぜ、撃ち殺してくれんのか。どう弁明しようと、おまえらのやっていることが、いかに残酷なことであるか、おまえらにはわからんのだ」と、激しく迫ったという。「銃をくれ！　銃をくれ！　頼む！」という悲痛な叫び声が、われわれの胸をえぐった。Mは銃に手をかけたが、また力なく手をはなした。顔を見合わせるばかりで、決断しかねた。

六日目の朝、小屋は静かになった。誰にも知られず、息絶えていた。部屋のなかを七転八倒した形跡が、激しく胸を打った。T曹長は、MとAを連れて埋葬した。のたうちまわったのか、ほとんど裸体にちかい姿で死んでいたが、全身火傷(やけど)のように赤くただれて、皮膚は破れていたという。T曹長は、その兵の認識票を、自分の背嚢に収めた。急に静かになった小屋が、いかにも空虚な感じをそそった。安楽死の方法を拒否したことについては、「早く殺してやればよかった」と、つぶやいただけで、誰もその問題に触れようとはしなかった。いかに弁解しようとも、地獄の業火に焼き滅ぼされた肉体を前にしては、ただ、すまない、と心に詫びるほかはなかった。Mと二人きりになったとき、はじめてMの眼に涙が光ったのを見た。「わたしは意気地がなかったのではない、思いやりが足らなかったのです。もし、あれが肉親のものであったら、泣きながらでも撃ち殺してやれたはずです」と、深々とうなだれた。

転進のときそうであったように、部隊名も氏名もなく、一つの屍として消えていった。認識票を保管してみても、その部隊への連絡は万に一つも望みえないことだった。その部隊が現在どこに位置しているか、その部隊が部隊として存在しているかどうかすら疑わしかったのである。保管主であるT曹長自身、またいつまで長らえられる身なのか。何度も陣容を建て直し、部隊単位で行動を開始してみても、動くたびに、戦闘のたびに、組織は解体し機能を失って、四散した。そんな状況から、われわれには持続する時間がなくなっていた。今という瞬間だけが存在し、それ以外は暗い被膜のなかに埋没していたのである。明日という時さえ意識の対象になりえなかった。

時間はしだいに点となって意識され、空間もまた点に近づいていた。ここ数歩が空間であり、一キロの距離ともなれば無限にも近い絶望的なものに思えた。それは、決死の挑戦の対象でもあったのだ。氏名も、周囲の数名に知られているに過ぎず、いつ、どこで果てたかを知るものもなかったのである。絶望ということばまでが、その意味を失っている現実を、われわれ一人一人の運命として冥々のうちに認めていたのである。病兵の死を悼むとともに、そこにやがて近いわれわれ自身の姿を投影して、わずかに自責を免れようとしていたといってよい。

⑥　ピァビエの韜晦

このピァビエ・ハウスというのは、好漢ピアビエが建設した五、六軒の山小屋をいうのであり、またの名をタウケシャといっていた。状況の逼迫(ひっぱく)とともに、一族を引き具して、本家ともいうべきヌンボの原住民を合わせ、山に潜伏しているということだった。われわれは、その抜殻にもぐりこんだやどかりだったのだ。状況の逼迫とは曖昧なことばだが、そういうよりほかはない何かの胎動を、われわれは感じていたのである。

何度か敵陣に激突しては、山に打ち上げられた。その間に、敵の原住民懐柔作戦も、徐々に包囲陣を狭めていた。われわれの命脈を断つべき近道は原住民を背反させることにある。ピァビエの韜晦も、敵に懐柔された遊撃隊と称する原住民の一隊との、板挟みになった苦慮の果てであり、それがわれわれに対する精一杯の厚意だと、判断していた。事実、原住民たちの立場は微妙なものがあった。「グップラ・テム・イ・カム」――いい日はかならずくるのだ、というわれわれの公約にもかかわらず、このざまである。気息奄々、からくも残喘を保っているにすぎない。もはや、どうごまかしようもないところにきている。豊富な「物」で、手なずけようとすれば、易々たるもの、遊撃隊の例が、すでにそれだ。日本軍に協力しておれば、それだけ部族、村落の被害も大きい。落日の日本軍に、協力しなければならぬゆえんのものが、一体どこにあるというのか。かれらは、あくまで第三者であり、自然の遊民なのだ。われわれの眼にも、事ここにいたって、なお協力を惜しまないかれらを不思議に思い、愚かしくさえ思われるのである。

自然児は愚かである。その愚かさのゆえに、かえって「人間」を探ることは容易である。文明のおよびえない境位が、かれらにはある。ピァビエの韜晦を、背信とは思えぬ確かなものがある。さきにヌンボにいたときの、かれらとの交わりを思い、もう一度会ってみたかった。たとえ、かれが敵に通じていようとも、人間同士の平面で話し合える無垢の部分を失っているとは思えなかったからである。

7　Y軍医という人

そのピァビエの建てた小屋が、あちらこちらに点在していたが、その一つがここから四、五百メートルの山腹にあった。いつか〝ビッグ・マラリア〟によって、ほとんど一族を失い、一旦小屋を全部焼き払って退避したというから、チフスかコレラかが流行したものと想像される。対処すべきすべも知らず、悪疫の跳梁にまかせなければならなかった狼狽ぶりは、思うだに悲惨を極める。

その小屋に、同学の先輩Y軍医が来ていると聞いて、懐かしさを禁じえなかった。かれとの出会いは、少々変わっていた。ニューギニアに上陸して間もなく、連隊が行軍していたときに遡る。小休止で、背囊を負うたままひっくり返って、カーキ色の塊がつぎつぎと通過して行くのを漫然と眺めていた。上体を硬直させて、足だけせかせか動かしている感じの軍医（中尉）が通りかかった。ふと、こちらに眼をとめて、つかつかと側にやって来て、「おれを知らんか」と言う。呆気にとられていると、「おれは、知っている。夕方よく医学部の構内を散歩していただろう。おれの名は、山本。連隊本部にいる。また会おう」と言って別れた。ほんの一、二分間のやりとりだった。その後、ゆっくり話す機会もなかったが、便のあるたびに、簡単な通信や、薬などを託してくれた。ときたま遇うことがあっても、こちらをじっと凝視するばかりで、せいぜい「大丈夫か」「元気でやれよ」くらいのことで別れたが、いつか「なつかしい人」として意識されていた。

T曹長も、「バナナも十本ばかり食えるのがあるし、芋でももって一ぺん会ってきてはどうか」と、秘蔵のバナナを出してくれたので、厚意に甘えて思い切って出かけてみた。わずか四、五百メートルの起伏が、大変な冒険旅行のように思われた。やっと泳げるようになったものが、五十メートルに挑んでプールの端を蹴った孤独感に似ていた。土産を入れた雑嚢を肩にかけ、杖をつっ張り、喘いだ。奥深いジャングルのにおい、ルルルル……と軽快に啼く野鳥の声、吐く息と鼓動だけが小さな空間を震動させた。十歩にして立ち止まり、また十歩。脈搏が不規則にダブる。

午ごろちかく、やっと小屋の入り口に佇んだ。突然の闖入に相手を驚かしてやろうという子どもっぽい期待があった。案の定、「おっ！」と驚き、久闊の邂逅を喜び合った。だが、その全身にきている浮腫に、暗い影を感じた。「長く悪かったそうだが」と、さぐるようにじっと顔をみつめる。「裸になってみないか」と言って、聴診器をあてて、慎重に耳をすましている。眼も見えないほど腫れた顔を見ていると、たまらなくなってきた。「もういいから、止めてください」と頼んだ。何も言わず、恐い顔をして打診をつづける。「こんなからだで、よく今までもったものだな」と言う。おたがいの頭のなかをかすめたものは、おそらく共通の意識だったろう。沈黙がきた。「軍医殿はどうなんです？」人のことよりも、自分を大事にしてくだい」と言うと、眼がかすかに笑った。「ことば」として意味を備えてはいるものの、何らの実体を伴っていないことに気づいた。意味をもたぬ助詞を羅列したのと同じ空疎なことばでしかないのだ。「ありがとう」と、真剣な声が返ったきた。持参のバナナを出すと、「すまんな」と独り言のように言って、半分を当番兵にやり、半分を二人の前に置いた。さりげないなかに、温かいものを感じて嬉しかった。

飢餓とともに、たちまちにして人間もふっとんでしまった。ことに深刻だったのは、将校と兵隊との相剋だった。直接の矢面に立たされたのが、当番兵である。理性的な人間関係による結びつきではなく、階級の権威に対する隷属であっただけに、悲惨だった。物資の不足が、さらに拍車をかけて、当番兵を泣かせた。自分一人なら、いい加減なことですませられるが、将校をかかえていると、そうもいかず、疲れ切ったからだに鞭打って物資を漁り、食膳に供しなくてはならなかった。

それでも、将校の不満はあからさまだった。「近ごろ、ろくなものを食わしおらん。一ぺん便所までついてきて、おれのクソを見ろ」という非道な罵声を浴びせられ、悔し涙を流しているものもいた。人間のことばとは思えない。自分の食うものも節しているのに、聞くにたえぬ罵倒となってはねかえってくる。忍耐にも限度がある。「あいつは、おれの口のなかにあるものまでも、ほじくり出して食うようなやつだ。きっと、お礼はしてやる」と、怨みをこめる。

激しいからだの渇きは、理性を曇らせてしまう。構えることさえできなくなって、むき出された本能がのたうつのだ。豚でもとれたときは、炊事を当番兵にまかしきれなくなって、みずから煮炊きしようとする。一切れでも、かすめとられはしないか、という疑心のとりこになってしまうのである。餓鬼道の責め苦が、もろくも人間であることを放棄させたのだ。疑われ、踏みつけられ、どこに立つ瀬があるのか。善意が非道となってはねかえってくる、その痛恨にたえさせていたものは、階級の意識である。階級の前に、屈従せざるをえなかったのだ。一対一になったとき、それは爆発する。担架に載せて後送中の将校に、誰それは、お前に殺されたのだ、とその悪行の数々を並べたて、いまその報いがきたと思え、と言って崖の上から谷底めがけて突きおとしたということも聞いた。「一二の三で、棄ててきてやった。みずから掘った墓穴だ」と、事もなげに言っていたという。

　人間の力では耐ええないような極限において、抑制のきかなくなった烈しい憎しみが妄動し、人間を破棄してしまったのだ。人間を狂わせ、恐ろしい悲劇を生み出させた、その根源のもの――それは戦争の仕組んだ分裂であり、無化なのだ。一切の対立する概念を、矛盾と感じさせなくする精神の地点に導くものが、戦争という状況である。人間を構成すると信じられている「本質」を涸渇させるものであり、悪ももはや理性の圏内には存在しなくなっていたのだ。

　Y軍医の当番兵への思いやりに、至高なるものの残照を感じた。絶望の衝動のなかに、なお生きつづけている光の輪をである。第一次山越えのとき、三月も塩を食わず、芋ものどを通らなかったとき、通りがかりに、「塩を持っているか。おれもこれだけしかないが、半分だけやろう」と言って、スプン一杯の塩を恵んでもらったことがある。芋のあくで、真っ黒になった手を差し出して、受けとった。見透すようなまなざしを、下からじっと見返すだけで、感謝のことばを知らなかった。そういう優しさは、一体どこからくるのだろうか。何によって、そういう心がつくられたのだろうか。

「どうやら、その恩に報いられそうもありません」と言ったら、ふふんと笑った。

「いま、連隊本部の小さな辞書を借りてきて、草書体を書き写しているところだ」と聞かされて、驚倒した。「おやじは絵かきだが、潔癖で、でたらめな略字を嫌う。少しは、おやじの信条も生かしてやらんとな」と淡々としている。そして〝心の勉強〟ということばを使った。死と向かい合いながら、草書を学び、心の勉強を説く、――人間としてのYを知った。その人とともにあるという意識だけで、慰められ励まされる、そんな人格の存在を知ったのである。

「学生のころ、衣を着て机に向かったり、お寺の本堂で勉強したりしてみた。からだの姿勢は、心の姿勢につながるものがある。墨染めの衣を着てみると、かつてこれを身にまとった無数の修道僧の苦行のようなものが、自然に心に伝わってくるんだな。頭は、明るい絃も暗い絃も、掻き鳴らすことができる。それをコントロールするのが心だろう」

　ぽつりぽつりと語るのに、耳を澄ませた。

「戦争は、その暗いほうの絃だ。破壊的な機械力のぶつかり合い、そういうエネルギーとしての戦争に対立するものは、平和なんて空漠とした概念じゃない。平和は、それぞれが身にまとっている衣裳にすぎない。戦争は、鉄砧に飛び散る火花だ。正義を盾とした敵も味方もなく、人間が反故となってひきちぎられ、吹き飛ばされてゆく。戦争を推進している『闇の力』は、人間の根源にある文化を創造する力でもある。つまり、創造と破壊という矛盾を同時にやってのける。しかもそれは、両極にあるべつべつの力ではない。明るい絃と暗い絃とを、一時に掻き鳴らしているのだ」――そんな戦争論をききながら、人間のなかにひそむ同時的な二つのよろこびということばを思い出していた。一つは上に向かって階段をのぼってゆく霊性のよろこびであり、一つは下降する獣性のよろこびである。〝心の勉強〟の祈願が、どこにあるかがわかったような気がした。

ウエワク上陸以来の食糧状況について細かく計算し、グラフで表わしたものを見せてくれた。「専門外のことだし、精密なものではないが」と断わりながら、二年余の変遷の概要を説明してくれた。上陸後半年までは、カロリーの上からは漸減しながらも、どうにか生存可能の線を示しているが、フィンシハーフェンの戦闘以後は、図表の上からは、もはや生きられる線ではなかった。「それじゃ、いままで生きているということは、この線以上に拾い食いしてきたということですね」と笑ったら、「いや、おれ自身の拾い食いを基準にした概算だから、掛け値なしさ」と駄目を押した。「できれば、これをもとにして資料を整え、もっと精密なものを作ってみたいと思っている」と付け加えた。軍医の専攻は婦人科だった。

「専門の立場から、かれらの習俗に何か発見がありましたか」ときくと、「明るいな。女性の生理なども関心はあるが、とても研究なんて余裕はない」と言う。一つの生命の誕生ともなれば、かれらとて何か真剣な祭祀なり、行事なりがあるに違いないと思われる。

「私がヌンボにおりましたとき、こんなことがあったんです」と切り出して、一つの体験を話した。軍隊の自称は「自分」であるが、軍医に対してはそれが言えなかった。子どもと一緒に村落を歩きながら、この家は誰の家、あれは誰のだ、と子どもが指さすのをうなずきながら聞いていた。どれもこれも、一律に簡素な造りである。順々に進んでいたのが、途中一軒とばした。陰気な、ひっそりとした感じの家だった。何気なく「この家は?」ときいた。すると、子どもは顔を両手で覆うて、「ヤー」と言って、恥ずかしそうにする。わけがわからず、怪訝な顔をしていると、ややあって、「ブルッド・ハウス」だと言う。血の家だというのである。そうして「ベビー・カム・アップ」と言った。おそらく、われわれにはタブーであろうから、追求はやめたが、女性の家のような気がした。そんなことを語ると、「ベビー・カム・アップか。わからんなあ。古い昔の処置と同じことをやっているのだろうな。それにしても、何の保護もなく、裸の母体から裸の子どもが生まれてくるだけというのは、恐ろしい気がする」と、いまさらのように未開社会の惨めさを言った。

かれらは、性的なことについては眩いばかり天真爛漫である。ことばとして言うことを憚るようなことも、かれらは淡々といってのける。古事記の記述にみられる直截性に、符合するものがある。明るい。そして健康そのものだ。バンゲンブという村にいたとき、農園で働いていた女を、隣村の男が拉し去った。人質である。女がほしければ、豚をもって引き取りに来い、という。酋長の依頼で、われわれの調停によって話をまとめて、女を連れもどしたが、その女を前にして、露骨な質問を浴びせ、われわれにも訴えかける。抑留されていた間のことについて、女も淡々と恥じらいの影も見せず、明瞭に応答する。想像を絶する明朗さである。その後、両酋長は「誓言」を交わした。両者、静々と歩み寄り、槍を合わせる。槍先がわなわなと震えるほど力をこめて、「二度と不祥事おこさぬこと、以後、このことについては、何らのわだかまりもないことを誓う」というのである。一、二度、こういう場面に立ち合ったが、息をのむ壮絶な風景だった。

酋長の訓示にしても「近ごろは、女とばかり遊んで、農園に出て働くものがすくなくなった」という意味のことを、真面目にしかも容赦なく、名詞・動詞を挙げて訴えかける。セピック地方は、わけてあからさまな印象を受けた。性的なことにフランクだということは、恋愛感情の育たないことかも知れない。性の対象として異性を見るという段階で、恋愛が成り立つはずがない。恋愛は、情緒的選択を前提とする人間性のつながりであるかぎり、精神的な高さを要求する。かれらの生活のなかに、恋愛らしいものを感じたことがあるかどうか。あからさまにわかる性質のものではないが、どうも、ないようだ、というのがわれわれの一致した印象だった。ニューギニアの男女に、いまだ恋愛なし、という結論に、われわれは満足した。

話は縦横にとび、尽きるときを知らなかった。一言の不満も、誹謗もらさぬ襟度に、引き入れられた。日の傾くころまで話しこみ、持って来た土産を置くと、「すまん、すまん」と喜んでくれた。「元気でやれよ」「大事にしてください」と手を握って別れた。

そのY軍医の戦病死を聞いたのは、三ヵ月の後、山南に転出し、最後の陣地についていたときのことである。暗がりの壕を伝って、連隊本部の兵隊が低い声で訃報を伝えてくれた。耳もとで、その最期の模様を語った。夜中に起き上がり、連隊長以下一人一人の名を挙げて「よろしく言ってくれ」と頼み、当番兵に、「長い間、すまなかった。ありがとう」と言い残したという。「ほんとうに立派な最期だった。それから、これはお前にといって預かってきた」と言って、ガーゼにくるんだ注射液を一本手渡された。壕の底に腰をおとし、ガーゼを握りしめて、眼を閉じた。とめどなく涙があふれた。あの日が、最後だった。すでにいない。面影が、ちらつく。あの、人をじっと凝視するまなざしが浮かぶ。このおれにまで、と思うと最期の友情が、かえって悲しかった。軍医とは、山本軍医、山本晃朝である。

8　M伍長の死

ついにM伍長原隊復帰の日がきた。その前夜のことである。十五夜か、十六夜、冴え冴えとした月の光を浴びて、別れを惜しんだ。天心に座って、地上の一切にしみわたる原始の月である。Mは、「聞いてくれますか」と言って、椰子の木の下の石に腰をかけ、その半生を語り出した。

早く父母に死別した薄幸な身の上だった。幼い弟と妹とを育てながら、親のない子を僻ませぬために、どれほど苦労してきたことか。正月とか、盆とかには、隣家でその日に作る料理のことまできいてきて、作って食べさせた。祝祭日の式のある日には、やはり人並みに新しい洋服も着せてやりたい。あるとき、新しいのを着て、よろこび勇んで出て行った弟が、泥のなかに転んで泣いて帰った。タオルで泥をおとしてやりながら、兄さんは貧乏なんだから、もう一つ新しいのを買ってやることができない。きれいに拭いてやるから、これでがまんしてくれ、わかってくれるな、と言いながら自分も泣きたくなったという。あるときには「父」になり、あるときには「母」になり、「苦心したかいがあり、どうにか二人ともひねくれず育ってくれたことが、一番嬉しい。報いられたというものです」と結んだ。

Mは、早くから警察界にはいり、京城府の警察官だった。月が傾くまで、話しつづけた。数奇とも思える回顧談に、深い感動を覚えた。ポケットから、絵葉書をとり出して、Mに渡した。港町に十六、七の女の子が、赤い帯をしめて、向こうむきに立っている。その頭上に電燈が一つ黄色い光を放ち、遠くの町が紫に沈み、点々と燈火が見える。その絵の上に、藤村の『椰子の実』の詩が書いてある。「ずいぶん厄介をかけ、お礼のことばもない。お別れに、何もあげるものがない、これを持っていってくれないか」と言うと、Mは意外によろこんで、じっとみつめて何度も「ありがとう」

と言って、煙草のケースに挟みこんだ。その女の子の後ろ姿に、妹の姿を見ていたのかもしれない。「名も知らぬ　遠き島より流れ寄る　椰子の実一つ」は、とりもなおさず、われわれの身の上に思われた。

翌朝、途中まで送って行った。「また会える」「元気でいてください」と言って、遠ざかる後ろ姿を見送った。振り返り振り返り、手を挙げた。最後に手を振って、姿を消した。急にさびしくなった。空ろになった心に、懐かしくひろがってゆくものを残してくれた。おのずから来たり、おのずから去る戦場の友は白雲の去来に似る。ふたたび相会う日は、期しがたいのだ。

そのMが、非業の死をとげた。二ヵ月後、われわれの眼の前においてである。そのとき、われわれは山南のB村に集結していた。Mは軍医長H少佐に従って、A村からB村に向けて発った。総勢十二名だったという。その道案内をA村の原住民に頼んだところ、途中道を転じ、狭い間道に誘導して一人ずつ惨殺したという報が伝えられた。いつまで待っても、その一隊は姿を現わさなかった。われわれは、その捜索にのり出した。人員はわずか十五名、装備は整ってはいるが、元気なものは少なかった。悲劇の二の舞を演ずる可能性はないとは言いきれぬ。B村の若者を先導させ、血眼になって捜したが、行方は杳として知れなかった。

A村B村の原住民同士、どの程度通じ合っているかも疑問だった。何かが、仕組まれていると考えられないこともない。間道らしいものを、くまなく当たってみたが、何分にも体力は消耗し尽くしており、兵力を分散させることもできない。徹底を期することは、断念せざるをえなかった。一日捜しまくって、軍医長のものらしい帯革の切れはしを発見したにとどまった。意識的に現場を避けているのではないか、原住民の表情から、何かを嗅ぎ出せないかと、絶えず注視を怠らなかったが、ついに徒労に終わった。何も確証はつかみえなかったが、絶望感は覆うべくもなかった。

あんなに元気だったMが死んだ。しかも、惨死をとげた。無念の涙をのんだことだろう。別離の前夜のことを思い、また弟よ、妹よ、とその面影にしがみついたであろうその断末魔をしのび、酷薄なかれの生涯のさだめに、怒りさえ感じた。単に道を間違えたのであってくれ、誤報であってくれ、と祈りながら、その一隊の出現を待った。が、ついにその姿を現わすときはなかった。原住民の話によると、長柄の鎌を、一人ずつ後ろから後頭部に叩きこんだのだ、という。その話の出所と、その現場については、固く口を閉ざした。

M伍長。さきに歌舞伎の役者のような氏名だといったが、恩人の名を最後までイニシャルのまま呼ばなくてはならないのを、悲しまずにはおれない。

9　わが墓穴

Mが去った後、ピァビエ・ハウスには新たに三人加わった。毎日サクサクを搾(しぼ)り、露命をつなぐ。どんなところでも、生活が形づくられてゆき、哀歓のさざなみが立つ。突然、ピァビエが帰って来た。遠くの方から、かれら特有の歌うようなアクセントで、大声で呼びながらやってきた。「オガワ、オガワ」と逞(たくま)しい腕をひろげて抱きついてき、踊るようにはねまわる。烈しい体臭が渦巻く。「元気だったのか」ときくと、頭で「灬」を描くように拍子をとった。そうして、「かわいそうに、サクサク・ウォークをやっているのか。おれが来たから、もうそんな心配はせんでもいい」と、大きくうなずいた。

韜晦(とうかい)、そして突然の出現——これはどういうことなのか。どういう意味なのか。疑えばきりがない。だが、あの底抜けの明るさを、どうして擬態と思えようか。任せきってやろう、そう決心して、単身ピァビエ一族と別の山小屋にうつり、部隊のサクサクを採ることになった。川えびや魚や野ねずみを焼いてくれたり、鳥を食わせてくれたり、素朴ないたわりが、いじらしくさえ思えた。ワイフたちも、通りがかりに声をかけてくれたり、珍しい果物などを届けたりしてくれた。しかし、どうしたことなのか、急に弱ってきた。やっとこちらを向いていた自然も、そっぽを向いてしまった。かれらの小屋と別に、明るい別棟を建ててくれたので、一人そこに寝起きしていたが、下痢さえ伴い、便所で何度も眼がくらんだ。スサメという若者が、絶えず側を離れず、何くれと世話をしてくれる。「もう、鳥は撃たんのか」と、さびしそうに言う。食欲は、全くなくなった。燃え尽きるのを待つばかり、というはかない気分にとらえられる。忠実なかれらは、懸命に働いて割り当てられた量を、きちきちと供出してくれていた。

ある朝、眼をさますと、スサメがとんできて、「よかった、よかった」と背中を撫でてくれた。ピァビエも、「もういいのか」と眼をまるくする。二人とも、からだをすり寄せるようにして、さも珍しいものを見るように、つくづくと視ている。「何だ、おまえら、何を言っているのか」二人に、こうしてまともにまじまじみつめられると、当惑せざるをえなかった。一昨日の昼のサクサクを食べているうちに、突如倒れて、死んでしまった、というのである。「ばかな、何を冗談言うか」と一笑に付すと、「トゥルー、トゥルー（真実だ）」と合点し合う、「嘘と思うなら、バッグ（背嚢）をあけてみろ」と言う。事実、きれいに空っぽになっている。突っ伏すように倒れたので、ピァビエは驚いて、T曹長のいるヌンボに駆けつけ、「オガワ、イ・ダイ・ピニッシ（死んでしまった）」と、注進におよんだという。T曹長は、「ほんとうに死んだか」と駄目を押すと、「リキ・リキ・イスタップ（少し生きている）」と言う。曹長はすぐに連隊本部に行って、居合わせたM軍医に事情を話すと、軍医はありあわせの薬をかかえて駆けつけてくれ、注射を三本、全部静脈に射ってくれたという。脈はかすかにあったし、針を刺すたびに痛がったので、どうかと思ったが、遺留品になるようなもの、中隊の書類などを、一応まとめて持って帰ったというのである。

記憶を辿ってみても、その間が完全に空白になっている。空白というよりも、その間の時間の経過が全くないのである。ただ、昨夜のことだったのだろうか、ジャングルのなかに寝ていた。こんなはずはない、と不審に思う気持があった。抑えつけられるような、そして引きずられてゆくような苦痛を感じた。頭を上げると、漆黒の闇のなかに、あかあかと火が燃えて、一軒家を照らし出している。どうも変だ、と思いながら、残酷に腕をひっつかまれてゆくような気がしていた。そんなことが、ぼんやりとかえってくる。

ピァビエは、「一ときもじっとしていないので、夜も油断がならなかった。昨夜も、気がついてみると、外に転げ落ちて、泥のなかに寝ていたのを、引き上げてやったのだ」と言った。そのとき、かれの手にしていたあかりが、眼に映ったのであろうか。「この穴を見よ。これは、お前がはいる穴だったのだ」と笑いを浮かべた。赤土が盛り上げられ、長方形の大きな穴が、ぱっくり口をあけているのを、先ほどから見ていた。おれがはいることになっていたとは――。いまさら、珍しく眺めた。随分入念に掘ったものとみえ、四つの角が正確に直角を示していた。何の感動も湧かない。淡々と、何のかかわりもないもののように見られる。感情も、麻痺してしまっているのだ。いろいろなことを聞かされて、不思議な気持になった。また助けられた。まだ、生きている。それにしても、よく埋められなかったものだ。かれらは、絶望とみれば簡単に埋葬してしまう。「イ・ダイ・ピニッシ」で、早々に埋められたら――そう思うと『早過ぎた埋葬』の恐怖を覚えた。なぜ、すぐ埋めずにT曹長に連絡するという慎重さを選んだか。かれらにすればできすぎている。あらためて、かれらの前に叩頭した。一下士官の「死」に際して、遠路遥々軍医が駆けつけるということも、ここにおいては異例のことに属する。軍医のからだ自体、すでにただならぬさまにあれば、なおさらのことである。しかも、死は自明のことである。稀有とも思われる二つの友情が、このからだを生かしてくれたのだ。M軍医（Y軍医と同期生）の、その後の消息についいては、全く知るところがない。最後に集結したときには、すでにその姿はなかった。M軍医、つまり村田軍医の名はききもらした。(同窓会名簿に「村田三千穂　亡」とあるのが、その人か)

T曹長は中隊長に、「危篤、おそらく助かるまじ」と飛脚をとばした。生き残ったわずかの戦友たちは、丘に上がり、こちらを向いて冥福を祈ってくれたという。後にその一人のK曹長に会ったとき、「一ぺん頭を下げて、損したぞ」と笑っていた。何度となく消え入りそうな生命を、またも救い上げられた。さりげなくして、厚い友情の上に。それは、皮膚の色を問わない。

10　アユスの周辺

ヌンボのボス・ボーイ(酋長補佐のリーダー)に、アユスという男がいた。兵隊は、かれを「堀部安兵衛」と呼んでいた。赤ら顔の逞しい男、頭もいい。ウイスキーを嗜んで、陶然としている風体、「のんべえの安」とは、いみじくもつけたり、である。胸にAIUSと刺青(いれずみ)していた。近親結婚の風習があるので、近隣の村落はほとんど姻戚につながっていたが、アユスはいわゆる流れものだということだった。どこか、かれらの世界を高く飛揚するものが感じられ、興味をそそる人物だった。踊りの輪のなかに加わっているのを見て、かれもまたカナカ族の一人であったのだと思いかえすほど、かれ独自の風格を備えていた。そんな姿を、かれのために喜んでやりたいほど、孤独感を漂わせてもいたのである。

われわれのために献身し、サクサクを提供するなど、師団の感謝状までもらっていた。あまりに切れすぎたのが災いしたのか、中傷によるものか、ついにスパイの嫌疑を受け、やむなくわずかな一族を率いて姿をくらましたのは、われわれが挺身攻撃のため出動していた間の出来事だった。つまり、再度ここにやって来る一月前、ピァビエの韜晦と前後する。T曹長ともども悔やんだ。もう一足早かったならば、何とかかれのために方法もあったような気がしたからである。報いられぬのみか、「石をもて逐われ」たアユスは、「自分は、一度は日本軍のために力を尽くしたものである。いまさら裏切るようなことはできない。ただ難を避けて、山にこもる」と言い残したという。去った跡には、日本軍にもらった衣類・帽子・毛布・飯盒など一切が、きちんと整頓して置いてあったということである。カナカ伝統の器物のみを携えて逃避したアユスの心根は、あっぱれというのほかはない。怨みをのんで去ったか、それとも、ややこしい毀誉褒貶の世界に愛想をつかしたか。おそらくは後者であったろう。整然とした退去の跡は、過去の記憶の整理であったように思われた。

ときどき、かれのことが思い出される。一夜、一つ家に寝たことがある。例によって、ウイスキーを翳（かじ）りながら、「おれの踊りを見せてやろうか」と言って立ち上がり、「――ラマヌワヤ、ラプテント、エエエエー・イヤオーエー」と歌いながら、乱舞した。斜めに射しこむ月光を浴びて、黒い肌がきらきら光り、幻想的ですらあった。側に来て、大きく息をついた。「どうだ」と言うから、座ったままで二つ三つ手ぶりを真似てやった。明日の計画などを話し合い、「オーケー、オーケー」とうなずく。ふと、「なぜ、戦争なんかするのか」と、つぶやくように言った。ヴァッカスの嘆きの声だった。かれらの口から聞いた唯一の批判めいたことばである。戦争という大量殺人の手段によらなければ、解決できないほど重大な問題が、「人間の世界」にありうるのだろうか、という疑問がかすめる。

ある日、ヌンボの酋長ナラカウが訪ねて来て、人を払ってアユスのことを語り出した。

「アユスが、この近くに来ている。かれが敵に通じているとは到底考えられない。寂しく、山のなかで暮らしていることだろう。しかし、このピァピエ一族のなかにも、かれの近親がいる。それを連れに来るということは、ありうる。かれが、この近くに来ているのは、そのためだと思われる。ここには、おまえ一人しかいない。十分気をつけて、ボーイを独り歩きさせぬようにしてほしい。一人去れば、それだけ働き手がへる。自分も注意しているが、一応耳に入れておく」という意味のことを、声をひそめて語った。話をききながら、言外に何かあると直感した。働き手がへるという危惧だけで、これほど深刻な面持ちで、人払いまでする必要があるだろうか。酋長の真意は、何なのか。何かが、悪い方に動きつつあることだけしかわからない。元気ならともかく、このからだで何ができるというのだろう。事態は刻々に移っている。原住民軍の反撃の報もしきりである。相手は異国の人であり、未開の人種である。ピァビエ自身の身辺にも、すでに何事かがあったはずである。追求もしなければ、かれもそれに触れようともしないが、アユスに似たディレンマの果てに、帰って来たことは疑いない。その心底に潜むものは、うかがい知るべくもない。

黒い霧が、徐々に覆いかぶさってくる。おれは、かれらを信じてきた。かれらもまた、それに応えてくれている。だが――。疑惑と不安と、そして諦念と、そうした交錯のうちに重い日をすごした。一人一人の微妙な表情の変化にも心を労し、動作の裏に何かがあるのではないか、と必要以上に焦燥し、神経をすりへらした。突然の鳥の鳴き声にも、何かの合図かと耳をそばだてたりした。疑心は暗鬼を生み、心休まるいとまもない。たった一人で、どうしようもないことは、わかりきったことである。なりゆきにまかせるより、何の手だてがあろう。

疑雲のたれこめた一月（ひとつき）をすごした。サゴ椰子の原木も採り尽くしてしまったので、T曹長のところに引き揚げることとなった。えたいの知れない不安をかかえていただけに、ほっとした。何がどう展開していたかは、知るよしもなかった。だが、間もなくT曹長の惨死によって、すでにそのころ遊撃隊の潜入していた事実を知った。酋長の苦悶も、実にそこにあったのだ。

11　T曹長の死——原住民の反撃——

いよいよ去るとなれば、ここもやはり懐かしい場所である。日夜、見なれた樹々のたたずまいに、別れの眼を上げる。わが墳墓の地となりかけた感慨も新たである。装具を持ってもらって、杖をひいてT曹長のところにたどり着いたときは、自分の家に帰ったような安らぎを覚えた。T曹長は、身長百八十センチをこえるすらっとした長身の白皙（はくせき）、口もとが意志的にみえた。そのからだは、何ものも弾き返す強靭（きょうじん）さを感じさせた。陰になり日向になり、庇（かば）ってくれるのが、よくわかった。失神したときの礼を言うと、「Ｍ軍医もよく来てくれたなあ。軍医も助かるとは思っていなかったようだ。一か八か、やけくそで注射を射ったんじゃないかな。よかった、よかった」と肩に手を置いた。薪を割ろうとすると、「そんなことをしたら、死んでしまうぞ」と叱りつけるようにして、元気にまかせて割ってくれたりした。こうして、しばらくのんびりと手足を伸ばした。

Ｔ曹長は、Ｋ曹長と同期生であり、頑健であるとともに、生きる知恵に長けていた。どんな場合にも、生きるための本能的ともいえる知恵が働いた。そんな意味からも、力強い支えとなるものを、かれのうちに感じていた。この人こそ、最後まで生きのびるべき人であったろう。国籍は朝鮮だった。両曹長は、ともに現役志願であり、すべてにおいて、見ていて気持のいい好敵手だった。この山籠りの前半におけるＴ曹長、後半におけるＫ曹長との交渉は両者の対蹠的な性格にもかかわらず、私一個の存在には決定的な意味をもつものだった。Ｔは、さりげなくして温かく、Ｋは、人なつっこくして厳しかった。二人の厚い思いやりが、何度消えようとする火を掻き立ててくれたことか。Ｋ曹長は大分県出身、Ｔ曹長とは逆に百六十五センチの、がっしりしたからだ、眼が大きく澄んでいた。右手首から吹き飛ばされ、麻酔もなしに手術の苦痛に耐えた強情我慢の男であり、しかもあどけなさを失っていなかった。

　山南の情勢、俄かに急を告げる。糧秣（サクサク）を確保するため一部を残し、部隊は山南に転ずることになった。T曹長はヌンボに、K曹長はニブリハーヘンに、それぞれ責任者として残留と決定した。中隊長に、「そのからだでは、とても無理だから、T曹長とともにヌンボに残ってはどうか」と残留を勧められたが、私自身の内側に、それを強く拒否するものがあった。「大丈夫です、行きます」と言いきった。ただ、何かに向かっていきたかったのである。残留を「逃げる」ことだとは思わなかったが、燃え尽きるように死期を待つことがたまらなかった。死に場所を求めて飛び立った、という大袈裟（おおげさ）なものではないにしても、「向かってゆく」以外に自分の道はないという気分的なものだった。

　行軍は、体力の限界を超えていた。生汗を垂らしながら、毎日二、三時間部隊に遅れて着いた。道をたぐり寄せているような重さ、夢中で歩いた。こうして、カボエビスの陣地についた。敵に近接しすぎていたためか、まだ砲が到着していなかったのか、一発も撃ってこない。機関銃だけが狂ったように鳴りつづけ、小銃弾が間断なく頭上をかすめる。

　われわれは、壕に背中をもたせかけ、じっとしていた。われわれに手渡された最後の小銃弾は六十発にすぎなかった。ときどき、位置を変えては、一発二発撃ち返した。千早城の故智にならって、兵員を多く見せようという策略である。あと残った弾丸は二十発、そのときがきたら、めった撃ちして死んでやろう。そのときは、いつなのか。思いがけず、味方の陣地から、軽機関銃がリズムに乗って痛快に鳴りだす。「おっ！」と思う。まだ軽機があったのか、という感動である。だが、傷ついた一匹狼の遠吠えにも似て、しだいに細りゆく。

そんなときだった、T曹長惨死の悲報が中隊長のもとに届いたのは。原住民の遊撃隊の奇襲を受けて、あえない最期をとげたという。不死身のアキレスも、一発の手榴弾に倒れたのだ。こうして、ふたたび三度、生死の間隙をくぐり抜けたのである。

T曹長への愛情とともに、K曹長の安否が気づかわれた。後にK曹長と再会するまでは、全く消息がわからなかったからである。Kの語るところによると、夜更けて、遠くで手榴弾の炸裂する音を聞いた。つづいて二、三発。方角はヌンボと見当をつけ、とっさに身の危険を感じ、拳銃を握りしめ壕のなかに身を潜めて、夜の明けるのを待った。T曹長の身の上に不吉なものを感じつつも、あいつのことだから、と強いて思い直そうとした。ヌンボとニブリハーヘンは、最も近い親戚集落である。ヌンボに何かあったとすれば、その計画をニブリハーヘンの原住民が知らぬはずがない。むしろ、呼応する公算が大きい。Kは、そんなことを考えながら、長い緊張の一夜を明かした。眼をこらせば、闇が動き出す。八方に気を配りつつ、かすかな物音、木の葉のそよぎにも何度はっと身がまえたことか。朝、原住民たちは、面を曇らせてKのところにやって来て、「Tが死んだ。気の毒である。Tを殺したのは、決してヌンボのボーイではない。ヌンボのボーイは、キャプテンをはじめみな村を棄てて逃げたのだ。ほんとうに気の毒だ」と繰り返した。Tが死んだと聞いて、Kは激怒した。「おまえらはヌンボと親戚だから、おれも殺すつもりだったのだろう。おまえらには恩があるけれど、そうなったら仕方がない、おれひとりでも戦う」と宣言した。村の人たちは途方にくれて、「そんなことは言うな。おれたちを信じてくれ」と、おろおろしていたという。

戦い終わって、後方に集結する途中、ヌンボを通った。K曹長と二人、隊列を離れ、T曹長のいた小屋に駆けつけてみた。立木は、かつてのままの姿勢で迎えてくれたが、小屋は焼き払われて、四体の白骨が露天にさらされていた。起き上がる余裕もなかったか、四体枕を並べていた。一番端の長身の白骨を、T曹長と判断した。その他は、通過部隊のものであろう。T曹長の隣が、おれのねぐらだったのだ、そう思うと、またしても運命の分岐点をまざまざ見る思いがした。鋼鉄の弾性を感じさせたT曹長が、永遠に静止している。その死も、鋼が折れた感じである。恩人の遺体に対し、そこらの草花を切って投げかけ、ただ一礼するだけで、何をする余裕もなかった。

12　生死の岐路

生死の岐路、運命の分岐点――そう呼ぶよりほかはないような事実の連続だった。もし、ニューギニア三年間の足跡を、フィルムか何かで再現されたならば、とてもそれをみる勇気はない。死の深淵が、ぱくりと大きな口をあけて、生命の路線を一歩踏み誤ったものを、一飲みにしようと待ちうけていた。何気なく、伏せていた位置を変えた直後、前の場所に直撃を受ける、ということをどう説明しうるであろうか。それに類する事実の連続を、物理的必然と呼ぶほど、無感動ではおれない。

マラリアは、時限爆弾である。一日、ときには一時間の時間のずれが、生死のわかれみちとなった。ネッパツ（熱発）――われわれは、そう呼んでいた――は常のことであり、いつ、どこで、が生死をわけたのである。それは、われわれのあずかり知らぬものであり、人間の意志を超えたものである。元気な若者が、大河を押し渡る直前になって熱発し、みすみす置き去りにされてゆく。いのちの綱渡りといっていい。そんな生死の岐路に点綴される人と人とのかかわり合いもまた、ドラマであった。

坂東川渡河作戦においても、不可知の体験があった。T曹長と六日行程の後方連絡に派遣され、任務を終えての帰途、熱発で昏倒した。雨の降るなか、身を宿すところもなく、路傍に天幕をかぶって横たわった。高熱とともに自己分裂をおこしてくる。倒れている自分、熱にうなされている自分、それを見ている自分、さらにそれに対立する自分、それが一斉にわいわいと議論をおっ始める。演説、朗読、ささやき、悲鳴、怒号……。おれとは、一体どれなのか。パタン、ペタンという音が、伴奏となって急迫する。命をきざむ斧の音か。狂気の手前である。やがて、耐えられぬ悪寒が襲ってくる。氷の刷毛で背筋を撫でられ、胸をさぐられる。がたがたと震えがくる。思わず、ほとびた指を噛みしめる。だんだん現実が遠ざかる。うとうととする。何かを求めて、さまよっているようだ。からっと乾いた一軒家をみつける。なかには、火が燃えている。雀躍して、火に手を翳す。熱いのか、冷たいのか、間が抜けている。思い切って火のなかに手をつっこむと、焔が崩れて赤い口になり、にやりと笑った。――ぞっとして、われにかえる。

T曹長も焦った。放って行くわけにもいかず、一刻も早く任務も全うしなければならない。思案にくれて、その辺りに駐屯していた部隊に頼みに行ってくれた。まず、だめだろう。見ず知らずの行き倒れを収容する余裕など、あるはずがない。気休めでしかないだろう。

そこへ、一人の将校が通りかかった。あごひげを十センチも伸ばした、色の黒い少尉だった。ふと、こちらに眼をとめて、つかつかと近づいて来た。こちらは何の関心もなかった。名前を呼ばれた。しかも「さん」づけで。夢見心で不思議なことを聞いたような気がした。その顔が、近々と覆いかぶさってきた。その隈のある眼もとに、見覚えがあった。中学の一年後輩のTだった。卒業以来の邂逅(かいこう)である。その間、文通したこともなく、忘却以前の間柄だった。部隊名も聞いたことのないもので、熊本で編成されたものだという。歩兵部隊ではなかった。悄然(しょうぜん)として帰ってきたT曹長も、二人の思いもかけない出会いに驚いていた。

こうして、T少尉の幕舎に引きとられ、T曹長も心おきなく発っていった。食糧不足のなかで五日ほど療養させてもらった。かれとても、上司の手前、気兼ねもあったであろうに、当番兵までつけてくれた。これがT少尉——時任少尉との最初にして、最後の邂逅だった。その部隊の消息については、全く知るところがない。いまだに夢を見たような気がしてならない。事実あったことなのか、という気さえするのである。つくられたドラマとしか思えない。その出会いが、もしつくられなかったら、そう仮定してみると、つくづく生かされたとしか思えないのである。雨の降りしきる原始林の夕、たった一度つくられた出会い、それが生死を分けたのである。時任重武については、いまなおその生死すら確かめえないでいる。(同窓会名簿にも、索引にその名が記録されているだけである)

何度となく直撃を免かれ、何十ぺんとなく熱発や衰弱で倒れながら、そのたびに思いもよらぬ人に救われてきた。偶然というには、あまりに厳粛な事実だったように思われる。

13　極限におけるエゴ

戦争は、人を狂わせる。中国戦線でも、法衣をまとうべき身でありながら、悪鬼のように荒れ狂い、死体を蹴とばし、踏みにじる兵隊がいた。人間の罪障の深さに徹した絶望の果ての狂乱とは思えなかった。武装するということは、思考を停止することである。まして、間断なく襲い来る危機をくぐり抜け、飢餓とたたかいつづけなければならぬ極限に追いつめられた人間となれば、むき出されたエゴイズムの噛み合いも、当然のなりゆきであったろう。

椰子の腐木に巣食う蛆、数匹の分配をめぐって、流血の騒動をひきおこすことすらありえたのだ。肩を並べて、同じ道を歩いてきた戦友同士がである。疑心の虜となって、人をみる眼も物をみる眼も曇らせた。すべてが、疑惑を駆り立てた。戦闘・作戦の目的まで疑うようになった。「軍は、最終的にはセピック河上流地域に立てこもることになっている。現地物資には限りがある。この戦闘は、つまりは口をへらすためなのだ」と、具体的な数字まであげて、ささやかれることもあった。

行軍のたびに、戦闘のたびに、おびただしい兵員が姿を消していった。それは、目の荒い篩にかけるようなものだった。動くたびに、ばたばたと脱落してゆき、かろうじて網の目にとまったものも、かすかな衝撃にもたえられず、もろくも転落していった。孤愁に冷えて、殻を閉じずにはおれなくなったのだ。戦友との間も乾いて、友情もぼきぼきと折れた。

にもかかわらず、自分自身の周辺に眼をとめてみると、こちらに向かって働きかけてきた非道な体験を、ほとんど持たなかったことに、不思議な感動を覚えるのである。むしろ、慰められ励まされ支えられてきたことの方が多かったのだ。異常な状況下における数多くの人間との出会いである限り、すべてがすべてそうであるわけのものでは、もちろんない。心も凍る思いをさせられたあの憲兵との遭遇をはじめ、それに類する否定的な体験も一、二にとどまらぬが、自分の場合、それらは例外的なものとしてしか眼に映らなかったのは、恵まれていたといえる。

その例外的な一齣（ひとこま）として、糧秣をかすめとられた一夜がある。戦傷の中隊長に付き添ってフィンシハーフェンからシアルムまで下がり、そこで病院に送って別れた。糧秣倉庫に行き糧秣を整え、負えるだけの米と携帯口糧とを背嚢につけ、ふたたび前線に向かった。友軍同士の糧秣強奪の噂と、一人旅に不安を覚えながら、一日二日と旅程を消化した。三日目に、空襲に備えての天然の要害ともいうべき地隙に、一夜を明かすことにした。幅約五メートル、深さ十メートルばかり、どれほどの奥行きがあるのか、しかとは確かめがたいが、かなりの人員を収容しているようだった。傷を負い、病をえて、前線から後退してきたものも、ここでしばらく足を休めているものもあるらしく、やや住みついた気配も感じられ、どこか血のにおいがこもっていた。敵機が上空をかすめても、死角にあるような安堵感に支えられていたのである。

地べたに天幕を敷いて、背嚢を枕にし、外被（がいひ）を掛けて横たわった。糧秣には気をつけろ、というどこかで聞いた声が反復されていた。五メートル幅に切りとられた星空を見上げていると、闇の底にうごめくものが感じられる。人員の割に森閑として、陰気な空気が落ちつかせなかった。おそらく、たった一つのずっしりとふくらんだ背嚢に奇妙な恥じらいを覚え、違和感をもてあましてもいたのである。

眼がさめたとき、すでに夜の帳は拭い去られ、星空は白い帯に変わっていた。ぐっすり眠ったらしい。何事かの予感が、躊躇なく身をおこさせ、背嚢を確かめさせた。予感は的中していた。内容を抜き取られ、ぺしゃんこになった無様な背嚢が転がされていたのである。どこからか注視されている眼を感じ、強いて平静を装った。中隊の書類と、五合ばかりの米と携帯口糧一個とが残され、あとはごっそり抜かれている。その背嚢を枕にして、もう一度横になった。それとなく左右を注意してみたが、天幕をかぶって身動きもしないかたまりの二つ三つが、薄明かりのなかに転がっているばかりである。まんまと、してやられた。この谷におりてきたときから、狙われていたのだ。理屈抜きで、いやな感じを抑えかねたが、腹は立たなかった。壕にへばりついて、腹をすかしている戦友への土産を失った口惜しさは、拭い去るべくもない。

しかし、ここにいるものも、同じように空腹をかかえて辿りついてきたのだ。背嚢ごと持って行かず、暗がりのなかで内容を腑分けして、大事な書類と当座の食いぶちとを残してくれた思いやりに救いがあった。情容赦のない掠奪ではなく、やむにやまれぬものを感じさせられたのである。寝息をうかがいながら、内容を計量し、闇のなかにとけていった男が憎めなかった。書類を置いてくれただけでも、感謝すべきであったろう。だが、何事がおこるかわからぬという惨めな気持をどうしようもなかった。装具を整え、まだ寝ている兵隊たちの間を踏み分けながら、ゆっくりと出口の方に向かっているときも、どこからともなく視線が注がれているように思われた。昨日おりてきたときのように。その表情は、仮面のように無表情なものしか思い浮かばなかった。

14　裸の「人間」

一枚の草の葉、一匹のいなごに、生命を繋ぎとめようとするとき——生存の足がかりを一切取り払われたとき、人間の理性にはどれほどの信頼をおくことができるものなのか。生きようとする執念は、根強い。しだいに「人間」を失って、動物に転落してゆく姿をまのあたりにみて、自分自身が恐ろしくなってくる。理性と名づけられるものが、どこまで耐えうるものか、どこまで人間でありうるか、という不安は拭いきれぬ。どん底にみた裸の人間——それは人間の脆さであり、人間不信ともいうべき否定的なものだった。人間の立っている地盤は、もろくも崩壊する。人と人との間を生きて、そういう絶望的な人間観を植えつけられる要素は、ありあまった。試みは、苛酷を極めていたからである。とうてい描き尽くせぬ恐るべき一線を越え、みずから「人間」を放棄したものも、確かにいた。そうまでして生きえて、何の意味があるか、という自省は、もはやそこにはありえない。理性の圏内には霞がかかって、視覚を狂わせてしまっていたのだ。

人間が人間であるということには、学校教育も社会的地位も何のかかわりもない。人間性の問題に関するかぎり、学歴も職業も何のかかわりもなかった。それらは、身につけている衣装にすぎぬ。究極のものは、学校教育をはみ出た部分であり、社会的路線をこえたところでつくられた、より本源的なもののように思われた。それを〝繊細の精神〟と呼ぶならば、それは一体どこで養われてゆくものなのか。社会的に信頼されるべき人、あるいはインテリという階層に属する人々が、借り着を脱ぐように空しく崩れ、教育もろくに受けていない人物のなかにも、素朴な、それゆえに真正な人間の輝きをみる、という事実をどう解釈すればいいのだろうか。烈しい生存本能は、一切の装いを剥ぎとって、裸身をさらけ出した。装いと構えを棄てたとき、あとに残るものは何なのか。それが、極限状況のなかで問われた課題であり、残酷な試練だった。

そうした重苦しい陰にみちた黄昏（たそがれ）のなかにあって、なお道徳的稟性（ひんせい）は信じられていいのではないか、という一条の光を認めえたことは幸せだった。こうして生かされた、ということがその一つの証であるように思われる。人間不信を生み出すべき客観的な事実の数々を見聞しながら、直接私自身に向かってきた人は、信じられていいという反証を掲げてくれることが多かった。これは、どういうことなのか。幸せであったということ以上に、どんな場合にも信じられていい「人間」を、確かめえたように思われるのである。それは、いまなお慰めの星として、暁天に光芒を放っている。

極限の場に投げ出されながら、なおとっさに本来のみずからを選びとる確かさは、何によって培われたものなのか。答えるすべを知らない。装われた日常の人間の、暗い心の部屋をみつめたことがあるかどうか、いのちの奥底に潜む根源的な無明の炎を凝視したことがあるかどうかにかかわる事柄のように思われるのだが――。

第三部を閉じるにあたって、認めえた「一条の光」にもかかわらず、たえがたい羞恥とともに、こう述懐せずにはおれないものがある。

何万年という長い時間をかけてつくり上げられたこの不思議な動物も、つづまるところ胃袋でしかなかったのか。人間がはらわたを持っていることを悲しみ、むしろ憎んだのはスウィフトだった。「われはアルファであり、オメガである」といった「われ」とは、いまここにおいては胃袋にすぎなかったのか。胃袋を超えた僅かな人間だけが、精神の高さを説きえたのか。と。

慈愛は　人間の心
あわれみは　人間の顔
情愛は　人間の崇高な姿態
平和は　人間の衣服

残忍は　人間の心
嫉妬は　人間の顔
恐怖は　人間の崇高な姿態
神秘は　人間の衣服

という逆説が、二つの魂をもつ人間の『崇高な姿』（ブレイク）というべきものであろう。

第四部　戦野

1　幾山河

われわれ歩兵部隊の最大の苦痛は、行軍に極まる。いみじくも名づけたり〝歩く兵〟。歩き歩いて、歩き尽くす、それが歩兵の宿命である。したがって、行軍に強いということが、優秀な歩兵の必須の条件となる。ここにおいては、人間を包容すべて自然も、闘うべき相手となる。自然の奥に超越者を観想するなどという、悠長なものではない。余力を傾けて闘うべき、おそろしい敵なのだ。中国では、一日大体四十キロのペース、六十キロになると、五体はきしみ、五臓は転倒する。完全軍装の装備は、鉄の鎖となって肩に食いこみ、腰の感覚を失わせる。激しい行軍の果てに、陣地奪取のため、秒をあらそって山にかけのぼる。炎天下、背筋がぞくぞくとしてくる。寒いのか、暑いのかわからなくなってくる。血を吐く思いというが、血の涙を垂らし、反吐をはいて昏倒するのである。

作戦、つまり勝つためには、兵員の疲労・気象状況などは黙殺され、計算された目的遂行のため、正確に一地点から一地点への進撃は、実現されてゆく。こうして、皇軍の闘魂が、養われていったのである。その歩調を狂わせる思いがけない敵との遭遇が、われわれを喜ばせた。生命の危険以上に、肉体の苦痛は大きかったのだ。

足のうらの指のつけ根は、一面に水泡となって、歩くたびに、皮が前にめくれ、後ろに滑り、やがて、ぺろりとはげてしまう。衛生兵は、情容赦もなく、ヨーチンを塗りたくってくれる。そんな足で歩哨に立てば、焼け火箸を踏んでいるように、灼けつく。何の苦もなく空ゆく鳥を、呆然と見守る。夜間行軍ともなれば、捻挫は常のこと、ぐきっという鈍い音、痛みは脳漿をつきぬけ、眼の前が真っ暗になる。肉の痛みと落伍のおそれとを、同時に感じ取っているのである。その方の足をかばっていると、また反対の方もやってしまう。それでも落伍はできない。落伍は、そのまま死を意味する。露営地に着いても、象の足のようにはれあがって、靴もぬげない。しかも、作戦は個人の事情にかかわりなく、先へ先へと進んでゆく。深夜、やっと一日の行軍を終え、装具を解いてうとうとしていると、「出発準備」という非情の命令。「おれ、どうして男に生まれてきたか」と悔やみ、「孫子の代まで、歩兵にはせんぞ」と怨むのも、歩く兵の苦痛を率直に言いえたものであろう。

軍馬やロバの尻尾にしがみついてでも、七十五センチの歩幅で、地球の表皮を刻みとってゆくのが、歩兵の任務である。さすがに、山砲の砲身をずっしりと負うている超大型の馬にしがみつくものはいなかった。まるでスコップで掘るように、一足ごとに土をはね上げていた。荷物を負わされたロバの尻尾をつかむと、何事ならんと後ろを振りむいてみるその眼の奥に、あわれを覚えながら、ただ、許せ、と見返すばかりである。

北中国での行軍を、真昼の高燥を縦横に駆けめぐったとするなら、ニューギニアの行軍は深夜の低湿を這いずりまわったといえよう。気温・湿度の関係から、中国ほどの強行軍はとうていできなかったが、行軍の苦痛には変わりなかった。動くたびに、ばたばたと落伍してゆき、そのまま消息を断ってしまった。落伍兵の続出は、中国戦線の比ではなかった。敵、自然、悪疫、飢餓、さらには自分自身との闘い――戦争とは、それら一切を含むものであって、敵との撃ち合いだけを指すものではない。

闇の夜、ジャングルを突き抜けるのは、地底にのめりこんでゆく思いだった。たまたま腐敗して螢光を発する木でもあれば、背嚢に縛りつけて、誘導の目印とすることもできた。白い布などつけてみても、鷹揚な人間の眼には、何の効果もない。絶えず前を行くものの背嚢と、すれすれの位置を保ちながら、全神経を集中しなければならぬ。こちらの思惑にかかわりなく、歩調は速くなり、遅くなる。いつまでたっても、前の背嚢は動こうとしない。「おい、どうしたんだ」と押してみたら、非情の立木に向かい合って立っている。あわてれば、たちまちかずらに足をとられて転倒する。前はどこへ行ったか、後ろには自分の責任においてつっ立っている部隊がいる。しかも、声をあげて呼ぶこともできないのだ。消えてしまいたいような焦燥と孤独感に、うちひしがれる。忽然として、前の背嚢が消え失せる。やがて下の方から「うう」と唸り声がきこえてくる。足踏み滑らせて転落したのである。足さぐりして、しかも確実に踏むべき地面があるとはかぎらない。「暗中模索」は、そのままわれわれの身の上だった。

きらきらと星が濡れている。地上には粛々とつづく行軍の列、一幅の絵であろう。しかし、一歩一歩根限りの死力を注いでいるのである。骨の髄までなめつくされて、思考力を失い機械のように硬化してくる。爆音が聞こえる。夜までも、執拗に追ってくる。そこはかとない不安。ぱあっと、青白い閃光、瞳孔が筒抜けになる。照明弾である。突然、秘密をのぞかれたものの戸惑い、つづいて一発さらに一発、真昼の明るさに、身の置きどころもない。そのまま、じっとうずくまる。地形を選んで動くものがあれば発見されるだろう。息づまる数分、照明弾は落ちつき払って燃えつづける。やがて、飛び去る。発見されなかったのか、ほかに思惑あってのことか。

波が、すぐ足もとまで押し寄せてくる海岸道に出る。間隔をひろげて、一人ずつ走り抜ける。魚雷艇は、エンジンを止めて物かげに潜み、網にかかるのを待っているからである。案の定、撃ってくる。曳光弾（えいこうだん）である。伏せている背中が熱くなるほど、撃ってくる。夜空を彩る花火の饗宴。昼間の弾着の凄まじさに比べて、優雅な感がある。何を血迷ってか、あらぬかたをふわふわと迷子になって飛んでゆくのは、なおさらである。こうして、夜を徹しての行軍がつづく。小休止のたびに、睡魔に襲われる。背嚢を負うたまま、仰向けにひっくりかえっていると、降り注ぐ星も感覚に遠くなってくる。眠ってはならぬと、大きく眼を見張って、かたわらの草を透かしてみる。

草の葉が、ちらちらと動く。真っ黒な顔が、ふーっと飛び出してくる。いまいましくなって頭を振る。また現われる。今度は、力士のようにふくれた白い顔である。静かに横向きになってゆく。お多福の面が、背合わせにくっついた。それが、くるっと廻ってこちらを向いた。笑っている。また廻る。力士の面。これは無表情である。その上から、真っ黒な痩せた顔が出る。じっとこちらをみていたが、いまにもとびかかって来そうに動いたと思ったら、三つの面がくるくると廻りはじめた。あわてて、追い払うように頭を振り、眼をしばたたいた。瞬間に眠ったのだろうか。最初、黒い顔を見たときは、確かに眼をあけていた。おかしなものを見ていると、はっきり意識していたのだ。現(うつつ)と幻との境を見たような気がした。前後の戦友たちは、化石のように静かだ。星は、依然として遠く、小さい。

文明の恩恵に浴していれば、橋のありがたさを忘れる。堤防もない川は、自然にみずからの水路を選びとる。時間の経過とともに、淵瀬は常ならず、河流は一変してしまう。大小さまざまな川を渡渉する。膝までは苦にならぬが、下腹を濡らすと冷たい。セピック河は大河である。向こう岸も見えず、島が流れている。大きな魚が跳ね上がる。自然以前の大自然である。全長千数百キロ、河口の幅約二キロ、原自然の神秘を満々とたたえて、濁りに濁る。同じように濁り、同じように茫漠としていても、あの黄河にはどこか人間のにおい、文化のにおいがしみついていたが、ここに感じられるものは、底知れぬ自然のエネルギーそのものである。地球のはらわたを洗ったように生臭く、流れは重い。沖を遙か、血の海に染めている。

増水すれば、たちまちに氾濫して、周辺の道を沈めてしまう。水路行軍である。人の話では首まで水がくるということだったが、話は大きくなるもの、話半分に聞いてよかろうと、たかをくくっていたら、いきなりずぶずぶと胸まできたときには、観念した。どろどろの水の淀んだところを、三キロあまりあっぷあっぷさせられた。生ぬるい水、冷たい水、藻がぬるぬるとまつわりつくところ、もはや水ではない。怪奇を溶かした黄色い液体なのだ。しかも、これが路なのである。その証拠に、一足踏みそこなうと、ずぶり頭を没する。サゴ椰子の間を、足でさぐりながら、頭だけ出した兵隊の行列が、のろのろと移動して行った。倒木の腐敗したガスの臭いが、いつまでも染みついてとれなかった。

急流にさしかかると、四、五人で組んで、よいしょ、よいしょ、と押し渡る。両端を強健な兵隊で固め、たがいに帯革を握りしめ、上流に面して斜めにつききる。倒れては、引きおこされ、声を限りに励まし合いながら、一歩一歩を踏みしめる。足の裏の砂が、ぐんぐんほぐれて、ともすれば足をとられる。岩を踏んで、つんのめる。精根尽きて、上流を背にするような隊形に追いこまれれば、しまいである。流れは、生きている。人間を拒絶する意志さえ感じられる。幾組もの隊列が、その生き物に挑んでゆく。岸まで二、三メートルのところまで辿りつきながら、下半身の感覚を失って、濁流にのまれてゆくのをどうすることもできない。一組一組が、ぎりぎりの闘いをつづけて、他を顧みる余裕もないのだ。

倒れれば、重い軍装にたっぷり水を吸いこんで、起き上がることもできない。泡を噛む濁流に向かって、しっかり組み合った隊列が、助けつ助けられつ、たがいに呼び交わしながら対岸に辿り着いたとき、天にも地にも感謝したい気持になる。褌(ふんどし)一つの裸で、屈強の兵にとりまかれ、うわごとのように「よいしょ、よいしょ」を繰り返しながら、岸に押し上げられている連隊長である。老いの翳(かげ)りの見える胸を烈しく波打たせている姿は、いかにこの渡渉が、一人一人ののっぴきならぬ命がけの闘いであるかを物語っていよう。

水深が深く、流れのゆるやかなところでは、装具一切を頭にのせて雲助をやる。月の夜など、静かな流れに、きらきらと光る肩の線、漱石の発想にならって、われならぬわれがこれを見たら、美しかろうと思われる。裸の兵隊が、裸の連隊長を肩車にのせて、「敬礼よし」と、ふざけるのも、こんなときである。

アイタペ作戦のときだった。部隊は幅七、八十メートルの川のほとりまで前進して来た。敵の砲弾が、対岸のあたりで時折炸裂(さくれつ)していた。部隊は一時足を止め、敵情偵察の将校斥候が放たれることになり、そのメンバーに加えられた。背嚢を解き、軽装となって、川を渡って行くことになった。報告に帰ったとき、装具を整えて行けるという判断だった。川は膝を没するほどで、深いところで下腹を濡らす程度だったが、流れは相当に速く、濁っていた。砲弾は、われわれに気づいていないようで、間遠に、あらぬかたに跳ね返っていた。だが、やがてくる照準下の撃ち合いの前奏として、油断なく触角を動かしている感じだった。

ちょうど川の真ん中あたりにさしかかったところで、突然、前を行く兵隊がくるりとこちらを向いた。無意味な動作である。かれが、もう一度前進方向に向き直ったとき、かれとの距離はぐっとつまっており、振り廻した銃口に眼鏡のつるをひっかけられていた。はっと思ったとき、すでに眼鏡は空中に舞い上がっていた。落下したところにとびついて行き、左手であわただしくかきまわしてみた。この流れにどうなるものでもない。奇跡も僥倖（ぎょうこう）もおこらなかった。誰にも気づかれぬ空しいあがきにすぎなかった。

急にあたりが霞んで、絶望につつんのめってゆくように思われた。周囲の景色は一変していた。すべてが、真っ黒い断崖となって迫ってくる。予備の眼鏡一つ、図嚢に入れて大事に持ち歩いていたのだが、背嚢のなかに入れて置いてきた迂闊さが悔やまれる。そのうち幾分は慣れるだろうと思いながら、不安はつのる一方だった。敵味方の見定めもつかなくなったら、そう思うとやりきれなくなってくる。敵情偵察もへちまもあったものでない。激しい自分との闘いに、われを失っていた。雲のなかを行くように頼りなく、何度も眼をこすり、少しでも見えるようになることを祈った。川を渡り、ジャングルをくぐり、やがて小高い丘に辿りつき、前方を見渡したとき、黄昏の暗さは絶望のどん底に突きおとした。もやもやと黒いものが、わずかに濃淡をみせているにすぎない。戦場の最前線で、突如視力を失ったことの恐ろしさに、うちひしがれた。しかも、部隊は敵の弾着の不確かさを見定め、われわれを尖兵として前進していた。

報告に帰ったとき、すでに部隊は川を渡り、ジャングルの端まで来ていた。万事休す、である。予備の眼鏡も、背嚢とともに遺棄されたとみるほかはない。任務を終え、悄然として中隊に帰った。Yが、申しわけなさそうに、「お前の背嚢持たれへんよって、置いてきた。かんにんしてや。図嚢に少々つめこんで持ってきてやったで」と言う。「図嚢」ときいて、かすかな希望がよみがえってくるとともに、待ち望んでいた一言だけにかえって不安にもなる。抜け目ないYだけに、かれの価値判断が、あだなさかしらとなる恐れもあった。何を抜き、何をいれたかである。こんなとき、とっさに最悪を予想するようにできているらしい。「眼鏡は?」とつめよると、「ああ、あるで」とさりげない。こんな状況で、眼鏡がかえってくるということは、奇跡とすら思えた。われわれの眼は、間近に迫る大激突に奪われ、身辺に向けられる余裕はなかったからである。「歓喜」の語感をじっくり味わいながら、感謝のことばもなかった。

眼鏡をかけたとき、やっと数時間前の自分をとりもどした。いまさら、Yの友情に叩頭した。突如として下された前進命令、そこに転がっている戦友の背嚢、他を顧みるいとまなどあろうはずもない。そんなとき、背嚢をあけて、じっくりと何が必要であるかを腑分けする緻密さと落ちつきとはYの真骨頂といっていい。もし、立場を代えていたら、大ざっぱなおれには、とてもこんな芸当はできなかったろう。全か無か、その中間に次善をおく細かさはおれにはない、そんな気がした。その後しばらく、海底に光っている二つの眼鏡のたまが、ちらついて離れなかった。

底知れぬ自然のエネルギーを感じさせるのは川である。それは、無常の影も宿さず、生命の流れでもなく、瞑想をうつすものでも、叡知を呼び覚ますものでもない。自然の驚異そのものである。幾つもの生命をのみこんだ川は、悠久の海に注ぐ。すべてを呑み尽くし、すべてを放下しながら、悠久より悠久へ、その波間に没し去った戦友のいくそばく。最初の犠牲者の思い出は、ことに痛ましかった。

ウエワクからマダンへの行軍の途次、夕暮れにちかかった。かなりな川幅のあるところにさしかかり、対岸を見渡した。そんなに危険な流れとは思えなかったが、渡渉コースを確かめ、泳ぎの達者な強い兵隊を裸で要所に配し、万全の態勢を固めて渡河にかかった。隊列を組むまでもなかった。ところが、川は恐ろしい変貌を示しつつあったのだ。上流で豪雨でもあったのか、刻々に濁り、水嵩を増しているのに気づいたときは、川幅の三分の一あたりまで進んだ地点だった。とっさに、これはいかん、という気がした。思いのほか、流れは速かった。「全員もどれ！」の指令がとんだ。渡河中止。からくも踵をめぐらせたとき、異様な叫び声を聞いた。裸の兵隊が、「危ない！　流木だぞ！」と、ほとんどことばにならぬ叫び声をあげたのである。首をめぐらすこともできない。必死と足掻いた。

突進してきた流木は、一足前を行っていたS一等兵をとらえた。あっという間に、はねとばされていた。背嚢は重い。もんどりうって水中に没したが、すぐその木につかまった。瞬間にとらえた視覚である。脇見をする余裕もなかった。われわれは焦ったが、岸に戻るのに手間どった。水嵩は、みるみるふえて押し流されそうになる。河童のような漁師兵は、腰に縄をつけ、四人五人とその流木を追ったが、間隔はひろまるばかり、ついに海に突入してしまった。川は明らかに怒り狂い出した。流木は沖へ沖へと押し流されてゆく。裸の兵隊は、切歯しながら施すすべもなく、海の中を右往左往した。それらしい姿が、波間に見え隠れする。遠く遠く、巨大な流木が、一片の木片となった。海に突入してから、沖合に引きずりこまれるまでの時間は、ほんの数分かと思われた。いかに河流の凄まじいかを、まのあたりに見せつけられた。

われわれは、いつまでも波打際に立ちつくし、われを忘れていた。川はふくれあがり、ふくれあがり、海に突入している。もし、十分早く渡河していたら何事もなかったであろう。十分遅かったら、中隊の犠牲は大変な数字になっていたであろう。声もなく、その夜はそこに設営した。「かわいそうなことをしたな」、そんな声が力なく交わされるばかりである。黄昏ちかかったことも、不運だった。

月が出る。円い月だ。どうしても寝つかれない。眼をつぶれば、流木につかまって浮き沈みするSの頭が見える。中隊長は、何度となく溜息をついては、テントの外に出る。もう一時を過ぎている。そっとついて出ると、中隊長鎌田中尉は汀に腕組みをして、じっと沖の方をみつめている。黙って、その側に立った。「つらかったろうな」と、ぽつんと一言。いやさえざえと、月は空虚な心を突き刺してくる。われわれの眼の前で、一つの生命をさらって行った流木、その流木につかまって、まだ生きているかも知れぬSの苦痛、しかも何もしてやれなかったということが、われわれにはたまらなかった。

その夜、何度かテントの外で、帰って来たSの声を聞いたような気がした。明くる朝も、みんな何となしに奇跡の生還を期待するような気持で、沖を眺めていた。流木の影は、どこにも見えなかった。

静から動への豹変に、〝自然の怒り〟を知ったのは、山西省の戦闘においてである。赤肌をむき出した山を伝って下り、小さな渓流を渡ろうとしていた。幅二十メートル足らずの、脛(はぎ)を洗う程度の浅いゆるやかな流れだった。ときは夕暮れに近く、隊列も乱れていた。しばらく河床道を下って行った。ふと、刻々に増水しているのに気づいた。おや！　と思ったとき、それは濁流に変じていた。後方で、何か叫ぶ声を聞いた。川幅は見る見るひろがり、流れは勢いを加えた。川から脱出しようと足掻(あが)きながら、前後を見る余裕もなかった。二度三度、足をすくわれて反転し、岩に滑ってつんのめり、押し流され、からくも岸に這(は)い上がった。見ると、二、三メートル前方に流されている兵隊の頭が、見え隠れしている。事の重大さに、いまさら驚いた。二、三人とともに、装具を捨てて川ぶちを走ったが、ついに姿を見失ってしまった。一木もとどめぬ黄土を洗った水は、黄色に渦巻いて、唸りをあげている。上流の方で、驟雨(しゅうう)があったのだ。

川の怒りは、ほんの三十分程度のものだった。あとは、何事もないもとのせせらぎにかえっていた。山の麓で待機していたものは、易々として渡って来た。みんな異様に興奮していた。とにかく、中隊は集結し、流された戦友の捜索隊が繰り出された。銃が十二、三挺回収された。犠牲者は三人だった。五、六百メートルばかり下流で発見された。顔は引きむしられ、前歯がめちゃめちゃに折れていた。無残さに、みな面を伏せた。ほんの三十分間に演じられた惨劇だった。いや、数分が生死の岐路だった。いち早く引き返したもの、渡りきったもの、その分かれ目は一分足らずだったかも知れない。自然の秘めた底知れぬ威力を、まざまざと見せつけられたのである。川べりに、数本のなつめの樹のあるあの渓流の風景が、くっきりと切りとられたまま、いまなお眼底にある。力ない残照とともに。

一望千里ということばが、そう大袈裟なものではないと思われるような大草原がある。ところどころに、点々とオアシスのような木陰が見える。そんな草原にも、細い一条の道がつづいている。道は、不思議なものだ。裸足の足で何日かに一度踏まれるようなところにも、おのずから道ができている。しかも、目的にそう最適のコースになっているのだ。小舟に乗って、怒濤渦巻く大洋に漕ぎ出して行くような勇気をふるって、草原横断の第一歩を踏み出す。直射日光と、照り返しの草いきれと、血液も蒸発するかと思われる、まさに「熱地」である。頼むは一本の水筒だけであり、どちらを向いても、そのオアシスまで二、三キロはある。歩きながら、慎重にその日の体調を打診する。途中で倒れたら、日干しは必定である。陽が翳るまで、休むことはできない。腰を下ろせば、蒸し殺されるだろう。自分のペースで夕刻まで歩きつづけなければならないのだ。ダグラスか、いやに翼を反らせて上空を飛んでいる。原住民は、「カーゴー・バルス」と呼び、輸送機なのだ。こいつなら、まず安全と黙殺していると、手榴弾などをおとしてくる。相手には、遊びでしかないのだ。

こんな草原のある日、珍しくオアシスにぶつかった。ほんの一にぎりの木陰に見えたが、奥行きは深く、一歩踏みこむと湿ったひんやりとした空気にとりまかれた。装具を下ろし、その空気を全身で呼吸した。草原——それは、人間の介入を許さぬ緑色の砂漠である。一望茅のうすい緑色をみつめてきた眼に、陰影に富む濃い緑、黒々とした土は、原自然の非情さのなかに潜むあたたかい生命を感じさせるものだった。苔むした岩の間から、泉があふれている。明るい小さなさざめきは、よろこびを奏でている。膝をついて、冷たい泉に口をつけて二口三口飲んだ。それは、煮えたぎるはらわたに、しみていった。とたんに、眼がくらんだ。眼の前を、映画の切れたフィルムが走るように、白いものがさわさわと音をたてて流れ始めた。これはどうしたことだ、といぶかる意識は確かだったが眼をあげてみても何も見えない。しばらく、奇妙な闘いに身を沈めていた。このまま、何かに変身してしまうのか、この水に何かあったのか。見えない。何も見えない。ただ、白い光の帯が流れてゆくばかりである。巻きとられてゆくフィルムの果てに、何がおころうとしているのか。えたいの知れない不安のなかに、じっと待つほかはなかった。時間にして二、三分か、しだいに物の輪郭がほのかに見えてきて、やがて映像をしかととらえた。渇きは完全に癒えていた。

炎熱の行軍に冷水をがぶ飲みした体験をもっているだけに、この奇妙な出来事を、水そのもののせいにしようとする気持が強かった。歓喜のさざめきもなかった。足もとを確かめながら泉のほとりを離れた。仙境への入り口から、意気地なく引き返して来たもののように、流れはあざ笑っていた。ツル山の峻険を越えたセピックの大草原のことである。

2　孤愁

部隊の連絡などで、よく一人で歩くことがあった。時には思いがけない事故があったりして、半月以上も一人で歩かねばならぬこともあった。初めのころは、明らかに「組織」のなかを伝っている感があったが、しだいに個と個との関係に狭められていった。途中行き交うものも知らないものばかりで、ほとんど口をきくこともなく、夜になると天幕をかぶって、ごろ寝する。無性に人間が恋しくなる。いたるところで、死体にぶつかるようなときには、なおさらである。「おれ」と「おまえ」の対話の、いかに尊いものであるかを、思わずにはいられなくなる。自然に対する「おれ」「おまえ」の関係は、とっくに断ち切られてしまっている。上陸後しばらくは、清冽な水にからだを浸しながら、一つ一つの樹木のたたずまいにも表情を見、「おまえ」と呼びかける通いがあった。いまは、おたがいにそっぽを向いて遮断されたままである、自然は恐るべき加害者ですらあるのだ。

じっとしておれないほど、寂しく空しい。われ、孤独を愛す、などといったかつての日の気障な思い上がりを恥ずかしく思う。所詮、人間は「世の中」であり、孤独云々も相対的なものでしかない。「おれ」「おまえ」の対話の上に甘えた孤独感でしかないのだ。ひとりぼっちで、しかもおたがい疎外し合ったまま、誰にも知られず死んでゆく、そんな孤独感に甚えられるものではない。行き交う兵隊に、日本人同士の親愛感も信頼感もないのは、どうしたことか。

単なる「かれ」ですらない。むしろ、さぐるような、警戒するような、瞬間の火花さえ散る。餓死線上を彷徨すれば、すべてが「敵」なのだ。信じうるものは何もない。一切が存在の意味を失ったからである。「永遠」ということばすら存在しない。地を這うみみずには、腹の下の土の感触しかありえないではないか。突如として意味を失った世界——そのなかに生きつづけなければならぬとき、孤独に向き合うのだ。

ちょっとした草原を抜けて、小川のほとりに出た。数人の兵隊が、飯盒に水を汲んだりして、設営の準備に忙しい。どこか、泊まるところはないかと、小路の奥にはいってみた。四阿（あずまや）をみつけた。全く荒らされた跡はない。格好の場所をえたと、腰を下ろした。周囲は、高い茅に囲まれて、夕日が鈍く照らしている。ところが、座っているうちに、妙な不安に襲われてきた。何か、四方からのぞかれているような、えたいの知れない不安である。今まで、死体とともに一夜を明かしたこともあれば、陰惨な思い出のなかにごろ寝したこともある。だのに、この嫌な感じは、何だろうか。絶えず、何ものかの眼を感じて、やりきれなくなってきた。不吉なものの予感さえ迫ってくる。外はまだ明るく、兵隊の声もきこえている。しかも、ここにいてはならぬと、急（せ）き立てるものがある。これは、何だったのか。その嫌な予感を確かめるために、そこにとどまることを、あえてしなかった。孤愁の果てに、かき立てられた人恋しさであったのか、高い茅に遮断された孤独が、神経を異常に敏感にしていたのだろうか。ウエワク上陸の直後、ジャングルのなかの弾薬庫の歩哨に立った一小隊があった。四、五日たつうちに、奇怪な噂がひろまった。ちょうど夜中の二時、遠くから大きな球のような風が、木の間を吹き抜けてくる。そして、ゲッという鳴き声？ とともに、銃がグググッと引きずられる、というのである。一週間目くらいから、噂が大きくなり、「うそと思うなら、おまえ立ってみろ」ということになってきた。結局、弾薬庫の位置を移すということでけりがついた。これは、何なのか。怪奇譚の話題も尽きないが、特殊な気象上の現象だろうと、漠然と感じていた。あの茅のなかの一軒家で突きあげてきたものとは、孤独の内容がちがっていたように思われる。

往路泊まった場所に、帰路はもう死体が横たわっている。夕闇とともに雨となった一日、どこか泊まるところをみつけようと、海岸の道を追い立てられていた。何度か川を渡って、波打際に忘れられたような廃屋をみつけた。日は暮れ果てて、墨色の空間に、わずかに屋根の輪郭をつかみえた。いままで通って来た村落のように、屍臭のないのがかえって奇異に感じられた。誰かいるかと思って、入口に立ってそっとなかを透かしてみた。いるようでもあり、いないようでもあり、そろそろとはいってみた。誰もいなかった。床はなく、下は砂だった。海の唸りが、間近にきこえる。濡れたからだを、どうしようもなく、そのまま横たえた。波のしぶきを含んだ雨は音もなく降り注ぎ、ところどころに雨漏りの音がきこえる。物の怪などの出るとすれば、恰好の条件であろう。この世に息づいているものは自分一人だというような、寂寥感に沈んでゆく。とどろく波の音も、夜に明かりを運んでくるものではなく、黒い壁の遠く彼方にいる幽暗の使者の足音に思える。

　ふと、何かの気配を感じて頭を上げると、入口にきらきらと光る二つの眼があった。きっと身構えた。光は消えた。また光る。黒い犬が、じっとこちらをうかがっているのだ。ぞっとした。この辺りが戦場になって、二、三ヵ月にもなる。原住民はいち早く山に遁走し、犬など出てくるところではないはずである。のら犬になって死体をあさり、夜になればここに来て寝ているのかもしれない。あるいは、おれが死体であるかどうかを、見定めていたのかもしれない。闇が抜けて、また二つ光った。銃を執って起き上がるなり、「しっ！」と叫んで振り上げた。その声が、腹から頭蓋骨に突き抜けた。犬は意気地なく逃げた。が、あわてた様子はなかった。異様に動悸の高鳴るのを聞いた。平静にかえるとともに、雨のなかをすごすごと出て行った犬に、生きものの共通のさびしさを感じた。それが、いつまでも闇のなかに漂っているように思われた。抜け道のない迷路に追いこまれた生きものの孤独である。それが、神経を異常に過敏にしていたのであろう。

3 爆撃

あのマダン演芸会の夜、たった一機のB29に心胆を冷やして以来、飛行機には執拗につきまとわれた。重爆から小型戦闘機にいたるまで、すべて一直線にわれわれをめがけて襲いかかってきた。それは人間の手でつくられた巨大な蚊である。空中にとび上がってみたいという人類の夢がかなえられてから、わずか半世紀にして、人間の血を狙う凶器と化したのだ。戦闘態勢にある飛行機は、単なる物であり機械であって、人間の意志によって動いているとは思えない。残忍な意志だけが与えられた「物」なのだ。いったん火を吐きながら、海中に突入し始めたとき、はじめて「人間」を感じさせる。

機体の二つあるロッキードが上空に浮かんでいるのを見たとき、世にも奇怪なものを見る思いがした。同じ重爆でも、ボーイングはなぜか鷹揚(おうよう)だったが、コンソリーデーテッドの爆撃は執拗を極めた。百、二百と群がり寄れば、天日為に暗し、という感じである。尾翼が二つ、いかにもいかつい構え、徹底的に破壊し尽くす闘魂の塊に見えた。

初めて爆撃をくらったときは、物珍しさが先立った。仰向けになって、いろいろと手のうちを見せるのを、首を左右に動かしながら眺めていた。真上に来た一機が、文字通りの掃射をやって過ぎ去った。ダダダダと、まともに降り注いできた。岩をはね、大地をえぐった。太い万年筆のキャップくらいの弾丸が転がってきた。おかしなことだが、どこにも当たっていないのに痛みを感じた。生命の危険よりも、感覚的な痛みの方を、先に感じ取ってしまったのである。爆弾のザーザー流れる音よりも、ヒステリックな掃射の方が、感覚にぴりぴりとくる。

高射砲の描く空中模様は、空間の広さを思わせるが、命中率はどのくらいのものか。一人で四十何機撃墜し、一等兵から二階級特進し、兵長になったものもいた。計算ではなく、勘だという。P村は、三方山にとり囲まれたところだったが、連日、爆撃にさらされた。ある日、山にのぼって、来襲を待った。三百メートル足らずの山である。定刻を違えず、九機編隊で来た。村の上で編隊を解き、旋回を始めた。一機一機が、すぐ眼の前を通過してゆく。操縦士の顔も、はっきりと見える。葉かげに身を潜ませながら、眼と眼がかち合いはしないかとさえ思われた。爆撃を繰りかえして去った。一緒に伏せていた兵隊は、木の幹に小刀で「ナムアミダブツ」と、刻みこんでいた。

その翌日、機関銃と速射砲を、山頂に引っ張り上げて待機し、大戦果を収めたという。速射砲で飛行機を狙い撃ったというのは、おそらく前代未聞の作戦であったろう。

歓喜嶺に至る道路構築作業（フィンシハーフェン作戦の直前）は、延べ何万という兵員が動員された大がかりなものだった。工兵が主力となって、岩盤を爆破し、営々として築き上げた。その岩壁に、戦帽をかぶり、上半身裸体の兵が、鶴嘴を振り上げている像を刻んでいる兵隊がいた。何日も何日も、岩に食らいつくようにして、のみを振っていた。等身大のみごとな塑像である。おそらく、いまも消えることなく、つっ立っていることであろう。その芸術家の名は、永遠に葬り去られたまま――。

作業を終えて、幕舎に帰りかけたとき、爆音を聞いた。身を潜めて、空をうかがった。見ると、いままで見たことのない機種だった。「友軍機だ！」そんな声がひろがっていった。躊躇もなく、ぞろぞろとみんな姿を現わし手を振った。ところが、その翼に見えたのは○ではなく☆だったのだ。何たる迂闊！　後悔のほぞを噛んだが、いかんせん時すでに遅し、一目散にもとの穴にもぐりこんだ。敵は、この無邪気な演出を、どう受け取ったか。呆気にとられて、おそらく裏を読もうと首をひねったことであろう。翌日、期待通りに、僚機を従えて見参して来た。ここにいますよ、とばかり手まで振ったばかさ加減に、敵もあきれたか、大して熱中もせず飛び去った。あるいは、折角つくった道路の利用という深謀遠慮であったか。この道を、敵はトラックで追ってくるという羽目になったのは、後日のことである。

敵機は、蜿蜒（えんえん）とつづく鳥瞰図のなかから、何を選んで爆弾をおとし、銃撃を加えてくるのか。われわれには、その一つ一つが、単なる偶然でしかない。連日、何十機何百機と飛び交い、頭上を旋回する。だが、やられるときには、妙な予感めいたものがある。坂東川渡河作戦のとき、ひとり幕舎で書類を整理していた。爆音のなかに、その予感を感じ取って、すぐに近くの壕にはいった。五、六名のものが、すでに退避していた。旋回数行、案に相違して何事もなく飛び去った。ひとり壕を出て、幕舎に帰った。ふたたび爆音を聞いたとき、明らかに殺気を感じ、これはいかん、と思った。壕まで行く余裕はなかった。身の置き所なし、そのまま幕舎につっ伏した。まともに来た。ぐわん、ぐわん、とゆすぶられる。爆弾の破片の頭上をかすめる唸り、物のかち合う音、めりめり、ずしんと倒木の音。縦横に殴りつけられ、叩きのめされた。濛々として、眼もあけられぬ。

四、五十分もつづいたか、はたともとの静寂に返った。重病の発作のあとのような虚脱感がくる。からだも強（こわ）ばり、やられているかどうかもわからない。おそるおそる起き上がり、手足を動かしてみる。あちらこちら、撫でさすってみる。天幕は、大小さまざま、凄まじいほど穴があいており、破片をのせてずっしりと垂れ下がっている。その天幕の紐に掛けてあった巻脚絆が、伏せていた頭上一メートルのあたりで、鋭利な剃刀で切りとったように、真っ二つに切れてとんでいる。あたりは土ぼこりと、木の葉木の実で埋まっている。大きな破片が、すぐ側の大木に突き刺さっている。丹念に、からだを調べてみた。これで、何事もないということが、信じられなかったからである。申しわけのように、小さな破片が脹脛に刺さって血をにじませていた。

壕の方で、叫び声を聞いた。行ってみて、驚いた。ほとんど直撃を受けて、みんな呻き声をあげているのである。安全であるべき壕に退避していてやられ、無防備の野天に伏していて助かるという皮肉の前に、人間の智恵ではどうしようもない部分があることを思わずにはいられなかった。

爆弾もまた、われわれの思量を超えたところで、独自のドラマを演ずる。生い茂った木の枝を、へし折り、はねとばし、突き抜けてくるものの凄まじい音が頭上に迫る。血も逆流する絶望の瞬間である。地をゆるがせて、ほんの四、五メートルのところに、ずしんとめりこみ、いまこそはっきりと正体を見せる。呼吸も止まり、身動きもできない。一秒、二秒、三秒……そのまま静まりかえる。不発弾である。こんなことがありうるのだ。空中で呼吸をやめてしまったか、滑って尻もちをついたか、生の素顔を見せようとの演出なのか。この稀有の対面を写すべきことばを知らぬ。破壊力の象徴である爆弾が、はるばる空中を飛行し、まさに的確に目標物を至近の距離にとらえながら、永遠に沈黙する。ずんぐり円いものの奥に、意志的なものが閉じこめられているようにさえ思われる。

目の前の斜面を四転五転、ぶざまに転がってゆくやつが、不発かと見ていると、思い切りよく破裂して見せ、帽子を吹きとばして、姿をくらます。残忍な凶器が、すべてわれわれの思惟を絶したところで、喜劇をも演ずるのである。

セピック河畔のジャングルに、K曹長と二人で、鳥を撃ちに行ったことがあった。幕舎を遠く離れて、四、五羽の獲物があった。そのとき、一機悠々と上空を飛んでいるのを見た。「このやろう!」とばかり、二人は小銃を構えて、五発ほどぶっ放してやった。蹂躙されてきたことに対する鬱憤のはけ口だった。もちろん、何事もなく影を没したが、とにかく一矢を報いたということに、はかない満足を覚え、二人は顔見合わせて笑った。児戯めいた抵抗のうちにも、もし一発の小銃弾が命中したら、という憐憫の情があったのは、われながら笑止の沙汰であった。

夜、夢にうなされて、叫び声をあげている。爆撃の恐怖が、夢のなかに再現し、安らかに眠らせないのである。起こしてやると、ほーっと深い溜息をつく。えたいの知れないものにとりつかれたような、憔悴があわれである。「昨夜は、えらい爆撃くろうてな、ごっつい椰子の木が倒れてきよって。そしたら、何や、このがきの足や」と言って、腹の上まで伸びてきた隣の兵隊の足をつかんで、うんうん唸っていたいましさをぶちまけるのは、因果のおかしさに救われる。方向感覚も麻痺するほどぶちのめされれば、眠っている間も神経を鎮めないのである。

戦い終わった今日、いまだに少しからだの調子を崩すと、きまったように夢のなかに奇怪な機体の飛行機が現われる。生々しい原色をぬりたくった箱のような、むしろ滑稽な飛行機が、とうてい見えるはずもない角度に突如として姿を現わし、いつまでもふわふわとつきまとってくる。逃げ場を失い、気づいてみると、墓石にとり囲まれた迷路である。ねっとりと迫ってくる、両棲類の皮膚の感触——恐ろしいというよりも、言いようもない気味の悪さである。果ては、高らかな哄笑を残して姿を消してゆく。戦争が、嘲笑っているのだ。意識の深層に刻みこまれた戦争の爪あとは、消えるときはない。

4　時空の間隙

危機一髪、という。戦場は、いわばそういう危機の場の連続であり、一髪の間隙が人を救う。百メートルくらいの幅の、底の見える綺麗な流れの無名河畔に陣取ったことがある。戦争も末期、山南地区においてである。底は砂で地均しされ、深さは一様に膝のやや上のあたりを濡らす程度、対岸には山が迫っていた。その対岸の地形偵察に、一人川をわたり、山にはいった。鳥がしきりに呼び交わし、道もよく、ぶらぶら歩いているうちに、思わぬ深入りをしてしまった。道がわからなくなれば、川に出れば問題ない、という安易さもあった。気がついてみると、真新しい靴跡があり、電線も向こうのものである。引き返すべきであったが、もう少しと思って、脇道にはいってみた。やがて、三叉路があり、数名屯したらしく、煙草の吸殻にはまだ煙が出ていた。ポマードのにおいも残っているかと思われる生々しさである。いま動くのは危険である、一足山にはいって様子を見ることにした。落ち着け、と自分に言いきかせながら、草むらに身を潜めた。

クルルルと鳴く頭上の鳥の声にも、危機を知らせる緊迫感があった。数分後、向かいの山に通ずる道から、一人の白人がどろどろと下りて来た。鋭く周囲を見まわしてから、合図の口笛を吹いた。一人、二人、三人、姿を現わした。一語も発しない。注意深く、あたりを見た。つい眼と鼻の先のことである。動物的感覚に、もっとも劣る人間であることを感謝した。無言のうちに、先頭の一人が頭で方向を指示した。いま、おれが上って来た道だ。帰るべき道を塞がれてしまった。

その慎重な挙動からして、先にここで屯したらしいグループとはちがう、少なくとも二つのグループが動いている、と直感した。三つの道のうち、一つは断たれ、一つは敵陣地に通じている。残る一つ、おそらくこちらの山頂に通ずる道であり、分哨でも出ているのかもしれない。もう一つのグループがあるとすれば、それを行ったと考えるほかはない。身をおこし、足は自然に前進方向を選んでいた。正面の道、敵の本隊がいるはずの方向である。危険の確率が高い側に、かえって安全な抜け道もありうる。鳥の声を、口笛かと胆を冷やし、先ほどの一人一人の眼がちらつき、追いかけられているような焦燥を覚えた。前後左右から、頭上にまで神経は飛び散った。

山の稜線に出てみると、川と反対側の斜面は、西日を一ぱいに浴びた茅原となっており、約一個中隊が設営の支度にかかっている。日本の飛行機は、一機も飛ばないことを見越したような、大っぴらな設営である。大体の地形を確かめ、そのまま川に向かって下りることにした。遮蔽物のない川を下るのは危険だが、やむをえなかった。川に出てみると、大分上流らしい。分哨が出ているとすれば、高いところにあるはずだ。とすれば、山裾に近いところを下る方が安全だろう。敵に近いところに、かえって死角があるものだ。だが、こちらの勝手な推測にすぎず、どこに何があるかわかったものでない。

静かに川を下った。どこかで見られているような気がしてならない。いつ銃が火を吐くか、時限爆弾を背負っているような冒険を感じた。撃ってきたら、どうすべきか。どうしようもないのだ。足には重石をつけられ、気持は焦る。小心は不吉な想像にのめりこみ、大胆は自棄に突き抜けて、分裂を繰り返している。やっと見覚えの地点に辿り着いたとき、山頂に分哨が出ているかどうかを、確かめてみたいふてぶてしい好奇心が、頭をもたげてきた。対岸の地形を見定めて、方向を転じた。あと十メートル、何事もおこらぬ。岸に駆け上がったとたんに、四、五発火を吐いた。してやったり、という気がした。このかくれんぼの経緯を、もう一段高いところから見ているものがいたとするなら、すれちがいの間隙をうまくくぐり抜けてきたことに対して、会心の笑みをもらしたことだろう。

Yと二人、尖兵となって、部隊の前方百メートルのところを歩いていた。いわば、部隊の触角である。河床道を上流に向かって進んでいた。敵に対する顧慮は、全くなかったとはいわないまでも、安心しきっていた。中隊との距離は、二百メートル以上開いていた。水溜りで何か烈しくばしゃばしゃとのたうっている。これはまた何としたことか、二十センチくらいの魚と、四、五十センチくらいのうなぎとが、浅瀬で大格闘をやっているのだ。天恵、まさにわれにあり。Yと二人でまんまと二匹とも捕獲し、それぞれの飯盒に収めた。意気揚々としていた。今夜の食膳が、俄然楽しまれた。

五十メートルも進んだか、支流のわかれみちをのぞいて、あっ！ と驚いた。敵の一団が、ずらりと休憩しているではないか。よくまあ、あの大捕物の騒ぎを聞きつけられなかったものだ。一歩身を引いて、手真似で後続部隊に連絡した。一斉に岸に駆け上がった。飯盒のなかの魚が、走るたびにごそごそ音がして、妙に皮肉な響きを伝える。下流に位置していたことは、幸せだった。

砲声遠く、無名村に宿泊していた。四、五日、戦塵を拭い去ったような、平穏な日々だった。背丈を没する高い茅の生えた山道を、一人ぶらぶらと歩いていた。高い所から、一度地形を確かめておこうと思ったのである。宿泊地から二キロ近くも来たであろうか、うららかな日射しに、何度も汗を拭った。地面は、珍しくからからに乾いていた。銃を天秤（てんびん）にかついで、ゆっくりと角を曲がった。

「うっ！」と声をのんだ。出会いがしらに、敵の一兵にぶつかったのである。全く意表をつかれた椿事に、お互いそのままの姿勢で睨み合った。相手は、自動小銃を肩から吊るしている。睨み合っているうちに、相手の眼が笑った。同時にわれもかれも、踵をめぐらして、もと来た道を一散に駆け下りてしまった。何ということだ。おかしさとともに、照れてしまった。銃をぶっ放すためには、相当の距離が必要である。人間の表情を見ながら、撃てるものではない、と覚った。それにしても、相手の男も、よく見逃したものだ。撃つとすれば、小まわりのきく自動小銃の方が早かろう。笑った、ということが愉快だった。敵との一対一において、生死をはさんでの微妙な心の交流を感じた、一瞬だった。二十をいくらも越えていないと思われる若い米兵の、あのまなざしの奥に人間の素顔を見たような気がした。

戦争は、集団の激突であって、一人一人の感情に影をおとすいとまもないものだろうと、漠然と想像していた。そんなわれわれに、ねっとりと肌にしみつく戦争を感じさせたのは、二つ星で中国戦線に送られたときであった。前線に着いたわれわれ初年兵を、一日も早く戦争に順応させようとして、人を殺すという試練の場が与えられた。捕虜刺殺である。五十歳半ばを越えたか、額に深い皺を刻んだ老人が、縛られたまま引き出されてきた。土の香りをしみこませたその風貌に、生活を感じさせた。大きな穴の前に座らされたとき、老人は、周囲の誰彼となく頭を下げてゆるしを乞うた。罪状は、もとより知るよしもなかったが、その姿は正視にたえるものではなかった。いま、何事かおころうとしている重い時間を感じた。できることなら、時間を停止してほしかった。

小隊長U少尉は、「人を斬るのはこうして斬るのだ!」と高らかに叫び上げ、日本刀を振り下ろした。息をのむ瞬間だった。その叫び声に、妄執を振り払おうとする虚勢があった。カーンという音がして、頭蓋骨をしたたかに叩いてしまった。老人は、もんどりうって穴にとびこんだ。「よし、突け!」小隊長は、われわれを呼びこむように左手を振った。一瞬たじろいだが、穴の周囲に群がって、死にきれないぼろぎれのような塊を突き始めた。地の底から、唸り声がもれてくる。いつまでも絶えなかった。

そのとき、命令にもかかわらず、動くことができなかった。理性的な抵抗などというものではない。生理的な衝撃である。悪夢にうなされているような数日だった。この手で人を殺すことが戦争であるということがたまらなかった。人間のからだを突き抜けてゆく刃物の感触に、堪えきれなかったのだ。

第二の試練が、その数日後にきた。われわれを一列横隊に並ばせ、着剣させた。三十メートル前方に、若い捕虜が一人、立木の下に立たされていた。口に煙草をくわえ、傲然と煙を吐き出している。U少尉は、「だれか突きたいものはおらんか」と、われわれに一瞥をくれた。だれも手を挙げるものはなかった。分隊長が二、三人、叱咤した。「意気地なしめ、おまえら何のためにここへ来ているのか。おまえらの先輩を殺したのは、こいつらなんだぞ。仇をとれ！」と叫んだ。声に応じて、二、三人手を挙げた。「よし、おまえやれ」と手を挙げなかった一人を指名した。軍隊の好む発想である。「ハイッ」と答えたその兵は駆け出した。悲鳴に似たわめき声をあげながら。「つぎ！」「つぎ！」と、五、六人指名された。遠い別世界で演じられていることのように、茫然と立っていた。戦争に馴れさせることを名目としたこの二つの事件は、白昼の惨劇でしかなかった。赤茶けた大地は茫々とひろがり、わけもなく二つのいのちを呑みこんでしまった。

戦争の残酷さについては、ある程度覚悟してはいたものの、この生々しい体験は、鉛のように意識の深層に沈殿していった。戦争はすなわち殺人であるという自明の定式を、感覚を通して教えられた。いかに崇高な信念を守るためであろうと、価値の再生をめざすものであろうと、戦争の名において人を殺すことが許されるものであろうか、という懐疑を強いられるほど、強烈な印象だった。もとより、軍服を着たからには精一杯に生きなくてはならぬと思いながら、何に向かって精一杯に生きればよいのかがわからなくなってしまった。

いよいよ敵軍と対峙（たいじ）する最初の機会がきた。集団の激突するときなのだ。古兵たちは、新入生の初登校を見守る母親のように、われわれの身のまわりの世話をしてくれ、何かと注意を与えてくれる。軽い興奮に身も引きしまる。高原地帯で、ついに敵に遭遇した。お互い計算したような出会いが、不思議に思われた。鉄帽をかぶった。地形を選んで伏せ、いよいよ来たか、と前方に眼をこらした。高く低く、間遠に弾丸が飛んでくる。敵影は見えない。空間の向こうから、勝手に弾丸が飛んでくる感じである。じっと眼をこらしていると、やっとその影を認めた。一つ見つけると、つぎつぎにその姿をとらええた。はじめて、「敵」を感じた。五、六百メートルか、ちょうど演習のとき使った幕的のように凸字形に人間が伏せている。つつ、つつ、と散兵線が前進してくる。われわれの色とはちがった淡いブルーの制服が、いよいよ「敵兵」を感じさせる。「撃て！　撃て！」U少尉は絶叫した。見ると、鉄帽をかぶろうとしているその手が武者震いして紐が結べないのである。不思議な発見をしたような気がして、しばらく見とれていた。

若い元気のいい小隊長が、意外な景物を添えてくれたのである。銃声が激しくなり、弾道もさまざまな音を奏で始めた。跳弾が、ビーンと長い尾を引いて唸る。沈む音、高くはねあがる音。ヒュー、ヒュー、と頭上をかすめる。翼を連ねてゆくのは機銃弾である。捕虜刺殺のとき、叱咤した分隊長は、凛々しく鉄帽をかぶっているが、そのヒューという音に合わせて、しきりにお辞儀をしているのに気づいた。無意識であろう。われわれ新参にしても、音を聞いてから頭を下げてみても意味はなかろうくらいはわかる。百戦のつわものが、依然としてバッタのようにお辞儀をつづけている。一発、一発が、人間の装いを剥ぎとって、むき出された感覚だけが反応しているのである。

　敵は、一人ずつ立ち上がっては、五、六歩突進してくる。ふと、「危ないな、あんな大きな姿勢で」という気持が頭をかすめた。――敵だ。生きた人間だ。……撃っていいのか。……おれは、実弾をこめているのだ。……そうだ、これは演習ではないのだ。……相手を倒さなくてはならぬのだ――。狙って撃つことに、一瞬のためらいがあった。勝つか負けるか、そんなことは念頭になかった。自分の生命の危険も忘れて、好奇の眼だけがあった。そして「危ないな」というのが、たった一つの実感だった。かつてのあの二つの事件のような、淀んだべとつきはなかった。からりとしていた。物理学と幾何学によって、抽象化された世に見えたからである。

それ以来、大小さまざまの戦闘を経験し、個と個、集団と集団、その接触と激突とを味わってきた。個と個との接触は、情理の裂け目からもれてくる苦痛がある。集団は、しばしば個人を非人間化し、個を押しつぶしてしまう。それが制服の意味であろう。個のない集団の衝突は、さらりとしている。自由さえある。長い戦場の経験のなかから、笑って去った米兵に、制服の奥にある個をみつけ出したような気がしたのである。個と全体との断絶、個と個との断絶、その断絶のなかに、ふと認めた「人間」の翳(かげ)りだったように思われる。しかも、敵兵との間において——。

時間と空間に戯れる銃砲弾は、思いもかけぬいたずらをしてみせる。小銃弾には、愛すべき小悪魔の気まぐれのようなものがある。構えた銃口に飛びこんできてみたり、鉄帽にめりこんで鉄帽と頭の間を何回かぐるぐる旋回して、はいってきた穴からまた飛び出していったりする。走っている兵隊の掌のなかに、とっさに摑みとられたということもある。のどかな歩哨線に、どこからともなく、どさっと身を投げ出してくる。長い旅に疲れているようだ。だが、凶器としての、悪魔としての本性を忘れているわけではない。ドラムの太さに空間を突き破ることもあれば、絹糸のように細く鋭く引き裂いてゆくこともある。

山西省の赤はげの山腹を縦走していたとき、思いがけず向かいの山の稜線から軽機関銃の掃射を浴びた。遮蔽するものは何もない。あらわに晒し出されたわが身をもてあました。山腹に張り付けられて、とるべき姿勢もない。一斉にその場に座りこみ、敵の位置を確かめる余裕さえなく、盲撃をつづけた。次善の措置は、人を落ち着かせない。さらに、からだの内側に落ち着かぬものを感じていた。最初の乱射を浴びたとき、確かにからだのどこかにショックを感じたような気がして、応戦の合間にも、それが何であったかを、からだで確かめようとしていたのである。数名の負傷者が出たが、敵も思うところあってのことか、意外に簡単に撤退してしまった。

不利な地形たっただけに、ほっとした。むしろ、感謝した。あのかすかなショックは、何だったのか。座ったまま、全身を確かめてみた。どこにも異状はない。数発の至近弾に錯覚をおこしたのだろうか。ふと見ると、帯革につけていた擲弾筒の榴弾に、生々しいえぐりとった弾痕をみつけた。おや、と思った。榴弾の位置は、右下腹部にあたる。とすれば、弾丸はどこへいったのか。上衣の裾に穴があいている。そして弾丸は、その裾に入れてあった繃帯包の真ん中を貫いて、かろうじて止まっていた。榴弾にまともに当たっていたら、近くにいた数名とともにすっとんでいたであろうし、えぐらなければ、致命的な腹をやられていたであろう。デリケートな角度だった。容赦もない非情さと、微妙な配慮と、——一発一発にも、ある意志のようなものが感じられることさえある。

自然と人為とによって、幾重にも張りめぐらされた危機の網の目を、くぐり抜ける手立ては何もない。一つ一つが、のっぴきならぬ「事実」であり、その奥にあるものを解読すべき鍵は、われわれ人間の手にはないのだ。

その身に帯びていた擲弾筒の擲弾というのは、そも何であったか。一万発に一発の割合で、撃鉄を引いた瞬間に炸裂する不良弾のあることが明らかにされていた。したがって、屯営での実弾射撃には、擲弾筒を四十五度の角度に固定し、撃鉄に長い紐をつけ、遠くから引っ張るという方法がとられていたのである。われわれには、その「一発」が、こびりついて離れなかった。文字通り万一である。

村落掃蕩（そうとう）の帰路、思いがけぬ敵の大部隊に遭遇した。突破口を開くため、擲弾筒を据え、敵の機銃に照準をつけ、最大分角で撃ちつづけた。身長一メートルそこそこの、水鉄砲の親方のようなものでしかない小型兵器だが、火砲のない歩兵にとっては頼もしいものに思われた。炸裂音も、相手を威圧するに足るものがあり、手榴弾を撃ちこむこともできた。そのとき、Ｋ上等兵も七、八十メートル左の凹地に伏せ、ほとんど同じテンポで撃っていた。五、六発目かに、Ｋの周辺は何か崩れ落ちたような大音響とともに、黒煙に蔽われた。何事？　それっきり、Kの擲弾筒は沈黙した。やられたのか、それにしてもいったい何事がおこったのか。両軍のはげしい応酬のなかに、不吉な黒煙はひろがっていった。

戦い終わって、Kのところに駆け寄ってみた。無残にもKは筒を支え持っていた左手を吹きとばされ、顔面から頭にかけてめちゃくちゃに崩れていた。擲弾筒は、筒の部分が花のように砕け散り、明らかに榴弾の筒内炸裂を物語っていた。なぜこのような事態に立ちいたったかが詮議された。一、榴弾をこめたところに敵弾がとびこんだか。二、あわてて榴弾を逆様に入れたか。三、一万発に一発の奇禍であったか。考えられるのは、以上の三つの場合であるが、確率からして、どれがもっとも高いか。衆議は、第三をとった。Kはあわてる男ではないし、すでに熟練もしている。敵弾のいたずらとしては、かれのいた位置からして、可能性はうすい。一万発に一発というその一発を、われわれはもっともありうべきことと感じたのである。そもそも、一万発に一発ということばに、からくりのようなものを感じずにはいられなかったからでもある。恐れていたことが、生々しい現実としてつきつけられた。

その夜、遺骸を安置した民家の一室に、通夜の歩哨に立って、毛布の裾からはみ出した蒼白の足の指をみつめていると、ひげの濃いKが頬をなでながら、「じょうだんじゃないぜ、ひどいめにあった」と言って、むっくり起き上がってきそうな気がしてならなかった。戦友の一人が、「魅入られたんだな」と言ったことばが、重みを加えてくるように思われた。稀有の一発を引き当てたK、不運というほかはない。おれたちの持っている一発一発が、その稀有の一発でもありうるのだ。どう考えてみても、思慮のおよばぬところである。一発一発が、敵対するものの運命と同時に、自分自身の生死にかかわる緊張の賭の瞬間でもあった。一万分の九千九百九十九発であることを信じながら、撃鉄を引きつづけてきたのである。

冷たく鎮まった榴弾は、戦場そのものを象徴してもいた。巨大な鉄壁のなかに仕組まれたものは、人間の計量を絶するのである。

5 死の影

ジャングルを行けば、さまざまなにおいが感覚を惑わせる。化粧品のにおい、芋の煮つけのにおい、はかない錯覚である。屍臭――それは、ニューギニア全土を覆い尽くしたにおいであった。

昭和二十年三月、絶望的な反攻を試み、挺身隊が編成せられた。十国峠付近の戦闘で、Yは斥候に出たまま消息を断った。三日、四日とたっても、帰って来なかった。三月（みつき）にわたる山越えの、こよなき伴侶を失い、いまさら身辺の寂寥を覚えた。ついに、やられたか。誰にも知られぬところに、ひとり身を埋めたか。時折襲ってくる空虚感をもてあました。しだいに、諦めと、すでにいないという確かめをえたころ、突然、銃を引きずりながら、Yは帰って来た。かれは、思いきり泣いた。その肩に手をおいてやると、ことばもなく号泣をつづけた。屍臭が、かれの全身を覆っている。左腕に貫通銃創を受けており、そこからにおってくるものだった。

ジャングルのなかから狙撃（そげき）され、原住民の山小屋に逃げこみ、そこで傷の手当を受けていたという。小屋の老翁は、山草を煮て薬をつくり、再起の勇気を吹きこみ、消え入るような孤独をささえてくれたという。「寂しかった」の一言。やっと帰って来たかれを迎えた中隊は、総勢わずかに十名たらずになっており、Yの生還を喜んでやる気持も、心の水面におとされたけし粒の波紋にも似て、やがてもとの鉛の現実に閉じこめられ、感情を硬直させていった。生身に漂う屍臭は、とりもなおさず、いま生きているわれわれ自身のものでもあったのだ。低く低くたれこめてくる死の影、その影のなかにすべてが陰気に淀んでいた。

一年、二年、三年と、年月の経過とともに、兵力は逓減（ていげん）し、死の影も濃度をくわえっていった。ふとしたことから、他部隊のものと顔見知りになる。その後、一月もたって遇うと、相手が今まで生きているのが、不思議に思われる。おそらく、相手もそうだろう。さりげなく顔を見合わせながら、眼の底に微妙な動きが感じ取れる。某が死んだ、と聞くと、かわいそうにと思い、その死を確かめるように思い出を反芻してみるが、当然のことのように思われてくる。生きている方が、よほど異常なのだ。ことばを交わすこともなく、名も知らぬ他部隊のものが、生きているという事実だけで、懐かしく思われるのである。

異常な状況下に生存しうるための条件として、生来の強靭な体力、原始自然のなかに生きるための本能的な感覚、それに運命的と名づけられるようなもの、その三つが考えられる。つまり、動物的エネルギーと運命とである。何らの媒介もなく、ただちにつかみかかってくる運命は、それ自身で進行する巨大な力であって、人間の意志を超えたものだった。生命を紡ぎ出し、生命の糸をあやつり、最後にその糸を断ち切る――古代ギリシアの三女神の復活の場、それが戦場である。その手にまさぐられている糸の数も、残り少ない。三つの条件を考えてみると、どれ一つとして確実に自分のものとみなすべきものはない。

こうして死は日常のこととなり、数多くの臨終を看取ってきた。死の直前まで、病兵のからだを温床としていた虱が、息を引きとった瞬間に、うじゃうじゃと真っ白になるほど這い出してくるのは、身震いするような情景である。この小動物の本能に、生死が敏感に感じとられるものらしい。蠅もそうである。死期が近づくと、何か嗅ぎわけるものがあるのか、やたらと群がり寄ってくる。同じように汚れ、同じようにきたない兵隊のなかから、死期の近いものを選び分ける本能を備えているようだ。「くそ！　おれはまだ死なねえぞ」と忌々しそうに追い払ってみても、この動物の感覚は確かである。

衰弱の果てに、消えゆく安らかな死、力のない軽い欠伸を一つ、そして静かに息を引きとるもの、苦しみ足掻き、死が悶絶の瞬間であるような凄惨な死。しだいに死に対して、冷淡になってくる。一日二日、死を先に延ばしてやることよりも、安らかな死を望むようになってくる。うとうとと昏睡をつづけているのを見ると、そのまま覚めずに息を引きとってくれと、祈るような気持にさえなる。施すべもなく、根かぎりの死との格闘をつづけている姿を傍観するほかはないわれわれもまた、死の苦しみを呼吸しているのである。何かをさぐるように手を伸ばしながら、「助けてくださーい、助けてくださーい」と、二声叫んで、大腸炎で狂い死した少年兵の最期は、涙に濡れて、哀切をきわめたものだった。

死に臨んでのことばは、例外なく故里の訛りであるのも、生まれた土との血のつながりを感じさせる。佐賀県で生まれ育った朝鮮籍の特別志願兵の最期のことばが、「アイゴー（哀号）」であり、「アイゴー・オモニー（ああ、おかあさん）」であったのは、意外でもあり、土と血とへの回帰をあわれまずにはいられなかった。一切の地上の粉飾を棄て去って、直に死に向かい合ったものの透明さである。

6　飢餓

戦場は、絶え間ない戦いの場である。敵との、自然との、悪疫との、そして自分自身との。さらに加えて飢餓との戦いがあった。

木の芽、木の芯を食いながら、山のなかをさまよい歩く。飢餓は人の心を荒ませ、固く自分の殻のなかに閉じこめてしまう。ものを言うこともなくなり、笑いを忘れる。何ものにも関心をしめさなくなり、からからに乾いた胃袋に向かい合ったまま、生命の火を凝視しつづける。

夕暮れ、先頭の方に異様などよめきがあった。廃園にぶつかったというのである。どのような宝庫が待ち受けているのか、われながら生き生きとした気分が突き上げてくるのを、抑えかねた。思わず、急ぎ足になる。見ると、背嚢を下ろし、銃を捨てて乱入している。生きのいい声が、一杯にこだましている。掘り残しの芋を掘るもの、青いパパイアをおとしているもの、それは活気にあふれていた。砂糖黍をみつけて、帯剣で叩き切った。しゃぶった。噛った。覚えず唸り声が出るほど、それは全身にしみていった。飢えた狼――それが、陳腐な形容とは思えなかった。がつがつ噛っている自分が、何ともあさましい気がしてくる。てんでに獲物に殺到し、歓声を上げている。今の刹那のよろこびに、われを忘れた楽しい風景だった。

ぽっかり浮いた雲を見た。遠く霞んだ、やわらかい自然を眺めた。笑いさざめいて見える。雲、それから一望の風光を、黍とともにしゃぶっていた。何か、まともに食えるものがあるという喜び、それがそれほど心の余裕を生み出すものなのか。この景色を背景にして、黍を噛っている一人の男を眺めてみることさえできるのだ。いましがた、暗い雲のなかに頭をつっこんで、固く感情を閉ざしていたものがである。そんなことを考えながら、口のまわりを甘い汁で濡らしていた。食うということが、これほど人間の神経を支配しているということを、歓喜のさざめきのなかに確かめていた。

常夏の国は、常緑の世界である。一望ただ深々とした緑に覆われている。自然は休息を知らない。さまざまな濃淡を見せる緑であるが、山水の美となれば日本に劣る。休みなく氾濫し、豊潤にすぎる。光と色のシンフォニーに圧倒される。それは時間のない空間だけの世界である。飢えがせまると、美も存在しなくなる。夕陽に映える椰子の木、月の面を掃いているバナナの葉、美的観賞よりも、食欲の方が先立つ。美しいというよりも、食いたいのである。あさましいとは思いながら、まずそれは食えるか、を考える。すべて文化は、満腹の上に成り立つ、という警句じみた感慨を禁じえない。それでも、夜の行軍に見る螢木と名づける樹の美しさは、形容に絶する。百千のネオン、一時に明滅する壮観は、見るものをして恍惚たらしめるに足る。もとより原名は知らないが、まさに螢木である。

米の少々でもある頃は、うまいものの話に集中する。一年二年とたち、米などすっぽんが月に憧れるようなものになってくると、話題もしおれる。「おれが死んだら、米のなかで生まれ、米のなかで育ったおれが、米も食わずに死んだと、そう伝えてくれ。命日には、何もいらんから、米の飯を山ほど供えてくれ」と言ったのは、農業学校出身のS軍曹である。もう一度、にぎりめしに沢庵をそえて食ってみたい、というのが今生の願いなのである。わけのわからぬものを拾いながら食っているときには、サクサクでもあったらと、かこつ。サクサクがつづくと、芋をと願う。芋があれば、五穀をと欲望はとどまるところを知らない。にぎりめしにありついたら、また新たな不満の虜となること必定である。上にしろ下にしろ、順応のはやさに驚く。欲望の対象が直截であるだけに、逓増の原理もあからさまに感じられる。知足の底辺を、どのあたりに定めるべきものなのか。

衰えたからだに、農園の急坂が恨めしい。何でもいい、食えるものを漁りながら、息をきらしている自分が惨めに思われる。物資蒐集の名のもとに、連日狂奔しなければならない。ところで、物を発見する能力は、どこで養われるものなのか。労力を人一倍費やしながら、獲物の乏しいものがいる。顔ぶれで、大体の収穫の見当がつくようになる。同じように歩き、同じように観ていながら、どこか抜けているのだ。神業のように、物をみつける感覚をもったものがいる。どんな山中でも、どんなジャングルでも、必ず何か食えるものを携えて帰って来る。雨の夜闇をついて出て行き、からからに乾いた焚木を抱えてくる。これをしも奇跡と言わずして、と畏敬の眼を注がずにはいられない。そういうものを嗅ぎわける触角でも備えているのか、と思われる。そういう先天的な能力が、人間に与えられているのだろうか。生命の根源に敏感に感応する本能的なものが――。

たとえば、こうである。T曹長（後に連隊本部に転属。終戦の時に准尉）と地形偵察にジャングルに分け入ったことがある。湿ったジャングルの道を、索漠として踏み分けていた。曹長は、ある地点にふと眼をとめて立ちどまった。ちょうど人間を埋めたくらいに、かすかに地面の色がちがっていた。曹長は、何も言わずその地点に歩み寄り、かがみこんでじっと視ていたが、手で掘りはじめた。真意をはかりかねてためらったが、おそるおそる一緒に掘りはじめた。わけなく手で掘れる。そのとき、埋葬では？　といういやな感じがぬぐいきれなかった。土の下は木の枝、木の葉、ついでドンゴロス。曹長は、ドンゴロスの端を持って、ぐいと持ち上げた。二人は、「おっ！」と声をあげた。黄金のバナナである。僥倖に狂喜した。たらふくごちそうになって、残りをドンゴロスの袋一杯に詰めこんで、二人でかついで帰った。

何がかれの注目をひいたのか。「何やらおかしいという感じやな」というのが、かれの答えだった。埋葬を直感するのと、それ以外のあるものを予感しうるのとの相違である。思わぬ土産に迎えるものもどっとわいた。原住民が埋めて、熟するのを待っていたものだろう。それにしても、納得しかねるものがあった。この辺りには、もはや原住民の影一つ見られないところなのだ。戦いの場となれば、いち早く姿をくらましてしまうかれら、遁走してすでに何ヵ月か経過しているはずである。不思議な贈物だった。

芋の茎をつかんで、引き抜こうとする。なかなか抜けないのがある。怒りに似た気持が前後を忘れさせ、力一杯に引っ張ると、とたんに茎が切れて、はずみをくらって仰向けに転がり落ちる。確かに笑うべき風景である。それが、笑えない。人が見ておれば、大抵は自分も笑おうとする。だが、人が転んでも、自分が転んでも、笑えないのだ。芋に翻弄されている同類の不幸、自分自身へのあわれさが笑えなくしているのだ。感情の水位も、みるみるうちに下がり、わずかに憎しみ、怒り、恐れといった否定的なものだけが息づいている。あわれみも、恐れの繊細な変形でしかない。笑いに紛らすよりも、腹が立ってくる。芋にばかにされているような気がして、その芋に憎しみを覚える。ほかのやつをとればいいのに、意地になって棒切れなどで掘り始める。どうでもこうでも掘り出さなければ、気がすまなくなる。掘り出したとき、ざまみろという幼稚な満足と、つまらぬ意地の空しさとがくる。とことん頑固な、わが性の戯画でもあろうか。感情も乾けば、固い花崗岩が露出する。

何でも手まめに食糧となるものを漁ったものが、生き延びたといってよい。からだが弱ってくると漁れなくなる、いよいよ弱るという悪循環がある。そして、おれは？と考える。無能なるがゆえに、かえって恵まれてきたという事実に想い到るのである。報いるすべもしらず、乏しきを分かってもらった恩恵の前に、「感謝」ということばすら空しい。一人一人の戦友の、有形無形の大きな愛を思い、しかもそれらの人々はすでにいないと思うとき、生かされたことの意味が、ずっしりと心を覆い尽くしてしまうのである。

7　奈落

欠乏の生活は、われわれを奈落の底に追いこんでいった。餓鬼道の責め苦に悶え、地底の泥土にあがいた。飛ぶ虫、這う虫、枯木に巣食う虫、手あたりしだいに食膳に供せられた。人間の生活ではありえなくなった。振りまわした棒切れがうまく当たって、尻尾をびりびり震わせているとかげを、ひっつかみざま口のなかにほうりこむ。正常な神経のたえられる世界ではない。形容すべきことばを知らぬ。

一匹のいなご、それにどれだけの栄養価があるのか、と考える。一本の茸、一枚の葉、食道を通る一つ一つが、生命に直結する貴重なものに思われてくる。夜、飯盒で芋を煮ていると、蛙が飛び出してくる。それをひっつかんで、飯盒のなかにほうりこむ。「おい、ごちそうだ。おまえの飯盒に、蛙を入れといたぜ」「おうそうか。そりゃすまんかったな」心からの感謝のことばなのだ。こんな会話の成り立つ場を、何と言えばいいのか。光の射さない狂気の世界というほかはない。

朝には、夕食のあてもなく、夜は、朝を思い煩わなくてはならぬとなれば、すべて価値意識も変わってくる。知情意を導く源泉が涸渇してくれば、生の一点を凝視するようになる。われわれの生存に直接かかわるものだけが、価値と意味をもつのだ。「物」のありがたさを、しみじみ教えられた。紙一枚、布一枚、すべてが貴重だった。それに引きかえ、貨幣価値はまったくない。紙幣は、カナカ煙草の巻紙となって焼かれたり、便所におとされたりした。からだに虱（しらみ）が発生するころには、かびが生え、くしゃくしゃになって棄てられた。硬貨は、原住民のビラス（装飾）としてわずかに命脈を保ち、なにがしかの芋と引き換えられたが、拾円札は意味のないものだった。——拾円といえば、兵隊の一ヵ月分の俸給なのだ。兵隊同士の取り引きもおこなわれた。胡瓜（きゅうり）一つに、拾円札はそっぽを向かれた。塩が最大の価値をもち、米一合と塩一合といえば、よほどの条件がないかぎり、塩の方がはるかに上である。一口、米の飯を食って死にたいと、妄執にとりつかれていても、塩の魅力には勝てない。塩一合あれば、芋やその他、相当長期にわたって食える。それだけ生きられるという算盤である。唐辛子や生姜など、まず大関格の価値をもち、塩と換わることもあった。

火、つまりマッチの貴重さは、想像を絶する。たった一本残ったマッチを、かわるがわる体温であたため、祈るように注視している兵隊の顔、その真剣な表情が、すべてを物語っていよう。そのマッチも上陸後一年にして、全くとだえた。そこで火種保存法として、火縄が考案された。古くなって枯れた椰子の実の外被になっている繊維を綯ってつくり、持ち歩いた。雨よけは、鉄帽である。白い灰の奥にくすぶっているものに、あえかないのちの共鳴がある。紙がなくなってからは、木の葉を使った。一番いいのは、バナナの枯葉で、原住民はこれで煙草を巻いて吸う。便所に行って、そこらの木の葉を使って、七転八倒したものがいる。行きずりに触れても、火傷のようにひりひりとする葉である。その葉をちぎって、まともに紙の代用にしたのだから、たまったものではない。原住民は、腹痛のときは、この葉で腹を撫でまわしている。いたずらっ子を叱るときは、この葉をひらひらさせて追いまわす。日本のお灸である。タオルには苦労した。なくてかなわぬものであり、しかも失いやすい。落ちているからといって、拾いにくいものでもある。

物が欠乏してくると、糧秣や消耗品などに関係のあるものが、公私を混同してくるのは、どんな社会にも絶えない役得というものである。軍隊も例外ではなかった。第二十師団衛生隊のH軍医——同学の先輩、坂東川の作戦で壮絶な戦死をとげた原斉——は、反骨の士であり、「軍隊は巨大な魔物だ。これほど融通のきかんところはないし、またこれほど融通のきくところもない。極端に融通のきかんところに、逆に融通無碍という盲点を潜ませている」と、吐き出すように言っていた。その死も、豪放な気性に相応しく、「軍医」の死ではなかった。最前線で戦士として戦いつつ死んでいった。大きな矛盾を内包しながら、階級の鎧をまとって有無をいわせぬところに、魔物の本体をみていたのである。

潔癖、それが原軍医である。衛生隊所属であったので遇う機会も両三度にとどまったが、ずばりと、ものを言いきる歯切れのよさが快かった。ききなれた崇高な理念も、愛国心などというすらりと美しいことばも、すべてすっとんでしまって、干からびた人間の右往左往しているのを慨嘆する毅然とした口調は、最後まで妥協を許さなかった。「食えるもの」への触角をみがいている異様な人間への悲しみと怒りとを、容赦なくぶちまけていた。こんなことを言ったことがある。「この戦争の目的とか意味とかについては、おれは何も言えぬ。ただ、人間の美しさも尊さも剥ぎとって、人間の恥ずかしさだけをさらけ出させている戦争そのものを、おれは憎まずにはおれない。これほど人間を恥ずかしめる戦争――人間は戦争にたえられぬのだ」と。戦争から、「人間の羞恥」を感じ取っていたのも、かれの潔癖さであったと思う。かけがえのない「潔癖」を失ったような気がする。

日米戦うの日を断言したのは、かれの中学五年生のときである。校内弁論大会で「日米戦うの日ありや否や」というテーマを設け、肯定否定の立場から二人の弁士が立った。訥々として理非をただし、非戦を説いたのは森脇斌男である。それに対し、かならず決戦の日がくると、眼鏡を光らせながら、大獅子吼をやったのが原斉である。ながれるような名調子と、堂々たる風格とが、満堂を圧倒した。みずからの予言のうちに、みずからの青春を葬り去ってしまったのである。

青いパパイアばかりで露命を繋いだり、バナナの茎、コルクのような木の芯、サクサクの原木、そんなものを噛りながら、彷徨したりした。タロ芋は原住民の主食であり、種類も豊富である。正常な食物としては、ヤム、タピオカ、タロコンコン、甘藷・パンの実などがある。いずれも野生、もしくは半野生的なもので、自然の遊民は駘蕩として育つ。手を伸ばせば、自然の幸に恵まれる。食物を保存する必要もなければ、また保存もできない。自然に圧倒されて、文化も育たない。タロコンコンというのは、ばかでかい芋で、畳半畳以上もある大きな葉が地上二、三メートルも聳え立ち、親芋はさながら臼である。この親芋を叩き切って、背嚢に縛りつけて歩いたこともある。あくが強く、切るはしから色が変わる。腹を満たすほどの味わいはない。そこにできる子芋は、大人の腕ぐらいあり、帯剣でぶった切るという大袈裟なものである。熱帯という名から、果物の宝庫を予想していたが、バナナにしろ、パインにしろ、寥々たるものだった。豊沃な土壌も、人間の手を加えぬかぎり、不毛の世界である。自然の配慮は、原住民を養うにとどめている。われわれは余計者であり、戦争をしているのだ。窮乏は、自明のことだった。

鳥・豚が、最上の動物蛋白質である。なまけもの、大蝙蝠（おおこうもり）、ひくい鳥（ムルック）、野ねずみなどは、所詮いかものである。ところによると、鸚鵡（おうむ）が何十羽となく群がり飛ぶ。ボーイングと呼んでいた巨鳥がいる。翼をひろげると二メートルもあろうか、ばっさ、ばっさ、と空を圧するように飛ぶ。太古の原始鳥を思わせ、奇怪な幻想のにおいを漂わせている。ムルックは、キックが強烈で、原住民は槍を投げて取るのだが、手負いになると怖気（おじけ）をふるって近寄ろうとしない。肉は猛烈に固い。一きれ二きれで、顎は完全にグロッキーになる。ゴムを噛むようなものである。大蝙蝠は、日本の蝙蝠の二、三十倍もあろうか。原住民は、この肉を好む。なまけものは、かわいい眼をして死んでいる。野ねずみは罠（わな）で取り、もぐらは草原を焼いて取る。草原を焼くと、もぐらを狙う猛禽類が、煙の間を高く低く舞い始める。爬虫類、両棲類、昆虫にいたるまで、手当たりしだいに採集された。蛇は甘く、とかげの生（なま）は、あわびの味がするという。枯木に巣食う幼虫は、油が多く、サゴ椰子のが極上だった。親指ぐらいの太さがあり、飯盒の蓋のなかで焦熱地獄に身を焦がしているのは、いかにも殺生の罪深さを思わせた。蜘蛛、蟻も、食用になるのがある。行軍の道々、足を引きずりつつも、眼の前を這っている蟻を踏まないように避けて通る菩提心をもつものが、竹の筒のなかで焼かれているのを平然と見ている矛盾。生きものとしての蟻と、食物としての蟻とを、どこかで区別しているのだろうか。蛭は、するめの味がし、百足は油濃く、黄金虫は殻ばかりだという。やどかりは、爪や足が不消化のまま排泄され、便所を赤く染める。敏捷に動くものが手に負えなくなると、そこまで落ちるほかはない。

行軍の途中、岩を這っている胡麻粒のような川蟹の子を、がっさり掬って頬張ったり、きくらげのような茸をそのまま噛る。原始以前の人類に溯って、食道だけが飽くことなく渇きを訴えつづける。痩せさらばえた兵隊が、棒切れをもって、いなごやとかげを追いまわす。敏捷な小動物にすっかり翻弄されて、喘いでいる。生気を失った眼の奥に、この世のものとは思えぬ執念の翳りがある。恐ろしいまでの、生への執念である。椰子の木があっても、高嶺の花にすぎない。徒に見上げて、溜息をつくばかりである。斧の類でもあると、長い時間をかけて、何人かで木を切り倒す。斧をふるっているのを、骸骨ダンスだといった。骨に、かろうじてぶら下がっている皮膚、乾いた肋骨が、からからと鳴っている。

骸骨ダンスでも、踊れるうちはまだよい。帯剣をふるって椰子の実を割ることもできず、老朽して芽の出かけたのを大事そうに抱えて、空しくあがきつづけているものの心情は無残である。外をおおっている繊維は、かさかさに乾いて、撫でるような帯剣など弾き返してしまう。たまたま通りがかりに割ってやると、力ない「ありがとう」を繰り返しながら、かつて清涼な水をたたえていた部分が、すっかり固まって脂っこい臭いのするパン状になっているのを——われわれは椰子パンと呼んでいた——貪り食う。通りがかりのものが来るまでは空しいあがきをつづけなければならぬのだ。飢餓と絶望にさいなまれながら——。そのまま突っ伏して死体となるまで。

8　逃亡

のどを潤おし、なにがしかのものを食道に送りこんでいると、どす黒い沼に沈んでゆく思いである。どこまで行っても、踏まえるべき足場のない絶望の沼である。生存と名づけるべき、最低の基盤さえも取り払われてしまった。水に青いもの二、三枚浮かべたものをすすって、「食事」を終える。疼(うず)くような全身の渇き。

敵機は、盛んに宣伝ビラをばらまいてくる。初めのころは、至極幼稚な字で、文句も翻訳調で、日本人の文章とは思えなかったが、しだいに格の整った日本文になってきた。日本人が、日本人に呼びかけている、そんな感じすらすることがあった。週報・月報の類もあり、いろいろなニュースをそれで知った。その一つに、こんなのがあった。「戦争は力仕事である。腹一杯食っても、容易なことではない。しかるに忠勇無双の日本軍将兵諸君の、ろくろく食うものもない原始林における勇戦奮闘ぶりには頭が下がる。敬服に値することである。しかし、すでに戦局の見通しはついている。われわれは、諸君らを殺すに忍びない。諸君らも、無駄に死んではならない。即刻抵抗をやめよ。故郷に残してきた最愛の父母・妻子・兄弟のために、帰順すべきときがきたのだ。その人たちは、諸君の帰るのを、一日千秋の思いで待っているではないか。つまらぬ意地を棄て、大義に生きよ。われわれは、諸君らを心から歓迎する。熟慮せられよ」という文面である。

冒頭の「戦争は力仕事である」という素朴な表現にくすぐられた。「大義に生きる」は、しゃれているが、勢いにのりすぎた気配がある。下にパスポートがついていて、英文と日本文で「本券持参のものは鄭重に取り扱い、最寄長官のところへ連行すべし」とある。さて、その裏に、色刷りのごちそうが、紙面一杯に印刷されているのである。それを見て、すっとんきょうな声で、「チクショウ！」と叫んだものがいた。

怒りの声ではない。何ともやりきれない、という調子である。思わず生唾(なまつば)を飲みこんだ声である。

戦局は、明らかに末期的症状を呈していたが、全面的敗戦を頑固に否定しつづけていた。だが、ビラの内容は、猫がねずみに戯れるような遊びが、露骨に出ていた。「われわれには、糧秣倉庫の位置も、はっきりわかっている。しかし、乏しい糧秣を爆撃するのは、人道上忍びないものがある。決して爆撃しないと約束する。いずれ近いうちに、いただきに行くこととなろう」と、落としてきたりした。事実、その約束を守るほどの余裕を示していた。しきりに投降を勧めてくる。「何のため、誰のために戦っているのか。諸君らの尊い命の代償は何なのか。軍閥の手先になって、踊らされているのがわからないのか。われわれは、戦場の勇士に対する礼儀を知っている。安心して投降せられよ」という調子である。「軍閥」ということばが、珍しかった。われわれの意識には、そんなものはなかったからである。中学から大学まで、軍靴の音とともに過ごし、神国日本の万国に冠絶せるゆえんのものを教えこまれてきた世代なのだ。戦争は国家の意志であり、「軍閥」の介入する余地はなかった。さすがに文字の国中国では、「軍閥」は氾濫していた。城壁や家屋の壁、土塀などに「東洋鬼日本兵と、「本」をひっくりかえして憎悪をこめたアジとともに、「打倒日本軍閥」の文字が織りこまれていた。が、それはかれら自身の自国の軍隊に対する歴史的な意識の裏返しとして、黙殺されていた。何よりも「国体」が優先し、「軍部」というひかえめなことばが交わされていたにすぎなかったからである。

有形無形の圧力が、ぐいぐいとからだに食いこんでくる。ついに、小隊長以下一個小隊、投降の報が伝わった。もとより真偽のほどはわからぬが、「死ぬこととみつけた」武士道の伝統を、揺るがせるに足るほどの苦痛であったことは明らかであろう。Yの述懐によれば、アイタペ作戦後、二十名ばかりの一団に逃亡を誘われたという事実もあった。投降の噂を聞いても、それを背信・卑怯者としてなじる気持にはなれなかった。責任者として、何人かを引き連れて行った男の苦衷がわかるような気がしたからである。だが、どのような状況であったかは、知るよしもない。心ならずも捕らわれの身となったことも考えられる。舟艇が撃沈され、数名の将官が消息を断ったが、そのなかにあるいは死にきれず拉し去られたものもいるのではないか、ということがかなりの信憑性をもって伝えられたこともあったからである。

逃亡の語感は暗く、卑劣な感じを免れない。軍法会議の結果、逃亡罪と断定され、自決を迫られた准尉がいた。将校斥候に出たまま、原隊に復帰しないという罪状である。命令を伝えられた准尉は、従容として密林に正座し、辞世の一首を残し、みずからの銃弾にたおれたという。その辞世を逸したのは、かえすがえす残念である。おれはおれの道として「死出の旅」に旅立っていくという趣であったと思う。「死出の旅」の一句が織りこまれていたことは間違いないのだが、その一首が記憶に定着するほど平静ではいられなかった。暗い雲が、重苦しく頭上にのしかかるばかりだった。「あこがれし九段の桜いまここにその一片となるぞうれしき」と詠んで自決したのはI准尉である。同じ逃亡の汚名を着せられた一首であった。旧部下によって記憶されていたものである。

野戦における逃亡の罪は、死刑である。しかし、こういう条件のもとで、逃亡ということが成り立つものだろうか。たとえ逃亡したとして、どこに逃げうるというのだろうか。一個連隊が、百名足らずになっても、厳しい軍紀は守り通されていた。そんなころ、中隊に一人の上等兵が、突然編入されてきた。中隊長は、「逃亡の廉(かど)で死刑となるべきところ、兵力不足のため仮にわが中隊に編入されたものだから、十分注意するように」と声をひそめてわれわれに言いわたした。それとなく話をしてみても、そんな暗さは微塵も感じられなかった。烙印(らくいん)を押されたこの男が、あわれに思えた。気候・風土上、不慮の事故で、原隊復帰が遅れることは、十分ありうる。むしろ遅れることが、自然でさえある。自分自身、何度かそういう羽目に陥っているだけに、懐疑的にならざるをえない。弁明のゆるされる社会ではない。「結果を言え、理屈を言うな」が、軍隊の掟(おきて)である。原隊離脱の事実は、日常のことといってよい。それを、どう判断するかは、「信」の一字にある。その信の裏づけは、何なのか。意識的行為であると「裁く」尺度は何なのか。信ずるか、裁くか、それが同一行動に対する重大な岐路である。

われわれの間で、最も多く使われたことばは、「熱発」であり「追及」であり、「物資蒐集」であり、「マスキ」だった。この四つのことばを組み合わせてゆけば、三年間のあらましは形づくられよう。「追及」以外は、すでに触れた。部隊にはぐれて、あとから追っかけるのが「追及」である。「熱発」による部隊離脱は日常のことであり、やがて「追及」が始まる。「追及」の経験をもたないものは、おそらく連隊長を除いて、ほとんどいなかったであろう。「逃亡」との境目は、内面的なものにかかわり、外形上一線を画すべき何ものもないのである。それぞれの信実に従い、あとは「マスキ」という諦念に身をゆだねたゆえんである。

9 危うし「人間」

ガリの転進ごろから、人間は狂いだした。時間にして言えば、上陸後一年を経過したころである。異常な神経が支配してきた。軍で刊行されたパンフレット、『熱地作戦の栞』というのが手渡されていた。そのなかに、「温帯に生存するわれわれは、この熱地に一年も住めば相当優秀な頭脳も破壊される」とあった。科学的にどこまで信をおけるものかは知らないが、われわれは漠然と一年くらいで還されるだろうという、そこはかとない期待があった。「相当優秀な頭脳」が、一年でばかになるとすれば、三年もおれば「超」の字もつこうというものである。常夏の国の気候・風土が、人間の脳におよぼす直接の影響については、そう自覚されるものではなかったが、飢餓と栄養失調は、記憶力を奪い、思考力を弱めた。さらに激しい病熱が脳を蝕んだ。正常な神経も、これだけは免れえなかった。

連日連夜の砲爆撃は、いやおうなしに脳の組織をゆさぶった。条件は、異常な神経をつくるのに十分過ぎた。生きたとかげやいなごを、そのまま口に入れるのも、豚の肉を生のまま噛りつくのも、食欲からくる異常さである。そんなことが、平然とできるようになってしまったものを、正常な神経でもってははかりえない部分があったのだ。そこに、「人間」のぎりぎりの闘いがあった。人間として生きようとする願いと、生きようとする動物的本能との熾烈な闘いがあったのだ。自然と人為との、途方もないローラーに押しひしがれたものの、惨憺たる闘いである。

ガリの転進を、おそらく史上稀にみる凄惨な行軍だったといったが、ここで恐ろしい事実を見たのである。行き倒れた兵隊の腿が、さっくりと抉り取られていたのである。キャプテン・クックの手記に、食人種のことが記されており、いまだにこんなことをするやつがいるのか、と思って見た。ところが、原住民の仕業ではなかったのだ。慄然とするような風評が流れてきた。この転進は、そこまで人間を追いつめていたのである。

Yと二人、山道を急いでいたら、見知らぬ部隊の四、五名に呼びとめられた。食事を終えたところらしく、飯盒が散乱している。「大きな蛇の肉があるんだが、食って行かないか」というのである。そのにやにやした面が、気に入らなかった。何かがある、と直感した。共犯者を強いる――そんな空気を感じたのは、思いすごしであったろうか。その連中が、一斉に何かを待ち受けるような姿勢を見せたのは、ただごととは思えなかった。Yも同じものを感じたか、「おおきに、またごちそうになるわ」と言った。道々、妙な不安が追いかけてくるようだった。Yの表情にもそれがあった。それとなく警戒しながら、急いだ。小銃弾を浴びせられるかも知れぬという不安がひらめく。大分来てから、Yは、「やつら何をしていたんだろう。おかしい。蛇ならばくれるはずがない。良心にとがめるところがあって、おれたちも仲間に引き入れることによって、少しでも呵責からのがれようとしたのではないだろうか」などと臆測した。もちろん、何の根拠もないが、とっさに期せずして符合した感じは、何であったか。腿の肉を切り取られた死体の数は、一つや二つではなかったのだ。ついに全く光は消えた。ただ眩暈のうちに拠点を見失って、地底に転落していった。

その夜、渓流の上に建てられた亭のような一軒を見つけ、二人はからだを休めた。すばらしい自然に恵まれながら、この世ならぬさびしさに、心は沈むばかりだった。Yも同じ思いにとらわれたか、ついに一言も口をきかず、寝についた。渓流のせせらぎ、風の音が、なかなか眠らせなかった。

山越えを終えて、海岸道に出たときも、まるで中世の説話にでも出てくるような、怪異譚を聞いた。「数名ノツワモノ、部隊ヲ離脱シ、M岬ニコモリ、道行ク者ヲ襲ウ鬼トナル話」である。「餓鬼という鬼が出る。M岬を通るときは気をつけろ」と注意された。何かの幻影におびえてのことか、それともそれらしい事実があってのことか。

その一団を、想像のうちに思い描くことはできる。われわれは、やはり白昼を選んで、そこを突き抜けなければならなかった。どこからか見られている、という意識を拭いきれなかった。

戦争も末期になるにしたがって、白人黒人を、白豚黒豚と呼ぶようになってきた。生還が決定的に絶望となれば、瞬間の官能の満足に身をゆだねもしよう。人間であることも、善悪の範疇のなかに生きることも、無意味に思われもしよう。危ういかな、人間である。身の毛のよだつような風評も流れていた。猛獣への変身に耐えて、「人間」は喘いだ。自分でやるのは嫌だが、飯盒に入れてくれたら食うだろう、というのが生き残ったものの八、九割までの答えだった。限界を越える日が、来るのか。「動物」の飢渇のうめきなのだ。

ある夜、国民兵のたった一人の生き残りであるO兵長の告白をきいた。「人間て、つまらんものですね。自分は、気の弱い男だと思っています。なんにも、できはしません。だのに自分の心の内をさぐってみると、誰かが自分の飯盒のなかに入れてくれるものはないかと、ひそかに期待している気持があるんです。こうして打ち明けて、自分を恥じてみても、明日もまた同じことを待っているように思われるんです。もう、なさけのうて……」というのである。百六十センチそこそこの短身、三つ年長だったが童顔そのもの、顔のつくりもすべてが円く、いかにも人のよさを全身に示しているような男だった。程度の差こそあれ、この苦悶が限界における実相ではなかったか。牙をむき出すからだの渇き！　幻覚！　お釜の蓋ぐらいのビフテキ！

皮膚は萎え、脂肪は切れてかさかさに乾く。眼窩は大きくくぼみ、首筋はかろうじて頭蓋を支える、頭上に襲いかかる幽鬼の爪。思いがけないところから、小銃弾を浴びせられる。白昼、薪を採りに行ったものが、そのまま姿を消してしまう。描けば、そのままこの世の地獄絵巻となろう。

われわれが理性と名づけている、そのひからびたものは、どこまで耐えうるか。正義の女神はめしいて、人間は野獣と化して野に放たれたのか。だが、われわれ自身によって、無条件に要求される何ものかが残されているはずである。たとえ『善悪の彼岸』にあろうとも、自分が、自分自身であるための、何ものかである。

10　指揮官

第十八軍司令官安達中将は、戦犯として現地に残られた。罪状の第一は、おそらくその問題だったろう。ほかには何もありえないような戦況だった。中将の別れのことばがあった。やわらかい眼の光、武人というよりも、文人の風貌があり、滋味あふれる人柄を感じた。訣別の感傷があったにしても、こんな「軍人」がいたのか、という驚きさえあった。これが軍司令官との最初の、そして最後の出会いだった。

ムッシュ島の椰子林のなかで、淡々として低い声で語られたことばの一つ一つに耳を澄ました。惜しい人物だと思った。中将クラスになると、単なる武人ではないのか、という気がした。「長い間、ほんとうにご苦労でした」、そういう口調で語り出された。「よく戦い、よく耐えてきたことに対し、心からの敬意と感謝の意を表したい。私は一人ここに残る。どんな運命が待ち受けているかは知らないが、おそらくふたたび諸君らと相会う日はないであろう。幾万の将兵を死なせたことを思うと、のめのめと生きては帰れない身である。どの面さげて、遺族の方々にまみえることができよう。お詫びのことばもない。すべての罪は――もし罪があるとするならば――私の責任である。喜んで罪に服しよう。安んじて帰っていただきたい。そして、祖国日本の再建のために努力される日を、遠くから祈っている」という要旨だった。力んだところもなく、悲壮な調子もなく、十五分ばかりの時間を、静かに語り終えられた。「では、みんな壮健で」と挙手の礼のまま、一人一人の顔を注視された。慈父の温かさがあった。温顔には、ただわれわれへのいたわりだけがあった。列も組まず、ばらばらに立っていたわれわれ七九の六十余名、まじろぎもせず正視していた。ひたとわれわれに結びついていたものが切れて、急に遠のいてゆくものが感じられた。深く澄んだものは、直に捕らえがたい。

「人間安達二十三」については、何も知るところはない。軍司令官の位置をもってすれば、常時米食も可能であったろうが、「兵隊と同じもの」を要求された人として、伝え聞いたにすぎない。訣別のときの印象は、さもありなん、と思わせる確かなものがあった。哀傷のうちにも、さわやかに吹き過ぎるものがあった。長年の交わりにおいても、何の影もとどめぬ出会いもあれば、行きずりの人に心ひかれることもありうるのだ。（昭和二十二年九月十日、あの日からちょうど二年後、ラバウルにおいて自決の報に接したのは、迂闊にも数年後のことである）

指揮官――この悲しいもの、という印象は、安達中将にとどまらぬ。第十八軍の最高責任者である軍司令官もまた、命令系統の一機関にすぎぬだろう。師団長、連隊長、大隊長、中隊長と下がっても、事情はかわらない。上からの命令を下へ伝達し、実践に移す中間的存在にすぎない。机上で組み立てられた作戦命令は、一直線に底辺におよぼされる。それが、どのように具体化され、実践されるかが各長の任務であり、現実に即してどう動かすかに、その手腕が問われる。垂直に下りてきた命令を、横の平面に引き移すためには、思いがけぬ障害もあり、ディレンマもあるはずである。局面は常に動いてやまない。地図の上の計算が、各指揮官を絶望的な苦悶に追いこむことも、当然ありうる。

フィンシハーフェンの壕にはりつけられていたとき、「下がれ」の命令の前に到着したのは「攻撃前進せよ」だった。そのとき、連隊長は命令伝達者に向かって激怒した。「これ以上、どうしろというのですか。あなたがたは、前線の兵隊がどんな有様で戦っているか、ご存じですか。それでも前進しろというのなら、やります」と。やがて、「前進」が「後退」に変更されてきたのである。これは語りぐさとして、われわれの間に喧伝せられた。実際に対応して、命令をもチェックする英断が、指揮官には必要であろう。その節度の基準を、どこにおくかである。「連さんやりおる」「連公あかんで」という批判は、しかし、その苦衷を想えば、軽率になさるべきものではないだろう。もし、最初の命令通り攻撃前進していたら、ニューギニア戦は全く様相を異にしていたことは、疑いない。

われわれの真の怨みつらみの対象となるのは、何といっても中隊長である。常に上と下との板ばさみになる宿命を負い、しかも直接に部下の生殺の権を握るものだからである。「中隊長殿」が「中さん」になり「中スケ」に下落する。「うちの中スケが」という言い方が一般であれば、あまり幸福な中隊とはいえぬだろう。「中スケ」と貶(へん)することを許さぬものが中隊長自身の内側になければならぬのである。ある中隊長が、部下を心服させようとの浅はかな魂胆からか、「おれは小学校のとき、女中二人にかしずかれて、学校に通ったものだ」と吹いたとたんに、「アホか」とそっぽを向かれてしまった。〝おのずからしみ出るもの〟でなければ承知しない確かさが、兵隊にはあるのだ。

中間的存在である指揮官が、上から嫌われている場合、そのとばっちりを受けるのは部下である。ある困難な作戦が流言の形でとぶ。すると、「うちの中スケは、連公に点数がないから、きっとうちがやらされるだろう」と勘ぐる。その危険な任務を、どの中隊にやらせるかの判断は、私情ではなく、成功度の高さ、疲労の度合い、いろいろな条件が勘案されてなされるものであろう。声涙ともにくだる命令もあるはずである。だが、雑役のような形でこき使われる場合は、兵隊の勘ぐりをかならずしも僻(ひが)みと言い切れぬものがあるのではないだろうか。軍人とても、通俗の人間感情の埒外(らちがい)に出るものではないからである。

中間者には三つの品がある。上によく、下にもよい、というのが上品(じょうぼん)であり、これが人間の高さである。中品（ちゅうぼん）には、上によく下にわるいのと、上にわるく下によいのとがある。上によく下にわるいのが、まず階級社会の典型といってよく、大方はこれである。上にわるく下によいのは、反骨の人か、要領を心得ぬ人で、これは稀である。そもそも、軍隊に向かない性（さが）であろう。上にわるく、下にもわるいのが、下品（げぼん）というべきで、これが意外に多いようである。一つのつまずきが、なかなか取り返せない、これも人間の高さというべきであろう。

さまざまな編成のもとに繰り出された攻撃隊の指揮官に接してみて、この悲しいものという印象は覆らなかった。あまり切れすぎるのも、なまくらなのも困る。勇猛すぎるのも、臆病なのもいけない。名誉は武人の本懐であろうが、「欲」となっては判断を誤る。上からの命令を消化し、部下の地盤に立ってみる下からの視角も必要である。すべて、二面性を超えなくてはならぬところに、「悲しいもの」の根源がある。勇気、知恵、細心、明敏、温情、峻厳と、かくあるべき徳目は多く、しかも相互に矛盾をすら含むのである。そのいずれかに欠けるとき、「おれは、あいつに殺されたのだ」という救いのないことばとなって、はねかえってくる。

温情は、上に立つものの美徳であろうが、それだけで尊いのではない。冷酷とも思える峻厳さを媒介しなければ、それは破滅への斜面につながるものである。しかも、指揮官と部下との出会いは偶然であり、互いに選択の余地は全くないのだ。互いの誠意すら通じないような出会い、生理的にうまくいかない出会いも、当然ありうるにしても、歯車の噛み会わぬ苛立たしさをいだかせたまま、部下を死地に追いやるならば、何よりも指揮官の器量に欠けるものといわなければならない。心の空白を満たすべき実体として、指揮官の位置があるべきだからである。薄氷を踏んでいるものの心の支えは、中隊長以外にはないからである。

黄砂は、余念なく地表をはぎとりはぎとり、真昼の太陽を紅く染めている山西省の荒蕪地も、熱帯のむだな豊饒に比べれば、食糧の宝庫といってよかった。生活様式の近さあった。したがって、僻遠の地にも、根強い商人が追って来、慰安婦まで送られてきた。北中国の冬は凍てつき、空気も縮まる。夜、防寒服に身を固めて歩哨に立つと、「中隊長のところに女が来ることになっているから、人影を見てもやたらに撃つな」という申し送りがある。「ヘイタイサン、コンバンワ、タイチョウサンガ」と言って、下駄の音も高く歩哨線を抜けてゆく。撃ち合い以外は、日常の生活にかわらぬものが、ありえたのである。事柄自体はともかく、その無神経さが兵隊の気持に反映せずにはおかない。指揮官に対するかぎり、人間なのだから、という人間性の尺度を低きにみる寛容さを兵隊に求めることはできない。寒風にさらされた数ヵ所の立哨を代償としてである。翌朝、蒙古馬にうちまたがり、かすれた八文字ひげを凛々しく振り立ててみても、「スケ」にアクセントをおいた「中スケ」であり、「中隊長」の抜け殻でしかない。

ともに夏県の警備にあたっていた中隊の一個分隊が、部隊連絡に出たまま消息を断った。小隊長は、毎夜城壁に端座して、尺八を手向けながら、帰らぬ部下を待っていた。その分隊は、思わぬ敵に要撃され、洞窟に追いつめられ、掘り抜いた天井から燃える薪と手榴弾をほうりこまれて、惨殺されていた。煙にいぶされながら書きつづられたらしい遺書が、壁に痛々しく刻まれていた。「ショータイチョウドノ、スミマセン」という文字は、分隊長のものだった。軽機関銃は故障したらしく、ほとんど撃った形跡はなかった。「こいつは、くせのあるやつで、おれでなければいうことをきかんのだ」と遺体収容に来ていた古兵の一人が、無念そうにつぶやいた。軽機さえ生きていてくれたら、という怨みは尽きなかった。

それ以来、小隊長は人が変わった。戦闘のたびに、ものに憑かれたように危険に身をさらすようになったのである。もとよりその胸中は忖度（そんたく）しがたいが、みずから死を呼んでいる、そんな凄惨な印象を部下に与えていた。一個分隊を失った責任感か、哀惜か、駆り立てられるように死に突進してゆくふうがあった。日常の起居、何のかわるところもなく談笑しながら、戦闘となると人が変わり、先頭をつっ走った。中隊幹部も、ただ暗澹として見守るほかはなかった。中隊は違っても、同じ城壁内のこと、この人が、とそれとなく注視することがあった。予備役らしく三十を越えているか、おそらく家庭をもった人であろう。穏やかな、人の内側にはいってくる声だった。こうして、当然来るべきものが来るように、戦死していった。その純度の高さに、激しく心を打たれた。「小隊長殿、すみません」と言って死ねる部下をつくったのも、それである。その人の名は、軍旗小隊長有江好晴中尉。夏県東門城外において戦死。当時の『京城日報』にも、詳報されたと聞く。

中国における指揮官は、組織のなかの公人として生きる比重が大きかったが、背をかがめて食糧を嗅ぎつけなくてはならなくなったニューギニアでは、個人として生きる部分が大きかった。比較的に言うならば、組織に支えられたものと、自分自身で支えなくてはならぬものとの相違があったように思う。上に立つものの自覚と、みずからを律する試練と、それだけ苦しい立場であったと思われる。だが、いずれの場合にしろ、つづまるところ〝人間の高さ〟以外にありえないだろう。部隊の規模を問わず、右にしろ左にしろ、先頭を行くただ一人のリーダーの方向感覚によって、すべてが決定せられてゆくものだからである。

戦場は、人間の透けて見えるところである。状況の変化に応じて、ある面が拡大されて映し出される。ごまかしも、つくろいも許されない。指揮官もまた、裸身をさらさざるをえなかった。至上化された階級制のゆえに、矛盾の焦点が戯画化されるのもまた、悲しい存在というべきだろう。

第五部　自然と人間

1　雨

ニューギニアの自然は、絶えずわれわれを畏怖させる暴威でしかなかった。「眺める」余裕がなかったからである。なかでも暴威をふるったものは、雨だった。ほとんど一年の半分は、降っていたような気がする。したがって、湿度は高い。兵器はたちまちに錆(さ)びつき、鉄は腐る。傷はいつまでも、じくじくと直らない。高温多湿は、特有のスワイ（皮膚病）を培養し、原住民も悩まされていた。

雨の行軍は、惨憺たるものだった。汗にまみれた戦帽を伝う滴が、頬を洗い、口ににが辛くしみこんでくる。マラリア菌をふんだんに蓄えたからだに、それは悪魔の水である。脛(すね)は泥濘(ぬかるみ)をすくい、足は滑る。転んでは起き、起きては転び、泥まみれの人形の行軍となる。ただ歩く意志だけを吹き込まれた人形である。

終着駅はない。さらりと着替え、熱い湯にでも浸れる希望があるならば、雨もまた一興とうそぶいてもおれよう。廃屋でも見つけ、衣類を脱いで力一杯に絞り、体温で乾かすのが関の山である。

深夜の行軍は、さらに惨めだった。ざわざわと鳴る雨の音、はねかえる泥濘の音。望みうる何ものもありえない。荒(すさ)びに荒んで、無心に光る螢をさえ憎む。泥まみれのまま、野営すれば、怪しい幻覚を呼ぶ。足、足、足、無限の足の大行進が始まる。裸の足、靴の足、地下足袋の足、血のしたたる足、鎖を引きずる足、その一つ一つが黄色い泥をはね上げて、あとからあとからつづいてゆく。はね上がる泥の音まできこえる。どこからか、明かりが射すように、泥がきらりきらりと光って見える。胴体の切れた足だけの乱舞――。夢か現(うつつ)か、頭を上げて闇をすかしてみると、岩かと見紛う天幕をかぶった兵隊のごろ寝。生きている兵隊である。

たまにジャングルに天幕を張り、寝床をしつらえてまどろんでいると、がばがばと一瞬にして寝床が洗われることがある。寝耳に水の、いかに魂消(たまげ)たことか。なすべきすべもなく、一夜を座り明かすほかはない。

砲弾が、ビシャンという音を立てて、炸裂する。そのたびに、立木は激しく身震いし、雨滴を散らせる。木に遮蔽しながら、つっ立つ。遠く、近く、飛び去り、飛び来たり、ジャングルをゆさぶる。発射音も漏れている。ふと見ると、蟻が一匹、大きな木の葉の裏に涼しく雨宿りしている。蟻が羨ましくなる。自然と人為の暴威のさなかに、やすやすと身をかわし、閑居しえている。指でつついて驚かしてみる。「一樹の陰」に、わずかに形づくられる「おれ」と「おまえ」の世界は、須臾(しゅゆ)の遊びである。依然として砲は炸裂し、底抜けに雨は降りしきっている。

2　蚊と蟻と

未知の熱帯の知識としては、マラリアの恐ろしさだけだった。防蚊頭巾(ぼうぶんずきん)、防蚊手套(ぼうぶんてとう)というのを携行し、一個分隊はいれる蚊帳(かや)を用意して行ったのも、そのためである。ドイツ人宣教師は、「ニューギニアには何もない。あるものといえばマラリアと、蚊だけだ」と肩をすくめた。

大小黒茶白黒まだら、あらゆる種類の蚊がいる。セピック河ハンサ辺は、音もせず飛来して刺す性の悪いあめ色の蚊がいた。「ハンサ熱」と呼ばれ、ここで一個中隊全滅に瀕したという悪質の熱病の媒介者である。昼間も蚊帳のなかにいなければならないのは鬱陶しい。厄介なのは便所である。なるべく日当たりのいいところを選ぶのだが、そんな配慮もここでは通用しない。落ち着いてもいられないほど、群集してくる。セピック流域は、ことにひどかった。雑草をいぶして、家の中に煽りこみ、それから一人用の蚊帳を吊り、裾にしっかりおもしを置いて寝ても、夜明けには二、三十匹うんうん唸っている始末である。どうにも対応のしようがない。このあたりの原住民は、大きなバスケットのなかに眠る。すべて、威勢よくぴんと尻を上げたやつばかりで、その姿勢自体すでに凶器である。ジャングルで仕事をしていると、気も狂うばかり群れてくる。防暑服の上から刺すやつがいる。

「こいつら、おれたちが来る前だって生きてやがったのに、なんでおれたちの血を吸う必要があるのか」と、妙な疑問も湧く。

マラリアといえば、原住民には病気一般を意味するほどポピュラーなものになっている。頭マラリア、腹マラリア、足マラリアというわけである。兵隊の放屁を、「ハラマラリア、ノーグッド」と、顔をそむける。かれらの腹の出張っているのは、慢性マラリアのせいだろうということである。

直接に、また間接に、マラリアによる犠牲は、おそらく想像に絶する厖大なものであったろうと思われる。上陸後二ヵ月足らずして、中隊も最初の犠牲者を出した。十数万の将兵、すべてマラリアの毒気に当てられなかったものはいなかったと断言できる。師団長青木中将も、この病毒に倒れた。師団長といえば、われわれにとっては雲の上人であり、ほとんど謦咳に接することもない存在であるが、前後二回その機会をえた。青年師団長といってよい白皙長身、陸大恩賜組の秀才ときく。いかにも、すらりと師団長になったという感じだった。マラリアに倒れてからは夜起き上がって、「銃後のみなさまに申し上げます」と、滔々として弁舌をふるうことがあったという。高熱に自己分裂をおこし、あらぬことばを口走る結果となったのであろう。暗雲がたれこめていた。やがて、病没の報に接した。まだ状況も逼迫していず、医療も万全を期しえたころ、師団長の地位をもってして、なお戦病死を免れえなかったのである。それほど猖獗を極めたものだったのだ。

蟻も蚊とともに、ある意味において名物である。これまた、大小赤黒、無数の王国を形づくっている。地面を馳せ、樹上に蟠踞し、それぞれの版図を守っている。側を通れば、蟻特有のあまい匂いがするほど、密集している。椰子の実につくのは、あめ色の大型のやつで、これの巣食っている樹は、原住民も敬遠する。強情我慢の兵隊も、これに襲撃されると、ひとたまりもなく撃退される。苦心してのぼり、眼の前にぶら下がっている実を見ながら、みすみす退却を余儀なくされる。悲鳴を上げながら滑り下りてきたのを見ると、からだ全体異様な臭いがするほど、群がりついている。みんなで寄ってたかって、掃蕩の手助けをしてやらなければ、手に負えるものでない。食いついたやつは、尻がちぎれるほど引っ張っても、放そうとはしない執拗な性である。ぺしゃんこに干からびているが、進むことを知って退くことを知らぬ精悍な意志は、昆虫のものとは思えない。ライオンも蟻に負けたというのは単なる寓意ではなかろう。

素足で叢を歩くと、火を踏んだかと思われるほど、烈しく食いつくのがいる。思わず「熱い！」と思うほど、痛いのではなく、熱いといった感じである。漆黒の大型、頭も腹も丸々として、大粒の大豆を三つ連ねたような逞しいやつである。

日向で虱をとりながら、地面を這っている無数の蟻の往来をみつめている兵隊がいる。一々潰すのは面倒だとばかり、蟻の群れのなかにほうりこんでいるのである。両者の他流試合が始まる。初めは六本の足を活用しての組み打ちである。しかし、虱は隠者である。日陰の温室に育ったものが、日光の直射を受けるだけで、すでに大きなハンディを背負っている。所詮は、蟷螂の斧でしかない。百戦の荒武者の敵ではない。たちまち頭を食いつかれ、眼よりも高く差し上げられ、足を空に、むなしく足掻きながら、かつぎ去られてゆく。そんな格闘を、ぼんやり眺めているものもいるのである。

3　極楽鳥

　原始林の奥に、三本指の怪獣の足跡をみつけたときは、凝然と立ちすくむ思いがした。グロテスクな爬虫類の姿を、瞬間に思い浮かべたのは、昼間においてさえ夜の霊のようなものを感じさせる原自然の深さだったろう。人間の掌よりもはるかに大きく、三本指というのが奇怪だった。ずっしりと、めりこんでいる。何しろ図体の大きいやつに違いない。どんな怪獣が棲息しているのか、未踏の世界への不安と期待。「わにだろう」「わには五本だぜ」などと言いながら、足跡を詮索した。遠く嘶くような声がきこえた。三本指の主か、われわれは顔見合わせた。何のことはない、ひくい鳥だったのだ。鳥とは気がつかなかった。

　自然に自適している水牛におめにかかったのは、マダンにおいてだった。たまたま飛行場作業現場に連絡に行っての帰途、近道してジャングルのなかを通った。一日の作業を終えて、陽気な気分が流れていた。道から十メートルくらいはいったあたりに、池の水が光って見えた。われわれ先頭を行っていた四、五人、ふらふらと寄り道してみた。われわれの気配に驚いたか、水牛が七、八頭、大きな眼玉をくりむいて、角を振り立て、一斉にがばとはね起きた。どれほどの凶暴性があるかとか何とかいう以前に、とにかくその勢いと風貌に圧倒されてしまった。「逃げろ」とばかり、駆け出した。その勢いにつられて、わけもわからずみんな走った。「何だ、何だ」と言いながら、大分逃げてから、みんな笑った。中隊長の駿足は抜群だった。「惜しいことをしたな」と負け惜しみを言ってみても、円匙一本で立ち向かえる相手ではなさそうだ。とてつもなく大きな野牛の噂も聞いたが、さだかでない。

山蛭の降ってくるのは、珍しかった。何らかの感覚で、狙ってくるものなのか。ジャングルをくぐりぬけているとき、右の眼に何かはいって、ころころする。眼をこすりながら、二、三時間もたったか、どうもおかしいので軍医に診てもらったら、ピンセットでつかみ出してくれた。「ほう、大変な荷物をもってやがる」と笑いながら、ピンセットでつかみ出してくれた。山蛭と聞いて、胸が悪くなった。奇怪な自然だったが、猛獣がいないことが、どれほど幸せしたかわからない。原住民の家では、カンガルーを飼っていた。それが、いかにもニューギニアの動物の世界を象徴して見えた。珍怪にして、害はないのだ。

その動物の世界の女王ともいうべきものは、極楽島であろう。美しく着飾った優雅な舞いは、ひときわ映えていた。その羽は、原住民のピラスとして最高のものであり、垂涎（すいぜん）の的だった。原始の密林に飛び交う姿、「極楽鳥」とは、誰が名づけたか。人間の世界が、この世ならぬ地獄相を描き出していただけに、その名のゆかしさに心ひかれる。

海岸道を歩いていたとき、木陰に二枚張りの天幕がつないであった。一枚は、紐が切れて垂れ下がっている。その下に、静かに死を待つ兵隊がいた。その数歩を隔てて、すでに白骨になりかかっている死体があった。おそらく二人並んで寝ていたのが、断末魔の苦しみに外に転げ出たものであろうか。死にきれない一人は、戦友のしだいに白骨となってゆくのを、見守ってきたのであろう。それは、明日の己れの姿なのだ。地響き立てる潮騒が、きこえているであろうか。そのずっとずっと彼方が、祖国なのだ。すでに、およびもつかぬ無限の彼方である。声をかけてみたが、応えはなかった。

『森の子どもたち』の一節が、自然に想い起こされてきた。

この愛（は）しき　はらからを
埋葬（ほうむ）る人とて　なかりけり
あわれと思い　駒鳥は
亡骸（むくろ）に木の葉　うちかけぬ

そのときである、頭上を翔けるあの極楽鳥の影を見たのは。連想の符合を感じて、眼で追った。「名にし負わば」という感慨を禁じえなかった。数多く見たこの鳥のうち、もっとも鮮明な印象を刻んだのは、この瞬間だった。

人の世の地獄を見下ろしながら飛翔する極楽鳥、――それは、いまもなお幾万の野ざらしの霊を慰めつづけていてくれることであろう。

そのときの印象は、感覚的な美しさゆえのものではなかった。むしろ、美しさゆえのはかなさともいうべきものだった。暗い影を引いた美しさである。黄昏のせいばかりではなかった。自由なもの、生動するもの、明るいもの、美しいもの、そういった積極的なものへの眼を閉ざされてしまって、すべて消極的なもの、暗く沈んだものに眼が注がれがちだった。受けとめ、はねかえす柔軟さを失っていたのである。自己の現在の地平において、ものをみるにすぎない。しかも、そのレベルは、徐々に徐々に下がっている。果てには、一体何をみようとするのだろうか。

われわれは、明と暗との稜線を歩むべく運命づけられているように思う。明暗の交錯のなかに、生のドラマがある。いま、明への眼は閉ざされ、ひたすらに暗にのめりこんでいこうとしている。暗のみを注視するところに、生の実相はない。暗もまた、明に媒介されることによりドラマたりうる。暗黒の世界にとじこめられてゆくものはいても、光明のなかにのみ生きることはできないことを知った。

すでに消えていった命、いままさに消えようとしている命、その屍を容れ、その五体を支えている土以外に、何ものもかかわりをもたない。風にそよぐ草の葉が、さわさわと鳴って過ぎるだけである。どこにも「窓」をもたない個体の死は、生物の朽敗に近い。人間の死が消滅であっていいものか。悲壮などという月並みな形容さえ空々しい。しかし、山に海辺に倒れ伏している幾万の命と、こうして生きている自分との差は、いくばくもないように思われる。対極としての生と死との隔たりも、生のうちにある一切の可能性をもたぬかぎり、それは無限に死に近づいているものといっていいのではないか。こうして、わけもなく死の世界に吸いとられてゆくのかも知れない。渚に打ち寄せられたわけもわからぬ海藻を海の水で洗い、夕食の代わりに一切れ二切れ口に運びながら、すべてから遮断されている自分を感ぜずにはいられなかった。引き抜かれ、大地にほうり出された一束の草、か細い二、三本の根が、大地を求めてあがきつづけている——それが、わずかに生き残っているもののすがたではなかったか。

命の水の涸れようとして〝幻〟の鳥を見たのだろうか。幻覚とも思えるほど、蒼白な感覚におとされた影像は、けざやかだった。

4 舞踏

極楽鳥の羽は、舞踏会の装飾として秘蔵される。かれらの踊りを初めて見たのは、スワルという海岸の村落だった。上陸後、二、三ヵ月のころまでは、こうして海岸線においても、かれら自身の生活が維持されていたのである。近郊の村人が、顔を白く塗ったり、赤い線を引いたり、鼻や耳朶(みみたぶ)に大きな貝殻を通したり、頭に鳥の羽をかざしたり、入念なメーキャップの上に、ビラスをつけて続々参集してくる。われわれも何となく楽しい気分に誘われる。でんでんと太鼓が鳴り出す。背嚢の食いこんだ肩と、下半身の重いけだるさとを、外被につつんで出かけてみた。

丸木をくり抜いた、日本の小鼓を小さく引き伸ばしたような鼓を持って、男が三十人ばかり歌い踊っている。軽い足さばき、全身弾力にあふれる。その外側に、女たちが中心に向かって輪をつくり、手に草花など持って、力一杯に歌う。これは、あくまでワキ役であり、調子に合わせてゆっくり一歩二歩と横に移動してゆく。シテ役は男であり、激しい肉の乱舞に耐える。歌は、田植歌を思わせる牧歌的哀調を帯びる。一曲、二曲、趣向を変えては、間断なくつづけられてゆく。輪を解いて、二人の若者によって演じられた優美な男蝶女蝶の象徴は、すべてを通じて圧巻だった。

総勢二十名足らずとなった中隊が、自活の道をもとめて、最初に落ち着いた村落は、ニブリハーヘンである。その夜、酋長は歓迎の意味の大舞踏会を催してくれた。定九郎のような頭に、極楽鳥の羽簪（はねかんざし）や、鸚鵡の羽などを飾り、ウイスキーと称するびんろうの実を噛りながら、真っ赤な口をして踊った。踊ってはウイスキーを噛り、煙草を吸い、また踊りの輪に加わる。しだいにくだけて、手をとり一緒に踊ろうと誘ってくる。盆踊りの郷愁を感じて、元気のいいのが二人三人ととび入りする。女は、外輪を歌いながら静かに移動してゆくのは、海岸の様式と同じである。簡単服の晴衣であろうか、嬉しそうに着飾った娘たちが、肩を組んで力の限り歌う。その夜一夜、月の円きに向かって踊り明かした。

夜の白むころ、酋長は中央に立ててあった槍を執り、ほかのボーイたちも手に手に自分の槍を携えて、四列の縦隊となった。低く腰をおとして構え、二歩三歩、すり足に前進し、また後退する。ここを先途と打ち鳴らす太鼓、一心に凝視する槍先は、迫力にあふれる。ボス・ボーイは、ひとり弓に矢を番（つが）え、中天に向け満月に引きしぼったまま、これに歩調を合わせる。前後左右の敵をなぎ倒し、しだいにテンポが早くなる。急迫した。最後に、でんと打ち鳴らす太鼓とともに、「ウォー」と喊声（かんせい）をあげ、両手を高く差し上げるや、矢をひょうと放って、祭典の幕を閉じた。流汗淋漓たり、一種凄愴の気の漂うすばらしい陶酔だった。

T曹長と二人、ヌンボに移ってからも、この両村落はさかんに往来し、踊りの交歓をしていた。月が円くなれば、踊る。野豚をとれば、踊る。かれらの生活は単調であり、平和である。難しい倫理もなく、徳目もない。本能のままに、しかもおのずから自然法のままに、生存する。自然に対立する自己を主張しようとはせず、自然の一部として、流れる雲のように生きている。踊りは共同体の喜びの表出であり、悲しみの忘却である。嬉しいにつけ、悲しいにつけ、踊り明かすのである。でんでんと太鼓が鳴る。椰子の葉をゆする風に、満月が砕ける。月下に踊る黒い影。絶叫し、低吟し、乱舞の限りを尽くす。飼い豚を饗宴の生贄に供するときは、かならず隣村の豚と交換し、決して自分の村の豚は食わない。こういうセンスは、意外でもあり、驚きでもあった。

かれらの歌うのは現地語であり、その意味を解するのはむずかしい。単に、「ルレ・ルレ・ルレ」を繰り返すのもある。「ルレとは何か」と問えば、「シンシン・ナッティン」と答える。シンシンはsingであり、ナッティンは、nothingである。「意味はない、ただ歌うだけだ」というのである。抒情豊かなのもある。山に住むかれらには、海への憧れがある。その海に、新しいカヌーを浮かべる歓喜の歌もある。哀愁をふくんだ歌の調べ、弾き返すような太鼓の音、それが一つのリズムに融け合って、遠い古代への郷愁をそそる。

セピック平原のパンゲンプは、素朴な純情の忘れがたい村である。ここの酋長オルセンバンは、寡黙な男で、ひとり静かにピジン・イングリッシュで書かれた聖書に読み耽っていた。そのかれを、踊りの輪のなかにみつけたとき、異様な感動を禁じえなかった。多くの個人に接してみて、個性の稀薄さに気づいていただけに、この男に興味を感じていたのである。習俗よりも、知識や経験に導かれはじめると、熱狂も冷却し、傍観者となってゆくのではないか、という気がしたからである。集団的活気のなかに没入している姿に、心からの拍手をおくった。

ここの踊りは、やや趣が異なる。一人膝を曲げ、人垣の囲りをぴょんぴょん跳ね廻りながら、鼓を打つ。相当な労働である。口にぴゅんぴゅんと鳴る弦楽器をくわえて、歌に和しているものもいる。大太鼓がある。直径一メートルをこえ、長さ四、五メートル、大木をくりぬいて立てかけてあった。打てば震い、たちまち陣太鼓となる。踊りの様式も、地方によりそれぞれ様態を異にし、使用する楽器の類も、さまざまに趣向をこらして珍しい。

ブキッ、ここは全裸の国である。男も女も、一糸もまとわない。ここには旬日にして、挺身攻撃隊の編成なり出撃となったので、ついに踊りを見る機会を逸した。海岸から奥にはいるにしたがって、原始的な様相を加え、精悍な相貌となる。何か乾いた、スケールの大きさを感じさせる。唇も厚く、眼光もけわしい。堰切ってあふれる猛烈な激情を映して、踊りも力感にあふれたものと聞かされたが、およその想像はつくように思われた。

踊りは、感情の昂揚に伴う行動への放射というべきものであろう。本来、美的要求にもとづくものではなく、宗教的、呪術的もしくは性的な動機にもとづくものと聞く。主役がすべて男性であることからしても、納得できそうである。かれらの踊りを観ていると、感情・情緒の表出とともに、何らかの形態、行動、運動の模倣であることを知った。「体操的」なものと、「模擬的」なものとを、実際に確かめえたように思われる。ニブリハーヘンで見た祭典のエピローグは、まさに「熱狂的」なものの典型だった。そこには、名状しがたい恍惚、至福の狂気があった。山にはいるにしたがって、熱狂的、体操的なものの濃度を加え、力動感にあふれるが、模擬的要素に欠けるというのが一般の印象だった。

いまも、月が円くなったら踊ることだろう。椰子の葉の影を踏み、月を仰ぎながら、乱舞する黒い群れが、彷彿する。

5　安息のなかに

かれらは、椰子の木とともに生きている。椰子のあるところに、かれらの生活があり、かれらの生活のあるところに、椰子がある。食と住とにおいて占める椰子の価値は、計り知れない。建築の主材も椰子であり、屋根も、壁も、椰子の葉を編んだものを使う。葉は対生しており、その葉柄を縦に真っ二つに割き、葉を串でとめる。そして、完全に乾燥するまで重石を置いて、葉が縮まぬように保存する。つまりは、一枚の「トタン」ができるのである。それを、垂木にかずらで縛りつけ、重ね合わせてゆく。壁も同様にしてできあがる。

床は高い。湿気に対するおのずからなる知恵である。大抵は支柱を地面に打ち込んで、その上に家の骨組みを載せただけであるが、台風を知らぬ地域では、それで十分なのである。遊民に仕立て上げるための配慮と見受けられる。材料さえ整っていれば、四、五人で二時間もあれば、れっきとした一戸が完成する。土地は無際限にある。地球の皮を仕切って、ここからここまでおれのものだというせち辛さは、もちろんない。

これに、丸太一本の階段をとりつけ、取りはずし自在である。真ん中に囲炉裏をしつらえれば、一切の建築工事完了ということになる。床は、サゴ椰子の木の外被をひらいたものを敷き並べる。中身は食糧、外側は建築資材、葉は屋根や壁となって、全身を人類のために捧げ尽くす健気な木である。

家具と称せられるようなものはさらさらない。その必要もない。若干の土器とプレート、囲炉裏の上の乾燥棚、竹の櫛、パイプ、蛮刀、ウイスキーを嚙るときに薬味を入れるひょうたん、そんなものが手まわりの調度である。「財あれば、恐れ多く、貧しければ、恨み切なり」と嘆じた「方丈」の庵主の、静かなるを望みとし、憂いなきを楽しみとする至上の閑居生活が、ここにある。

千木ある家を珍しく見る。高さ十メートルもある天地根元造りのシンシン・ハウス（歌会堂）もある。素朴ながらも、生き生きとしたエネルギーの感じられる絵画、彫刻、装飾が見られる。土器・プレートには、ほとんど何らかの模様を刻んでいる。リアルなもの、図案化したもの、装飾的なものと宗教的なものとの混淆、かれらの芸術活動の衝動に驚かされる。柱や太鼓・鼓の全面に彫刻をほどこしたものもあり、柱の頂点がことごとく人面になっているのもある。わにを這わせ、人間をくわえさせたものもあったが、人間の苦痛の表情までとらえていた。わにの人畜におよぼす害については、ほとんど聞かなかったが、こういう作品を見ると、わにの存在がどんなものであるかが、わかったような気がした。夜、水を飲みに出た野性の豚が、腹をがぶりとむしり取られたのを見たことがある。尾で一撃をくわし、がっぷりやるのだ、という。そのおこぼれは、われわれが頂戴することとなるのである。裸体の女像を刻んで、細部にわたって彩色したくそリアリズムも、健康そのものである。自然木をそのまま利用した女体像もある。何から製造するのか、染料を巧みに使う。マラリアの薬、アクリナミンというのは、鮮明な黄色なので、染料にと所望され、まいったことがある。

寂々として、のどかな光に眠る千木ある家、天地根元造りの大歌会堂、カンナ咲く庭、濃艶な色彩をまきちらす熱帯植物、亭々として風にうそぶく椰子の木、それらをとりまくものは、閑寂であり哀愁である。刻々に移る世界に、不動の姿を白日のもとにさらしている。永遠の安息である。それが、われわれには真空の悲哀に見える。憩いはない。むしろ、不安なのだ。大渦の周辺をはげしい勢いでまわっていたものが、ふと渦巻きの中心にまきこまれたものの不安に似ている。永遠の安息の世界を、羨ましいとは思う。しかし、ひとたび文化の洗礼を受け、複雑な精神生活に慣らされてきたものには、堪えられぬ空虚さに見えてくる。禁断の木の実を食ったものの悲哀というべきか。現実に甘んじえないところに発展があり、また悲劇の根がある。しかもそれを、人類の宿命と観じてきたわれわれにとって、碌々としてあり、しかも悠々たる、かれらの相貌の小気味よさ。無為・自然のユートピアを、ここにみる。

⑥ 信仰

海岸線の椰子林に、カトリック教会が建てられていた。伝道は、奥地にまではおよんでいなかったようである。キリストや聖母の石膏像が、教会、教会の庭、椰子林のなかに立てられている。大自然を背景として、ひときわ美しく、荘厳である。教会は信仰とともに、教育の場でもあったらしいことは、黒板にそのまま残されている文字にも明らかだった。

明るい草原の丘の上に、カラサの教会があった。薄暗い片隅に、聖母の像が打ち砕かれていた。死灰を踏んだように、竦然（しょうぜん）として佇（たたず）んだ。オルガンは塵をかぶって、楽譜も開いたままになっていた。森閑として、どこにもいのちのあるものがないという空虚感である。同じような人気（ひとけ）もない空虚のなかにあって、あのアレキシスの教会で感じたものとは、明らかに違っていた。像が破壊されていたことからくるものか、自分自身の生命の衰えからくるものなのか、いたたまれぬような空虚な感じだった。牧師館には、蔵書が散乱していた。ドイツ語の聖書に、ギリシア語の書きこみがあり、わずかに主をしのばせるばかりだった。すべてが停止し、死滅していた。

二度目の山越えのとき、Yと二人、無名村に泊まった。あくる未明、床のなかで讃美歌を聞いた。太いバスが一節歌うと、あとは男女の混声である。そのなかに一人、ソプラノというよりも、鋭い金属性の声で歌う女がいた。初め、何かの楽器の音かと耳を傾けた。その澄んだ滲み通るような声が、疲れ切った神経を恍惚とさせた。太古の原始林にきく未開の人々の讃美歌、重畳重なる峰を渡り、谷に消えゆくのを、心ゆくまで味わった。讃美歌とは、これをいうのだろう。無垢のいのちからほとばしる祈りの声である。こんなところに、こんな生活がある。

信仰には、キリスト教と原始宗教の二通りがあり、キリスト教については青少年が熱心であるが、ビッグマンと呼ばれる老人階層にまではおよばず、昔ながらの信仰につながっていたようである。老人の頑固さというよりも、ことばのハンディではなかったかと思われる。青少年には、クリスチャン・ネームをもらっているものが多く、「ミー・カトリック・ネーム」と言って、胸の刺青を指さす。頸に十字架をかけているものもいた。しかし、抽象はかれらの知能習慣からは遠く、二重の信仰生活にあったことは疑いない。土着の信仰は、かれらの血だからである。

サンタ・マリアと歌うかれらに、なぜか人間普遍の魂の欲求を感じえないのは、かれらの生存そのものが、われわれにはすでにエデンの園としか思えないからであろうか。「罪人」という語感が、そもそも場ちがいなものに思えるのである。罪は、歴史とともに、文化とともにある、そんな気がしてならない。文字をもたぬかれらは歴史社会というにはほど遠い。親の一世代、子の一世代、そして孫の一世代と、同じ一回の繰り返しで終止符を打ち、連続も展開もない。キリスト教の浸透とともに、歴史社会への萌芽も期待されるが、まだまだ遠い先のことであろう。どちらが人間として幸せかは知らぬが、進化の方向にあることには間違いない。その萌芽を摘みとったのが、われわれなのだ。

かれら自身の神も祭る。朝、各家から料理を持ち寄って、これに供え、そのおさがりを頂戴している。われわれも、相伴させられる。そっと祠をのぞいてみると、神体らしいものは見当たらないが、槍だの、仮面だのが立てかけてある。どうやら、武神であり、狩猟の神らしい。仮面は、おそらく神や精霊に化身するためのものであろう。カミサマ・ボーイというのが祭主であり、バルス（飛行機）の影をみつけると、一心にお祓いを始める。両手をラッパのように口にもってゆき、息を吹きかけ、さっと両手をひろげて祓いのける。それを、何度も繰り返す。上空をうまく避けて通ったときは、得意である。「余が魔力により、バルスも雲散霧消せり」と信じて疑わない。かれらは実践的であり、神に祈るよりも、みずからの願いを呪文の力で実現しようとするのである。だが、この祭主の発狂を聞いたことがある。過重な精神的労働に耐えきれなくなったのであろう。バルス到来のたびに、ひとり村に踏みとどまって、何十回となく試練に立ち向かうのだから、負担は大きい。近代科学の悪魔を調伏すべく、神経をすりへらしてしまったのだ。

墓地には、美しい草花を植え、十字架を組む。大抵は自然木を組み合わせたもので、稀にローマ字綴りの名前が記されている。永遠の眠りの場として、こよなく美しい。何万という戦友を、野ざらしのままに遺棄してきただけに、思い胸にあまる。鄭重に葬る余裕があったのは、上陸後せいぜい四、五ヵ月までだった。墓標を立て、墨で記名することもできた。椰子林の道を通ると、「この道の奥に、某上等兵の墓あり、道行く友よ、心あらば野の草花の一枝を手向けられよ」と書いた板切れを見ることもあった。ハンサの海岸の夜行軍に、白々と大小の墓標の林立しているのを見たことがある。折からの月に、軍人・軍属の名が、しかと読み取れるほどだった。亡霊が形を与えられて立っているような凄絶さは、神秘的な薄光のせいばかりではなかった。作戦にはいってからは、葬るいとまさえなかった。熱帯植物にとりまかれた、寂寞とした墓地に立っていると、そうした過去が、悔恨とともに惻々として迫ってくる。

山の住民は、はるかに文化の浸透が遅れており、埋葬にしても、死体を自分の家の軒先などに埋め、その上に棒切れなどを立てているところもある。共同の墓地さえもたない。いち早く土にかえり、誰の記憶にも残らなくなってしまうのである。近親を亡うと、ある期間精進し、肉食を避けるところもある。墓穴の土を、全身に塗りつける風習も見た。パンゲンブにいたとき、妻を亡くしたビッグマンが、顔といわず、手足といわず、全身に赤土を塗って蹌踉（そうろう）として帰ってきた。冥府からの使者のように、放心のさまである。異様な形相は、フランケンシュタインの復活を思わせた。歯磨き粉を額に塗りつけて、ビラスだ、というかれらである。またふざけているなと思ったが、墓の土だと聞いて笑えなくなった。妻を埋めた土を自分のからだに塗りつけるということは、土を媒介として二人がともにあるということではないか。素朴な志をあわれまずにはいられなかった。

7 「タロ」とサクサクと

その一生は、カナカ伝統の器具をもって農園をひらき、種族を保存してゆくにとどまる。自然に生き、自然に帰る。自然のままに、しかもおのずから道徳的ですらある。

　雨が多いので、農園は山の斜面を利用する。巨木を切り倒し、雑草を刈り、乾燥を待って火をかける。数日燃えつづける。清掃して、野豚の侵入を防ぐためのバニス（垣）をめぐらせる。そこに芋を植えて、収穫を待つ。ガルテン・ウォークという。農耕作業である。植えるのは、タロと称する里芋が主であり、その他山芋、甘藷、バナナ、パパイア、煙草などである。集落の男、総がかりで農耕に従事し、収穫も共同のものである。原始共産の社会に、私有財産は無縁である。馬鈴薯、西瓜はめったになく、白人か中国人によってとり入れられたかと考えられるふしがあった。廃園に踏みこんで、いかにも柔らかそうな野菜をみつけ、久しぶりに野菜らしい野菜にありついたと楽しみながら、飯盒一杯煮て、口に入れたとたんにその苦さに驚いて吐き出したのが、煙草だった。

　タロ芋について、奇怪とも思える話が伝えられていた。日本人「ササキ・タロー」氏が、里芋の種を持って来て、広く南方の島々に栽培した。その名を記念して、「タロ」というようになったのだ、というのである。しかも、ササキ・タロー氏は、このニューギニアに現存しているというおまけまでついていた。Taro——われわれ日本人には、あまりに親しすぎる名前である。辞書には、ポリネシアの現地語と書いてあったように記憶する。ところが、そのササキ・タローという問題の人物におめにかかったという兵隊に遇ったのだから、唖然としてしまった。タロということばが、そんなに新しいものとは思えなかったし、仮にそういう事実があったとしても、年齢的に現存ということは信じられなかった。しかも、このニューギニアにおいてである。その兵隊は、心霊術のようなものをやる男だという。それは、われわれをしばし幻想の世界に誘う語りぶりだった。

ある夜、村の老翁に導かれて、洞窟の一室において、問題の人に会った。銀髪を肩まで垂らし、白い布を身にまとって端然と座っていた。部屋には、囲炉裏のほか何の道具もなく、書物だけがぎっしり積み上げられている。枯れた老人は、「私が、ササキ・タローです」と静かに口を開いた。明らかに、日本語である。驚きのあまり、声も出なかった。しかも、奇怪なことに、積み上げられた書物の背表紙の文字が、はっきりと読みとれるのである。焚火の明るさは、老人の輪郭をほのかに浮かび上がらせる程度にすぎないのだ。不思議の世界に迷いこんで、身もひきしまる。ササキ氏は、世界語の研究について語った。言語による世界の平和ということだった。「愛と寛容のことばが、人間をつくる」「世界を理性的関係におく」そんなことばが、きれぎれに思い出されるのだ、と物語を結んだ。

行きずりの、この兵隊の話を、興味深く聴いた。なぜ、このような虚構を語らずにいられなかったかが、おもしろく思われた。おそらく、みずからのフィクションに、みずから陶酔していたのであり、それによって人をうまくかついだという体のものとは思えなかった。いろいろな人間が、死を前にしてのたうちながら、この現実からわずかな隙間風のようなメルヒェンに身をかわすことにより、みずからを慰めようとするあがきを感じた。意識の底にある、かれ自身の願望像の、おのずからなる投影ではなかったか。その愛すべき虚構を、むしろ讃えてやりたかった。

そのタロが、ガルテン・ウォークの主眼である。濃艶な自然には濃厚な食物が繁茂する。馬鈴薯、西瓜の淡白さは、場ちがいである。西瓜の一かけらに、日本の味を偲んだのは、ただの一回だけだった。真桑瓜を、そっくり三分の一くらいに縮小した胡瓜がある。みてくれは、いかにもうまそうだが、内容は胡瓜である。バナナ、パインの類も、貧弱を極めた。逆に言えば、それほど人口密度が小さかったわけである。施肥ということがないので、一回かぎりの収穫である。一つの農園が稔るころまでに、他の農園を食いつぶし、たちまち廃園となる。

サクサクも、重要な主食である。自然に密生するサゴ椰子から絞りとられた澱粉である。二、三十年生くらいの原木を切り倒し、皮を剥ぐ。なかは白いコルク状になっている。これにまたがって、槌で叩いて、できるだけ小さく粉砕する。それを濾して、澱粉を沈殿させるわけである。サゴ椰子の葉柄は、大きなU字形になっている。それを傾斜させて地上に固定し、一ヵ所ないし二ヵ所、繊維状になった木の皮を内側に嵌めこむ。水を注ぎながら、粉砕した原木から澱粉をもみ出す。水とともに、繊維の細かい目をくぐった澱粉が、受け桶に沈澱する。受け桶も木の皮でつくり、仕組み一切が、サゴ椰子の木でまかなわれるのである。作戦の倉皇の間に、蚊帳の破れで濾して、飯盒の底にわずかばかり沈殿させて、急場を凌いだこともある。余裕のないときは、原木をそのまま、あるいは焼いて嚙った。繊維が多いので、便秘したり、腸を傷つけたりした。

原住民は、サクサクでターニムをつくる。沸騰した湯に澱粉を溶かし、二本の箸でくるくるとまるめて、プレートに据える。それに、野菜をそえて頬張る。もとより、調味料の類はない。味気なし、とはこのことである。三度三度、十日もつづけられると、申しわけないことだがうんざりする。一家の団欒ということはなく、できただけプレートにのせて、高い縁の下、軒下にはこび、地べたに座って手づかみする。コプラをすって、これにまぶしたのもある。脂肪と、かすかな甘味が加わる。蒸し芋をつぶして団子にし、コプラにまぶしたものに、豚肉をそえたものが、ナンバーワン・カイカイと呼ばれるもの、つまり最高級料理である。料理の献立といっても、ほんの数種にすぎない。文化の水準の端的なバロメーターであろう。

8　大酋長

集落の最高責任者は、キャプテン（酋長）である。大きな村落になると、ナンバーワン・ナンバーツウ・ナンバースリー、キャプテンがいる。酋長は世襲である。酋長のような実力者になると、一夫多妻が許され、それぞれナンバーワン・ナンバーツウ・ナンバースリー、ワイフと呼んでいる。彼女たちはみずからも、そう名のる。キャプテンを補佐するものにボス・ボーイ、ドクター、スクーリム・ボーイなどがいる。ボス・ボーイは、大体青年層から選ばれ、潑剌として、体力・知力に秀でる。いわば、キャプテンの片腕として、実践力のある男である。ドクターは、医者と葬儀屋とを兼ね、よろず世話役というところ。医者といっても、別に診療にあたるほどの知識も設備もあるわけではない。なにがしかの相談にあずかり、父祖伝来の秘法（おそらく、生存の動物的本能によって、探りとった知恵であろう）を、伝授するだけである。スクーリム・ボーイは教師である。宣教師などから与えられた知識を伝達する仕事にあたる。

それぞれの任務と人物とを対比してみると、やはりうまく選出したものだと思われることが多かった。むしろ、キャプテンに、意外と思える暗愚な人物がいたのは、世襲のせいだろうか。

ビッグ・キャプテン（大酋長）というのがいた。日本でいえば、県知事より上だろう。九州全土、あるいは四国、中国、近畿という大きなブロックを支配する位置である。平時にもそんなものがいたのか、それとも日本軍の作戦の便宜上つくられたものかは知らないが、大変な勢力をもっていた。われわれが会ったのは、カラオという、かつて欧州航路の船員をしていたという人物だった。体力に秀で、起居容姿とも、おのずから王者の風格をそなえていた。上から下まで、日本軍将校の服装をしており、日本刀を携えていた。革ゲートルをつけていたが、足だけは素足だった。靴は、かれらにとっては何の意味ももたないものである。靴を二足はくものはいない。靴をはいたときから、人間は「自然」と絶縁していったのかもしれない。

「大酋長到来」ということになると、近隣の酋長たちは急遽馳せ参じ、整列して鞠躬如として迎える。その前で、「日本軍に忠実でないものは、この刀で切る」という凄まじい訓辞を垂れ、日本軍式の挙手の敬礼をして、立ち去る。あるとき、その日本刀を逆手にもって、鞘ごと地面を突きながら、憮然として言った。「とうとう、おれはこの刀でボーイを切った。仕方がなかった」と。信義の一字が、純朴なかれらに、どれほど重くのしかかっていたかを知った。それほど憔悴し、苦悩に満ちた面持ちだった。どのようにも染められる純白の心におとされた一滴は、いささかの妥協も許さず、主の命に殉じてゆく酷薄さともなっていったのだ。

9　土俗寸描

成年式というものがあったらしく、乳のまわりを抉ったり、背中一面に波形の傷をつけたりしたものが、老壮年層に多く見受けられた。傷痕が隆起して、むごたらしい蛮風の刻印という感じである。傷痕の多いほど、その苦痛に耐えええた誇りも高い。鼻や耳朶に、貝殻や金環をはめこむのは日常のビラスである。鼻の頭に孔をあけ、鳥の羽など挿した女もいる。装飾は、すべて肉体的苦痛を前提としているようだ。男の頭髪はちぢれて、鳥の羽など挿すのに格好にできている。女は、きれいに剃ったのが多い。つるつる坊主に、真っ赤な染色をほどこしたのは少々グロテスクだが、彼ら彼女らの美意識がそうさせているのは疑いない。ビッグマンの若いころは、集落闘争があったらしく、昔のパイトパイト（戦闘）の手柄話を語り聞かせる。槍を構えて、右に左に跳躍しながら、相手の隙をうかがう仕種をしてみせる。「近ごろの若いもんは、惰弱になりおって」とでも言いたげな演技である。

セピックの山岳は、いまでも全裸の国であり、男は堅木の槍を二、三本携え、女房を従えて歩いている。日常、槍を手放すことがないかれらの姿勢に、海岸地帯とはちがった強暴なものを感じさせられる。その目的は、豚やムルックに投げつけてとることにあるらしいのだが、人間をねらう武器でもあることを、われわれは忘れるわけにはいかないのだ。ムルックを撃ったところ、尻に古い槍先が折れ込んでいたことがある。酋長は、その槍をほじくり出して、「これは、おれの槍だ」と眼を輝かせた。全裸地帯の男は、バンド一本しめたのが多かったが、力仕事に丹田に力をたくわえるためだろうか。キャプテンの家を訪ねたところ、幅の広い革バンド一本しめており、ワイフは、酋長夫人の面目か、葉書大の布を前に垂らしていた。

海岸一帯では、男は腰巻や褌をつけ、女は腰蓑をまとう。その腰蓑も、つける位置が低く、危うく下腹部に踏みとどまった形である。何となく、駝鳥（だちょう）を連想させる。歩くたびに、ひょいひょいと調子をとって踊っている。座るときには、そのまま座蒲団にもなるわけだ。

われわれが川で水浴びしていると、男がとんできて、「ワイフが通るから、早く着物を着てくれ」と言う。どんな社会にも、習慣は決定的だと言っていい。日常の姿とちがう姿でいることが、礼節の慣習を破るものと映るのである。かれら同士裸でいて、それを自然と感じていながら、われわれの裸は許せないのである。

異分子の介入により、もう一つの見る眼、見られる眼が開き、羞恥を引き出すのではないか。羞恥は、人間本具の感情であり、自然的徴表に気づいたとき発露するもののようだ。全裸の女も、われわれを見ると、やはりそっと姿を隠す。異人種に対する恐れというよりは、恥じらいだと思う。その素振りにあらわれるものは、「女性」以外の何ものでもないからである。

上陸後間もないころ、原住民の女に悪戯(いたずら)をした兵隊の話が伝えられた。酋長大いに怒り、隊長にねじこんできた。そこで、酋長、隊長いずれの発意によるものか、地区の兵隊全員を整列させ、そのメリー（娘）に首実検をさせたというのである。事が事だけに、プレパラートに閉じこめられて、覗き見られた兵隊たちの心情はどんなものだったろうか。結末は知らない。かれらの風俗を知るのはむずかしいが、貞節の掟を知りうるエピソードであろう。しかし、食欲はすべてに優先する。女とのトラブルも、絶えて聞くこともなかった。

　白人との混血児のことも耳にしたが、皮膚の色が焦げてくると見分けもつきにくい。それらしい子どももいたけれど、所詮臆測の域を出ない。第一次大戦のとき、孤立無援に陥ったドイツ軍が、われわれと同じように山のなかで自活し、現地の女を妻としたものもいたと聞く。どこまで史実にそうのか。「ダンケシェーン」と言われて驚いたこともあり、ドイツ語で一から五くらいまで数えるものもいた。両性のロマネスクは、皮膚の色を超えて、玄妙である。

　なかなかのおしゃれ、しょっちゅう鏡を出しては、つくづくと覗(のぞ)きこんでいる。五右衛門のような頭をくしけずり、いかめしい顔をつんとすましてみたりする。顔は、絶えず剃(そ)り上げて、男前を上げることを忘れない。「ひげぐらい剃ったらどうだ」と、逆にあるかなきかのあごひげを引っ張られ、紳士の身だしなみを教えられる。

　家屋の中央に、囲炉裏をつくり、年中火種を絶やさない。大きな枯木を二、三本つき合わせ、必要なときにはぷーっと吹きつけると、燃えはじめる。用がすめば、つき合わせた丸太の間隔をひろげておく。天井から、乾燥棚を吊るす。煙草を乾かしたり、魚の燻製(くんせい)をつくったりする。石を焼いて、その上に魚を載せ、長い時間をかけて燻製にするのだが、やや長期の保存にたえる。食糧保存の唯一の知恵である。山に行くときも、火種になるものをかならず携行する。いよいよ火が絶えると、堅木をこすり合わせ、綿のような植物の繊維に火を移らせる。

とろとろと燃える火の色は、懐かしい。古代人への郷愁を喚び起こすとともに、生命へのエネルギーを感じさせる。人類のために火を盗んだというスケールの大きな神話を、いまさらすばらしいことに思わずにおれない。人の心をも、あたためる色である。火は、生きている。さまざまに身をくねらせる焔の姿態は、プロメテウスの身悶えであろうか。火のない夜は、さびしいというよりも、おそろしいのだ。暗黒は、夜の霊が跳梁するときであり、死の世界である。マラリアの熱にうなされると、かならず火が現われる。しかも、氷の冷たさをもつ火である。奇怪な顔となったり、口になったり、舌に見えたりする。堪えられぬ悪寒が火を慕うのである。

熱帯とはいえ、裸のかれらに夜は冷える。その火のまわりに、まどろむ。火は、かれらの揺籃であり、千古の幽暗を照らす燈火である。

夜は、どうしたことか、きまって小用に起きる。ときには、二度も起きることがある。億劫（おっくう）ではあるが、排尿は感謝すべき現象だと軍医は言う。栄養失調から、排尿が止まると、全身にむくみがくる。絶望の兆候である。栄養失調は、ふくれたからだと、やせたからだの二通りをつくるようだ。からからに瘦せてしまっても、瘦せているかぎりにおいて、喜ぶべきこととしなくてはならぬ。ビタミンの注射など、思いもおよばぬことである。軍医は、原住民に頼んで椰子の実をとってもらい、その水を注射していた。下から、これと思われるのを指定して、そっと切りはなし、動揺を与えないように、慎重に地上におろしてもらう。根気よく穴をあけ、注射器に吸い上げる。動揺によって、コプラの内側が遊離して、水に混入し汚濁するのを警戒するのである。窮余の一策の効果は、かなり顕著なものがあり、利尿の役を果たすということだった。何でもないことのようだが、その労力と時間は大変なものだった。しかも、保存がきかないのだ。そんなことを考えると、夜起きることの感謝すべき意義を思うべきなのだが。

すべて、ものの寝しずまった深夜の村落、屋根の輪郭が大きく反りかえって見える闇夜、神秘的な薄光に浮き上がって見える月夜、そこにうごめいて見えるものは太古の自然の精霊である。この原始の社会にあっては、暗夜の空間が実体なのであり、そこにかろうじて築かれているものが、人間的な空間なのである。

糞便の始末については、われわれはあまりほめられたものではなかった。中国戦線でも、そうだった。部隊が一夜を明かすと、足の踏み場もないような、狼藉ぶりが多かった。転進のときも、集落にはいると、きまって異臭が漂っていた。体力の衰弱、動けないもの、という事情はあったにしても、全般に配慮に欠けていたことは否定できない。村の周辺は、ところかまわず糞便の堆積となっていた。ときには、手をつかなければのぼれない坂道の真ん中にやっている。群衆のかげにかくれて、人の迷惑を思わぬ面が、共通の弱点としてあるように思われる。磊落（らいらく）と不作法とを混同するように。

原住民は、「ペクペク・ハウス」（便所）をつくる。もっとも、「ハウス」になっているのは少ない。村のはずれ、山の傾斜面に、丸太を突き出したのが多い。危険なところでは、一本二本の棒が立ててあり、これにつかまる。目くるめく断崖であることもある。電線に燕がとまった風情である。色とりどりの熱帯植物が、天然のドアとなって遮蔽する。高いところから、遠く雲山を見渡しながら、「ハテ、絶景かな」という仕組み、絶妙の思索も湧こうというものである。

10　ことば・言霊

かれらの苦労するのは、物を数えることである。英語で百も数える秀才にしても、どれだけ実体の概念を伴っていたかは疑わしい。大多数は、ワン、トゥー、トゥリー、プランティでおわる。三つを越えると「たくさん」になる。両手の指を使い果たし、足の指にまで応援をもとめる。二十までゆくと、もう一人の手足におよぶ。兵隊一人に二十個の芋を十人分、ということになるとその計算は深刻である。石ころ、木の棒を用意して、一つずつ置いてみる。われわれにしても、二百という数を、どう具体化してわからせるかに迷う。やっと持参におよんだのを調べてみると足らない。足らぬと言えば、断じて間違いない、と主張してくる。苦労の挙句だけに、かれらも断固としている。もう一度やってみよ、と言えば十分も二十分もかかってらちがあかない。「マスキ」と言って折れると、かれらは俄然、晴れ晴れとしてくる。

したがって、年齢はわからない。この椰子の木が、このくらいだったとき、おれはこのくらいだった、だから計算してみろ、というわけである。かれらの日々は、「今日」を中心とした大体一週間を単位として移動しており、それ以前、それ以後は霞のなかに埋没している。先月の何日、来月の何日、は問題にならない。存在さえしないだろう。今日を中心とした前後五、六日の呼び方は、はっきりしている。

もちろん、時刻もない。すべて、太陽の傾き加減による。それほど厳密な時間を必要とする生活様式でもない。時間に合わせて行動する必要性は、もともとないのだ。

これた腕時計を頸から下げているボーイに時間をたずねると、時計と太陽の位置とを斜めに見比べながら、慎重に「何時(なんじ)」と答えてくれる。一週間だけを実感とする無為の生活に、歴史のあろうはずもない。

教会の黒板には、いつのころ書かれたものか、簡単な加減法を教えたあとが、そのまま残っているところがある。小学校一年生の算数に眼を輝かせていたであろうと思うと、芽を摘みとった無残なものが心を重くする。

言語は、現地語と公用語としてのピジン・イングリッシュとがある。ピジンは、大体どこででも通用するが、老人、女にはほとんど通じない。山にはいるにしたがって、一層通じにくくなる。スペリングはローマ字綴りに近いが、読めるものとなると、まずいない。多くの原住民との交渉の間に、はっきり読めると確かめえたものは、二人にすぎなかった。語彙に乏しく、一語が多義に使われる。ロン（long）は、「長い」であるとともに「遠い」であり、「ばか」でもある。ストロン（strong）は、「強い」であり、「固い」であり、副詞に転じて「はなはだ」となり、その周辺でいかようにも流用できる便宜がある。maskiも、そういうおもしろさのある語である。音韻上の特徴としては、f音はすべてp音になり、th音はt音になる。火はパイヤ、魚はピッシュ、終わりはピニシとなり、ワン・トゥ・トゥリーとなる。さらにおもしろいのは、繰り返し音の多いことである。カイカイ（食）、リキリキ（少）、カウカウ（甘藷）の類で、地名にいたるまで枚挙に遑がない。

現地語は方言がひどく、二、三十キロも離れると、原住民同士ことばが通じないところがある。現地語をやめて、ピジンで話し合っているのは、異様な風景である。パプア語も、日本語同様謎につつまれた言語だと聞く。それにしてもどんな未開の社会にも、おのずから一つの言語体系が形づくられてゆくのを、不思議に思わずにはいられなかった。かれらの世界霊に紛れこんで、いまさら言語人の不可思議に想いいたったのである。習いたての現地語を、知っている限りまくしたてると、急に壁がとけてゆく。ことばだけのもつ親近感というものである。

かれらは、豚やねずみなどの動物が、それぞれの生存本能によって、身の危険を覚り、また人間の秘密をも感じうると信じている。豚撃ちに行くときは、未明に、周囲のものにはもちろんのこと、ワイフにさえも内緒にして、こっそり家を抜け出してゆく。すべて、計画は極秘のうちに進められなければならない。決して口外は許されないのだ。もし、それをことばとして語るならば、たちまちにして獣類に通じ、かれらの呪術もきかなくなると信じているからである。

ムルックなどを撃ちに行くときも、そこらの草を抜いてお祓いをするのも、そういう意味がこめられているのである。すべてが、無言のうちに運ばれる。まず、自分の頭を祓い、同行の一人一人の頭を祓う。三本指の大きな足跡を、占うようにふっと息を吐きかけて、追跡する。人間の呪文と、動物の本能とのたたかいである。

ある朝早く、一人のボーイが、畑にかがみこんで、ごそごそしているのを見た。パピリオという男である。「おーい、パピリオ、何をやっているのか」と、呼んでみた。聞こえぬふりをしている。もう一度呼ぶと、こちらを振り返り、怒ったような顔をして、何も言うな、というふうな手振りをした。おかしなことだと思って、近づいてみると、玉蜀黍を播いている。「なんだ、コーンをプラニムしているのか」と言ったところ、とたんにかれは、うーんとばかりに天を仰いで長嘆息した。「ああ、もうだめだ」と、見るもあわれなほど、萎れてしまった。

「もう、すっかりねずみに聞かれてしまった。おれは、誰にも言わず、こっそりここに来て播いていたのだ。だのに、大きな声でコーン、コーンと言う。もう帰ろう」と、恨めしそうに土を蹴った。「ソリー・ソリー」を繰り返しながら、軽率さをわびるほかはなかった。言霊信仰は、いまなお生き生きと生きている。

11　たばこ・ウイスキー

老若男女、かれらは愛煙家である。農園には、たいてい煙草(たばこ)を栽培する。七つ八つの子どもが、こまっしゃくれた手つきで、ぷーっと吹いているのや、大きな手製のマドロスパイプをくわえたのが、へそをつき出して歩いている。隣村などに連絡に行って、煙草を土産に持って帰ってやると、たとえ一枚でも非常に喜ぶ。自分のがあっても、心から喜んでくれる。そして、代わりに自分のを二、三枚くれたりする。物以上に大事なものがあることを、かれらは知っているのだろうか。女は身をくねらせて、「ありがとう」を言う。

日本の煙草は、上陸後三、四ヵ月で、とだえた。学生のころ、煙草の味を知らなかったので、みんながぶうぶう言っているのを傍観していた。「煙草などなくたって、死にはせんだろう」と冷淡なことを言ったら、例のK二等兵、Kさんに、「それは違う。生死が問題ではなく、士気の問題です。煙草も来ないということが、われわれに何を感じさせるかです」と真っ向から反駁をくらった。パパイアや甘藷の枯葉など吸っていたが、何かを吸えば、幾分落ち着いたようである。かえって、隔靴掻痒(かっかそうよう)をかこつものもいた。

まともな煙草が手にはいると、みんなを呼び集めて、何人かで一服ずつまわして吸っていた。みんなの眼が、当事者の手もと口もとに集中する。「その一服は長すぎる」「や、二服吸いやがった」と、にぎやかなことだった。ついに業をにやして、ありったけの煙草をたてつづけに五、六本吸うて、「よし、おれはもうやめた」と、ぷっつりやめてしまったものもいた。

作戦中、腹をやられた兵隊が、「どこのどなたか存じませんが、煙草があったら一服いただけませんでしょうか」と二度繰り返した。煙草に火をつけてやると、「どてっ腹に風穴はあいても、煙はやっぱり鼻から出ますね」と静かに言った。恐ろしいほど澄んだ心境に打たれた。明るく歌うような「どこのどなたか存じませんが……」といった声が忘れられない。

師団長が煙草をくゆらせているのを見た兵隊が、あの吸殻を拾いに行こう、とねらっていた。やがて投げ棄てられたのを、その立ち去るのを待ちかねて拾いに行った。拾ってみるとやはり甘藷の葉だったという。

びんろうの実を噛り、ウイスキーと称する。若い実は青く、くるみ大である。熟すると赤味を帯びてくる。それに、松の新芽のような野性の草を合わせて噛り、焼いた貝殻の粉末をなめるのである。貝殻の粉末は瓢箪に入れ、棒を挿しこんではなめる。どういう化学反応なのか、噛んでいるうちに朱色に染まってくる。朱色になると、唾を吐きだしては噛り、飲み込むことはしないようである。その朱色が、村落の庭を彩る。二六時中、座りこんで誰かがやっている。女もやる。子どもは、大人のしゃぶりかすを頂戴して、ぱくぱくやっている。陶然とするものらしい。

好奇にかられて、それら三品を調合してもらって一口噛んでみたが、渋柿の渋さである。すぐに吐き出してしまったら、首をかしげて、どうもね、と言いたげに笑って見ていた。その後、大分たって再度試み、我慢して噛っていたら、ふーっとしてきたので、あわてて吐き出した。まだ、色らしいものもついていなかった。

暇さえあれば、地べたに座って、口を真っ赤にしている。瓢箪を抱いて、棒を挿しこんではねぶる。その棒に、みんなぎざぎざを刻み、入れたり出したりするたびに、がりっがりっと音をたてる。その音をも楽しんでいるのである。

12　いのちと豚と

ワンテム・ウォーク、ワンテム・カイカイ――それが、われわれの山にはいるときの約束のことばだった。「一緒に働き、一緒に食べる」ということである。ワンテム・カイカイの方は忠実に守られたが、ワンテム・ウォークの方は、あまり芳しい成果はあがらなかったようである。われわれの労働を必要とする仕事も、別になかったといっていいだろう。

「サツマイモを植えるから、手伝ってくれ」という珍しい申し入れを受けたとき、みな喜んだ。地域によっては、全農園が甘藷で埋まったところがあったが、全般にその栽培に熱心ではなかった。遠い先にさつまいもが食えるという喜びではなく、とにかくいま、なにがしかのいもが食えるという喜びだった。どうせ、いもを植えるのだろう。そうすれば少々はもらえる、というさもしい目算から、勇んで出かけた。どこにも、そのいもらしいものが見当たらない。どこかにしまってあるのだろう、というわけでつっ立っていた。「さあ、植えてくれ」と、足もとの「草」を指さされた。何だ、いもを植えるのではなく、蔓を植えるのか、してやられたり、とぶつぶつ言いながら汗を流した。独り相撲の勇み足である。腹の底からくすぐられた。

長期抗戦の態勢を整える、ということから、水田に植えるための籾が送られてきたことがある。一粒が何十倍何百倍となる稔りのときが、明日をも知れぬわれわれに待てるであろうか。出撃のときさえ、今日か明日かもわからないのだ。植えた甘藷も、新芽が出れば片端から摘んで食ってしまった。何ヵ月か先の収穫は、たとえ何千倍になろうとも、われわれに何のかかわりがあろう。その籾も、鉄帽のなかに入れ、棒切れで根気よくついて、みんな食ってしまった。朝三暮四は、狙公(そこう)の猿だけではない。必要なのは、いまというときなのだ。「朝七暮零」、それがわれわれの生き方なのだ。戦争に、明日という日はない。

北中国、侯馬鎮付近の戦闘中のことである。隣に伏せていた兵隊が、「おれの背嚢のなかにな、羊羹(ようかん)が一本はいっているんだ。あの山まで行ったら半分やるぜ」と、秘密を打ち明ける子どものように、いたずらっぽく笑ってみせた。ほんの数分後、頭に敵弾を受け、声もなくくうなだれてしまった。ポクッという鈍い音とともに、全身から力が抜けてゆくのを見た。瞬間に、時間は停止した。はかない。いかにもはかない。これが、戦場なのだ。墓前に、その羊羹を供えてやりながら、空しさに堪えきれなくなってきた。だが、人の一生もまた、こんなものかもしれん、という感慨を禁じえなかった。あの山まで、と目標を定めながら、その多くは挫折のうちに生涯を閉じてゆくのではないか。戦場は、それを圧縮した形でつきつけてくるのに過ぎないのかもしれない。ただ、そのテンポの速さについてゆけないのである。

豚を撃ってくる、というので原住民に銃を貸してやる。原住民の反撃の報も、しきりである。兵隊の銃を全部豚撃ちのために貸し、丸腰となったところを襲撃された、ということも聞いた。何て、ばかなことを、と思いながら、われわれも同じ危険をあえてしているのである。村の住民一人一人に対し、おまえたちはそんなことはしないだろう、という独り合点の信頼の上に、いまというときの豚一頭が矢も楯もたまらずほしいのである。自分の生命を代償として、豚一頭を待つ――矛盾を含んだ大変な賭である。終夜、豚を追いまわすだけの体力は、もはやわれわれにはない。かれらは、野豚の習性に詳しく、むだ足は踏まない。とれる確率は高い。乞われるままに、銃を貸してしまう。ブレーキのきかなくなった判断力の奥に、かすかな疑惑がかすめ去るにすぎない。

夜が明ける。安堵と、そして期待と……。銃をもって、のっそりと帰ってくる。「きょうは、天気がいい」とか、「よく眠れたか」とか、あらぬ方に話題を転じ、われわれの問題、つまり豚がとれたかどうか、には一向に触れようとしない。その表情をさぐってみても、茫洋としてさっぱり見当もつかぬ。「では、銃を返す」と言って、ゆっくり立ち上がる。こちらも意地になって、知らん顔をしている。「帰って、一眠りするか」と、欠伸（あくび）しながら出て行く。だめだったんだなと、がっかりしていると、外からさりげなく、「豚はとれた」と、一言。心憎い演出である。かれの誇らしい気持と、これの渇望と、口に出かかっていることばをぎりぎりのところで抑え、どっと凱歌を上げる。

罠を仕掛けたことも度々だが、捕れたのはたった一頭にすぎない。豚の道に、いろいろ教えられてやってみるが、朝見るとまんまとはぐらかされている。罠のところまで足跡がつづいているが、もう一歩のところでくるりとまわっている。野性の動物の本能が、ぴたりと嗅ぎわけるのである。一頭とれたのは、三ヵ所に銃を仕掛けたうち、その一つにたまたま引っかかったのである。豚の道にかずらを引いて、引金に結びつけ、かずらに触れると発射する仕掛けだった。夜中に、ダーンと聞こえた。何かがあったのだ。朝暗いうちから、子どもも交えてわんさとやって来て、色めいている。八方手分けして、そこから四、五百メートル離れたところに倒れているのをみつけて、かついできてくれた。百キロもあろうかと思われる大きなやつだった。高砂族の若者が派遣されていたが、さすがに罠作りはうまかった。一足踏みこむと、その足を捕らえて立木に宙吊りにしてしまう罠を心得ていた。

豚には、飼い豚（家豚）と山豚とがいる。原住民がねらい、われわれが罠を仕掛けるのは、もちろん山豚である。野性のまま活動しているので、脂肪は少ない。生きたのにぶつかったことがないので、よくわからぬが凶暴性はまったくないようである。猪とはちがう。牙もない。やはり豚だ。

飼い豚は、貴重なかれらの財産である。放し飼いで、囲いなどはない。尻尾を振り振り、村落を散策している。山豚と間違えられぬように、片耳の端を三角形に切りおとしてある。タロー、ジロー、と名をつけ、呼ぶと鼻を鳴らしてすり寄ってくる。サクサク団子などもらって満足している。

子豚を縛り上げ、殴ったり、蹴ったり、宙に振りまわしたり、息も絶え絶えに悲鳴をあげているのに、おかまいなく折檻（せっかん）している。「かわいそうなことをするな」と言ったら、悠然としてかれのいわく、「こうしておけば、ここが自分の居所だと、アタマワカルのだ」と。

13　子どもの世界・女の一生

どんなところでも、子どもは陽気で溌剌としている。ちゃめもいる。毎日何人かの子どもにとりまかれ、たわいもない日をすごす。「熱い！　ニューギニアの火はどうしてこんなに熱いんだ」と言うと、黒い瞳が怪訝そうに一斉にこちらを凝視する。「ニッポンの火は熱くないのか」「ああ、熱くない、冷たい」。連中は顔を見合わせる。眼をくりむき、歯をむき出して、ゆっくり「ユー・ギャマン・トーク（嘘を言う）」と言いながら、顔をつき出してくる。

絶えずつきまとって離れない子がいる。ヌンボにシメオンという子がいた。クリスチャン・ネームである。ある意味のスマートさがあり、容貌も混血を思わせるものがあった。「日本に帰ったら、手紙をくれるか」といったのもその子である。「もし、死ななかったらな」という約束は、いまだ果たせずにいる。

ただ、「遊び」の部分が少ない。幼くして、生きる知恵を身につける。保護を受ける期間は短く、「遊び」がそのまま生きる方便につながる。したがって、日常の実際的能力に長けている。四つ五つの子どもでも、相当な山路を往来する。野ねずみの罠を仕掛けたり、川えびを突いたり、弓をもって鳥を追うたりする。おのずから早熟である。七つ八つの子どもは巧みに火を焚きつけ、鳥の料理も心得たものである。十くらいになると、われわれの銃をかついで先に立ち、喘ぐわれわれを気の毒そうに振り返る。歩き出したら、腰をおろして休憩するようなことはない。坂の途中で、二つ三つ息をついたらまた登り始める。

甲高い子どもたちの声とともに、一日が始まる。「鳥が来ている、早く銃を持ってついて来い、早く」と、声をひそめて注進におよぶ。見れば、老若男女すべて広場に出て、首尾やいかん、と瞳をこらしている。極楽鳥でも来ているときは、そのおのずからなる興奮のときめきが伝ってくる。もはや、あとへはひけない。衆人環視のなかで、静々と歩み出で、照準をつけ、引金を引く気持は、源平合戦の那須与一の心情も、かくやと思われる。「弓矢八幡照覧あれ」だ。「ひいふつ、と射おとせば、ふなばたを叩き、えびらを叩いて、感じどよめきけり」という面目をほどこすこととなる。空をうったときの間の悪さ、溜息とともにみんな首を振り振り立ち去ってゆく。「このテッポウ、ノー・グッドなんだ」と、注進におよんだ子どもが慰め顔に言ってくれる。

もともと、射撃は得意でなかった。愉快な気分で射撃場を往復したことはなかった。当たらぬやつを集めて、射撃場から営庭まで駆け足させられたが、大抵はそのメンバーに加わって、ふうふう言っていた。走りながら、走ることと射撃と何の関係があるのか、と心中の不満を抑えかねた。射撃と並ぶ、歩兵のもう一つの身上は銃剣術であり、車の両輪とされた。運動をやっていたせいもあり、ある程度やれる自信はあった。これは、気力でどうにでもなるような気がしたが、射撃はがんばりようがないのだ。どうやら気の短いものは銃剣術、気の長いものは射撃——そんな類別もされていた。

この両輪、絶対の矛盾を含むものらしい。「射撃ボサ」ということばがあった。茫洋として、些事にこだわらぬ型である。万事おっとり構えたのが、よく当たる、ということである。射撃は断念していた。

ところが、わからぬこともあるもの、連隊の特別射撃で連隊長から賞状を授かるという椿事がおこったのである。距離三百メートル、二十秒間に五発撃ちこむ、という射撃だった。伏せて、弾丸をこめ、ござんなれ、と待ち構えたが、いつまでたっても的が出てこない。側に立っていた班長に、「おまえ、なにしとるか、もう時間がないぞ」と頭を叩かれた。これは何たることであることか、だ。それらしいものをめがけて、矢つぎ早に五発撃ちこんだ。間に合ったかどうかもわからなかった。それが、至誠天に通じたというものか、みごと三発当たっていたという事のしだいである。陸軍二等兵の階級を冠せられた賞状を、いまも秘蔵している。

そんな怪しげな腕前を自覚していたので、晴れの場には射撃のうまいT曹長に行ってもらうことにしていた。ところが、Tのいないとき、子どもが息せききって駆けつけ、銃をとり、「ついて来い」といやおうなしである。見ると、約百メートルも先の谷間の木に、鸚鵡が一羽とまっている。これ以上近づく手だてはない。距離からして、絶望と見えた。それが、当たったのである。それ以来、妙な自信めいたものができて、不思議に鳥にはよく当たった。一つ一つ、神経をそぎとっていった酷薄な現実が、最後に射撃神経の「虚静」を残してくれたか。子どもたちは、われわれの鳥撃ちの、こよなき伴侶でもあった。

子どもの知能は、はるかに大人にまさっている。理解も早く、記憶も確かである。古い殻を破るべき新しいエネルギーを感じさせる。だが、いまのままではどうしようもない。親の経験と、全く同じことの踏襲に終わりそうに思われる。無為――長い無気力な「休息」――を抜け出そうと胎動していたものが、一挙に息の根を止められてしまったのだ。それを惜しいと思う。どちらが、ほんとうに「人間」として幸せなのだろうか。人間以前とも思えるかれらの方が、より人間的であり、また幸せかも知れない。

だが、子どもたちに接していると、なにか「育ちつつあるもの」が感じられてならないのである。本能的とも思える、ある欲求である。かれらに接していると、無為にして悠然たるを羨む気持と、取り残されているものへの同情との、撞着を感ぜずにはおれない。ゆたかな生活のために、何らかの創造のなかに自分の身を置くことが、人類の方向であるとするならば、放置されたかれらは不幸であろう。人間はいかにあるべきかを理解することが、人間の最大の関心であるとするなら、かれらはむしろ幸せであろう。しかし、わずかに教会が新しい空気を送りこんでいるにすぎず、教育施設、医療設備一つない現実は、人間性のみを至上とするロマンティシズムを吹きとばしてしまうほど、無残である。

「遊び」が少ないということは、いわゆる子どもらしさが、いち早く失われてゆくことである。童心の時期は短い。幼児の顔は、まつげが長く、キューピーのようにかわいい。それが瞬くうちに妙に生活ずれのした顔に変わってゆく。そして、その顔をずっと持続してゆくのである。

幼児を除いて、大人も子どもも、みな同じ顔をしている。生まれかわるという精神的な誕生は、ついに来ないのだ。幼児から少年少女に飛躍し、その後は、そのままのレベルで平坦な道を行く——そんな図式が想定される。子どもらしさ、無邪気さが子どもたちの姿ではない。子どもは、いち早くそれを失い、ちがった次元においてそれを保ちつづける、それが大人の世界のように思われる。

女の一生は、さらに単調なレールの上を転がってゆく。能力も個性も、転がるうちに硬質化してゆく。子どもを育て、食事を受け持つにすぎない。その食事にしても、何の工夫も創意もない均一なものである。教育も家事も、彼女たちの任務のなかにはない。あとは男と同じ生活をしており、体力もある。男に劣らぬ足もあり、椰子の木にものぼれる。男は、すべて女に荷物をもたせる。ビルムと呼ぶ網の袋に、芋など一切入れ、それを背負って額で支える。「おまえ、男のくせに、女に重いものを負わせて、手ぶらで歩くやつがあるか」と言うと、「男は、ガルテン・ウォークとバイトパイトだけが仕事だ」と恬然としている。坂路で女がぶつぶつこぼしていると、男はにやにや笑いながら歩を緩める。誇り高き男たちだ。子どもを背負うことは、あまりやらない。やはり、ビルムのなかに入れて負うている。丸くなって収っているのを見ると、気の毒なような、また滑稽な感じを禁じえない。芋がはいったり、子豚がはいったりするそのビルムである。

足の指にいたって、完全に女性であることを放棄した感がある。長い指が、思いきり外に向かって開いている。大地をもつかむ勢いがある。泥濘でも滑らぬのは妙である。われわれが、素足では一歩も下りられぬような急な坂を、平気で下りて行く。靴をはいていても気味の悪い刺のある草のなかを、すいすいと抜けてゆく。指に、ある特異な感覚が備わっているように思われる。

靴なんかはくから、早く歩けないのだ、とはかれらの弁である。素足で歩いても、かれらの足跡とは一見して判別できる。てんから、足の構造が違っているのだ。

14　信号

通信は、もっぱらガラモトという丸太をくりぬいた大きな太鼓による。一、二キロくらいは、わけもないことである。A村にあてるときは、A村あての呼び出しを叩く。コンコンと鳴るのを、じっと耳を澄ましてきく。泣く子も黙る。A村では、ただちにこれに応じて、オーライと叩き返す。それから会話が始まる。実に複雑な内容を交換しうるのには驚嘆する。たとえば、「明日、某村から某が来る。おまえの村の酋長は、ボーイを何人連れ、椰子の実を持って、途中のどこそこまで迎えに出よ」というような内容である。信じられぬくらい確かなのだ。ときには、コンコンとやっているので、「何と叩いたのか」ときくと、「雨が降る、と叩いたのだ」と言う。よいかな、日々是好日である。

われわれが叩くのは自由で、かれらは何とも言わない。そもそもでたらめな叩き方と、本物を敏感に識別する耳をもっているからである。行軍の途中、あちらこちらの村落で、コンコンやられると、言いようもない気味の悪いものを感じたものである。行きずりの兵隊が、鶏を一羽かっさらって行くと、たちまちコンコンが鳴り出す。これは、局番なしの一一〇番だ。近隣の村には、すべて手配ずみということになる。

セピックの山で、あてもない物資蒐集に出かけた。連隊で編成？された十数名、一行の指揮者は本部の曹長、中隊からはYと二人その一行に加わった。川におりて、ずっと上流に遡って行ったところ、山小屋にぶつかった。原住民が一人、番をしている。小屋を覗(のぞ)いてみると、子芋が山と貯蔵してある。番人は、妙な愛想笑いを浮かべながら、突然の闖入者(ちんにゅうしゃ)に動転して、そわそわと落ち着かない。

思いがけない宝の庫に、われわれも興奮していた。曹長は、「やっちまえ、ドンコウ（土公）の一匹や二匹」と口走った。番人は、意味のわからない日本語のなかから、殺気を感じとったか、表情をこわばらせた。事情を話して頼めばわかってくれるのではないかと考えたとき、脱兎のようにジャングルのなかに駆けこんでいた。しまった、と思ったが、いまさらどうしようもない。小屋のなかにおどりこんで、十数名のものが天幕に負えるだけの芋を包みこんだ。「早くしろ、早くしろ」、曹長も事態を覚って、躍起になっている。銃は三挺しかない。やがて、コンコンが鳴り出した。あちらからも、こちらからも、こんなに集落があったのかと思われるほど、叩き出した。引き揚げろ、急げ、と川のなかを飛沫をあげながら先を争って下った。曹長は、「おまえ、銃を持って、殿(しんがり)をつとめろ」と言う。Yも残った。

太鼓の音は、完全にわれわれを包囲して、いかにも急を告げるように、せかせかと鳴っている。相手の意志しだいで、脱出は不可能と感じさせるものがあった。どうなることか。どういう形で連中は押し寄せてくるか。川を挟んだ両側の台地に勢ぞろいされたら、万事休すだ。どこから来るにしても、かれらの足にはかなわない。台地に現われる人影を恐れた。不吉な人影が幻想される。道を急ぎながら、頭のなかをいろんな場面が駆けめぐっていた。すでに、芋を負うた一団の姿は、見えなくなっていた。

やがて、後ろから追って来た。考えられる最悪の態勢ではなかったが、酋長らしいのを先頭に、数十人手に手に槍を持って、「ウォ、ウォ」と奇声をあげながら殺到してきた。Yは威嚇（いかく）のために足もとをめがけて、一発二発と撃ちこんだ。地隙に木霊（こだま）が、わーんとはねかえる。形勢すでに、容易ならぬものと見えた。集団のまま、突進してくるならば、最悪の事態となること必定である。

酋長らしいのが、「撃つな、撃つな!」と叫びながら、部下を制して、一人歩み寄って来た。Yに、「おまえは少しずつ、下がれ、おれは話してみる」と言い残して、酋長の方に向かった。いい度胸の男だ。まともに二発食らいながら、一人進み出てくる男を、天晴れなやつだと思った。銃の発射音は、前と後ろとでは威圧の度合いが違う。まともに来るやつは、小銃とは思えぬ威力をもつものである。その男を認めたとき、うまくいくかも知れぬ、という期待がひらめいた。貝殻を糸で抜いた賑やかなネックレスをした、若い男だった。

槍を立てて、「汝らは、なぜ人のものを盗んだか」と言う。

「われわれは、いま白人と戦争している。しかし、食物がなくて困っている。盗むのは悪いことだが、やむをえなかった。初めに頼むべきであったのだが、なりゆき上こんなことになってしまって、申しわけないと思っている。もう遅いかも知れないが、この芋をおれたちにくれないか。どうしても許さぬなら、好むところではないが戦うほかはない。腹をへらした兵隊がたくさん待っているのだ」

しどろもどろだった。酋長は、

「わかった。むだな戦いをやって、何になるのか。なぜ、ボーイに一言いわなかったのか。空腹はよくないことだ。気の毒である。事情がわかったのだから、芋はみなやることにする」と言って、部下の方に向かって大声をあげて、手を振った。太鼓の響きに追い立てられ、最悪の事態か、と考えていただけに、好意的な申し入れに心から感謝した。酋長の合図で、一同くびすをかえした。その後ろから、「ありがとう、酋長」と呼びかけると、こちらを向いて手を振った。Yも駆け寄って来て、「そうか、よかったなあ」と言って、大声に「サンキュー」と叫んだ。ふたたび酋長は、こちらを向いて手を挙げた。

気も動転するような騒乱の果てに、二人だけになったとき、急に気がゆるんで、顔見合わせて大きな息をついた。はじめから、何かが胸につかえたような経緯である。道々、嬉しいような悲しいような気分を、どうしようもなかった。なぜ、かれらは素直に引き揚げて行ったか。腹がへったから盗んだという論理に、何の説得力があろう。かれらの厚意を感謝しつつも、人間的にはかれらの方が数等上ではないか、という気がしてくる。見下げ果てた行為を、かれらは高いところからせせら笑いながら、恵んでくれたのではなかったか。しかし、その表情には、もっと信実なものがあった。ただ、寛容と人情しか感じられなかった。かれらの精神構造は、純白なのだ。素直に喜び、感謝すればいいのかも知れない。せっせと逃げたらしい曹長一行に、なかなか追いつけなかった。命がけで逃げたのだから、意外に距離はひらいていた。そのときのコンコンは、一つ一つがいのちに刻みこまれる思いだった。

そのガラモトに対して、シニアウトという方法がある。つまり「叫び」である。高い所に立って、両手もしくは片手を高く頭上にさしのばし、腹の底から「ウォーッ」と咆哮(ほうこう)する。何の雑音もはいらない自然の静寂を突き破って、山を越え、谷を渡って響きわたる。女、子どももやる。われわれが真似してみると、「赤子の泣き声だ」と言って、発声法を伝授してくれる。長い年月をかけての鍛練の成果には、怒濤の勢いがある。

15 倫理

われわれの倫理をもって、かれらを忖度(そんたく)しては誤る。ある村落で、失火により民家を一軒焼いてしまった。その日、病苦に耐えかねた兵が自決した。その村落にいた将校は、この二つの事件を総合し、失火の責めを負うて自決した立派な行為である、とかれらに吹聴した。信義を重んずる武士の態度である。この二つを総合した裏には、民家を焼失したことに対する責任を、どこかで転嫁しようとしたたくらみとともに、われわれの高い倫理観をかれらに押しつけようとするふしがあったように思われた。案に相違して、かれらは当惑した。そんなややこしいことには、納得しかねた。「家など焼けても、一向にかまわぬ。人間は大事なもの、そういう考えはよくないことだ」と一蹴する。何ものにも染まらない自然児は、自由の世界を高く飛翔する。この感動的な行為に対して激しく抗議してやまず、逆に将校を困惑させてしまった。

転進のとき、兵隊が安全剃刀の刃と、バナナとを交換した。それを見ていた将校が、その刃は錆びていて切れないものだ、兵隊のやり方は背信行為である、となじってその交換をやめさせた。現地の人も交換中止に承服したが、宙に浮いたバナナは、そのまま将校の手にはいった。不利な交換をやめさせた。当然の謝礼のつもりだったかも知れぬ。奇怪な成り行きに唖然としていると、将校は執拗に兵隊を大声で叱りつづけた。「日本人として恥を知れ」とか、「皇軍の威信にかかわる」とかと御託を並べた。見え透いたポーズが、何とも嫌味だった。村の人は側に立って、怪訝そうに見ていた。ことばはわからなくても、とにかくひどく叱られていることはわかるだろう。

その夜、その老人はバナナを五、六本もってきて、その兵隊に食えというのである。ピジンが通じないので、言うことはよくわからなかったが、「自分のことで叱られてすまない。これは少ないが、食ってくれ」というようなことらしい。手真似を加えながら、何度も頭を下げ、眼には涙さえ浮かべているのである。けちな、われわれの論理を超えた、「人間」の温かみに触れて感動した。初めから、剃刀の刃などいらなかったのではなかったか、痩せさらばえた兵隊をあわれんで、くれようとしたのかも知れない、そんなことを考えながら、ここでも負けたという気がした。

部隊に先行して、二十キロも離れた本隊に至急の連絡をしたいとき、行きずりの原住民に事情を話して、手紙を託す。「サーベイ・ミー・ストロン」と軽く承諾してくれる。おれは強いんだ、というのが返事である。安請け合いが、かえって頼りない。夜も更けてから、松明代わりの椰子の葉の束ねたのを振りながら、「いま帰った」と、こともなげにのっそりとはいってきて、返事をもらってきてくれる。何と言ってお礼を言えばいいのか。かれらにはわれわれのような利害の観念はない。こうしてやれば、こうしてくれるだろうという打算もない。さりげなく、鼻歌まじりに、ぶらりと出て行く。人間が、このようでありうるということに、新鮮な驚きを感じるばかりである。人間が人間であることは、何と美しいことか、ということば以前の真実というべきであろう。

道路偵察に出て、坂を斜めによじのぼっていたとき、石がずり落ちて、危うく膝をついた。案内を頼んでいた人は驚いて、むんずとばかり手首をつかまえてくれた。固い、ざらざらした掌に、不思議なやさしさがあった。それからは、危険なところは無理に手をとって渡そうとする。全身をもって、かばおうとする気持が素直に感じられた。原住民に接してまだ間のないころのこの感じは、最後まで覆らなかった。人間の底辺にあるこの大事なものを、すんなり身につけている、それが「自然」の恩沢なのだろうか。

山に一緒に薪をとりに行けば、小さな軽いのをわれわれに持たせ、われわれが二人がかりでなければ持てぬような重いのを、かれらはかついでくれる。豚などとれば、いいところをわれわれにくれ、かれらは皮とか内臓などしかとらない。われわれは、あまりに堕ちすぎたようだ。豚のまわりをうろうろして、離れることもできぬような人間になり下がってしまった。高い教育を受け、指導的な地位にある人もまた、堕ちるところまで堕ちてしまっている。われわれは、かれらを未開の人として見下ろしている。しかも、そのかれらから、人間性の極致にあるものを見せつけられて、ぎくりとする。文化が、一面において、どれほど人間を薄汚れたものとし、卑しくしたか。利害となると、急に開き直る人間をもつくり出したのではないか。

なにごとも思いはからず　われ生きぬ
自然のよきおきてに
静かにわが身を流させて

レニエの墓碑銘を、かれらは生きている。

16　流れる雲と

　ことに老翁は、兵隊をわが子のようにかわいがる。おれのものは、何でもおまえのものだから、農園にあるものは遠慮なくとって食べるがよい、と言ってくれる。出撃のたびに、動けなくなって帰ってくるわれわれを、心からいたわり慰めてくれるのも、老翁である。三度三度、食事を運んで来てくれるたびに、彼ら彼女らとの不思議な因縁を思い、報いるすべもないのを悲しむ。貧しい饗応であろうとも、その純情は忘れることができない。

　最後の別れのことばを交わすいとまもなく、われわれは帰ってしまった。出撃して行ったまま、ついに帰って来なかったわれわれを、どう思っているだろうか。死んだものもいるだろう、生きて日本に帰ったものもいるだろうと、思慮をめぐらせることもあろう。「いい日が来たら、何倍にもしてお礼をしよう」などと広言吐いたわれわれを、忘恩背信の輩として怨んでいるだろうか。そう考えるのも、利害打算に曇った文明社会の常識かも知れぬ。流れる雲のように生きているかれらの前に、われわれもまた流れる雲であったろう。自然に出会い、自然に別れる。計算して、ことを企むことを知らないかれらの親切は、そのまま心の奥底深くしまっておけばいいのかも知れない。もう一度、かれらに会う機会があったら、喜んでまた芋を蒸して持って来てくれることだろう。

おお見よ　白い雲はまた
青い空をかなたへ漂ってゆく
かすかなメロディのように
忘れられた美しい歌の
長い旅路にあって
さすらいの悲しみと喜びとを
味わいつくしたものでなければ
あの雲の心はわからない
（ヘッセ）

「ふるさとを離れたさすらい人」に、流れる雲は「忘れられた美しい歌」をよみがえらせてくれたのである。

第六部　終戦

1　玉砕宣言

幾度か玉砕決戦の名のもとに、作戦が遂行された。「玉砕」は、終戦前一年くらいから、しだいに濃度を加えていった。昭和二十年二月、ブーツ地区に転出し、ある廃園で芋を掘っていた。うららかな日だった。時折、敵機が一機二機、高く飛び去って行った。そのとき、時ならぬ「全員集合」の声がとんだ。何事なのか、こんなことは、かつてなかったことだ。いぶかりながら集まると、軍の参謀が、金モールを垂らし、われわれを待っていた。「かしこまらなくてもいい。声の聞こえる範囲で、座ってきいてほしい」と言って、われわれを座らせた。十数名、仰いで参謀を注視した。参謀は立ったまま、静かに語り出した。「今日は、諸君らのいのちをいただきに来た。はっきり言って、状況は非常に悪い。ふたたび日本の土を踏むことは、ありえない。ニューギニア全土の将兵の運命は、絶望とみなければならぬ。われわれを待っているものは、玉砕以外にない。諸君ら一人一人の上を思うと、気の毒に堪えないが、われわれは放たれた矢なのだ。すでに弦をはなれたからには、後戻りは許されない。目標に当たるまでは、飛びつづけなくてはならぬのだ。かならず、敵を二人倒してから、死んでくれ。かならず、敵を二人倒すのだ。玉砕のための心の準備をしてもらうために、こうしてやって来たのである」と。階級によって、おっかぶせる調子はなかった。血みどろの戦いに傷つきやぶれたもの同士の共感が流れた。敵を二人倒すまでは、死んではならぬ、と強調して立ち去った。

秒が流れる。みんな黙りこくって、座っていた。日本に帰る日があるかどうか、という問いを、われわれは意識的に避けていた。漠然とした絶望にはっきりと形を与えられることから逃げようとしていた。絶望のなかにあって、絶望の底を覗きたくなかったのだ。時間を寸断し、目先のことで紛らわし、芋掘りではぐらかそうとしていた。とるに足らない小さなことにも、大袈裟(おおげさ)に騒ぎたて、自分をごまかそうとしていた。肯定にも否定にも、強いて眼を閉ざしていたのである。いまという時を、生きている、ただそれだけだった。不安と絶望の温床となる余暇さえ失われていた。それは、わずかに肉体の息づくために満たされるときであり、感じ考えるときではなくなっていたのである。人間は、未来への関心のために、過去を回想するといわれる。われわれの関心にとって、大事な時間は未来である。その未来と過去とから遮断された、異常な現在に浮きつ沈みつしていたのである。そんなとき、参謀という位置において、はっきりと死を宣告されたことは、大きな衝撃だった。

明白に意識されないにしても、心のどこかに「未来」があるものだ。それはかならずしも生還を意味しない。漠然とした「未来」である。「望みえないのに、なおも望みつつ」生きようとするものなのだ。その一切の未来が断ち切られた。まともに、絶望の底をつきつけられたのだ。衝撃は、心の空白でもある。掘り集めた芋の山が、白々しく見えてくる。みんな黙って帰り支度をはじめた。放たれた矢は、どこへ飛んで行こうとしているのか。じっと、自分の内部に耳を澄ましてみる。悪化してゆく沈黙絶望ということばさえ、意味を失っていた。

「死の舞台」の開幕を告げる柝は、「遺書」「座礁」と打ち鳴らされ、「アッツ島玉砕」で第三の柝を聞いた。フィンシハーフェンの戦闘からガリの転進にかけて、柝は乱打しつづけられていた。そしていま、この参謀の「玉砕宣言」は、最後の打ち上げだった。拍子木の連打のうちに、生と死との振幅はしだいに狭められ、この瞬間において一点に合したか、と思われた。いよいよ、死の舞台への出番がまわってきた。おれ自身、のっぴきならぬ舞台に上がらねばならぬのだ。道は一すじに限られた。時間の彼方か、空間の彼方か、さだかならぬ彼方に、一すじの道を意識した。薄明の道――それは、暗いというよりも、重い感じだった。挺身攻撃、潜入攻撃などというきわどい作戦を何度か試み、死地をくぐりながら、ただその過程に熱中するばかりで、帰趨（きすう）するところに思いを馳せる余裕もなかった。それがいま、熱中すべき対象なくして、帰着するところだけを指し示された戸惑いもあった。大事なことは、〝目的〟に心を労することである。

われわれにとって、死とは何であったか。屍と自分との間に、無限の空間を感じたのは、フィンシハーフェンの激戦までだった。あまりに多くの死を見てきた。しだいに、その空間も限られてきた。死とは、生きていないことにすぎなくなった。生きているか、生きていないか、その二つの視点しかありえなかった。生命を引きちぎる〝鉄の手〟は荒々しく、無残だった。一つ一つの個体をもった死に対して、抽象的な死一般の概念は、あまりに弱々しかった。死についての「観念」は、大脳の深みに潜むものであり、現実の生々しい一つ一つの死に対しては、全く無力であることを知った。死一般についての概念規定は、何らの状況も示してはいないからである。

息絶え、からからに乾き、やがて腐敗し、膨張し、崩壊してゆく、それらの死の諸相をまのあたりにして、死を観想するほど強靭な頭ではありえなかったのである。死に対する恐れも、感覚的・感触的なものだった。死ではなく、肉体の崩壊である。蛆に食いつくされ、肋骨のなかが、がらんどうに崩れてゆくのを、人間の死と名づけうるものだろうか。そこには「死」の厳粛さもなく、真摯ささえも失われていたのである。さらに、すべての人間関係が稀薄になり、絶対孤独の世界に転落しようとしていたかぎりにおいて、われわれはすでに一歩を踏みこんでいたのではなかったか。〝死ぬことによって生きる〟という生命の飛躍は、高遠すぎた。「死」もまた、死ぬのだ。

終戦間近のころは、何もかも玉砕の名で呼ばれた。「玉砕決戦用の味噌」というのが二十日分、何ヵ月かぶりに渡った。とすれば、二十日で玉砕ということなのだろう。糧秣倉庫をはたいての、末期の心づくしだった。だが、二十日では玉砕しなかった。クンブンフンに、最後の拠点を求めて集結したのは、さらにその後二ヵ月を経ていた。もとより、大局はわかるはずもなかったが、われわれの前面に関するかぎりにおいては、土俵の剣が峰であったと思う。

飛行機も火砲もないわれわれに残された唯一の手段は、爆薬を抱えて、夜間にまぎれて敵陣地に潜入する以外になかった。そうした戦法も、所詮は最後の足掻きにすぎず、玉砕のときは刻々に迫っていた。体力を消耗し尽くして、ふわふわと動いていた。水汲みに息を切らし、脂汗を流していた。砲弾が身近に炸裂しても、走れなかった。走らなかったのかも知れない。爆薬を抱えて、いっしょにすっとぶという誘惑とともに、その一発に微塵に砕け散ることを、心のどこかで待ち望むところがあったのかもしれない。

走ることを忘れた。片足で立つこともできない。大腿部から、つけ根にかけて、すっと力が抜けて腰がくだける。つまずけば、もろくも転倒する。発熱、下痢、現実の苦痛は、五体をさいなみつくした。ぎらぎらと照りつける太陽にからだも干され、降りしきる雨にとろけてゆくかと思われる。すべて燃え尽きてしまった。眼は、鏡となって物を映すにとどまり、中枢神経にまでは届かない。定かならぬ自分と向き合ったまま、鈍重に反応しているにすぎない。躍動するものを失って、一時に老境にはいったかと疑われる。

双方、壮絶な火力の応酬のうちに、偶然の一発に死ぬのは、たやすいことに思われてくる。なんの可能性もない、ただ偶然だけが残されているのだ。玉砕とはいいながら、じりじりと滑り落ちてゆくのは、たまらなかった。のっぴきならぬ死と向かい合いながら、一指も染めえないのだ。しかも、死そのものに対し、自分自身の死に対し、しだいに冷淡になっていったのは、困憊（こんぱい）の極にあったからであろう。すでに、自分が自分でなくなろうとしていたのだろう。

　爆薬を抱えて、いつでも死ねるという気持にもかかわらず、実際には、いつの間にか死を避けて通っている矛盾のなかに、生の妄執ともいうべきものを感じることもあった。死への欲求と、生への衝動、一は観念的なものであり、一は本能的なものである。とっさに働くものは、やはり衝動的なものだった。何かが、一枚一枚剥（は）ぎとられてゆき、生物学的生のみが残されようとしているのだろうか。徐々にぬめりこんでゆく泥沼である。時間と空間のひろがりを遮断された空白の現実、ただその一寸四方の重さにたえかねていた。

　そのときがきたらと、貯えていた小銃弾も、あと十発。自決のための手榴弾一発。じりじりと、からだに感じる玉砕のとき。そんなとき、ソ連の参戦を聞いた。もはや、われわれには何のかかわりもないもののように思えた。わずかに息の通っているだけの形骸には、ものを考える部分もなくなっていた。

　ある日、指呼の間に対峙（たいじ）していた敵陣地に、日章旗とユニオンジャックと、二本の旗を掲げて、日本語で「バンザイ、バンザイ」と叫んでいるのを聞いた。何事の演出？　すり切れた感覚にも、異様に映った。狂乱の戦場、はたと静まった。沈黙三日。

ニューギニア三年、初めて体験した空白をもてあました。深淵の静けさが、不気味である。

将校斥候が放たれた。運悪くみつかったが、相手の方には何の緊迫感もない。当然のことのように手招きする。もう戦争は終わったのだ、といってドンゴロスに米と缶詰を入れて、好意を示したという。確かに何事かが起こったのだ、ということを感じながらも、半信半疑で帰って来て、事情を報告したところ、髭黒(ひげぐろ)の少将、烈火のごとく怒りを発した。

「バカもの！ 何を寝言を言っとるか」とねめつけた。つい先頃、阿南陸相の、一億玉砕の指令をきいたばかりであったため、いよいよわけがわからぬ。眼の前におかれた米と缶詰だけが、確かな現実である。われわれにも、何か重大なことがおこったのだ、ということが漠然と察せられた。終戦？ とすれば、やはり敗けたのか。連隊長自身、何をどこまで知っていたか。流言乱れ飛んだ。

敵機は、「東洋に平和来たる」と、投下した。愕然とした。信じられぬ。連隊長は、大本営からの命令のないかぎり、作戦を遂行すると、断言した。潜入攻撃は、依然としてつづけられた。相手は、その違法をなじってきた。忘れられた部隊は、このまま予定通り玉砕してゆくのかもしれぬ、急にそんな不安を感じてきた。真相も確かめず、

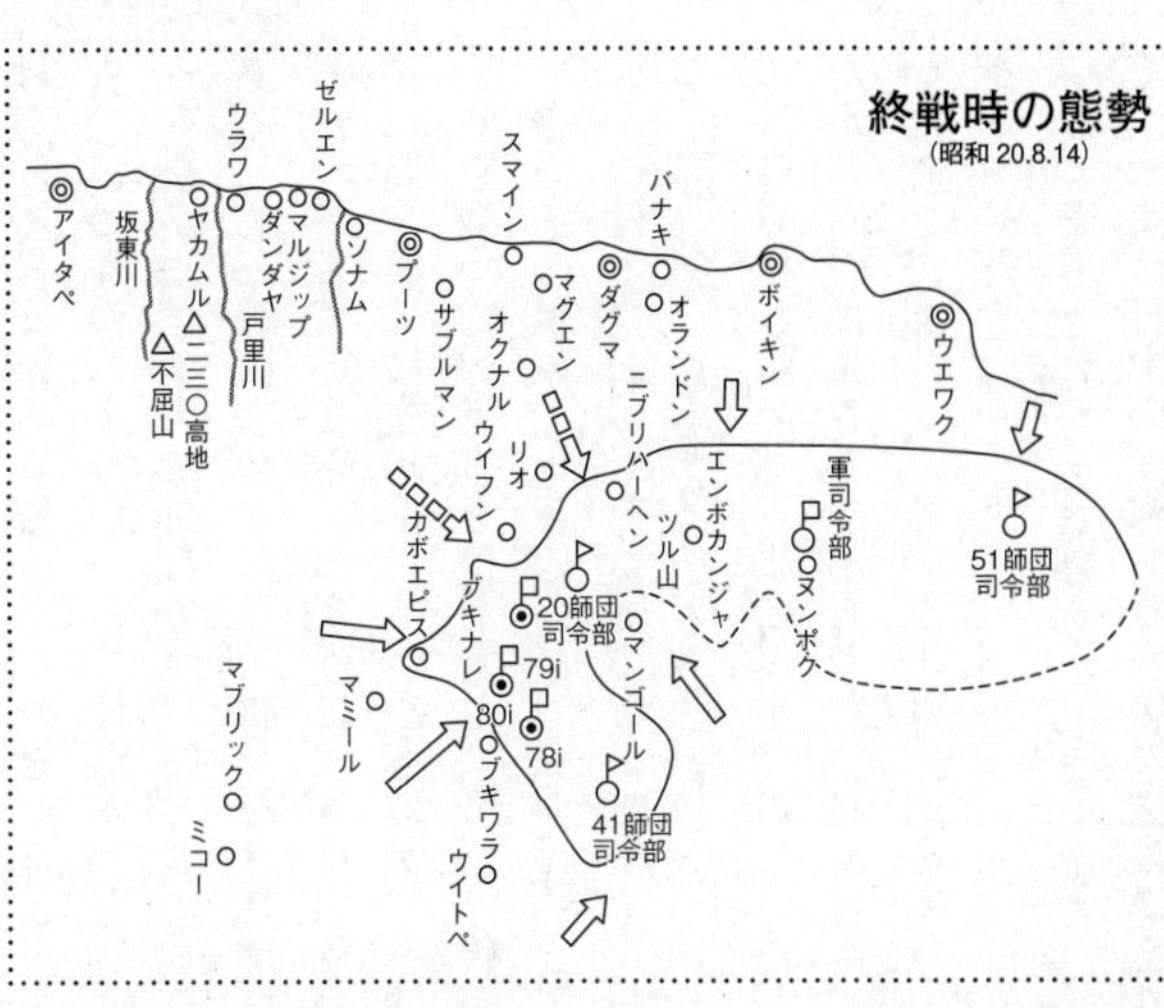

ちょっかいをしているうしろめたさと、相手を刺激することへの不満とが交錯していた。ふと、隙間風を感じたとき、あらためてその方向に生命の執着を感じ始めるのである。それから数日して、赤トンボのような友軍機が一機、よたよたと飛んで来るのが見えた。やはり終わりだな、と感じた。正式の命令が来た。

悲しいというのも、嬉しいというのも嘘である。こんなときの気持を分析できるほど、人間は冷静にできてはいない。「終わったか」という一言に尽きる。終わった、と自分に言いきかせてみる。終わったのだ、と何度も自分に言いきかせる。終わった、とはどういうことなのか。こうして、じりじりと真綿で首を絞めつけられる日々から、解放されたということを、漠然とからだで感じた。しかしそれは、喜びにつながるようなものではなかった。同時に、すまない、という気持をどうしようもなかった。何に対してか、ことばにするなら、やはり祖国というものに対してである。第一線に立つかぎり、勝たなければならなかったのだ。敗戦という事実にぶち当たってみていまさらのように、気負い立っていた自分をみつけたような気がした。長い間、頭上に支え持っていたものが、一挙にとり払われたような空しさを感じた。

穴を掘って、軍旗を横たえた。房だけ残った軍旗、旗手が腹に巻きつけて守りぬいてきたその軍旗。生き残った七九連隊の八十余名、「海征かば」を声低くうたった。火をつける。わけもなく灰になってゆく。わずかに心の一隅に残されていた感傷が疼く。「祖国」の意識の前に、頭を垂れた。連隊長林田金城少将は、ふるえる手で栄光の残骸を掻き集めて、紙に包んでおしいただいた。武将の胸に去来するものは何だったか。両眼に光るものがあった。おそらく、その胸のなかには、涙が雨と降り注いでいたことであろう。若い旗手は、声をあげて泣いた。最後の敬礼をして、燃え跡に土をかぶせた。

ひっそりと佇むわれわれを励ますように、連隊長は一場の訓辞を垂れた。「おそらく、米英は日本の光輝ある歴史の抹殺にとりかかるだろう。生き残ったわれわれは、口から口へ、子々孫々に正しい日本の歴史を伝えなければならない。たとえ両手両足をもぎとられても、なお口で食らいついてゆく気魄こそ、日本を救うものである」と結んだ。重畳連なるクンブンフンの山頂、昭和二十年八月二十五日の夕刻、うすら日のなかに第二十師団歩兵第七十九連隊の葬送を終えたのである。

「終わったぞ！」という声をききながら、息絶えていったものもある。玉砕寸前において、運命の手はわれわれを救い上げた。だが、目も遥か連なる山並みをみて、この体力で脱出できるだろうか、という不安がつき上げてくる。断絶の壁にみえてくる。おれたちはいま、どのあたりにいるのか、先は依然として暗かった。

2　流言

われわれの間に発生する流言は、奇妙なものである。希望が群集から群集へと伝えられ、ついにことばをゆがめてしまう。かくあれかし、という願望が、しだいに定言の形で定着してゆく。その発祥（はっしょう）は定かでないが、まことしやかに一般に流布されてゆく。根拠を据えて、主張される体（てい）のものもある。流言を集録し、事実と照合してみるならば、おそらくおもしろい発見があることだろう。

上陸後半歳足らずして、実にさまざまなことが乱れとんだ。「この熱地に、一年以上置かれることは、絶対にありえない。おれたちは帰るのだ。おれたちの任務は飛行場作業と道路作業で、一年で任務を終わる。交替師団は某師団。現に、どこそこの無電に帰還の連絡がはいっている」と、確証らしいものを添えて伝えられた。さらに、「命令受領者が、その命令らしいものを見た」と付け加えられる。『熱地作戦の栞』の記述が拠りどころであろうが、すじは通っている。一年以上は、とうてい無理だということを、なんでわざわざわれわれに知らせる必要があるか。しかし、その一年後は、ガリの転進に死力を尽くしていたときなのだ。

「来年三月、間違いなし」と、つぎの構想がとぶ。何度もはぐらかせてきた兵隊は、「来年三月、どうしたって?」「高尾が来るってさ」などとやっている。浪曲の文句らしい。茶化しながらも、どこか淡い期待をつないでもいるのである。

転進後、海岸道の路傍にひっくりかえっていたら、どこかの部隊の将校が来て、「どこの部隊か」ときく。二十師団、と答えると、「なにをぼいぼいしているのか。おまえらの部隊は、六月に帰ることになっている。出帆港は、いまのところはっきりしないが、大体ボギアかホルランジャあたりだそうだ。こんなところに、うろうろしていたら、おいてきぼりを食うぞ」と、おどかされた。事実、われわれより一足早く上陸していた部隊で、引き揚げを知らず、あちらこちらで、おいてきぼりをくらった兵隊がいたのである。兵力が分散して、命令も徹底しえない状態だった。相手が将校であっただけに、奇妙な感じだった。十月、「一挙に大勢を決すべき反撃作戦は、着々成功しつつある。フィリピンの反攻も、大戦果を収めている。もうしばらくだ。潜水艦などでなく、青い海を眺めながら帰ろうじゃないか。御身御大切だぜ」ということになった。比島作戦の成否が、われわれの運命にかかわるものとして、幹部も重大な関心を払っていたことは事実である。

真偽、織りまぜて、流言は絶えるときはなかった。それらしい事実があったのかも知れない。しかし、事態はすでに収拾のつかないところまできていたのである。日本からさえ忘れられた存在になっていたのだ。その他、作戦の意義、目的にまで流言がからまっていた。つぶやき、うめき、呪詛（じゅそ）、祈り、いろいろな形で、それは発生し消えていった。

その間、敵機はさかんに週報・月報の類をばらまき、東洋西洋のさまざまなニュースを伝えてくれた。関釜連絡船金剛丸の撃沈も、それで知った。名士の病没の報まであり、「葬儀に、誰それの顔が見えなかったことは、さびしいかぎりである」とまで、書き添えてある。「西洋に平和来たる」といって、ドイツ軍降服を伝えてくれた。細大もらさず報道され、時の話題の源ともなっていた。日本の方に「閉じられ」、敵の方に「開かれている奇妙な存在になっていた。

写真入りのもの、色刷りのもの、文学的なもの、さまざまに趣向をこらしておとされた。日本軍捕虜が、いかにあついヒューマニズムのもとに優遇されているかが、両眼を白紙で押さえた数葉の写真で、紹介されたりした。旋回数行、頭上にひらひら舞い下りるのを、原住民が息せききって持って来る。二十枚、五十枚と束にして持って来てくれることもある。「何が書いてあるか、読んでくれ」と言う。「日本のソルジャーは、長い間ニューギニアでご苦労さまである。もう紙もなくなったことであろうから、シガレットの巻紙や、ペクペク・ペーパーに使うように、サービスする」と朗読調でやると、ややあって、「エヘー・ユー・ギャマン・トーク」と頭を振る。かなり正確と思われる報道はあったにしても、所詮われわれには流言の域を出なかった。客観的な報道を目的とするものではなかったからである。

終戦の年、どこからともなく、「もうしばらくだ。八月には何とかなる」というのが合言葉のように広がっていった。何が、どう何とかなるのか、それは誰にもわからなかったが、八月説は決定的といってよかった。八卦（はっけ）、コックリさん、その他の占いも、それを裏づけていた。とにかく、八月には何事かがおこる、ということを漠然と感じていた。それは、終戦を見越したのではなく、ニューギニア全軍の運命を指していたのかもしれない。八月にどうなろうと、それまで生きている保証もなかった。だが、その最後のデマが、とうとうほんとうになったのである。

占いのなかに、インド兵の占いもあり、その予言はいささか奇抜なものだった。「この戦争は、八月、日本軍の敗北に終わる。戦争が終わってから、一番損をするのは、勝ったアメリカであり、一番得をするのは、負けた日本である」というのである。これは、どういうことなのか。皮肉や逆説とするには、奇想天外な発想ではないか。とるに足らない占いのことばが、妙にこびりついて離れないのである。歴史の裁きを待ちたい気さえする。

3　戦争と人間

敗戦が、国家と個人に何をもたらすかについては、具体的には何もわからなかった。黒い雲が、重苦しく垂れこめてくる感じだった。前線では、物々交換が始まった。千人針、日章旗が、缶詰や煙草に換えられていった。かれらには千人針が珍しいらしく、高値をよんだ。千人針の「製造」にとりかかるものもいた。

広島におとされたという、とてつもない爆弾のことを聞いた。終戦の詔勅のなかにあった「敵は新たに残虐なる爆弾を使用し」というのが、それに違いないと確かめ合った。一発で五里四方が、ふっとんでしまうという。「五里四方」が論議の的となった。そんなものが、ありうるか。連日のように浴びてきた爆弾の体験があるだけに、みな否定的だった。大きなやつ五、六発で、全市炎上したのだろう、ということでけりをつけようとした。「結局、おれたちが、ふがいなかったということだろう」と、自分を責めるものもいた。「これ以上、どうしろというんだ」という声もあった。「軍服を着ているかぎりにおいて、死ぬのもやむをえないが、そうでない人がまともに狙い撃ちされたということは、許せない」という点で一致していた。

しかし、「戦争自体残虐なものであり、そういう区別も感傷にすぎない」と言い、「軍服を着ていれば、殺されても、それは残酷ではないのか。軍服とは何なのだ」と、たたみかけた。戦争自体が悪なのであり、それに付随する一切は、その悪の影にすぎないという理論である。「何がおころうと、やむをえないことだ。ここまでという限界など、ありはしない。ガスやダムダム弾が残酷で、砲弾や爆弾は残酷ではないというのか。ばかげた感傷ではないか。国を賭けての攻防が、どこまで暴走するかは、わかったものでない。要するに、戦争は勝つことが目的だ。勝たなければ、正義の戦争にはならないのだ」と言う。

それに対して、「戦争は人間がやるのだ。動物の殺し合いとは違うはずだ。そこに、人間の節度があっていいと、おれは思う」と反論があった。「戦争は人間がやるんじゃない。組織がやるんだ。人間はその歯車としての機能を果たすにすぎん。個人の意志など、どこにもありはしない。戦争て妙なものだ。人間がおっぱじめながら、戦争は人間をはなれて、独り歩きを始める。もう、人間の手に負えなくなってくる。おれは、そんな戦争そのものを感じるのだ。もともと、戦争自体、人間的なものの否定の上にある。人間の節度と戦争ということばが、すでに矛盾である。戦争が、逆に人間を狂わせもする」と、えたいの知れない広島の爆弾について、議論の応酬があった。原爆がおれたちを助けた、という皮肉なめぐりあわせを感じていただけに、爆弾論議は高調していった。

戦いは終わった。われわれの内側も荒涼として、しかととらえうる何ものもないような空虚感がくる。おびただしく失われた戦友への哀惜を、受けとめるだけの力すらないのだ。霞の奥に漂うそこはかとない哀感が、やがてわが身もすっぽりと包みこんでゆく。すべてが悲しく、はかないのだ。そんな荒廃した心象の風土に、数輪のこの世ならぬ美しい花が咲いている。最期まで、人間の高貴さを守り、人間であることの闘いに勝って、死んでいった人々の印象は、それほど鮮明なイメージを結んでいた。

その闘いは、武力による戦いよりも、熾烈なものだった。しだいに人間であることをみずから放棄して、堕落の一途を辿った無残な姿も見た。人間の耐えうる限界は意外に低く、また脆かった。戦争が、人間を狂気に追いやってもいた。自分自身どこまで耐えうるか、というおそれがつきまとった。自分が恐ろしくなることさえあった。ぎらぎらと、動物の本能が牙をむいて、駆り立てる。人間不信と、人間のかなしさに、心も凍る思いをしたこともあった。社会的地位と、学歴の高さに反比例して堕ちてゆく人間に、いいようもない憎悪を感じたこともある。自分自身をも含めて、限界状況における人間実験だった。人間がいかにありうるか、の恐ろしい試練だった。身の皮を引き裂いて、なかを覗いてみよと――。

すべての条件の設定は、人間にとって苛酷すぎた。人間の耐えうる限界を、はるかに超えたものだった。堕ちるのが、自然であったかも知れぬ。誰が、その人を責めることができようか。はらわたが、呻き叫ぶとき、良心も何も沈黙せざるをえないのだ。

しかも、そんな条件を超えて、最期まで人間でありえた人々の前に、脱帽しなければならない。崇高なまでに、自分を守った人々、その人にとっては、どれほど長く生きたかは、問題ではなかった。その短い人生を、どのように生きたか、それがその人のすべてであり、人生の意味であったように思われる。それは、哀惜という日常の感情を超え、厳しく人間の本源を指し示しているのである。生命に一つの意味を与えたとき、死もまた意味をもつものであると。それらの人々は、いまなおわれわれのうちに、生きつづけている。敬虔な追憶の座標においては、生きているより、近くも、力強くもありうるのだ。敗戦のなかからさぐりとったものは、そのような美しい生命の意味だった。ベン・ジョンソンが、

小さなものに宿る正しい美
短くとも　全きいのちとなるだろう

とうたっている、その「全きいのち」である。三百年の長い樹齢を保ちながら、果ては枯れ枯れて、乾いた丸太となる樫の木もある。たった一日のいのちの百合の花は、その夜、倒れ枯れようとも、「光」の花であるがゆえに、美しいのである。「かれは生き、かれは目覚める――死んだのは死であって、かれではない」（シェリー）のだ。

ここまで生きてきた。戦場は、静まりかえった真空に見える。弾丸の飛ばぬ空間が、かえって異様である。だが、依然として同じ生活の連続でしかない。水汲みに喘ぎ、

芋掘りに暮れる。われわれを待ち受けているものは、何なのか。偶然の一発の危機は去ったが、われわれ自身爆薬を抱えたからだである。燃え尽きようとしているいのちの火の前に、平和も生還の夢もあろうはずがなかった。

4 処刑

海岸に集結、ムッシュ島に収容——そんな情報が決定的となった。皇軍の威信にかけて、まず兵器の手入れをせよ、ということだったが、油もなければ布もない。何人か何十人か、主のかわったこの銃の現在が、いとしまれる。銃身に刻まれた菊の御紋章を、帯剣ですりつぶす。さらに、全員階級章をつけよ、ということなので、赤い毛布のきれか何かに、缶詰の缶を切って「軍曹」をつくった。どのあたりがその海岸なのか、一望山の起伏が絶望的につづくばかりである。その起伏の彼方に、ふと原住民の想い出が湧き出る。

いよいよ出発。ふたたび見ることはあるまい激戦のあとを、何度も振り返った。山南地区と呼ばれるクンブンフンの峰。思い出も記憶もあるわけではない。一つ一つ、皮膚に刺し通された印象が残っているだけである。遅々とした行軍だった。病兵の行列である。病院におれば、面会謝絶の赤ボールのつくものもいる。いたわり、励まし、とにかく生きているもの全員を、無事に海岸まで連れ出してやろうという配慮の行軍である。四日五日と、敗残の足を引きずった。目的らしいものはあっても、希望のない行軍だった。変化に対する期待もなかった。三度三度の食糧を漁ってみても、せいぜい芋ぐらいでは、栄養失調を回復すべくもない。途中、現地の人にかつがれて、原隊に帰って来たものもいた。ぴたりと、われわれに合流できたことが、不思議に思えた。どこから、どう聞きつけたのか。たまたま近隣の村落に、病を養っていたか。とすれば、いまだあちらこちらの村に、今日あるを知らずして、とり残されているものがあるのではないか。しかし、軍紀は冷厳だった。逃亡の罪名のもとに処刑されたと聞く。どのくらいいたかは知らぬが、軍刀の血を拭っている准尉を見たことがある。

これが、戦場の軍紀なのだ。軍法会議の名のもとに、状況判断の上になされるかぎり、弁解の余地もないだろう。あるいは、命数すでに尽きたという判断のもとに加えられた安楽死であったのか。臆測は避けるべきだが、公正な判断を祈らずにはおれなかった。同じ塗炭の苦しみの場に、いあわせなかったことが、感情を刺激し、判断を狂わせることも、人間共通の弱点としてありうるからである。人間のエゴを、軍紀の名分によって、満足させた点はなかったと信じたい。われわれの介入しえない部分があったにしても、事実を事実として聞いたかぎりにおいては、暗然として声も出なかった。生還の夢が、処刑という形で無残に打ち砕かれてしまったのだ。「敵さんに、投降した方がよかったんじゃないか」、そんな声もささやかれた。

ある日、原住民の手づくりの担架に担がれて、一人の兵隊が運ばれてきた。部隊は七九、中隊は作業中隊、つまりわれわれの中隊である。一体誰なのか。担架のところに行ってみた。担架に張りつけられたように、投げ出されている。顔を近づけて、「おまえは、誰か」と聞いてみた。すると、その兵隊の両眼から涙がすーっとあふれた。「名前は?」と重ねてきいた。聞きとれない声で、「Nです」と言う。そして、ゆっくりと両手をさし伸べてきた。その手を執ってやった。「さびしかったです」と、声もなく泣きつづける。N——しばらくして、やっと思い出した。「おまえ、Nか」と思わず叫んだほど、形相は変わっていた。

第二次山越えの最終日、つまり昭和十九年三月九日、Yと二人雨をおして村落をあとにした。その翌日、敵はその村に侵入し、退路を遮断した。そのとき、飯盒一つ持って敵の囲みを脱出した、おそらくたった一人の兵隊が、N上等兵だった。その後、行きずりに一度遇って、そのときの脱走の模様を聞いたきり、約一年半行方のわからなかった兵隊である。死相というものか、いくばくもない命脈を感じ、空しいことばと知りつつ、励ましつづけた。

中隊長F大尉は、連隊長に指示を仰いだ。夕刻、「逃亡罪、銃殺」の一言をもって帰って来た。その一語が、焼けつくようにひろがっていった。F大尉は、「会議の結論に従うほかはない。かわいそうだが、いずれはだめだろう。早く楽にしてやる方が……」と、ことばをつまらせた。指名されたT准尉とYは、無言で立ち上がった。会いに行ってやる気持になれなかった。

樹にもたれて、じっと座っていた。その死は、ほんとうに決定的なものなのか、ふたたび逃亡罪が成立するような条件であるのか。逃亡は、意志的な行為である。人間の意志を超え自然の条件は、無視しえない。意志的な逃亡が成り立つようなところではないのではないか、逃げたとて、どこへ行こうというのか、堂々めぐりの果てに、ばらばらに砕け散ってゆく自分を感じた。極限の問いに迫られるたびに、何度か繰り返してきた自己分裂である。その破片の一つ一つを手繰り寄せてみても、どこにも自分の真実は見出せそうになかった。遠くで、銃声が一発また一発きこえてきた。懊悩（おうのう）の果ての、虚無がくる。

その夜、Yは、「かわいそうなことをしたな」と言って、詳しく語って聞かせてくれた。担架を運びながら、准尉は因果を含めたが、何の反応も示さなかった。砂地を掘って、担架のままなかに横たえた。准尉は型通り軍人勅諭を言わせた。とぎれ、とぎれに、ほとんど聞きとれなかった。それから、故国の父母に一礼させ、「言い残すことはないか」ときいた。Nは無言で、首を横に振った。准尉とYとは、私情をまじえて一言二言ことばをかけたが、返事はなかった。

やがて准尉は威儀を正して、「撃て！」と命令した。Yは、「N！　かんにんしてや！」と、断腸の叫び声をあげて撃った。一瞬、全身から血が引く思いだった。やや外れたか、急いで二発目を撃った。「おれたち、毎日、罪を重ねていくんやな」と言って、語り終えた。「かんにんしてや」以外に、どんなことばがありえたであろうか。Yの負った痛手もまた、大きかった。

5　髑髏隊（どくろたい）

このとき、中隊の構成人員は、中隊長F大尉、T准尉、K曹長、Y軍曹、O兵長、それに私を加えた総勢六名だった。そのうち「鎌田隊」として編成され、屯営出発以来のものは、T准尉とYと私と三名だけになっていた。T准尉は、当時曹長で、器材小隊長として指揮をとり、Yはその小隊の一員だった。F大尉は、フィンシハーフェンの戦闘において、鎌田大尉戦傷のため、大転進後、中隊長として就任、K曹長も同時に転入してきたものである。Oは、十六次補充員唯一の生き残りで、国民兵だった。

　屯営を発つとき、異例のことだが、われわれの中隊は、中隊長以下全員、胸に髑髏のマークをつけていた。これは、中隊長鎌田大尉（当時中尉）の発案で、京城の第二高女生に刺繍してもらったものだった。連隊の秘密兵器としての中隊の誇りが、みずから「髑髏隊」を名のらせていたのだった。同時に、髑髏に象徴されるような、特殊な任務を自覚したものでもあった。

　随分手間をかけて刺繍したもので、約三百送られてきた髑髏の表情は、さまざまだった。先生の作品は、中隊長の胸につけられ、際立った出来映えは、さすがと思わせた。T准尉もYもすでにその髑髏を失っていた。三年間の南溟の風雨に耐えて、持ち帰られた髑髏は、ついにたった一つとなった。

　いまも、ときどき掌の上にのせて、その髑髏に見入ることがある。褐色の布に、桜の花を台にして、髑髏を浮き立たせていたものだが、花びらの色褪せて、ところどころわずかに紅色をとどめているにすぎない。当時（昭和十七年頃）京城第二高女の生徒だった人々は、そのときの記憶が残っていることだろう。そして、たった一つ持ち帰られた髑髏を刺繍した人もいるはずだ。この小さな記念にまつわる感慨は尽きない。

その一針一針にこめられた祈りの何であったか、そしていま、この髑髏に象徴されるものは何であるのか。戦争を媒介として、髑髏の意味もまた、変わって見えるのである。その大半は、戦友の血に彩られ、南溟の土となっていった。髑髏の行方は、人間の運命とともに、数奇を極めたものだった。

⑥　武装解除

喘ぎ、引きずり、半月におよぶ行軍は終わった。いよいよ明日は、兵器の引き渡しがおこなわれるという。入念に最後の手入れをし、皇軍の威信の残光を守る。「胸を張り、誇りをもって、堂々と歩け」という指令があった。皇軍の威信、それがどたん場における唯一の行動の基準だった。当日、「われわれは負けたのではない。命令によって、戦闘を中止したにすぎない。卑屈になるな。日本人の底力を見せてやれ」という連隊長の訓辞のもとに武装解除の場に向かった。

ジャングルを抜けて眩しい海岸に出る。快晴、空も海も青く、白雲は銀色に光っている。おれたちを待っているものは？　とあたりを見まわした。厳重に鉄条網を張りめぐらし、数梃の機関銃が四方からこちらを狙っているのに気づいた。ねずみとりの網のなかに、誘導されたわけだ。上半身裸形の豪州兵が、機関銃のわきに立って、ガムを噛んでいる。それぞれ一名はいつでも撃てる姿勢にあった。まず感じたものは、派手なデモンストレーション、である。刺青をした逞しい腕、全身脂ぎって、肌毛が金色に光っている。萎びた、うす汚い行列をうすら笑いをもらしながら見ている。言いようもない屈辱に、からだが燃える。わざわざ、機関銃の槓杆を、音高く引いたりする。児戯めいたいやがらせも、時が時だけに不愉快だった。「チクショウ、もっぺん、やったろか」という声は、おそらくみんなの気持だったろう。

さらに鉄柵をめぐらした、太い金網のなかに、誘導された。いよいよ、ねずみとりだ。胸を張る余裕もない。先頭の連隊長、まず腰の軍刀を渡し、拳銃を添えた。将校の兵器引き渡しがすむ。あとは、一列に並んで、つぎつぎに置いてゆく。かれらには、この上ない見物であろう。好奇の眼が、一斉に注がれている。銃のところに行くと、拳銃を構えた兵が、あごをしゃくった。手入れもへちまもあったものでない。残飯のように、ドラム罐のなかに投げこまれた。つづいて、帯剣を投げこんだ。最後に服装検査である。脂ぎった大入道の前に、日本兵は萎えて立っている。O兵長は、ことに短身、童顔だった。猿臂を伸ばしてO帽子をとって、その頭を撫でながら、「おまえの歳はいくつか、十八か」ときいた。三十のおっさんをつかまえて、十八とはいかにもおかしかった。重苦しい空気のなかに、一条の涼風が吹いた。

終わった。なにか、長い間の重荷をおろしたような気持になった。昭和二十年九月二十五日、ところはボイキン。その夕刻、舟艇で、対岸のムッシュ島に送られた。島流し——「一ヵ所に集めといて、ガスかなんかで、ばあっとやるのとちがうか」などと、ささやかれた。ムッシュ島に収容された七十九連隊の総員は八十七名である。屯営出発当時の一個連隊四千三百二十名、それに補充員八百名を加えると、生き延びてきたものは、二パーセントにも満たなかったのだ。

7 配流——ムッシュ島——

島の生活が始まった。いたるところ爆撃の跡が見られたのは、意外だった。こんなところも、日本軍の基地になっていたことがあるのだろうか。海岸は椰子林で、奥は自然のままの原始林だった。相当爆撃されていた。家を建てるために、立木を切り倒したとたんに、枝にひっかかっていた落下傘爆弾が炸裂して、兵隊がやられたこともあった。鬱蒼と生い茂って見定めすらつかないのだ。われわれの中隊も、六人家族の家を建てた。ジャングルを突き抜けた、港とは反対側の海岸である。庭石の代わりに、不発の一トン爆弾が、でんと座っているところだった。毎日、潮水を注いで、頭を冷やしてやることにした。

ここでも一日一日食うことに追われた。豪州軍の給与は、一日米五勺(ごしゃく)、オートミル四勺、うどん粉少々、それが主食であり、ほかに砂糖、塩、紅茶、バター、チーズなどが、極く少量交互に配給された。主食が何としても不足した。物資蒐集の明け暮れだったが、廃園すらなく、もっぱら天然資源と椰子とに頼るほかなかった。何分にも小さな島、資源は限られている。まず食餌に供せられたものは、やどかりだった。最初の十日あまりは、やどかりばかり追いまわしていた。鈍重であることが、何よりわれわれに幸せした。

砂糖か塩か区別のつかないような、きれいなさらさらの塩をもらったときの感激は大きかった。二年ぶりにおめにかかった塩である。Yは、一なめして、「塩だと思うんだが、甘いのか、からいのか、どうもよくわからん」と首をかしげる。舌の感覚も、ぼけている。「ああ、確かに塩ですね」とO。そんな間抜けたやりとりがあった。

三年間、行方定めぬさすらいの旅をつづけ、いまやっとこの孤島に落ち着いたのだ。身のまわりのことにも、少しは目を注ぐ余裕もできた。ドラム罐を拾ってきて、風呂もつくった。何憚(はばか)るところなく、朝から煙を上げた。ひどく煙ると、妙に落ちつかなくなってくる。三年ももぐりっ放しで、煙の一条にも気を配ってきた本能的な反射である。頭髪も刈り、ひげもおとし、さっぱりする。虱への攻勢も、本格化してくる。食うこと以外、何もすることがないという生活である。

連隊本部で鋏を借りて、一時間も二時間もかけて、一斉に伸びた髪を刈ったり、刈られたりした。鋏でやれば、トラは必定である。それを入念にならしてゆく。自分には見えない頭であるのに、しかも絶海の孤島において、トラを気にするしゃれっ気は抜けないものだ。階級に応じて、刈り方に精粗があるのも、妙というべきだ。三条四条鋏を入れておいて、一服しながら、「さて、これをどう始末してやろうか」と、脅迫している。ひげも、手さぐりでつんだ。物を食うとき、口ひげがほの見えて、そこはかとないあわれを催したこともあったのだが、頭髪と頬ひげが、同じ密度で伸びる毛深いのがいる。天地を転倒してみても、同じ顔になるだろう。

戦場ともなれば、頭一つを、もてあますこともある。中国では、すっぱりと剃ってもらったことがある。雑用をしてくれていたショーハイ（少年）が剃刀を持っていて、剃ってやろうかと言う。頭を湯で濡らしておいて、頭の天頂に剃刀を押しつけ、ぐぐっとやり、スタートラインを引いたかと思うと、一気に生えぎわまで剃りおろした。見事な手さばきだ。ざっざっ、と五、六回の滑降で、前半分を終えた。頭がすんでから、顔までやってくれた。頸のあたりをやられるとき、ふと志賀直哉の『剃刀』の、あの暗い場面が浮かんだ。鋭利な剃刀を手にしているのは、敵国の少年なのだ。頸筋を凝視している眼に、ちらとぶつかったが、相手は眉も動かさなかった。北中国、夏店鎮の昼下がり、風が、頭蓋骨にしみた。

Ｋ曹長は、右手首をとばしていたが、全身これエネルギーというような、活動的な男だった。手の二本あるわれわれを、いかにも歯痒いという様子で見ていた。椰子にものぼれないわれわれに愛想をつかし、ひとりでのぼっていったのには仰天した。おかげで、椰子の実に不自由することはなかった。椰子の木にのぼれるものは、もはやどこにもいなかったのだ。Ｋは、大分県の漁村に育ち、漁業を生業としていた。ある日、Ｋは海岸に捨ててあった何かの網を拾ってきて、片手で長い時間をかけて繕い、蚊帳の破れをとりつけて、引き網をつくった。

夜、その網をもって、言われる通りに、海をさらった。蚊帳のなかに夜目にもはっきりと跳ねかえっている銀鱗を見た。思いがけない収穫に、あわてて容れ物をとりにかえった。海の底は珊瑚礁（さんごしょう）で、裸足ではいれなかった。胸までつかりながら、何度も引いた。中隊長とＴ准尉を除いたわれわれ四人は、大漁に興奮して、はしゃいでいた。Ｋは、「こいつは、いわしだ、食ってみろ」と、拾い上げてくれる。「これを食ってみろ」と、悪戯っぽく、口もとにもってくる。何だ、ときくと、「烏賊だ、一口食ったら、つぎにまわせ」と言う。「クス、クス、いってやがる」「や、上顎に吸いつきやがった」と浮かれ、騒ぎながら、「食」以外にこころ動かぬ、凍結した生を感じていた。さすがにKの勘は鋭かった。網を引き上げるたびに嬉しくなって、無心に手をつっこもうとするのを、激しく叱りつけた。「バカヤロウー、おこぜがおるじゃないか。おまえら、おれがよしというまでは、手を出すな」と、片手で巧みに抛り出してくれる。二、三十センチくらいの生きのいいやつを、取り抑えかねているのを、わけなくつかむのも、熟練であろう。大小とりまぜて、石油罐一杯くらいの収穫があった。おもしろい仕事だったし、まともな栄養源が得られることも、ありがたかった。夜遅くなるのが、唯一の難点といえばいえた。昼ではだめか、ときいてみた。「こんな大雑把な網でとれるものか、やりたければやってみろ」と言うので、とにかくやってみることにした。色とりどりの珊瑚が、龍宮を思わせる。これだな、とまたも浦島太郎を思い出した。珊瑚の林をくぐって、小さな魚が泳いでいる。網を引いてみた。うまく魚の群れをかこんだ。ところが、網がちぢめられてくると、魚は網の上縁を軽々と飛び越えて逃げてゆく。あ、あ、というちに、つぎつぎと逃げられてしまった。よほど運の悪いやつが、五、六匹捕れただけである。量はとにかく、われわれを後日にかけて、楽々と韜晦してゆく魚群を見ては、二度とやってみる気にはなれなかった。

大きな伊勢えびのようなのが捕れたこともあった。これは連隊長に進呈した。ふぐの大きなのが捕れたこともある。みんな食ってしまってから、「これはふぐだったな、大丈夫か、一蓮托生ナムアミダブツか」と言い出した。「いまさら、何を言うか、南方のやつは、みなぼけているから、毒などないだろう」ですんでしまった。おそらくは、Kの配慮があったことだろう。

食いきれない小魚は、いりこにした。飯盒に入れて沸騰させ、それを乾すのである。蠅が来るので、O兵長が椰子の葉でつくった団扇で追い払った。布袋さんのような腹を撫で、手慰みにいりこをつまみながら、一日座っている。駘蕩たる風貌のO兵長にして、ほほえましい画中の人となる。「今日は連隊長が通りかかられて、『おう、こりゃうまそうだな』と言って、一つかみ持って行かれました」と報告する。連隊長のつまみ食いが、善良なO兵長には、よほど意外に思えたらしい。何度も、「おう、こりゃ……」を繰り返していた。五十センチを越える、なまこのばかでかいのがごろごろしていたが、てんで食えるしろものではなかった。やはり別世界だった。

島に来た当座、食うものに困って、やどかりを拾ったり、草の葉を煮たりしていたが、漁師の本能によって網を拾ってくれたK曹長のおかげで、一息ついた。他の中隊も、うるおった。やどかりなど、眼中になくなった。

それにしても、その網の正体は何だったのか。何者が、何に使っていたものなのか。孤島に捨てられていた素性の知れない網が、Kによって蘇った。テニスか何かのネットのようなものだったが、不思議な贈物としなければならない。

一度網を引けば、数ヵ所破れた。雨ざらしになっていた網も蚊帳も老朽しており、珊瑚礁を掻きまわすのだから、たまったものではない。それを、Kは丹念に繕った。網への執念というか、愛着というか、とうていおよびがたい境地を感じさせるものがあった。われわれは獲物に有頂天になるばかりで、網のことなど、てんで眼中になかった。子どもが、せっせと玩具を毀すに似て、たわいなかった。Kは、ひとり網を干し、かがみこんで破れた個所を確かめていた。どだい、精神の構造が違っていたのだ。興にまかせて、経文の一節や、偈や和讃を朗々と誦唱するような男だった。

こうして、やや生活が落ちついたころ、将校相手の教養講座が企画された。下士官以下の「地方」におけるそれぞれの専門の立場から、話をさせようというのである。歯医者は、歯科医学について、弁護士は法律について、というふうにである。死に遅れたものばかりで、講師も払底していた。講師に合わせて、題目が選ばれたのである。

F大尉に呼ばれ、「貴様は文学と哲学と二つ割り当てられている。一つ、しっかりやってもらいたい」と言われた。青天の霹靂に恐懼して、辞退した。連隊長に呼ばれ、「堅苦しく考えることはない。気楽にやればいいのだ」と、駄目を押された。その語調から察して、将校の無聊を慰める一席とも受け取れた。

連隊長以下、樹陰に陣どって、傲然と思える姿勢で待っていた。十二、三名の将校たちの前に立った。世にも珍妙な風景だった。講師がへりくだり、跼蹐し、聴講の側に倨傲のふうがあった。連隊副官は、立ち上がり、やおら「よし、始め」の号令を下した。その声に威嚇されている自分の位置がおかしかった。一礼して、わけのわからぬことを喋った。いろいろな表情があった。てんでそっぽを向いて、何をうそぶくか、というのもあり、好奇の眼を注いでいるのもあり、せっせとノートしているのもあり、こちらもそれに対応して分裂していた。恐縮しつつ、冷汗をかいた。一時間ばかり喋って、質疑ということになった。帰路「よし、始め」の号令を思い出して、ひとり笑った。前後三回、その「よし、始め」を聞いたわけである。

8　奴隷

そんなころ、豪州軍は、軍に対し百名の使役兵を命じてきた。各部隊から、人選された。ところが、全く思いがけず、その人員に繰り入れられていた。おれのからだで、もつだろうか、という不安が真っ先にきた。K曹長は怒った。「なにをバカな、選りに選って、おまえのような弱いものをやることはないではないか。使役といえば、何をやらされるか知らんが、とにかくこき使われるだろう。そしたら、おまえは死ぬにきまっている。死ぬのがわかっているのに、みすみすやれるか。おれは、手はないが。おまえよりは確かだ。一体誰が、こんなことをしたのか。中隊長にかけあってやる」と、息巻いた。思いやりを感謝したが、それは断わった。出発の前夜、K曹長とYとOとで、ご馳走してくれ、特別大きな尾頭つきが添えてあった。みんな明るくつくろっていたが、遠島になるものを送るような、憐みの空気があった。またしても、何がおれを待っているのか、という気がした。不安と期待と、やはり落ち着かなかった。

各部隊の混成で、知った顔は一つもなかった。指揮官はH中尉。舟艇で、豪軍キャンプのあるウエワクに送られた。太い金網をめぐらした収容所に入れられた。テント生活が始まった。スプレイで、上空から蚊を退治してくれたのは、ありがたかったが、完全に籠の鳥で、便所に行く以外に自由はなかった。入浴など、論外である。便所は、ドラム罐を四本ならべたもので、高いところからテントを見下ろす位置にあり、囲いは何もない。独り静かに物思うところではない。高いところに腰かけている図は晒し者である。これは、どういうことなのか。ものにこだわらぬオープンさなのか。人間の自然な感情をも認めぬ無視なのか。週一回、その糞便はガソリンをかけて焼却された。職務に忠実な豪軍軍曹が、毎週その指揮にあたっていた。完全に燃焼したかどうかを確認するために、底の方にたまっている塊をつかみ出して、指先でこねてみるほどの仕事の鬼だった。

食糧は依然として乏しかった。連日、団子汁だった。地べたに飯盒をならべて、その分配を、浅ましい眼つきで見守った。のどの奥から突き上げてくる飢えを抑えかねた。島にいれば、何とか腹一杯になるように、物資を蒐集する手もあったが、籠の鳥ではどうしようもなかった。与えてくれるもので、我慢するほかない。

毎日、トラックで迎えに来る。どこに送られてゆくかは、知るよしもない。衛兵が、鎖を解いて戸をあける。トラックに積みこまれて、ばらばらに別れて行く。途中、すれちがう豪兵の揶揄の声。時には、すれちがいざまに、唾を吐きかけられた。かれらは、われわれをどう考えているか、どう評価しているかがわからなかった。唾棄（だき）という語感はわかるが、唾を吐きかけるという行為は、したこともなければ、されたこともない。それは、どういう相手に向かってなされるものなのか。上・同等・下という評価を仮に考えてみると、その行為はどの部分に向かってなされるものだろうか。下に向かってなされるものではないように思われる。かなわぬ相手に、苦しまぎれにするものではないのか。子どもの喧嘩の場合は、そうなのだが。しかし、憎悪さらには無知、複雑な人間心理はそんな理屈を超えるものだろう。いらざる詮索だった。ただ、そんな相手を、同等以上にみることはできなかった。

仕事は、ほとんど雑役だった。ときには、仕事の目的を解しかねることもあった。何かをやらせなくてはならぬから、やらせている、そんな感じの仕事もあった。清掃、便所掃除、草むしり、穴掘り、荷物運搬、大体そんなことだったが、「奴隷」の語感が、身にしみつくことも少なくはなかった。

9　人間模様

何がわれわれを待ち受けているか、トラックを下ろされるまではわからない。いろいろな「人間」にぶつかった。戦勝者と戦争捕虜との関係だけに、一層強調せられた人間だった。好意的、無関心、憎悪の三つの範疇の間に、さまざまなニュアンスを見た。

ハイスクールの英語教師をしていたという中年の監督は、一日遊ばしてくれた。「日陰にはいれ、日陰にはいれ」と、注意してまわるのが仕事のようだった。「誰かに見られたらぐあいが悪いから、何かしているように、ときどき動け」というのである。適当に移動しながら、シドニー、メルボルンの真夏のクリスマスの話などをしてくれる。「ビールで乾杯」と言って片手をあげ、軽くウィンクして笑った。砂糖入り紅茶の饗応もあり、みずからサービスにこれつとめた。大抵のところは、黒板の予定表にwithout sugarと書きこまれていた。「砂糖ナシ」でも、お茶の出るところは、まずなかったのだ。旧知のように話し、友だちのように笑い、屈託がなかった。「おれたち、何しに来たんだろう」と、ささやきあった。迎えのトラックが来るまで、一日ぶらぶらして、「さようなら」を言った。遊ばしてくれたから言うのではない、人柄ににじみ出る善良さが、忘れがたいのである。

大体の仕事の段取りを説明すると、全然まかせきりの監督もいた。適当にやれ、というのである。煙草の罐を取り出して、いつでも吸いに来い、と言ってみんなの前に置く。セールスマンだと言っていた。日本語を教えてくれ、と言って、せっせとメモしている。口のなかで繰り返しながら、天の一角をみつめる。同僚が来ると、さっそく造詣のほどを開陳におよぶ。「おれは、日本語が話せるんだ」と言って、「ウエ、シタ」と指さしながら、煙に巻いている。さらさらと、澄んだ流れを思わせる男だった。

百姓だという素朴な感じの監督もいた。大雑把な仕事の指示をしておいて、「おれは寝るから、適当なときにおこしてくれ」と言う。仕事のことなど、かれにはどうでもよかったらしい。われわれは、いつも空腹をかかえていた。仕事の合間にも、空とわかっていながら、罐詰の罐を蹴ってみた。数人のものに蹴とばされる運命にあった。腹を満たすべきものがほしい。落ち着かぬ眼つきで、絶えず何かをさぐっているのだ。煙草の吸い殻を拾うものは多かった。こうして、監督が寝てくれると、そういう収穫は多かった。だが、煙草の吸い殻を拾い、食を漁ってきょろきょろしている人間が恐くなる。人の心に萌(きざ)した卑しさが、そのまま習い性となるような気がするのである。心の染みは、洗いおとせるものなのか。自分自身省みて、人間らしい品性のかけらも失せ果ててしまったように思われる。身も心も痩(や)せ細って、かさかさに乾いている。

そんなわれわれに、同情的だったものとの邂逅もあった。その例は、当然のことながら、一、二にとどまるが、いささかの「壁」も感じさせなかった。民族的な偏見すらなく、素直に通じ合うものがあった。言語上の障害はあっても、全身で示しているものには嘘はない。われわれとの間に戦争の介在したことさえ、忘れさせた。われわれの弁当を見て、食糧を画策してくれるものもいた。上司や糧秣係にかけ合い、奔走してくれたりした。紅茶にいわしの罐詰、あるいはコンビーフという取り合わせにも、われわれはただ随喜した。

窓から、火のついた煙草を抛り棄てたのを、そっと拾った兵隊がいた。それを認めた煙草の主は、窓からとび出して、兵隊の手から煙草をはたきおとし、踏みにじって去った。無言劇である。ところが、同じ条件のもとに、ちがった結末になったものを見た。室内の掃除をしているとき、吸い殻を拾ってポケットに入れた。監督はすっとんで来て、吸い殻を出させて、踏みにじった。そして、新しいのを一本、そのポケットに入れてやったのである。使役から帰ると、各班とも地獄極楽の一日を語り合った。コックが残飯をバケツに入れて持って来る。一わたりわれわれを見渡してから、食ってもいい、と手真似する。飢えた兵隊は、われがちにどっと殺到し、バケツに手をつっこむ。思わず息をのむような風景である。コックは、にやにや笑いながら、鼻を鳴らして豚の真似をして見ている。好意的とは思えない。見物（みもの）として、楽しんでいるのである。無残というほかはない。ブレーキのきかなくなった人間を暴走させて楽しんでいるのに、心からの憎悪を覚えた。われわれもまた、ふがいなかった。もう一呼吸のコントロールができなかったのだ。空腹という事実だけで、受けずもがなの屈辱に身をさらしている自分が、あわれでならなかった。

残飯焼却の使役は、地獄の責め苦に近かった。文字通りの食い残しはともかく、手もつけていない食パンを、二本も三本も、無理やりにガソリンをかけさせて、火をつける。ことをわけて頼んでみても、「焼却が規則である」というのである。豊富な食糧を食い残し、燃やしてしまう生活もあるのだ。この使役には、嫌がらせや憎しみが露骨に見えた。食べ残しをわれわれの方に差し出す。思わず、何人かが手を出す。すると、「ふん」と鼻を鳴らして、火のなかに抛りこむ。児戯に近い嫌がらせである。「規則である」は、まだいい。「おまえらにやるくらいなら、豚にやる」と憎しみをこめて言う。皮膚の内側に、染みつく残忍さというものがある。肉類や果物の焼けてゆくにおいの前で、飢えの身を支えているのは、餓鬼道の責め苦である。

照る日、曇る日、そして、どしゃ降りの日。トラックをおりるや否や、一人一人突きとばすように人員を確かめる。全身に憎悪がみなぎって、殺気立っている。説明も何もない。襟をつかんで押しつけるようにして、つぎつぎと仕事を与える。Hey! Come on. の連続、Hey! Jap. と眼を怒らせ、歯をむき出す。寸暇も与えない。これほど憎しみの塊になりうることは、驚異だった。便所の掃除、穴掘り、ドラム罐の運搬、ほとんど無計画に、思いつくままに、こき使う。痛めつけることが、目的のように思えた。ことさら、重い荷物をかつがせる。よたよたして、倒れるのが、えもいわず楽しいらしい。あちらの窓、こちらの窓、さらには屯している兵隊たちが、一斉にこちらに目を注ぎ、手を叩いて喜んでいる。

何のことはない、猿回しだ。ならば、ほどほどにおもしろおかしく踊ってやればよい。だが、そんな余裕はない。一日、はいずりまわった。迎えのトラックを待たせておいて、際限もなく、あれこれと仕事をつづけさせる。Come on,Come on.が、頭の天辺から抜け出すように響いてくる。やっと終わったら、もう日も暮れかけていた。長い一日だった。トラックのなかで、低く「チクショウ！」と言う声を聞いた。明日は、どんな日が待っているのか、奴隷に自由はない、ということを身にしみて感じた。たまらなく寂しくなる。途中の山も木も面を伏せているではないか。皮膚の表面に、ぴりぴりとくる酷薄さがある。

トラックをおりるのを待ちかねて、「おれの兄貴は、シンガポールでジャップに殺されたのだ」と言って、憎々しげにわれわれの顔を睨めつける監督にぶつかった。当然、この日も嵐だった。報復の意味をこめての仕事なのだから、なまやさしいものではなかった。小柄な敏捷そうな男だったが、険のある顔だった。ことに眼がいけなかった。虹彩の奥に、ぎらぎらとうごめくものがあった。われわれは諦めた。早く一日が終わってくれることを祈った。まず、砂地に埋められた便器の位置をかえる仕事だった。掘り出したのを、素手でつかまなければ気に入らないのだ。棒でやろうとすると、砂を蹴って叱咤した。何の意味のある仕事なのか。ただ、素手でつかませることに、報復の快感を味わっているとしか思えなかった。手も洗わせず、弁当を食えという。徹底したものだった。

重い気分で食事していると、タブロイド版の兵隊向けの新聞を引っ摑んで来た。その第一面に大きく、日本の将校が捕虜を斬殺しようとして、軍刀を振り上げた瞬間の写真が出ていた。捕虜は、パイロットで、眼かくしされ、後ろ手に縛られて、跪いていた。「これを、みんなに読んで聞かせろ」と言う。フィリピンの写真で、決死の冒険による隠し撮りである、と説明がついていた。見れば、わかる写真だ。黙っていたら、「早くしろ」と、こづいた。何を、どう説明するのか、困惑していたら、新聞をひったくって、睨みつけながら、罵声を残して行った。fakirということばが、聞きとれた。かれら同士、さかんに使う言葉で、卑語のようだが、その語義は明らかでない。感じは、わかることばである。午後は、さらに輪をかけて、われわれを追いまわした。くたくたになって帰った。同じ疲れでも、しこりの残るいやな疲れだった。籠のなかに閉じこめられ、つつかれたり、こづきまわされたり、避けようもない苦痛が怨めしかった。

苦しくなると、「われわれの位置は、一体何なのか」という声があがる。「おれたちは、なぜ、かれらにこき使われなければならないのか。おれたちは、戦闘停止命令によって、武器をおさめたのであって、助けてくれといって、ころがりこんできた覚えはない。食わしてやっているというのなら、断わろうじゃないか。たかが、団子汁だ。かれらも乏しいのならわかる。腹一杯食いおって……。迎えの船が来るまで、ほっといてもらいたいものだ」と、ひらき直る。「シンガポールで兄貴が殺されたと言って、かみついてきたが、兄貴が殺されたのは、おれたちのなかにだっている。何も大きな面をすることはない。勝った方は、それで怒鳴り散らし、負けた方は恐縮していなくてはならんのか。こんな、わけのわからん話が「あるか」と、相槌をうつ。「食糧にしろ、医療にしろ、恩義を感じて、奉仕しなければならんと思うほど、ありがたい待遇を受けているわけではない。軍医に診てもらったこともなければ、薬一つもらった覚えもない。勝ったものは、負けたものを自由にこき使えという規則が、戦争にはあるのか」と、憤懣をぶちまける。

わずかな給与で繋ぎとめられ、過重労働を強いられ、あまつさえ屈辱的な道化までやらされては、心穏やかではない。暴力よりも、じわじわとくる悪意の方が、しこりになって残るものである。

船の揚陸作業もあった。これは苦力(クーリー)である。船の便所の使用を許されず、憤慨していたものもある。「てめえら、よっぽど高尚な気でいやがるんだな」と悪態をついた。船の作業で再三出会った男に、ロウというのがいた。みずからは中尉だといっていたが、制服をつけたときは、軍曹だった。われわれに無関心なようで、親切な男だった。見つからぬように持って帰れ、とOperation Ration（携帯口糧）などを、こっそりくれたりした。このキャンプ生活のうちに、ある力を与えられたものの人間のタイプ、そこに描き出されるさまざまな人間模様を見せつけられた。

ある日の夕暮れ、衛兵に伴われて、一人の豪州兵が、われわれのキャンプを訪れて来た。日本兵のなかに、手相を観るものはいないか、というのである。意外な申し出でに驚きながら、みんなにアナウンスすると、たちどころに一人まかり出た。山羊ひげをたくわえたその男に、「わかるのか」ときくと、「何とかなる」と言う。用件は、田舎に残してきた父母が健在であるかどうか、事業はうまくいっているかどうかが知りたいのだという。山羊ひげは仔細らしく掌をすかして観ていたが、「父母は健在、事業もＯＫ」とあっさり断を下した。豪州兵は、いかにも愁眉をひらいたといわんばかりに、「サンキュー」を繰り返しながら、善良そうな笑みをたたえて、煙草の罐入りをくれた。

これは、ただちにキャンプを刺激し、あちらこちらで手相についての蘊蓄を傾けるものが現われた。生命線、運命線、知能線などと、専門用語を駆使して、解説してくれるものもいた。その翌日も、五、六人の豪州兵が、好奇の眼を輝かせながらやって来た。山羊ひげは、てきぱきと片づけてゆき、こちらが呆気にとられた。停滞も逡巡もない。かれらは、東洋神秘主義に対する儀礼からか、満足げにうなずきながら、なにがしかの謝礼を置いていった。

やや調子に乗っていた。「こいつは呑助だ。家財産も呑んでしまうな」と言うのを、「汝は大酒呑みである。気をつけないと、収入を全部呑んでしまうことになるだろう」と翻訳したところ、まわりをとり巻いていた同僚たちは、愉快そうにどっと笑ったが、当の相手は、「サンキュー」と言いざま、われわれを突きとばした。調子に乗りすぎたことを後悔した。だが、その夜、重大なミスに気づいて、しまったと思った。「大酒呑みである」というところを「酔払いである」と誤訳したようだ。軍服を着て、軍務に精励しているものをつかまえて、満座のなかで酔漢呼ばわりされたのでは、怒るのが当然である。二人の被害者に、謝罪すべきであろう。さっそく山羊ひげにわびると、「どっちだって、同じようなものだ。どうせ、いい加減なものさ」と不敵に笑った。

以後、慎重に相手の喜びそうなことだけ言うことにした。「汝のフィアンセは、まだ汝の帰りを待っている。その人は美しい人だ」という卦が出るようになった。数日、お客さんがつづいて、あとはすっかり絶えた。

その間に一度、息のつまるような衝撃を受けたことがあった。観相を終えて一人が突然、「おまえらのなかに、こんなことをしたものがいるのか」と言って眼をぎらぎらと光らせ、鼻孔を大きく開いて、自分の二の腕に噛みつく真似をした。他の四、五名も、つめよるような視線を注いできた。貧弱な語学の力で、かれらを納得させる説明ができるはずもなかった。「そんなことはなかった、と信ずる」としか答えられなかった。誰かに、――人間では、だめだろう――助けてほしかった。気まずい空気が流れた。かれらは、黙って立ち去った。

ペーパー・バックの兵隊用の小冊子など、もらって帰ることもあった。ボームの『グランド・ホテル』の英訳などがあった。兵隊向けの新聞もあった。ふと手にした新聞に、「俳優林長二郎中尉戦死」の見出しが眼にとまった。おや、と思って見ると、

「フィリピン某所における戦闘中戦死。その主演した作品に、つぎのようなものがある」とあり、「滝の白糸」などが並べてあった。すでに、長谷川一夫であり、いまさら林長二郎もおかしい、と思って見た。

このころ、われわれとは明らかに違う日本兵の一団がいる、という噂があった。服装もきちんとしており、われわれの着ているカーキ色とは違って、濃い緑色のあちらさんの服を着ていた。一度、ちらっと見たことがあるが、再びその姿を見たことはなかった。多くのものが、その一団を見ており、おそらく戦闘中の戦争捕虜となった人々ではないだろうか、と推測した。こちらから声をかけたものもいたが、逃げるようにして姿を隠したという。意識的にわれわれを避けていることは明らかだった。「そんな必要はないのに」と、それらの人々の心中を推し測った。必要以上の屈辱感が、そうさせているのだろう。「生きて虜囚の辱を受けず」という武士道の伝統は、こんなところにも命脈を保っているのである。

豪軍の指揮官は、ロバートソン中将といった。開口一番、「われわれの当面において戦っていた部隊は、どんな部隊なのか」と、きいたということである。歩兵はほとんどいなくなって、病院、兵站の非戦闘員も加わっていた、と答えたところ、「正規の日本軍と一戦を交えてみたかった」と語ったという。この人は、後に呉地区に進駐してきた人物である。豪州兵によれば、世界最強の軍隊は豪州軍であり、日本軍は二番目、三番目がドイツ軍、以下どこどこ、一番弱いのがイタリー軍というランキングをつけていた。自国の軍隊を最強とする無邪気な発想には、共通するものがある。われわれも、勇敢さにおいて第一等の軍隊であるという自信を、最後まで失ってはいなかった。

敵陣地奪取の可能性は全くないとみられるところにおいて、第一陣、第二陣、第三陣と、果敢な突撃を繰り返し、不可能を可能にしてゆく姿を眼の前にして、言いようもない感動に涙を流したことがある。「捨身」の集中は、悲しいまでに崇高である。何のための戦争か、という問いに対して、恒久平和のため、祖国のためという理は立っても、その戦争がすなわち人を殺すことであり、自分が死ぬことであるという現実と、その構えた理念との間に、埋めることのできない溝の深さを感ぜずにはおれない。勇敢に死に駆り立てているもの——それはまわり道をした理の世界ではなく、もっと直截なものである。説明のつかぬ興奮である。感情の昂揚が、突発的な強さを示すのが、日本民族の性格とされ、しばしば好戦的であると誤解されるほどのものでさえある。

その場において働くものは、生の超越にまで高められた諦観などではなく、盲目的ともいうべき意志であったように思われる。その自己放下を媒介するものとして、気候・風土、あるいは精神文化史的な観点から、説明が加えられようが、さらにそれを助長するものに組織がある。戦場の拡大とともに、精神主義的なものが強調せられ、合理の芽は摘みとられていった。軍隊は、さらに個性を叩きのめし、一切の論理を理屈として斥ける徹底した仕上げを施し、命令で動く機械人間をつくり上げていった。命令は至上性、絶対性として、有無を言わせぬ重さをもって、自己放棄を迫り、非合理のなかに突入させるものである。日本軍の強さの一面に、この命令の重さがあったことは、否定できないだろう。

かれらも、その勇敢さを指摘していた。「われわれと、同じくらい勇敢である」と。その勇敢さをひそませた肉体は、一様に逞しかったが、蛇とか帆舟とかハートとかの刺青をしたものが多く、見慣れないだけに鄙野な感じを免れなかった。刺青についてのわれわれの連想は、あまり正常なものではないからである。絶えず監視の眼を感じていただけに、われわれもまた人間だけに眼が注がれていた。俘囚の眼には、自然は映らない。『イソップ寓話』の創意も、奴隷アイソポスにして可能であったか、と思われる。

10 自由

四十日の使役を終えて、原隊復帰となった。解放の喜びがあった。屈辱と拘束から、自由になったのだ。三つの範疇のなかに、さまざまな人間模様を見てきたが、憎悪の濃度がもっとも濃く、われわれは「人間」ではなく「奴隷」でしかなかった。島への送還の舟に、はじめて自由の翼を感じた。山も海も、一切の自然が和んで見えるのは、うららかな天候のせいばかりではなかった。ほほえみ交わしているかにさえ、見えるのだ。澄んだ海の水に、四十日の一切を洗い流したかった。幾人かの善意とのめぐりあいにもかかわらず、暗澹とした印刻を拭い去ることはできなかった。戦勝国の誇りも、「敵」に対する憎しみを超えることはできなかったのである。戦争は、勝った方にも負けた方にも、等しなみに悪魔的なものを注ぎかける無限の力を蔵している。戦争に加わったもの、誰が人間的でありえたと言えるものがあろう。人間を責めることはないのだが——。

久しぶりの再会を喜び合った。ふたたび、島の生活にかえった。からだも、やや元気になってきた。そして夢も見るようになった。日が暮れると、床にもぐりこむ。夜が明けると、起きる。そんな自然にかえっていた。朝夕二回の点呼以外、事はない。大体、六時から六時までの十二時間を眠っていた。Kの和讃の朗唱など聞きながら、いつの間にか眠りの深さのなかにもぐりこむ。体力の衰弱しているときには、まったく夢を見ることもない。幼児の深い眠りである。体力の回復につれて、夢を見るようになってきた。家に帰った夢を、初めて見た。眼が覚めて、あふれた涙を拭った。忘れていたものが、急に身辺に感じられてきた。夢は、性的抑圧による、という学説は信じられていいような気がした。

夜中に、ずしんと地響き立てる自然倒木の音に、夢破られることもあった。その偶然が、いつわれわれの頭上に襲いかかってくるかもしれない。ひとり幕舎を出て、砂浜に潮騒をきく。さびしさのなかに、初めて人間として息づいている自分を感じる。平和の実感はまだ遠いけれど、殺戮（さつりく）の場から身を避けえた一時（ひととき）の静謐（せいひつ）が、星明かりにとけて悲しいほど身にしみてくる。野獣と化して、ジャングルをくぐり抜けてきた三年間に、自分の内側にどのような変化がもたらされたかは、何もわからない。からだのどこかに、黒々としたマラリアの巣窟があり、小さな悪魔どもが乱舞している、——そんな図が想像されるだけである。それとわかる三年間の刻印は、じっと座っていても感じられるめちゃくちゃに早い鼓動と、ぼろぼろに欠けた歯と、無数の手足の外傷の痕だけである。われとわが身をいとおしむ気持は、瞬間にひらめいて消える。死の淵から免れえたという安堵感は、どこにもなかった。

途方もない破壊と殺戮の足跡を残して、「戦争」は黒い衣の裾をひるがえして、天外に飛び去った。眼を上げると、星の夜空に遠ざかりゆく、ものの影がある。星の光を揺がせながら遠く、遠くに。そして、いくつかの顔が、つぎつぎに浮かんでは消える。死んだ友、行方知れぬ友……。思いがけない顔もある。いずれも蒼白の、仮面のように表情は固い。戦争とは、何だったのか。人間を、「もっとも残忍な動物」と規定せずにおれなかった、地下の哲学者を満足させたことだろう。そのいくつかの顔のなかに、中国の老婆の顔がある。足なえの子の大きく見開いた眼がある。

一日の戦闘を終え、ゆるい西日のなかを、隊列を乱しながら、足を引きずっていた。湖のほとり、一人の老婆が、こちらに顔を向け、泣いたのか笑ったのか、表情を崩した。色は白く、どこか由緒ありげに、衣服も農民のものではなかった。茫々とひろがる山西省の曠野、その湖畔のただ一人の老婆。こんなところに？　と訝る気持が、困憊のなかから視線を注がせた。その両眼は閉じられ、精一杯に何かの感情を押し殺しているように見えた。そこから三百メートルばかり、無人の村落に背嚢をおろし、設営にかかった。やがてして、数名の兵隊が、何かわめきながら、あわただしくいま来た方向に駆け出して行った。「自殺だ！」という。われわれの通ったあと、老婆はゆっくりと水の中にはいって行き、そのまま、深みにはまってしまったという。見ていた二、三名のものは、何度も水の中で止まるので、なにをしているのかと、漫然とみていた。頭を没したときも、死を決意しての行動とはみえず、何かをみつけてのことだろうと、また姿を現わすのを待っていた。あまり上がってこないので、あわててとびこんでいったという。あのときの表情は、涙も涸れた悲嘆そのものだったのだ。

敵を追って、村民のいち早く逃げ去った村を、一軒一軒調べてまわったことがあった。崩れかけた家もあり、家財道具らしいものもほとんどなく、およそ生きものの類は何もみかけられなかった。何軒目かの家にはいったとき、ごそごそと何か生きているものの気配があり、はっと身構えた。六つか七つかと思われる坊主頭の少年が、「アワ、アワ」と言いながら、這い出して来た。足が悪いらしく、立てないのだ。額は広く、眼がくぼんで、眼球が異様に大きく見えた。不具なるがゆえに、置き去りにされた子なのだ。間をおいて、「アワ」「アワ」と言いながら、何のためらいもなく真っ直ぐに、「敵」であるこちらに向かって突進してきた。大きな眼を見開いたまま――。

暴走する戦争。それは、毛細管現象のように、思わぬところまで浸み透り、すべてを浸し、滅ぼし尽くしてしまった。Y軍医、Kさん、T曹長、M衛生伍長……能面のように硬直した無表情の面影が浮かんでは消える。そのなかで、この二つの表情だけが動いてみえるのだ。すべてが、剥げ落ちた時間として、空しく回顧されるばかりである。

中国戦線も激烈を極めた。何といっても、中国本土での戦闘であり、正規軍・共産軍と、常にわれわれに数倍数十倍する敵を相手とすることが多く、村落に駐屯していても、夜襲を食らうことは常のことだった。しかし、長い歴史に耕されてきた国であり、生存の条件も近い。われわれの方も、戦争のための「足場」をもっていたため、戦争の主体として行動しえたのである。

すでにあともどりすることのできないところまできている以上、勝つために全力を傾注するほかはない。第一線に立つかぎり、逡巡も懐疑もふっとんで、激しい撃ち合いにわれわれを忘れても、そのあとのむごたらしい死と荒廃に、われわれをとりもどす。その行為の目的と意義を問わずにおれなくなる。国家のため、民族のためという純粋理念をふりかざしてみる。恒久平和のための戦争という理念となれば、目前の矛盾は、あまりに大きすぎる。むしろ、漠然とした弁明に、安心を得ようと試みるのである。

ところが、ニューギニアでは、全く様相を異にしていた。戦場のための「足場」は、全く取り払われてしまっていた。食糧がない、弾薬がない、近代戦に必要な火砲、飛行機の類もない。さらに、風土病、悪疫、自然の暴威にさらされて、死はとどまるところを知らなかった。敵と戦う以前に、戦争そのものによって踏みにじられており、戦争の主体ではありえなかったのである。どこへ行ってみても、どうしてみても、われわれを滅ぼさずにはおかない何ものかがこの大気のうちにこもっていたのだ。

最後の拠点は、せめて人間でありたいという願いに尽きる。そして、せめて「固有の死」を望んだ。リルケのいう「おのおのの死を」祈った。戦争目的についての、抽象的経験した、そういう生からうまれてくる死を」祈った。戦争目的についての、抽象的理念をふりまわすゆとりはなかったのである。「おまえは、ひとりなのだ。人は、何ごとも知りえないのだ。おまえは、ただ、おまえのものを選べばよいのだ」という声がきこえてくるばかりだった。

動いて見える二つの表情は、国家のためという純粋理念のかげにあった「個」のうずきではなかったろうか。動かぬ無表情の戦友たちのマスクは、おそらくは、自分自身の内側の投影をみていたのであろう。心の原型をも打ち砕かれて、冷え冷えと横たわっている自分自身をである。ばらばらになった破片を、つなぎあわせるすべもなかった。
動くものと動かぬもの、くっきりと夜空に浮かぶ二つの表情は、そのまま中国戦線とニューギニア戦線との性格の相違を、象徴するもののように思われた。中国では、かつて敗戦の意識もなく、高邁な理念のかげに、生活・文化を破壊しているという心の痛みがあったことは、否定しえない。戦闘員・非戦闘員の別なく、絶えず「人間」との接触があり、「人間」が前面に押し出されていたからである。ニューギニアでは無人の原始林が戦場であり、「人間」は物量のかげに隠れた存在にすぎなかった。「人間」の介入する部分は、極めて稀薄な戦争だった。物量にねじ伏せられた無残な敗戦のなかにあって、「固有の死」は、望むべくもなかったのである。

こうして、渚に座ったまま、ひとり夜を明かしたこともある。K曹長も、時に黙って側に来て座っていたこともある。ノグチ・カワムラ・クサカベ・タナカ・ヤマモト・モンジ・ハラ・ムラタ・タカハシ……と、打ち寄せる波の音に呼応するように、脈絡もなく名前が浮かぶ。ふと、今の瞬間に、どこかに生きていて、同じ空を仰いでいるものがいるのではないかという疑惑にとらえられる。

妄想ではない。自分自身の足跡を辿ってみても、ばらまかれた兵員は厖大な数字である。物に動じない誰彼の面影が思い浮かぶ。生存の可能性は大きい。きっと生きている。この静まりかえった戦場に、何を考え、何を感じていることか。叫び出したいような焦燥を覚える。

島に収容されてからも、毎日のように死んでゆくものが絶えなかった。蝋燭が、燃え尽きるのだ。迎えの船を待ち焦がれながら、空しく消えてゆく。もはや、医学の手の届かないところまできているのだ。T准尉が、熱発で入院していった。つづいて中隊長F大尉が、うわ言を口走り出した。地べたに寝ころんで、「勝ってくるぞと勇ましく」と歌ったりした。水を飲ませると、「苦い、苦い」と、駄々をこねて吐き出した。間もなくT准尉を追って入院することになり、O兵長が付き添って行った。Yも、おかしくなって、すぐあとを追って入院してしまった。

とうとう、K曹長と二人きりになってしまった。点呼も、二人向き合って敬礼、あとはにやっと笑って終わり。六人用の家に二人では、格好がつかない。Kは、急に饒舌になって、郷土の「吉四六話（きっちょむばなし）」などを語ってきかせてくれた。Kは、戦争によってスポイルされなかった数少ない人間の一人だったと思う。

何度か船がはいり、他の部隊はつぎつぎと引き揚げて行った。われわれ七十九連隊は、ついに最後まで残され、鬼界ヶ島の俊寛の悲哀を味わわされた。船体につけた大きな日章旗が水平線に没するまで、汀に立ち尽くした。寂寥感と空虚感とに、溜息をつく。「二人とばかり書かれて、三人とは書かれざりけり」という嘆きである。迎えは、いつ来るのか、あてもないこと。島も、人影まばらになり、人のいなくなった小屋が、がらんどうという感じで、点在している。細々と煙を立てて生きている。そんな感じのわれわれだった。

11 帰鳥

われわれを迎える最後の船が入港する——天来の声が、信じがたいほどである。いそいそと身のまわりの整理をし、棄てるべきものを棄てた。棄てる、それだけでも過去の生活が断ち切られるほどの意味をもっている。拾う生活に、いま訣別しようとしているのだ。がらくたにしても、棄てるとなれば感慨も湧く。いつのころからか持ち歩いた、錆びついた罐詰の空罐のコップ一つにも、断ちがたい愛情がある。なるべく遠く、眼につかないところに投げ棄てる。家も、木も、庭も、一つ一つが一斉にこちらを向いている。見覚えのある柱や立木の傷痕（きずあと）、飯盒を火にかけるときの棒切れまで、眼に触れる一切が、感傷をそそる。——おれは、帰るのだ。日本に帰るのだ。

最後に、三年間条件の許すかぎり書き綴ってきた日記を、一枚一枚火のなかにおとした。手帳三冊、雨風にさらされて、ぼろぼろになっており、判読もむずかしくなったところもある。一枚ずつ、あのとき、あのときと、回想をたぐりながら燃やしていった。豪軍からの乗船に関する通達のなかに、「一切の書類・手記類の持ち帰りを厳禁する。違反者は云々」とあり、厳しい持ち物検査があるということだった。連隊からも、重ねて注意があった。三年間持ち歩いた記録の焼却は、無残な思いだった。最後の一枚を燃やしたとき、小さな灰の山とともに、三年間の一切が葬られた思いがした。何もかも、終わった。灰に砂をかぶせた。最後の景色を焼きつけておこうとすれば、いよいよ眼は空ろになるばかり、すべてが心を領して、胸にあふれるのである。

　連隊長以下六十名、軍紀のもとにおける「一個連隊」最後の行軍である。糧秣受領、物資蒐集などで、何度か通いなれた山道、立木や岩や落葉までが、いっせいに囁(ささや)きかけてくる。その一つ一つに自分の影を投げかけ、刻みつけながら、港に向かって行った。ふたたびは踏むこともないこの土。頭のなかを、激しく駆けめぐるものは、過ぎ去った三年間である。山鳩が遠く鳴き交わしている。私語を交わすものもない。このさびしさは、何なのか。二時間余、沈んだ行軍だった。

　われわれを迎える船を見たとき、初めて心の揺らぎを覚え、「おお」と声を上げた。薄明のなかに、ほのかに見た「未来」というものだったろうか。このとき、はじめて確かな「時間」のなかにいる自分を感じえたのである。共同墓地に向かい、無量の思いをこめて、別れを告げる。深々と頭を下げたまま、身動きもできなかった。おれは、日本に帰るのだ。

船は「鳳翔」、航空母艦である。抜錨して、最後の別れを島に言う。船体がゆるく揺れはじめる。初めて、母国への道を感じた。昭和二十一年一月十六日である。ニューギニア本島が見渡せる位置に来た。あちらから、こちらから、鬱蒼としたジャングルを掻きわけて、どっと戦友の姿が現われてくるように思われた。じっと眼を凝らしてみても、人影一つ見えない。どうして出てこないのだ。これが、最後の船なのだ。早くしないと、間に合わぬではないか。幻覚を追っているのではない。あちらこちらに生存者がいるはずだ。ガリの転進で退路を断たれたものだけでも、何千といるはずだ。なぜ、出て来ないのか。青い島影が遠ざかる。三年前と、一点違わぬ静かなたたずまい。数十万の人間入り乱れ、火を吐く死闘の三ヵ年も、この風景画に一刷毛をも加えるにいたらなかった。緑のなかから湧き出てくる人影を待ったが、ついに一人の出てくるものもいなかった。信じられぬ。すべてが死に絶えたとは、どうしても信じられない。原住民に救われたものもいるはずだ。どこかで自活しているものもいるはずだ。だのに——。青い青い島、白い鳥が舞うては消える。遠ざかりゆく島、じっとみつめていると、幾万の野ざらしの慟哭の声が聞こえてくる。高まり、うねり、そしてかすかに――。

いのちを呑み、人間を呑み尽くした島は、いま静かに遠ざかる。死の島ニューギニア、いまはじめていのちをえて蘇ったか。悔恨と哀惜に泣いているのか。緑が息づいている。本源の自然にかえって、その身におわされた手傷を癒すべく、眠りにつこうとしている。眼に見えない絆が、切れては繋がり、繋がっては切れる。凝視のうちに、しだいに放心していった。島影が見えなくなったとき、どっと悲傷の波が押し寄せてきた。身を沈めたまま、動けなかった。生還の喜びよりも、孤独の悲しみだった。屯営で編成されたわが中隊で、この最後の輸送船に乗りえたものは、ついにたった一人となっていたのである。二百六十一分の一、その一人となっていたのである。

握り飯とたくあんに、初めて日本を喚び起こした。いつまでも、握り飯をもって、放心しているものもいる。口に入れようとすると、意気地なく、涙が出るという。何の涙か、一人一人の負っている回想の重さは、はかりがたいのだ。「うまいなあ」と、溜息まじりに交わされていた。

夜、滑走路に仰向けに寝る。北斗七星から、南十字星へと、ぐらりぐらりと船体が揺れる。星屑の一つ一つが、真っ直ぐに突き刺してくる。往路のあの賑やかさに対し、帰路のこのさびしさ。日常語は重力を失ってしまって、原初の古典語の重さに、ある確かなものがよみがえってくる。

出でてゆきし日を数へつつ今日今日と
　わを待たすらむ父母らはも

哀傷の歌とともに、非命に散った戦友の最期が、そしてその面影が思い浮かんでくる。傷ついた数十羽の鳥が北の国をさして、よたよたと飛び立ったのだ。

12　権威と秩序

二日、三日と航海がつづくうちに、自分のうちの変化に気づいた。目先のことに感情を動かす自分になっていたのだ。船に乗った当座は、「生きてあり」、という感動がすべてであり、欲求も不満もなかった。順応性の早さに驚く。軍紀がゆるむとともに、トラブルも絶えなかった。食事の支度、そのあと片づけ、という些細なことにも、尖(とが)りあった。死地をくぐりぬけてきたもの同士のいたわりも、共感もなかった。階級の上にあぐらをかいて、動こうともしないもの、階級とは何だ。この場になって何をとぼけているか、といういがみ合い。階級にかかわりなく、黙々と動くものに、負担がかかっていった。秩序が失われ、誠意に頼るという奇妙な現象が、露骨になっていった。結局、怠けものや、図太いものが、のほほんと寝そべるということになる。その無神経さに対し、正義感の虫が噛みついてゆく。病院、兵站、歩兵などの混成であり、将校、兵の雑居という条件が、一層悪化させた。〝評定〟の眼を意識して動いていたものに、無償の奉仕は望むべくもない。決定的なのは、どうしようもない資質である。そんな一切に眼もくれず、忠実に任務を果たしてゆくもの、ぶつぶつ不平を鳴らし、不満をぶちまけつつも、やらずにおれないもの、人一倍憤慨しながら、実際には何もしないもの、根っから図々しくできているもの、規制するものがなくなると、それぞれの資質があからさまになってくるのである。

階級によって強制されていた秩序は、整然たるものがあったが、ひとたびそれが弛んでくると、収拾のつかない混乱に陥った。反動的ななりゆきである。一糸乱れぬ権威による秩序のはかなさを、思い知らされた。その混乱から、新しい秩序が形づくられてゆくのには、時間がかかる。依然としてその権威を過信しているもの、その権威に洟もかけないもの、平行線上で睨み合うほかはない。少佐と上等兵との、とっ組み合いも異様な風景だった。

しかし、長い権威の伝統は、意識の底深く根をおろし、理屈を超えて権威の存在を暗黙のうちに認めているのが一般だった。思わず知らず、階級に敬礼してしまう習性は、抜けきらぬ。殻を破るのは、容易なことではないのだ。いわば、反射的とも思われる屈従の習いは、一朝一夕には拭い去れるものではない。またしても、一つの状況下における「人間」のすがたを観る機会が与えられたのである。これまた、稀有の状況下といっていいだろう。そんな人間をのせた「鳳翔」は白波を蹴立てて、一路北上している。生々しい弾痕を負うたまま、忠実に走りつづけている。

我執がのさばってくると、輸送にあたっている乗組員にもとばっちりが飛ぶ。「便乗者、手を洗え」、「便乗者、食事受け取れ」と、アナウンスするその便乗者、便乗者が気に入らぬのである。帝国海軍の伝統であろうが、便乗者の意識がないかぎり、便乗者とは何ごとだと眼に角立てる。もはや、海軍も存在していないはず、「鳳翔」も空母ではなく、ただの輸送船にすぎない。乗組員も、ほかに使命があるわけではなく、輸送そのものが任務である。便乗者、の呼びかけに、思い上がりを感ずるほど僻(ひが)んでもいたのである。孤独と死とのどん底をくぐり抜けてきたことからくる、甘えに似た感情があったことは否定できない。おれたちには、このくらいのことは大目に見てくれてもよかろうと――。瑣末なことも、あるいは瑣末なこととなるがゆえに、海軍のしきたりに背反して、衝突することもあった。

暇さえあれば、滑走路に横たわって、雲を眺め、海を見た。盛り上がる波のうねりに、一切を忘れることもあった。自然の形相が、われわれに向かって喜ばしい光輝を放ちかけてくる瞬間がある。だが、そんな間にも、燃え尽きようとしているいのちがあったのだ。数回、停船した。病没者を水葬する瞬間である。ここまで来て、一人、また一人と、燃え尽きてゆく。消耗し尽くしたいのちの火は、祖国への夢を無残に打ち砕いて、消えていった。

喜怒哀楽、さまざまな感情をのせて、ひたすらに北上をつづける。「日本だぞ！」と叫ぶ声に、一斉に船も傾くばかり、左舷に押し寄せた。「鹿児島か」。山頂に、眼にしみ入る雪の白さを見た。熱帯に三年、いま日本の一月、厳冬のさなかに抛りこまれて、身震いした。熱帯の装束のまま、冬に立ち向かう。雪の冷たさが、皮膚を刺し通す。とうとう日本に帰り着いたのだ。何気なく立っている家々の屋根が、思わぬ人の眼に触れて、疼くような感動を誘うこともありうるのだ。声もなく眺め、みつめていた。「家庭」が、かえってきたのだ。星霜の移りは、どのような足跡を残していったことか。四国を過ぎる。しだいに冷えてくる。ふと、熱帯に馴らされてきたからだが、北極とも思える氷の冷たさに耐えうるものか、という不安がかすめる。気候風土、食物、すべてがわれわれのからだの構造を、つくりかえてしまっているのではないか。日本人の体質ではなくなっているのではないか。そんな不安を感ずるほど、自分が自分でないような気がしていたのである。

13 二人の老人——浦賀港——

浦賀に上陸。昭和二十一年一月三十一日。「全員、極度の衰弱」の連絡がすでにあったので、舟艇から上がるわれわれに、かいがいしい白衣の女性が二人、三人ずつ、付き添ってくれた。「大丈夫だから」と言っても、みんなで押し上げてくれた。

一歩、日本の土を踏みしめた。感傷に浸るいとまもなかった。千人ばかりの出迎えの人々が、手に手に幟（のぼり）を立てて待っていた。あわただしい声が乱れとんだ。「どこの部隊ですか」「某部隊をご存じではありませんか」「某をご存じの方はありませんか」、必死の叫び声だった。捜し求める声は、しかしすべて空しかった。再会の感激に浸りえたものは、一人もいなかった。遠くに碇泊したわれわれの船を、無量の思いをこめ、祈りのうちに待っていたのであろう、それらの人々だったが——。

忘れられた部隊、三年間行方をくらました幽霊部隊が、枯れ枯れてひょっこり地上に姿を現わしたのだ。七九の六十名、形ばかり整列して、収容所に向かった。出迎える人々も未練を残して、われわれとともに移動を始めた。

突堤から道路にさしかかるところで、自転車に乗って通りかかった一人の老人に遇った。自転車をおり、帽子をとって、こちらを向いてていねいに一礼された。思わず胸がつまってくずおれそうになった。角に立って、いつまでもわれわれを見送っているその老人の姿を、何度も振り返ってみた。

道路に出ても、雑踏をきわめていた。出迎えの人々は、われわれ一人一人に付き添うようにして、戦況をたずね、夫やわが子の消息の一かけらでも、きき出そうとしていた。何か語りかけずにはおれない、そんなのっぴきならぬものが感じられた。そのとき、青天白日旗を掲げたトラックが、兵隊を満載して驀進して来た。この雑踏に、スピードをゆるめようともしない。「危ない！」と叫ぶ声が呼応した。われわれの頭上から、罵倒と揶揄を浴びせて、恐ろしい勢いで通り過ぎた。

異常なものがあった。あっという間もなく、逃げおくれた老人をはねとばしていた。老人は二転三転して、動かなくなった。つづいて一台、嘲笑をのせて過ぎていった。

「ひどいことをしやがる」と、怒りを含んで、四、五人、老人のところに駆け寄っていった。祖国もまた、安じて身をおくところもないところまできているのか、という気がした。帰還第一歩における暗澹とした敗残の悪夢だった。

この浦賀港において、ていねいに礼をおくられた老人、異国の暴走車に倒れた老人、この二人の老人の姿に、伝統と現実の、二つの日本をわれわれは見たのである。われわれの足は、未だ地についていなかった。

14 浦賀検疫所

収容所にはいると、何はともあれ、虱退治である。スプレイに入れたＤＤＴを、胸から、背中から存分に吹きこまれた。すぐに入院してゆくもの、しばらくは面会もできないほど、ごった返した。Ｋ曹長も、そのまま入院していった。

割り当てられた宿舎に座ってみても、何もすることがないようで、しかもあわただしかった。真ん中の廊下を隔てて、われわれ七九の歩兵部隊と、病院・兵站の兵隊とが、向かい合わせとなって宿泊した。一目で、その差は歴然としていた。われわれは、所持品と名づけうるようなものは、何も持っていなかった。それに対し、かれらの背嚢ははちきれるほどになっており、新しい毛布の類もふんだんに所持していた。奇妙な対照を見せていた。兵種からくる性格の差というものなのか、じっとかがみこんで、何かの縫物などしている姿も見られた。歩兵の連中は、ひっくりかえっているか、あらぬ方に眼をやってぼさっとしているかである。われわれは正体もなく眠ったが、かれらは不寝番を立てなければならなかった。持てるものの悩みである。

　妙なことだが、言わず語らずのうちに、反目し合うようになった。われわれには、かれらが絶えず疑いの目をもって見ているような僻みがあり、われわれは、その豊富に持っている「物」よりも、その執着が気に入らなかった。果ては、小ぜり合いもあった。物がなくなった、あいつらだろう、と疑いの目を向けてくる。こちらの気の短いやつが、わざわざ出かけて行って、「妙な面するな。疑うなら調べてみろ。きれいすっぱり、何もない。出てくるなら、虱くらいのものだ。おまえらは、戦争に儲けに行ったのか。おまえらこそ、一体どこから盗んできたんだ」と啖呵をきっている。いろいろな形で、執念が頭をもたげてくる。その業のような執念が、生活を形づくってゆくのかもしれない。

　豪軍の使役を終わったとき、豪軍将校に親切なのがいて、毛布や靴や石鹸やタオルなどの生活必需品を出して、持って帰れと言ってくれたが、戦争で失ったものの大きさを思うと、とてもそんなものを持って帰る気にはなれなかった。生活に対応する心構えが、てんでなっていないのだ。思い煩わなくても、いずれは何とかなってゆくもの、という甘さは、ついに抜け切らなかった。

二日目から、検疫の合間に多くの面会の人に会った。知っている名前は、一人もいなかった。七八・七九・八〇連隊の人々については、できるだけ詳しく話してきかせた。が、ことばに移しきれぬもどかしさを、どうしようもなかった。ことばで説明しうるような戦況ではなかったのだ。「見てください、七九で生きて還ったものは、これだけなのです」と言うほかはなかった。ただ、病院船で帰ったものがいるからと、はかない一縷の望みを繋いだ。一様に質素なモンペ姿が、いかにもわびしかった。疲れが、ありありと感じられる。

四日目、若い婦人に会った。黒いモンペ姿、化粧のない顔が憔悴して見えた。七九だという。中隊は、鎌田隊と聞いて、はっとした。誰なのか。「S軍曹の妻です」と言う。私は、まじまじと相手をみた。この人なのか。「米のなかで生まれ、米のなかで育ちながら、米も食わずに死んだと伝えてくれ」と言ったあのS軍曹なのだ。その戦死は確認されていた。色の白い、円い眼をした特徴のある顔が、いよいよ眼を際立たせていた末期のころの面影を思い浮かべた。その戦死のときの戦闘状況、さらにその後のことなど、ことばに迷いながら話していった。同じ中隊の指揮班に一緒にいたことから、個人的な思い出をも交えて、三十分ばかり話しつづけた。語りつつも、襲ってくる空しさを、どうしようもない。

彼女の関心の焦点は、ただ一つ、生か死かにあったはずだからである。死を認めながら、それ以外に語るべき、聞くべき何ものがあるというのだろう。その間、絶えずかれの言ったことばが頭のなかで反復されていた。「おれの命日には、何もいらんから、米の飯を山ほど供えてくれ」――それを、どうしても伝えることができなかった。食糧の窮迫を語りながら、「どうぞ、ご馳走してあげてください」と言うにとどめた。膝の上で、ハンカチをまさぐりながら、じっとうつ向いてきいていた。ほとんど顔をあげることもなく、時々うなずくばかりだった。慰めになるようなことばを、懸命にさぐり求めた。「あの人も、最期を見届けていただいて、喜んで死んでいったことでございましょう。これで私も、諦めへのふんぎりがつくことと思います。これからの、いばらの道は覚悟の上でございますが……。いろいろどうも、ありがとうございました」と、一礼して立ち上がろうとしたとき、涙がはらはらと床を濡らした。耐えに耐えていた涙だったのだ。

外出して帰って来た兵隊が、物価の単位がとてつもなく上がっているのに驚いて興奮していた。浦島太郎を実感させたものは、この物価だった。わけもわからず、これは大変なことだと深刻にうなずき合った。召集解除の日が近づくにつれて、どこに帰るべきかに迷った。外地の家は、すでに失われていることを知った。外地に生まれ、育って、故郷を失っていたのである。広島郊外の伯母にあてて、とにかく電報を打った(この電報は、ついに着かなかった)。最悪の場合には、本籍地のお寺(教徳寺)に泊めてもらおう、と決心した。帰るべきところがなかったのである。

15　召集解除

二月七日、いよいよ召集解除。大半が西下するものばかりなので、特別列車が仕立てられた。懐中には、一時金百円を、秘蔵していた。駅前の食べ物屋にはいって、ありあわせの烏賊(いか)の汁を吸ったら、十円とられ、ある程度覚悟していたものの、呆気(あっけ)にとられた。三年ぶりに味わった貨幣の味である。

列車のはいるまで、駅で屯していた。思いは故郷にとんでいるのか、しゃべり合うものもなく、何か沈滞していた。そこに、「おい、某少尉を知らんか」と明るい顔をして、つかつかと中尉がやって来た。みんな知らん顔をして、そっぽを向いている。黙殺――それが、いままでの屈従に対する唯一の報復だった。それほど、一部の将校と兵隊との感情は疎隔していた。

中尉は、異様な空気に、ちょっと戸惑った色を見せた。と、一人の兵長が、真っ向からこう言った。「おまえ、誰に向かって言っとるのか。まだ将校風を吹かせる気か。消えてなくなれ、このバカヤロー」その剣幕に、はっとしたようで、そのまま黙って立ち去った。「いい人はみんな死んでしまってろくでもないやつばかり、生き残りやがった。あんな、でれでれしたたいこもちみたいなやつが、大きな面しやがって」と悪態をついた。「ほんまやな、おまえみたいな悪いやつばかり、生き残りおった」と、お返しがきた。

ガラスは割れ、シートの破れたおんぼろ列車だった。夏物を着て、その上に外被を羽織っただけのわれわれには、たまらなかった。野戦から持って帰ってきた毛布をかぶった。収容所では、帽子と靴以外、何の支給もなかった。突然予定を変更しての入港であったため、準備がなかったとかいうことだった。いまさら帽子でもあるまい、靴だけもらった。トンネルにはいっても、電燈もつかない。暗闇になるたびに、大きな背嚢が、一つ二つと消えていった。「こんど、トンネルにはいったら、あの大きいやつを抛り出してやる。拾った人は喜ぶぜ」と、手ぐすねひいて待っているのは、もちろん歩兵である。もたぬ身の僻みで、大事そうに抱えこんでいるのが、わけもなく腹が立つのである。対立は、列車のなかまで持ちこされ、文字通り、暗闘がつづいていたのである。

夕暮れの空に、富士を仰いだ。崇高なものに圧倒され、浄化される思いだった。純白さが敗残の身にしみた。ただ一つ、変わらぬものにめぐり会ったような感動を覚えた。いままで見たこともない富士の一面を見た。


〈存在を超えた無限なもの〉

〈存在に還へる無限なもの〉

祈りの如き。

はるか。


と、詩人の歌った、あの「富士」なのだ。

黄昏（たそがれ）が拡がり、遠くの村の燈も光を増していったが、楽しい団欒（だんらん）のイメージを結ぶことなく、冷え冷えとした哀傷をたたえて見えた。大阪を過ぎるころから、降りるものも多くなった。中国路にさしかかるころ、九中隊だったか、広島県の比婆郡の奥に帰るという准尉は、「もし、どこにも、落ち着くところがなかったら、ここに訪ねて来てくれ。何も遠慮はいらんから」と言って、住所を書いた紙片を手渡してくれた。厚意を心から嬉しく思った。「軍隊」の染みついた文字で「山脇数義」と書いてあった。つぎつぎに戦友に別れをつげて——おそらくその大半は、ふたたび相見る日はない人々であろう——、一人広島市の横川駅におりた。ここから、可部線に乗り換えて、伯母を訪ねてみようというのである。

16　廃墟——広島——

横川駅を出て、広島の惨状をまのあたりに見た。一望、ただ無残な廃墟と化した広島だった。ところどころ、鉄筋の堅牢な建築が、かろうじて残骸をとどめているばかり、赤茶けた荒廃がのたうっている。死滅という感じではなく、焼け爛（ただ）れたものの底に、何かうごめくものを感じた。これが、あの爆弾なのか。おれは、この荒廃を見るために、生かされたのか。あの爆弾は、何十万という人のいのちを奪い、このおれを生かした。そのおれはいま、その爆弾の爪跡を見ているのだ。そんなことを考えながら、感慨に耽（ふけ）っていた。ちらり、ちらりと、間をおいてゆっくり舞いおりる雪が、一つ二つ鼻の頭で溶けた。

ふと気がつくと、道行く人が、ずっと遠巻きにして、こちらを見ているのである。猛獣かなんどを見るように、こちらをうかがっている。なるほどと思った。およそ、のこのこ娑婆(しゃば)に出て来られるような風体ではなかったのだ。帽子は三年間かぶりつづけたぼろぼろであり、垂れまでついている。その下にある顔は、マラリアの薬で黄色く染まり、栄養失調でむくんでいる。眼鏡も長い年月の風雨に堪えて、かろうじて鼻の上にとまっている。生きた人間の顔ではなかったのだ。二月初旬、雪のちらつくなかに、熱帯用の防暑服を一着におよび、その上に古ぼけた外被をまとっている。背中には、ぺしゃんこの背嚢に、由緒ある傷だらけの飯盒を派手に二つくくりつけ、肩からは乞食袋(こじきぶくろ)をぶら下げ、うす汚い毛布を持って、立っていたのである。異様な風体が、人々を驚かせたのであろう。あるいは、灰燼(かいじん)を凝視しているまなざしに、一瞬にして家族を奪い取られたあわれな帰還兵の狂気を看て取ったか。恐縮した。視線をおとし、くびすをめぐらせた。

ここもまた、人間の住めるところではなかった。原始林から廃墟へ——戦争を媒介とする自然の暴威から、文明の暴力へ、人間を疎外する二つの世界を往来して、砕け散った自分を繕(つくろ)うすべもなかった。空ろな風が、空ろな心を吹き過ぎて通った。

国際日本研究所版あとがき

東部ニューギニア戦線三年間（昭和十八年一月〜昭和二十一年一月）のノートである。戦闘の記録としての、いわゆる戦記ではない。戦争という極限の状況下における「人間」の素描を試みた、人間レポートである。死は伝染病のようにひろがってゆき、瞬くうちに「死の島」となった。のっぴきならぬ死と向かい合った人間、その周辺をとりまく黒人・白人の人間模様を、できるだけ客観的に描いてみようとしたものである。それによって、戦争とは何であるか、という問いに迫ることができるのではないかと考えたからである。

戦争は、人間を蹂躙し、席巻し、数万の野ざらしを遺棄して去った。二十三年になる。しかし、あの三年間は依然として現在であり、過去となる日は、ついに来ないだろう。夜ふけて、星の一点を凝視すれば、須臾（しゅゆ）の間に時空の隔たりは消え失せる。あのときの星をみているのだ。戦争の呪縛（じゅばく）のなかで、戦争を引きずっているもの——それは、戦争を体験したものすべての業苦(ごうく)であろう。意識の深層に刻みつけられた傷は、ことあるごとによみがえり、五体をさいなむ。不可解な夢は、戦争の「亡霊」であろうか。

糞尿か、泥水か、腐敗した泥沼のなかに無数の足の行進がつづく。象のように腫れた足、血のしたたる足、白骨になった足、蒼白い蠟(ろう)のような足、襤褸(ぼろ)のまつわりついた足、鎖を引きずる足、一様に泥にまみれた足、足、足——。ざわざわと鳴る音。その汚水のなかを、完全軍装に押しつぶされた芋虫のように、反吐(へど)を吐きながら、のたうちまわる。窒息しそうな息苦しさ。ねっとりと薄気味悪い感触——。

原色を塗りたくった奇怪な箱のような機体の飛行機が、突如として、到底見えるはずもない角度に、くっきりと姿を現わす。毒気にあてられたように、内臓がねばりつく。恐怖というよりも、不気味なのだ。逃げまどいながら、いつか脱出することのできない迷路へと追いこまれてゆく。その迷路は、白々とした無数の墓石で囲まれている。飛行機は、へらへらと笑いながら、真直ぐに迫ってくる。進退谷(きわ)まったとき、高らかな哄笑を残して姿を消してゆく。空には、紺碧の海の小さな孤島に椰子の木が一本、蜃気楼となって浮かんでいる。「戦争」が嘲笑っているのだ。

ひたひたと迫る、どす黒い危機感。銃に弾丸をこめようとあせる。どうしても弾丸がこめられない。弾倉に蛆がわいていたり、二重装塡したり、空しいあがきをつづける。危機感を追い払うべき一発を、どうしてもぶっ放すことができないのだ。絶望のうちに、安らかに死ねるみちを模索しつづける。弾倉のなかの蛆が、うじゃうじゃとあふれ出て来る。

戦塵遠くおさまって、すでに二十年をこえながら、いまだにこんな夢に悩まされる。それは、固定した型をなして反復され、プロローグが始まったとき、またか、と思いながら、ずるずるとエピローグへと引きずりこまれてゆくのを、どうすることもできない。骨の髄まで染みついた戦争の呪詛なのだ。もともと夢は、理解しがたい意識の複合した領域であろう。しかし、ユンクも言うように「自分自身について、また自分自身からしか夢をみない」ものだとするならば、この夢も、「私自身」の認識活動のあらわれだといえよう。

あの三年間が、依然として現在である、というさらに大きな理由は、死線をくぐりぬけてきたものの義務を、果たしえていないという反省である。体験の記録は、あくまで私的なものであり、個別的なものにすぎない。私自身同じ世代の戦争の記録を読んでみても、ほとんど共感するところはないし、感動もない。時には、否定的な気分を抑えきれないことすらある。それほど、戦争体験は孤立したものなのである。そんな特殊な戦争体験の記録を積み重ねてみても、戦争阻止の思想は生まれてこないだろう。思想への原点をふやすという意味では、貴重なものではあろうが。「どんなものにせよ、体験は絶対に思想化できない。ただ思想を生み出す創造的原点となりうるだけだ」という中原浩氏の指摘は、正しいと思う。思想的にみれば、「零度」であっても、創造的原点となりうる素材の豊饒さは、否定しえない。場面が異常であるだけに、逆に透けてみえる部分があるからである。そこから、何が創造されたかには、大きな疑問符がある。戦争世代によって、何が指し示されたか。つぎの世代が、それを乗り越えるべき何ものが形づくられてきたか、を問わずにおれない。そういう意味で、私の場合、戦争は終わっていないというほかはない。

帰還後一年間、ほとんど病床にすごした。広島県安佐郡安村、農家の納屋の一隅である。周期的にマラリアの発作がおこり、脈搏は常時百を越えていた。全身にきている浮腫(むくみ)は、容易にとれず、そんなことに付随して、いろいろな症状がおこり、砲弾でやられた右の耳の耳鳴りも、激しかった。いまさらに、三年間のおとした影の深さを思わせられた。物資の払底、食糧難、栄養失調を回復すべき手立てもなかった。県立病院・赤十字病院など大病院を訪ねてみても、徐々に消耗し尽くした体力は、ただ時間に待つほかはないという。村の河野医師は、自転車のペダルを踏んで、せっせと足を運んで、ビタミンなどを射ってくれた。初め一ヵ月ほどは、朝夕二度も来診の労を厭わなかった。正常な生活様式へ復帰するためのトレーニングとして、米食を少しずつ摂(と)るというスケジュールも組んでくれた。狼少年を見守る医師のように、このあまり類例のない患者に対して、心を砕いているのがよくわかり、人の情だけが、身にしみて嬉しかった。

ときどき、人通りの少ない夕暮れの道を歩いてみる。「自然」は、まだまだ遠い存在だった。爆音に、瞬間はっとしたり、暗がりから出てくる人影に思わず身構えたりすることもあった。黄色い電燈に照らし出された僅かな書物を、窓越しに佇んでみることもあった。書物を一切失ってしまっていたからである。そんなころ、前村長の子息、川口博氏に、蔵書を開放していただいたときは、その厚意に心から感謝した。二、三冊ずつ借りては、活字への渇きを癒した。三年ぶりの読書に、あるおそれと不安とを感じながら。

満身創痍のなかに、時の移りを傍観していた。国家というものも、わからなくなっていた。われわれを戦場に送りこんだ国家と、われわれの帰還を迎えた国家とが、同じものとは思えなかった。命をかけて、何のために、何をしてきたのか。自分自身の姿が、薄暗い洞窟のなかの手負いの猛獣に思われたり、大波のあおりを食らって、砂洲に打ち上げられたためだかに見えたりした。自分自身の空しさは、がまんもできよう。だが、声もなく死んでいった戦友の死が、無意味であっていいものだろうか。つき上げてくるものを感じながら、三年間の記録を、病床の合間に書き綴っていった。

そんなある日、著名な女流作家が「日本軍将兵の各地において働いた残虐行為に対して、全世界に謝罪したい」という趣旨の一文を、新聞紙上に発表しているのを読んだ。立派だとは思いながら、戦争がわかっていないのではないか、というもどかしさを禁じえなかった。日本軍にかぎらぬ。すべて戦闘に参加したもので、だれが人間的でありえたか。人間を人間でなくするのが、そもそも戦争ではないのか。皮膚の表面に加えられるものだけが、残虐行為ではない。皮膚の裏にしみる残酷さもある。いわゆる残虐行為として指摘されるものは、戦争という氷山の一角にすぎない。埋もれた底辺に、途方もない戦争そのものの悪魔性が潜んでおり、人間の力ではどうしようもない部分がある。氷山の一角をついてみても、底に沈んでいる部分は、びくともしやしない。戦争ともなれば、人間を超えたところで、荒れ狂う戦争自体を追求すべきではないのか。

国家によって組織された大量殺人の規模は、それ自体悪魔的な力であり、その両者がぶつかり合うとき、人間の思惟を絶したものとなる。敵も味方もない、草の葉の一枚一枚に夜露が置くように、戦争の呪詛は、すべてを蔽いつくしてしまうものである。すでに三百年も前、ホッブスはこう書き残している。《このような戦争においては、なにごとも不正ではない》。各人の各人にたいするこの戦争から、なにごとも不正ではありえないこともまた、帰結される。正と邪、正義と不正義の観念は、そこには存在の余地がない。共通の力のないところに法はなく、法のないところに不正義はない。強力と欺瞞とは戦争においては、ふたつの主要な徳であると。

理性の圏内においてのみ、美徳も悪徳も存在しうる。理性の圏外に、はみ出たところでなされる行為が戦争であるとするならば、美徳も悪徳も、所詮さざ波にすぎない。その矛盾のなかから、たとえさざ波であろうと、人間でありたいと願いつつ死んでいった戦友たちの真意を伝えたいというのが、この手記の目的なのである。

野戦において、できるだけ記録を残したいと思い、陣中日誌の形で、三冊の手帳に書き綴ったものがあった。帰還直前、すべての書類・記録物の持ち帰りを禁止する、という豪軍の指令によって、それはムッシュ島において焼却された。もちろん、完全な記録ではありえなかった。夜闇から夜闇へと、雨をついての行軍や作戦、体力の消耗、マラリアの発熱と、記録はとだえがちだった。水につかって、判読もむずかしくなったところもあった。背嚢の底に入れて、三年間持ち歩いたというだけでも、奇跡的と思える記録の焼却は、無残な思いだった。一面、それでいいのだという矛盾した気持もあった。到底、筆で尽くせるものではないという諦めもあり、忘れてしまいたい部分も多かったからである。

その記録の記憶をたどりながら、書籍の包装紙として包みこまれていた俳書のゲラ刷りの裏に、鉛筆でぎっしり書きつけていった。書いているうちに、かつての陣中日誌の文章が、そっくりよみがえってくることがあった。ことばのこちら側に佇み、ことばの向こう側に突き抜けて戸惑い、鉛筆は重かった。遅々として、約半歳をかけた。粗末な紙の裏なので、今日では判読に苦しむほど、古色をおびたものとなっている。

昭和二十一年十月、たまたま手にはいった原稿用紙の裏表を使って浄書した。二、三の人に読んでもらうにとどめた。活字にしてはという勧めもあったが、自分自身その生々しさに堪えられぬものがあった。そっとしておきたいことも多かった。いつか、遠い将来において、発表する機会もあろうかと思い、篋底（きょうてい）におさめておいた。

以来、どん底をみせつけられてきた私の眼は、絶えず「人間」に注がれてきた。人間の外被ではなく、その人が人間として何であるか、ということである。それは、戦場から持続している人間へのあこがれであろう。人間が、人間である、というこの自明のことが、いかにたいへんなことであるかという反省でもある。そして、古代ギリシアの「人間が人間であるということ、それは何と美しいことか」ということばが、消極的な詠嘆に発するものとは、思えなくなってきた。白昼、提灯（ちょうちん）をぶらさげて、人間を捜し歩いたというのも、単なる伝説として笑えなくなってきた。

人間いかに険しい苦難の人生を辿っても、ひとたび過去として回想されるときには、一望坦々とした原野として思い返されるものだという。いかに苦しくとも、それは現在を形づくる潜在的な力としての意味をもちうるからであろう。だが、戦争の暗い谷間は、依然として底知れぬ暗さをたたえた空白にすぎない。平坦な道として回顧される日は、ついに来ないだろう。それは、徹底的な破壊であり、断絶であり、人間を踏みにじるものでしかないからである。

その谷間に葬り去られた人々に報いるべき、何ものが形づくられてきたであろうか。平和・自由・民主化・近代化と、いくつかの項目が数え上げられるであろう。同時に、疎外といい、人間性の喪失といい、自己中心的な安易さのなかに碌々としていなかったであろうか。

個人は、常により高い道徳段階へと高まってゆかねばならないが、個人は有限の存在であり、人類は無限の存在であるがゆえに、各時代を通じて道徳的偉大さにおいて、次元の高低は全然存しない、というランケの絶望的な宣告を想起せざるをえない。人間が人間でありえたとき、この地球上から戦争をなくしえたとき、初めて文化の高さを誇ることができるのではないだろうか。

漠然と考えていた記録の整理を促す決定的ないくつかの要因が重なった。ヴェトナムの戦争、この人にと思っていた人々の思いがけない訃音、友人の要請、私自身の健康、それとともに、あの島を離れるときいた幾万の野ざらしの慟哭の声である。長くほこりをかぶっていた草稿を取り出してみた。

ある程度、距離をおいて見ることができるようになっている。歴史的仮名づかいと、旧漢字とを改め、編集し直してみた。意識の振動によって、心の下層からあふれるままに書き記したものだったからである。時間の断絶した世界を這いずりまわっていたため、空間だけが切りとられて描かれているという印象は、本人自身の眼にも明らかだった。編集し直してみても、継ぎ目となる時間の脈絡は、依然空白のままになってしまった。やむをえぬこととしなければなるまい。今日の眼からすれば、不満も多いが、これはこのままでいいのではないか、という気持から、できるだけ原型をとどめることにした。というよりも、加筆を拒絶するものが感じられ、筆を改めることができなかったのである。草稿をまとめるとき、すでに焼却された陣中日記の文章表現がよみがえってきて、そっくり挿入されてしまったように、あるひとときの感動を写すことばは、固定してしまうのかもしれない。溯れば、陣中日誌の復原ということになろう。二十代の客気も鼻につき、表現・内容ともに、不満を覚えつつも、動かすことができなかったのである。

現在の時点で書くとすれば、全部を廃棄し、稿を新たにするほかはないだろう。所詮これも〈病者の光学〉のそしりを免れないものだと思う。不完全なこのノートに、「戦争の正体」と「人間」とを、いささかでも照らし出す部分があれば、生かされたものの使命の一端は果たされよう。野ざらしの声も、おそらくそれだったと思う。現在の地点から、ただ過去を回顧するものにすぎぬならば、何の意味ももたない。たどたどしい「病者」の認識にすぎなくても、健康な追体験によって、顔を未来に向けてほしいというのが、究極の念願なのである。

稿を終えて、なお心にわだかまるものを禁じえない。どうあがいてみても、到底描き尽くせるものでないというもどかしさ、客観化を妨げるもののあること、さらに、もっと大事なことが落ちているのではないかという不安である。戦争の渦のなかに巻きこまれ、押し流されていたものの視野の狭さは、「事実」の把握にも、おのずから限界があろう。

いまだにふっ切れない幾つかの問題もある。たとえば、いまなお現地に生存者がいるのではないかということ、土着の人々の厚意に、報いるすべもないということなどである。戦局の全面の見通しうる立場でもなく、小さな行動半径にすぎないが、どこかに生きている、という感じを拭い去ることができない。転進・敗走の間にとり残された人々が、悉く死に絶えたとは思えないのである。兵員の把握もできないまま、そこにいあわせていたものだけが、輸送船に乗りえたという感じだった。あの場の生々しい印象と、生きていてくれという願いとが、いまだに持続していて、そんな「妄想」をいだかせるのであろうか。数等体力にまさり、絶望ということを知らない誰それの面影が、いまもまざまざと思い浮かぶのである。広大なあの原野にばらまかれた数は、実に十万を越える厖大なものである。生存の可能性は、ありうるのではないか。ニューギニアに限らず、全領域にわたって、生存者の救出に万全を期すべき手立てはないものだろうか。

あの三年間は、土着の人々にとっても悪夢の三年間であったであろう。やむにやまれぬ背信はあったにしても、それ以上に、かれらの善意を忘れることはできない。しかも、報いるべきすべも知らないのである。

本稿をまとめるにあたって、多くの人々に助けられたことを、感謝せずにおれない。フィリピン戦線におけるみずからの熾烈な戦争体験から、序文を寄せられた西治辰雄、清潔なカットで精彩を添えられた三宅基善、髑髏のマークなど写真は市村幸治、それら同僚諸氏の友情に対してである。また、長く眠っていた手記を引き出すきっかけをつくり、さらに感想・批評を寄せられた恩師・同僚の励ましに対してである。こうして、二十年間地底にもぐっていた蟬が、やっとかすかな鳴声をあげることができたのである。

ただ、遅すぎたという痛恨に胸はうずく。相つぐ訃報に、とりかえしのつかない悔恨を覚えるばかりである。いち早く原稿に眼を通され、「正確な記述と描写に、戦争というものがどういうものであるかを知ることが出来、……恐ろしい暗黒の中を見る様な気持ちで、救ひの無い世界に立たされた思ひがしました」と書いてくださった時枝誠記先生の急逝、隻手のK曹長、川野碩雄もまた、病に仆(たお)れた。「戦争でスポイルされなかった数少ない一人」に、天寿を全うすることを許さなかった酷薄なさだめに、憤りを覚える。「笑ましくも　君　み征きませ冬の空」と詠んでくれた淵上昇もまた、黒枠にかこまれてしまった。怠慢を悔いるばかりである。

巻頭の絵は、ウォッツの「希望」を借りた。「望みえないのに、なお望みつつ」無絃の絃を掻き鳴らしつづけたニューギニア将兵の姿を、まさしく象徴するものだからである。版権のことなどで、お力添えをいただいた河北倫明氏・国立近代美術館の方々に、厚くお礼申し上げる。

「母の便り」は、妻喜恵子が五線紙にうつしてくれたものである。生き残りの怪しげな音感に頼らざるをえないかぎり、原曲のままであるかどうかは疑わしいが、その大体は伝ええたと思う。極楽鳥の飛び交う島に、ひとたびは消えたメロディが、あこがれつづけた故国のどこかで、再現されることもあろうかと思い、また、そのことを願い、挿入しておいた。非命に散った幾万の霊を慰めるよすがともなるならば、というはかない夢である。

　上梓の労をとられ、編集上の諸注意を寄せられた久山康教授に対しては、お礼のことばもない。思いがけぬことの次第であったため、感銘一入である。上梓の決定とともに、倉皇の間に筆をとり、冷え冷えとした文章を、雄渾な風景画で支えてくれた原成禎君には、ありがとうのほかに、ことばを知らない。いろいろと御迷惑をかけた創文社編集部の大洞正典氏、石川光俊氏、さらには堀内印刷のかたがたに深謝申し上げる。

昭和四十四年三月十日

尾川正二

文庫版のあとがき

今世紀、世界は二度の大戦を体験した。第一次大戦後書かれた、カロッサの「ルーマニア日記」（後に『陣中日記』と改題）は、戦記文学の最高峰とされている。軍医として西部戦線・東部戦線に参加した体験をつづったものである。カロッサの信条は、人間の内面に宿る「闇」を克服して、「光」を志向するものとされている。したがって、「光」を表わす語彙が多い。ついで、「段階」を意味する語が目立つ。

戦争体験からの「心の闇」の発想であるかどうかは知らないが、説得力をもつ。「光」に到達するための段階は、上昇の理念を実現する過程と考えられる。戦争の闇は、たとえようもなく深い。第二次大戦後、この『陣中日記』に比肩しうる戦記文学は見られぬといわれている。人間と人間との戦いではなく、機械と機械、あるいは機械と人間との戦いであったからであろう。無機の世界が主となって、心の闇を凝視せざるをえないような戦争ではなかった、といえるのではなかろうか。科学兵器の開発は、その傾向をいっそう助長することは疑いない。

機械と物量に翻弄された人間、その典型的な戦場がニューギニアだったといえよう。補給基地ラバウルとの間が完全に遮断されたことは、切り倒された巨木が枯死するのに似ている。十数万の将兵が、弾薬、食糧の補給を断たれた。三年に及ぶ砲爆撃にさらされ、枝葉は枯れ、幹も枯れ、生命を終えようとしたときに、戦い終わったということになる。戦後いかに資料が増えようとも、認識の全体像を表現しうるものではない。滅びへの過程に、自分という人間がどう対応してきたかを書くほかはない。自分の体験で確かめられる身辺のことが、重要な意味を帯びる。

約三十年前に出版され、以後断続していた小著に執着があるのも、体験というフィルターを濾過させているからである。人間認識・歴史認識、あるいは認識一般が、自己認識の深さを反映するものであり、視野の広さにかかわるものであるところに、限界を認めざるをえない。限界はあるにしても、戦争の実態は伝えなければならない。安定した方法を模索しているとき、光人社出版部長の牛嶋義勝氏の尽力により、文庫本として存続させるという幸運に恵まれたのである。

「戦争の残酷さ、平和の尊さ」と題目のように唱えていれば、平和な世界が維持できるというようなものではない。戦争そのものの不条理を知らなければならぬ。それは、近代において、いっそう深刻なものとなっている。化学兵器によって相手を殺傷すると同時に、自国の将兵を途方もない後遺症の脅威にさらしている。「戦争」を象徴する現象でもあろう。思量を超えた対人地雷の敷設などの実相を知ると、人間の英知も怪しくなる。人類滅亡への道を思わせる。

曲折を経たが、装いを新たにして復刊になったことを、こころから感謝している。活字離れの時代といわれ、出版事情もよくないときの刊行ともなれば、謝意を表することばもない。闇に閉ざされたようなあの戦場に、一条の光を点する機縁ともならば、なおさらである。「光」といったのは、最低の生活環境においても、人間性の一切の「段階」が潜んでいるということをも含意する。文庫という形を与えられたことは、本書の成立、その後の経緯からして、感慨一入のものがある。

一九九八年二月

尾川正二

解説——ニューギニアにおける高射砲兵の戦い

昭和十七年以降、南海方面における彼我の激突は航空基地争奪を中心とした陸、海、空の立体戦の様相を深くし始めた。

ニューギニアにおける高射砲兵の戦は、離島における野戦防空を主体とした苦闘の連続であった。珊瑚海々戦以後わが海軍航空戦力の消耗にもかかわらずわが軍は態勢を挽回するため、ソロモン島強行上陸と併行して、十七年七月にポートモレスビー攻略を目的とし、南海支隊をニューギニア島北岸のブナ付近に上陸させた。

支隊はまさにモレスビーの街の灯が見えるあたりまでスタンレー山脈を突破しながら、補給が続かず、撤退命令を受け、涙を呑んで同じ難路を退き、遂にブナ付近に踏み止まって玉砕に近い死闘を繰り返した。

これが長い苦しいニューギニア戦の幕開けとなり、防空戦では野戦高射砲第四十七大隊が参加し、敵機四十機以上を撃墜するとともに、地上戦でもその中核となって敵闘したが、これから先の苦難の前途を暗示するようであった。

翌十八年三月、ラバウルよりニューギニア島へ、魔のダンピール海峡を押し渡ろうとした第十八軍の船団は、制空権を握り始めた敵航空機に大挙して襲われ、全七隻が撃沈破という悲運に際会し、ラエ・サラモアの拠点を固めることは容易ではなく、逐次補強するのが精一杯であった。

この地域で活躍した防空隊は野戦高射砲第五十大隊および野戦機関砲の諸中隊で舟艇機動に、揚搭場防空に、また敵上陸部隊との地上戦闘に活躍した。その後第五十一師団主力とともに標高四千メートルのサラワケット越えで、飢えと寒さにさいなまれながら、多くの落伍者を出してマダン方面へ半病人の姿で転進した。

当時マダン・アレキシス地区は陸軍では第十八軍の根拠地となり、第四航空軍の前進基地でもあるため、野戦高射砲第六十三大隊および五十六大隊を始め、照空中隊、機関砲中隊など相当数の防空部隊が配備されていたが、敵機動部隊の北上と航空基地の推進にともない、空襲は日増しに熾烈となり、わが防空諸隊は果敢に反撃し、敵機多数を撃墜したが、量に優る敵機の爆撃が激しくなるに及び、壊滅的損害を蒙るに至った。

一方敵機動部隊の蛙跳び作戦により、制空権の北進は早く、第四航空軍が比島方面へ撤退するに及び、第十八軍もホルランジャ方面へ転進するに決し、主として夜間を利して重湿地地帯や密林を突破して難行軍を続けた。その海岸線にはハンサを始め主な拠点に高射砲部隊が配備されていたが、いずれもマダン地区と同様の運命をたどり、次々と壊滅的損害を蒙りつつ、最後の一門となるまで戦った。

空襲の重点はニューギニアのわが最大基地ウエワクに移った。十九年三月ウエワク大空襲に対し、所在防空部隊が徹底抗戦し壊滅したころ、敵機動部隊はアイタペ・ホルランジャに上陸し、わが軍は退路を断たれてしまった。ここにアイタペ攻略戦が始まるが、防空部隊は地上戦闘に参加して山砲隊や輸送隊となり、最後は海岸防禦戦やアレキサンダー山系複廓陣地戦で、現地物資を求めながら戦い続け、終戦を迎えた。ニューギニア北岸の海岸線、概ね一千五百キロの広域にわたって転戦した第十八軍関係部隊、ならびに西部濠北部隊に配属され協力した防空部隊は、海岸の要所に配備し防空に任じ、戦況の変化にともない海岸線を大発や行軍で東奔西走し、空襲が始まると他の兵科が壕に待避する中で、高射砲陣地を守り、被弾を省みず敵機を迎え撃った。また機関砲隊は大発の移動に協力し、敵機や魚雷艇の襲撃を撃退した。

敵航空機の最後の目標は高射砲陣地に集中し、わが軍も一歩も引かず、最後の一門が破壊されて対空任務が不可能となるや、上陸軍との地上戦を戦い抜いた。その特殊な戦例などを以下に挙げる。

ニューギニア上陸の初期の頃は、敵制空権下を強行突破して前線近くに上陸しようとしたので、輸送船による被害が大きかった。その後わが航空基地の設置にともない、ハンサやウエワクなどが揚搭地として利用された。パラオより海軍に護衛された船団は概ね夜十時頃到着仮泊し、所在の大発などを総動員して一夜のうちに揚搭を終わり、翌早朝には現地を離脱しなければならない。砂浜の海岸のため、車輌などは潮漬けになりながら人力で引っ張り揚げ、揚搭貨物は逸早く近傍の密林へ運び、遮蔽に努めたが、まだ終わらぬうちに明るくなると、決まったように敵機の空襲があった。

当時既に電波探知機がウエワクに設置されており、敵機の来襲を遠方で探知して、関係部隊に電話で連絡してきた。しかし低空で接近する場合は効果が薄く、特にセピック平原方面の山の背後から超低空で侵入してくる敵機に対しては、防空監視哨を背後の山陵の高所に設置し、防空諸部隊に通知するとともに、航空部隊にも通報して感謝された。

ところが高射砲の配備が整わないうちに大空襲で飛行機が地上で破壊されてしまったり、友軍機が退避したため高射砲陣地が敵機の主目標となり、集中爆撃を蒙るようになってしまった。

十八年に入ってからニューギニアのわが陸上航空基地もようやく整備が進み始めマダン、アレキシス、ハンサ、ウエワクなどは同時に揚搭基地となったため高射砲、照空、機関砲の諸部隊が相当配備されるようになり、第四航空軍も編成され、一応防空態勢は格好がつき始めたが、敵の基地増強ははるかに早く、空襲の頻度も増加し始めた。

初めのうちは、わが基地に対し敵機も探りを入れるかのようにロッキードにより高度八千メートル以上からの偵察をし、夜間空襲を数機で行なったが、わが照空隊と高射砲に捕捉され、撃墜される場面もあった。

その後は次第に昼間空襲が多くなり、背後の山脈を縫って超低空で侵入し、急襲する戦法を使い始めた。ノースアメリカンB25が主体で、時には落下傘爆弾十五キロ、時限）を投下し、人命殺傷を狙ってきた。

これを迎え撃つ高射砲はあらかじめ〇・五〜〇・七秒に信管を調定し、直接砲身誘導により射撃するので命中率はよく、敵機が火を吹いて海中に突っ込むことがしばしばであった。高度三千メートル以上の目標はなるべく撃たず、追随射撃はやめて、待ち撃ち主義をとった。

敵は中型機の被害にかんがみ、戦法を変えてコンソリデーテッドB24の重爆編隊

(上中下の三層で戦闘機が掩護)で高々度から五百キロ級爆弾で絨毯爆撃を加えるようになった。

わが航空隊が撤退した後は高射砲陣地が最後の目標となり、各地の高射砲陣地は次々に爆砕された。ハンサの野戦高射砲第六十五大隊、その他の防空陣地も潰滅し、三月にはウエワクの野戦高射砲第六十一、六十二大隊の各中隊陣地が次々と潰滅し、機関砲中隊や防空隊司令部の陣地も爆砕されてしまい、ブーツの野戦高射砲第六十四大隊なども同時に潰滅した。

火砲を失った防空部隊は第十八軍の転進とともに、ウエワク地区はホルランジャ方面へ、マダン・ハンサ地区はウエワク方面へと困難な行軍を始めたが、途中の補給は皆無で、密林内の現地物資をあさりながらのため栄養失調、マラリア、アメーバ赤痢などで落伍者が増えた。

その後アイタペ攻略戦が始まるが、補給の困難は依然として続き、防空部隊も途中は担送部隊となり、弾薬や糧秣を背負子で運搬した。

第十二野戦高射砲隊司令部は野戦高射砲第六十二大隊とともに山砲隊を編成し、各中隊四一式山砲一門、本部に重機関銃および軽機関銃各一を装備し、密林内を火砲は分解して搬送し、アイタペに向かった。

いよいよ敵第一線に近づき、坂東川右岸に進出、第六十二大隊は山砲「タ」弾で敵戦車六両を擱座させ撃退したが、わが軍の力も限界となり、補給も絶えたので遂に後退し、アレキサンダーの山岳地帯に入り、さごやし澱粉、虫類、野豚、野草などで自活しつつ防禦戦闘を続けた。

ニューギニア戦の初期の頃は超低空で侵入する敵機はよく撃墜したが、大高度による重爆に対しては戦果が少なく、その猛爆により火砲はほとんど破壊された。わが兵員は火砲と運命をともにするものも少なくなかったが、戦死者の大半は転戦移動間、食料補給の不足からくる栄養失調と風土病による戦病死であった。総兵力十四万余のうち戦病死が十二万余で、これを第十八軍傘下の高射砲各隊に見れば、ほとんどが一割に足りない生存率で、中には一パーセント程度の部隊もある。

東部ニューギニア作戦は十九年八月までは当時濠州を基地として比島奪回を目指すマッカーサー指揮下の米濠連合軍の主反攻正面との血みどろの戦であり、爾後は東部ニューギニアの奪回を企図する濠軍との戦であった。高射砲兵は当初の対空戦闘から終局の地上戦に至るまで、補給の不足により大きな損害を出しながらも、最後までよく敢闘した。終戦の日の第十八軍には一門の砲も残っておらず、小銃弾は一銃当たり約二十発、現地糧食は山南地区で残り一ヵ月分という状況であった。

参加部隊　野戦高射砲大隊八個、野戦高射砲中隊七個ほか各部隊、人員約九千二百人、高射砲（八八式七糎野戦高射砲）百三十八門、高射機関砲八十四門、探照灯および聴音機各四十二基、各隊とも自動車編成（野戦高射砲大隊の場合牽引車・トラックほか百一両）であった。（参照資料「偕行」、砲兵沿革史）

佐山二郎

単行本　昭和四十四年四月「極限のなかの人間―極楽鳥の島」改題　創文社

NF文庫

「死の島」ニューギニア　新装解説版

二〇二四年七月二十三日　第一刷発行

著　者　尾川正二

発行者　赤堀正卓

発行所　株式会社　潮書房光人新社

〒100-8077　東京都千代田区大手町一-七-二

電話／〇三-六二八一-九八九一㈹

印刷・製本　中央精版印刷株式会社

定価はカバーに表示してあります

乱丁・落丁のものはお取りかえ致します。本文は中性紙を使用

ISBN978-4-7698-3367-3　C0195

http://www.kojinsha.co.jp

NF文庫

刊行のことば

第二次世界大戦の戦火が熄んで五〇年――その間、小社は夥しい数の戦争の記録を渉猟し、発掘し、常に公正なる立場を貫いて書誌とし、大方の絶讃を博して今日に及ぶが、その源は、散華された世代への熱き思い入れであり、同時に、その記録を誌して平和の礎とし、後世に伝えんとするにある。

小社の出版物は、戦記、伝記、文学、エッセイ、写真集、その他、すでに一、〇〇〇点を越え、加えて戦後五〇年になんなんとするを契機として、「光人社NF（ノンフィクション）文庫」を創刊して、読者諸賢の熱烈要望におこたえする次第である。人生のバイブルとして、心弱きときの活性の糧として、散華の世代からの感動の肉声に、あなたもぜひ、耳を傾けて下さい。